U0455646

# 唐诗名句类选笺释辑评

## 天文地理卷

### 类选笺释辑评

张福庆 编著

，

。

北京燕山出版社

编写体例

一　　本书收入《全唐诗》中 554 位诗人的名句 6005 组，根据诗句所表现的主要内容，将其分为天文、地理、岁时、植物、动物、环境、建筑、器物、人物、境遇、人际、行为、心理、闺情、战争 15 大类。每大类下设有若干小类，部分小类下设有子类，以方便读者根据需要查找。

二　　每组诗句，一般以 4 句构成，以能相对完整描写一种事物或情境。个别句组亦有 2、3、5、6、7 句者。

三　　为使读者了解诗句涉及的原诗内容，本书在正文之后，附录所选诗句的原诗全文。读者根据诗句的编号，查找附诗诗题后的编号即可查到。如果选句诗题后标注"全××××"的，表示该诗所选诗句不止一组，全文见××××。据此，查附诗诗题后的编号即可查到。如果一组诗句后，标注 * 符号，表示该组诗句即为一首完整的诗；标注 ** 符号，表示该组诗句与其下一组为一首完整的诗（其下一组诗题后标注"接上"）；标注 *** 符号，表示该组诗句与其下两组为一首完整的诗（其下两组诗题后均标注"接上"）。

四　　一组诗句后，注明作者与诗题。如该诗在《全唐诗》中属重出者，参考佟培基《全唐诗重出误收考》和唐诗专家注本之意见署名。

五　　对于诗题，一般采用《全唐诗》的题目。但有些诗题，经过专家详考，确属有误，本书作了改动：如王勃《杜少府之任蜀州》，改为《杜少府之任蜀川》；孟浩然《秋登兰山寄张五》，改为《秋登万山寄张五》；白居易《题元八溪居》，改为《题元十八溪居》；杜牧《九日齐安登高》，改为《九日齐山登高》；郎士元《题精舍寺》，改为《赠钱起秋夜宿灵台寺见寄》等。

六　　每组诗句下，对较为生僻的、容易引起误解的词语，涉及典故、事物、史实等的词语，作出简单的注释。只注所选诗句，不注诗题和全诗。一般语词的注释，以《汉语大词典》《词源》，以及张相《诗词曲语辞汇释》、王锳《诗词曲语辞例释》、蒋绍愚《唐诗语言研究》等为准，同时参考各种注本的专家意见。诗句中牵涉的人物，依据吴汝煜、胡可先《全唐诗人名考》，陶敏《全唐诗人名汇考》，以及各种注本的专家意见，尽量注明。

七　　除理解诗句需要，一般不解释该诗写作的年代、背景。有关迁谪、悼亡、祭吊等诗句，则对背景、死者略加介绍。有关编年，参考傅璇琮、陶敏《唐五代文学编年史》，傅璇琮《唐才子传校笺》等，以及各种注本的专家意见。

八　　每组诗句后写有编号。前面已有的注释，后面再次出现时，为减少重复，只简单注明基本词义，解释、例句等注"见××××"。

九　　每组诗句的注释之下，有简单的白话译文，期与注释相辅相成，使读者对诗句的内容有更为准确的理解。

十　　每组诗句的译文下，收集了唐、宋至近代我国唐诗研究学者对该组诗句及该诗的评论，以使读者对该组诗句的审美意涵有更为深入的理解。

十一　评论的顺序以该书作者的时代为序。如评论系该书引述，则冠以"某某评"字样；如原书使用的是评论者的字、号、别称，本书统一改用姓名。如遇前后评论完全相同，一般删去在后出现者。

十二　为了方便广大读者阅读，本书对评论中引用的一些诗句，尽量注明其出处；对评论原文中出现的一些作者混淆、诗句混淆、人名混淆、诗题错误等，予以注出纠正。对于评论中出现的一些特别生僻或极易产生误解的词语，作出简单的注释和注音；对评论中涉及的诗作者的字号、官衔、别称，括注诗人的姓名。

十三　对唐诗中原有的一些假借字、异体字、别字也作了统一改动，如"祗""秖"改为"只"，"裴回""徘回"改为"徘徊"，"凤皇"改为"凤凰"，"煖"改为"暖"，"埽"改为"扫"等。

壹

天文，

0001
-
0192

日—冰雪

。

# 天文

## 壹

### 0001日-0010

仙驭随轮转，
灵乌带影飞。
临波无定彩，
入隙有圆晖。

仙驭 > 仙驾。此指皇帝的车驾。
灵乌 > 指太阳。相传太阳中有三足乌，
故称。

0001　　李世民《赋秋日悬清光赐房玄龄》

圆圆的太阳，好像皇帝车驾转动的车轮；

经过天空，好像是传说中的三足乌飞过。

照在动荡的水面上，形状就不固定；

而从无论多小的缝隙中，看到的都是它圆圆的光辉。

忽遇惊风飘，
自有浮云映。
更也人皆仰，
无待挥戈正。

惊风飘 >曹植《赠徐干诗》："惊风飘白日，
忽然归西山。"
更也 >《论语·子张》："子贡曰：'君子之
过也，如日月之食焉：过也，人皆见
之；更也，人皆仰之。'"

0002　　董思恭《咏日》

挥戈 >《淮南子·览冥训》："鲁阳公与韩
构难，战酣日暮，援戈而扬（huī，挥
动）之，日为之反三舍。"

疾风吹动着太阳，太阳落下西山，映照着浮云。

太阳有过（指日食）能改，人们都仰望敬慕；

日

太阳的经天西落，也无需神话中的鲁阳公来挥戈阻止。

旭
日

旦出扶桑路，
遥升若木枝。
云间五色满，
霞际九光披。

0003　李峤《日》

扶桑 > 神话中的树名。传说日出于其下，
拂其树杪而升，因谓为日出处。《山
海经·海外东经》："汤谷上有扶桑，
十日所浴，在黑齿北。"

若木 > 神话中的树名，一说即扶桑，为日
所出处。《山海经》："大荒之中，有
衡石山、九阴山、洞野之山，上有赤
树，青叶赤华，名曰若木。"

五色 > 泛指各种颜色。《易传》："圣王在
上，则日光明而五色备。"

九光 > 多种色彩。《北堂书钞》引《尚
书·考灵曜》："日照四极生九光。"

日出东方，从扶桑若木间升起。云间五彩缤纷，朝霞光辉灿烂。

（清）王夫之《姜斋诗话》："李峤称'大手笔'，咏物尤其属意之作，裁
剪整齐。"（清）张揔《唐风采》评此诗"藻雅可观"。（清）贺裳《载酒
园诗话又编》："读李巨山（李峤）咏物百馀诗，固是淹雅（高雅）之士"。
（清）翁方纲《石洲诗话》："李巨山咏物百二十首，虽极工切，而声律
时有未调。"

日出东方隈，

似从地底来。
历天又入海，
六龙所舍安在哉。

0004　李白《日出入行》

隈（wēi）> 水边弯曲处。
历 > 经过。
六龙 > 神话传说羲和驾着六条龙拉的车子，载着太阳每天在空中驶过。《淮南子》注："日乘车，驾以六龙，羲和御之。"
舍 > 指休息的地方。

日出东方遥远的水边，它可是从地底升起的？

经过天空，沉入大海，六条龙拉的车子载着太阳，

会在什么地方休息呢？

（元）萧士赟《分类补注李太白诗》评此诗"大意全是祖《庄子》内云将鸿濛问答之意……谓日月之运行，万物之生息，皆元气之自然，人力不能与乎其间也"。（明）周敬、周珽《删补唐诗选脉笺释会通评林》周珽评此诗"精奇玄奥，出天入渊……得屈子《天问》意，千载以上人物呼之欲出"。

杲杲冬日出，
照我屋南隅。
负暄闭目坐，
和气生肌肤。
初似饮醇醪，
又如蛰者苏。

杲杲 > 明亮貌。《诗经·卫风·伯兮》："其雨其雨，杲杲出日。"
负暄 > 冬天受日光曝晒取暖。
和气 > 天地间阴阳交合而生之气。此指温暖的气息。
醇醪 > 味厚的美酒。
苏 > 苏醒。

日

旭日

0005　　　白居易《负冬日》

冬日明亮的太阳升起，照在房屋朝南的墙壁上。

我闭上眼睛，晒着太阳取暖，一股温暖的气息在肌肤上油然而生。

那感觉，好像是喝了醇酒，

又好像是蛰伏在身体里的小虫子苏醒过来。

想象咸池日欲光，
五更钟后更回肠。
三年苦雾巴江水，
不为离人照屋梁。

0006　　　李商隐《初起》*

咸池 > 神话中日浴之处。《淮南子·天文
　　训》："日出于旸谷，浴于咸池，拂于
　　扶桑，是谓晨明。"
五更（gēng）> 旧时以漏刻计时，自黄昏至
　　拂晓一夜间分为甲、乙、丙、丁、戊
　　五刻，日一更至五更，或一鼓至五鼓。
　　五更即天将晓时。
回肠 > 形容内心焦虑不安。
三年 > 李商隐宣宗大中五年入东川节度使
　　柳仲郢幕，至大中七年，首尾已三年。
苦 > 多，久。甚辞。
照屋梁 > 宋玉《神女赋》："耀乎如白日初
　　出照屋梁。"

想象着日浴咸池、初升时光彩夺目的情景，

我从五更起就焦急地等待着日出。

可叹我滞留蜀中三年，巴江上总是大雾笼罩，

始终没看到初升的太阳照在我的屋梁上。

（清）屈复《玉溪生诗意》评此诗"五更即望日出，乃日出而不照屋梁三年于兹矣"。（清）程梦星《重订李义山诗集笺注》评此诗"东川幕中感叹流滞之作……玩起语'想象咸池'四字，则寄情遥远可知，非专为蜀中漏天之谚也"。（清）姚培谦《李义山诗集笺注》评此诗"喻见弃于时之意。'日'喻君恩，'苦雾'喻排摈者"。（清）沈厚塽《李义山诗集辑评》何焯评此诗"固是两川实事，亦自诉戴盆（冤屈难伸）之怨也。深曲"。

寒日临清昼，
寥天一望时。
未销埋径雪，
先暖读书帷。

清昼＞白天。
寥天＞辽阔的天空。

0007　陈讽《赋得冬日可爱》

白天寒冷的冬日升起，极目眺望辽阔的天空。

日出并未使小路上的积雪融化，但却照亮了我书房的窗帘。

夕
阳

南登杜陵上，
北望五陵间。
秋水明落日，

杜陵＞汉宣帝陵墓。在长安城南杜陵原上。
五陵＞汉高祖长陵、惠帝安陵、景帝阳陵、武帝茂陵、昭帝平陵。均在渭水北岸

日
夕阳

流光灭远山。

今陕西咸阳市附近。
流光 > 流动、闪烁的光彩。

0008　　李白《杜陵绝句》*

登上长安城南的杜陵原，眺望城北，

可见长陵、安陵、阳陵、茂陵、平陵五座汉陵。

落日映照渭水，秋水一片明亮；

夕阳的光辉在水上闪烁，远山也变得迷离不清。

（宋）严羽《评点李太白诗集》评后二句"此景从无人拈出"。


物象归馀清，
林峦分夕丽。
亭亭碧流暗，
日入孤霞继。

物象 > 自然界的景物。
馀清 > 日落时的清凉疏爽之景。谢灵运
《游南亭》："密林含馀清，远峰隐
半规。"
夕丽 > 夕阳的光辉。丽，光华。
亭亭 > 远貌。司马相如《长门赋》："澹偃
蹇而待曙兮，荒亭亭而复明。"李善
注："亭亭，远貌。"

0009　　常建《西山》

日落之时，万物景象清凉疏爽，

夕阳的馀辉照亮树木山峦。

碧绿深暗的流水流向远方；太阳西沉，彩霞也随之飞逝。

（明）钟惺、谭元春《唐诗归》谭评"物象"句"不妙在'归'字，（而）

在‘馀’字”。钟评“日入”句“孤霞凑趣，若灯烛则败兴矣”。(明)钟惺《唐诗笺注》评此四句“平铺直叙，自是出世语”。(明)陆时雍《唐诗镜》评此诗“霁色清音”。(明)周敬、周珽《删补唐诗选脉笺释会通评林》唐汝询评此诗“置谢康乐(谢灵运)集中，不露苍白”。黄家鼎评此诗“清绝，无烟火气”。(清)沈德潜《唐诗别裁集》评此诗“步骤(效法)谢公”。(清)范大士《历代诗发》评此诗“神孤响逸”。(清)王尧衢《唐诗合解笺注》评此诗“平铺直叙，自见清澈”。(清)黄培芳《唐贤三昧集笺注》评“日入”句“五字晚景传神”。

向晚意不适，
驱车登古原。
夕阳无限好，
只是近黄昏。

向晚 > 傍晚。
古原 > 指乐游原。汉武帝时建，名宜春苑。故址在今陕西西安市南。《长安志》："乐游原居京城之最高，四望宽敞，京城之内，俯视指掌。"唐时为长安仕女游赏胜地。

0010　李商隐《乐游原》*

傍晚时意绪不佳，所以驱车来到乐游原上。

看夕阳缓缓垂落，无限美好，只是接近黄昏，好景无多了。

(宋)杨万里《诚斋诗话》评此诗“忧唐之衰”。(明)黄克缵、卫一凤《全唐风雅》评此诗“忧唐祚将衰也”。(明)唐汝询《汇编唐诗十集》评后二句“国步(国家的命运)岌岌”。(清)姚培谦《李义山诗集笺注》评此诗“销魂(极哀愁)之语，不堪多诵”。(清)屈复《玉溪生诗意》评此诗“时事遇合，俱在个中，抑扬尽致”。(清)李锳《诗法易简录》评此诗“以末句收足‘向晚’意，言外有身世迟暮之感”。(清)孙

日
夕阳

洙《唐诗三百首》评后二句"好景难长久,皆当作此观"。(清)孙洙《唐诗三百首辑评》何焯评此诗"迟暮之感,沉沦之痛,触绪纷来,悲凉无限"。(清)纪昀《玉溪生诗说》评此诗"百感茫茫,一时交集,谓之悲身世可,谓之忧时事亦可"。(清)姜炳璋《选玉溪生诗补说》评"向晚"句"'向晚'二字,领起全神"。(清)黄叔灿《唐诗笺注》评此诗"只是形容'意不适'三字,四句宛折,味之弥旨(味美,美好)"。(清)宋宗元《网师园唐诗笺》评后二句"爱惜景光,仍收到'不适'"。(清)胡本渊《唐诗近体》评后二句"寓意深婉"。(清)施补华《岘佣说诗》评此诗"叹老之意极矣,然只说夕阳,并不说自己,所以为妙"。(清)沈厚塽《李义山诗集辑评》朱彝尊评此诗"言值唐家衰晚也"。(清)刘宏煦、李德举《唐诗真趣编》评此诗"淡语耐人百思"。(近)俞陛云《诗境浅说续编》评此诗"言薄暮无聊,藉登眺以舒怀抱。烟树人家,在微明夕照中,如天开图画;方吟赏不置,而无情暮景,已逐步逼人而来,一入黄昏,万象都灭,玉溪生(李商隐)若有深感者"。(近)刘永济《唐人绝句精华》评此诗"作者因晚登古原,见夕阳虽好而黄昏将至,遂有美景不常之感。此美景不常之感,久蕴积在诗人意中,今外境适与相合,故虽未明指所感,而所感之事即在其中"。(近)顾随《顾随诗词讲记》评后二句"是悲哀。但读此'夕阳'二句,总觉得爱美情调胜过悲哀"。

# 天文

## 壹

# 0011
# 0055

| | | | |
|---|---|---|---|
| **明月** | 0 | 1 | 7 |
| **弯月** | 0 | 3 | 1 |
| **秋月** | 0 | 3 | 5 |
| **月光** | 0 | 4 | 2 |
| **月落** | 0 | 4 | 6 |
| **水中月** | 0 | 4 | 8 |

明
月

忌满光恒缺，
乘昏影暂流。
既能明似镜，
何用曲如钩？

忌满 > 谓月满后必缺。《易经·丰卦》："日
中则昃，月盈则食。"忌，忌讳，避忌。
恒 > 经常。
流 > 流动，移动。
何用 > 又何必，不须。

0011　　骆宾王《玩初月》*

月亮忌满，所以月光常常亏缺；

在黑暗中，光影总是飘忽不定。

可是既然能够光明似镜，又何必时时弯曲如钩呢？

（明）周敬、周珽《删补唐诗选脉笺释会通评林》顾璘评前二句"次句
比上句，多少用心"。（清）贺裳《载酒园诗话》评"忌满"句"虽着议
论，故自佳"。

盈缺青冥外，
东风万古吹。
何人种丹桂，
不长出轮枝。

青冥 > 形容青苍幽远。指青天。《楚辞·九
章·悲回风》："据青冥而摅虹兮，遂
儵忽而扪天。"王逸注："上至玄冥，
舒光耀也。所至高眇不可逮也。"

0012　　李峤《中秋月二首·一》*

月
明月

月亮在高远的青天，千秋万代，经受着东风的吹拂。

是什么人在月中种下了丹桂树呢？树枝却永远长不出月轮之外。

暂将弓并曲，
翻与扇俱团。
雾濯清辉苦，
风飘素影寒。

将＞与，和。
并＞俱，皆。
翻＞表转折语气，有忽而、突然义。
濯＞洗涤。
清辉＞明净的光辉。指月光。
素影＞月影。

0013　杜审言《和康五庭芝望月有怀》

月亮虽一时像弯的弓一样，但很快就会变得像团扇那样圆。

薄雾有时掩住明月的清辉，清风吹来，它又会露出娟娟寒影。

（明）叶羲昂《唐诗直解》钟惺评后二句"画出光景奇绝"。（明）陆时雍《唐诗镜》评后二句"思苦，不借影衬，独披本相，意境最老"。（明）周敬、周珽《删补唐诗选脉笺释会通评林》蒋一葵评此四句"三四（前二句）近俗，俗人故独称之，其佳乃在五六"。（清）谭宗《近体秋阳》评前二句"亦自轻逸，不沦小家"；评后二句"辉之苦，影之寒，盖人以为苦寒也"；评此诗"体纯气洁"。（清）黄生《唐诗矩》评后二句"细腻"。（清）屈复《唐诗合解》评后二句"炼'苦''寒'二字，人月并见，全无痕迹"。（清）吴昌祺《删订唐诗解》评前二句"是齐梁语"；评"雾濯"句"'濯'字奇，'苦'字更奇"。（清）吴瑞荣《唐诗笺要》评后二句"描写入微，读之郁然爽然"。（清）顾安《唐律消夏录》评此四句"'弓并曲''扇俱团',确是儿女声口;'清辉苦''素影寒',确是独夜景况"。(今)李庆甲《瀛奎律髓汇评》查慎行评此四句"犹未脱六朝馀习"。

春江潮水连海平，
海上明月共潮生。
滟滟随波千万里，
何处春江无月明。

明月共潮生 > 谓明月从江潮中涌起。《太平御览》卷四引《抱朴子》："月之精生水，是以月盛而潮涛大。"
滟 (yàn) 滟 > 水光动荡貌。

0014　张若虚《春江花月夜》

春江潮水，与海齐平，海上明月似从潮水中涌出。

随波闪动，千里万里，春江何处没有明月的照耀！

(明)胡应麟《诗薮》评此诗"流畅婉转，出刘希夷《白头翁》上"。(明)钟惺《唐诗笺注》评"春江"句"婉转悠远"。(明)钟惺、谭元春《唐诗归》钟评"春江"句"便像潮水"。(明)周敬、周珽《删补唐诗选脉笺释会通评林》王世懋评此诗"句句以'春''江''花''月'妆成一篇好文字"。周珽评此诗"语语就题面字翻弄，接笋合缝，铢两皆称"。(清)毛先舒《诗辩坻》评此诗"不着粉泽，自有腴姿，而缠绵蕴藉，一意萦纡，调法出没，令人不测，殆化工之笔哉！"(清)管世铭《读雪山房唐诗序例》评此诗"非开、宝(开元、天宝)诸公，岂识七言中有如许境界"。(清)王闿运《湘绮楼说诗》评此诗"用《西洲》格调，孤篇横绝，竟为大家。李贺、商隐挹其鲜润，宋词、元诗，尽其支流，宫体之巨澜也"。(近)闻一多《唐诗杂论》评此诗"诗中的诗，顶峰上的顶峰"。

月
明月

江天一色无纤尘，
皎皎空中孤月轮。
江畔何人初见月，
江月何年初照人？

纤尘 > 细小的尘埃。
皎皎 > 洁白貌。

0015　张若虚《春江花月夜》　全 0014

碧空如洗，江天一色，空中挂着一轮皎洁的孤月。

不知江畔何人初见此月，复不知江月何年始照人间。

（明）李攀龙《唐诗训解》评此四句"'人''月'二字错综成文"。（明）
周敬、周珽《删补唐诗选脉笺释会通评林》谭元春评后二句"问得幻"。
（清）徐增《而庵说唐诗》评此四句"首八句使人火热，此处……又使
人冰冷。然不冰冷则不见火热，此才子弄笔跌宕处，不可不知也"。

人生代代无穷已，
江月年年只相似。
不知江月待何人，
但见长江送流水。

穷已 > 穷尽。已，止。
只 > 还，依然。

0016　张若虚《春江花月夜》　全 0014

人生代代，无穷无尽；江、月永恒，年年依然相似。

不知一轮江月所待何人，只见长江流水逝者如斯。

（明）钟惺、谭元春《唐诗归》钟评此诗"浅浅说去，节节相生，使人伤感。未免有情，自不能读，读不能厌"。谭评此诗"字字写得有情，有想，有故"。（明）唐汝询《汇编唐诗十集》评此四句"反复播弄"。（清）吴瑞荣《唐诗笺要》评此诗"流畅宛转，出刘希夷《白头翁》上"。（近）闻一多《唐诗杂论》评前四句及此四句"敻绝（极高远。敻音 xiòng）的宇宙意识！一个更深沉、更寥廓、更宁静的境界！在神奇的永恒前面，作者只有错愕，没有憧憬，没有悲伤"。

壶酒朋情洽，
琴歌野兴闲。
莫愁归路暝，
招月伴人还。

洽＞和谐，融洽。
野兴＞野外山水游览的兴致。
招月＞邀月。

0017　　孟浩然《游凤林寺西岭》

游凤林寺，与朋友壶酒欢洽，弹琴歌唱，在山水之间游兴无穷。

虽山路向晚，正可邀明月相伴而还。

（清）施闰章《蠖斋诗话》评"招月"句"妙于言月"。

小时不识月，
呼作白玉盘。
又疑瑶台镜，

疑＞疑心，猜度。
瑶台＞神话传说中神仙所居之处。

月

明月

飞在白云端。

　　小时候不认识月亮，称它作白玉盘。

　　又以为是神仙用的镜子，飞到了白云之间。

　　（宋）严羽《评点李太白诗集》评前二句"起手点，趣"。（明）胡震亨《李杜诗通》评前二句"便觉可疑、可问，不待后语"。


仙人垂两足，
桂树何团团。
白兔捣药成，
问言与谁餐。

仙人二句 > 传说月亮里有仙人和桂树，月初生时见仙人两足，变圆后才见仙人和桂树的全形。

团团 > 圆貌。

白兔 > 传说月亮中有白兔捣药。晋·傅玄《拟天问》："月中何有，白兔捣药。"

言 > 语助词，无义。

0019　　　李白《古朗月行》　全 0018

　　月亮变圆，可以看到月中仙人垂下两只脚，桂树的树冠是那么圆。

　　白兔将药捣成了，又是去给谁吃呢？


青天有月来几时，

我今停杯一问之。
人攀明月不可得，
月行却与人相随。

0020　　李白《把酒问月》

青天上的一轮明月，已经有多少岁月？我停止饮酒来发问。

人登上明月虽不可能，但月却始终伴随着人行走。

（明）钟惺、谭元春《唐诗归》钟评前二句"诞得妙"。（明）唐汝询《汇编唐诗十集》评此诗"收敛豪气，信笔写成，取其雅淡可矣"。（清）王夫之《唐诗评选》评此诗"于古今为创调。乃歌行，必以此为质，然后得施其裁制。供奉（李白）特地显出稿本，遂觉直尔孤行，不知独参汤原为诸补中方药之本也"。

白兔捣药秋复春，
嫦娥孤栖与谁邻。
今人不见古时月，
今月曾经照古人。

白兔句 > 傅玄《拟天问》："月中何有，白兔捣药。"
嫦娥 > 神话中的月中女神。乃后羿之妻，服食仙药后奔月。
孤栖（qī）> 孤独居住。

0021　　李白《把酒问月》 全 0020

月宫中的白兔不停地捣药，秋而复春；

月

明月

嫦娥孤独寂寞，不知与谁为邻。

今天之人没有见过古时的明月，但今之明月应曾照见古时之人。

（宋）严羽《评点李太白诗集》评此诗"缠绵不堕纤巧，当与《峨眉山月歌》同看"。（明）钟惺、谭元春《唐诗归》钟评后二句"二句儿童皆诵之，然其言自是不朽"。（清）弘历《唐宋诗醇》评此诗"奇思忽生，旷怀如见"。（近）吴闿生《古今诗范》评此诗"奇气"。

我在巴东三峡时，
西看明月忆峨眉。
月出峨眉照沧海，
与人万里长相随。

巴东 > 唐代郡名。治所在今湖北秭归县。邻接四川，为川、鄂交通要冲。

0022　李白《峨眉山月歌送蜀僧晏入中京》

我流放夜郎时曾经经过巴东三峡，

西望明月，不禁深深地怀念起家乡。

家乡的明月从峨眉山升起，映照大海，与万里之外的游子长相伴随。

（宋）严羽《评点李太白诗集》评此诗"回环散见，映带生辉，真有月映千江之妙"。

幽坐看侵户，

闲吟爱满庭。
辉斜通壁练，
彩碎射沙星。

侵 > 侵袭，谓一物加一物上。此指映照。
通壁 > 犹满墙。
练 > 白绢。

0023　韩愈《和崔舍人咏月二十韵》

幽坐闲吟，看月光斜照窗户，洒满庭院。

墙壁上映着月光，洁白如练；沙上月光闪烁，似乎群星。

（清）方世举《韩昌黎诗集编年笺注》评后二句"谓壁流光而似练，沙散彩而如星。琢句精工，能状难状之景"。

魄依钩样小，
扇逐汉机团。
细影将圆质，
人间几处看？

魄 > 月始生或将灭时的微光。扬雄《法言·五百》："月未望则载魄于西，既望则终魄于东。"李轨注："魄，光也。"
扇逐句 > 汉班婕妤《怨歌行》："新裂齐纨素，鲜洁如霜雪。裁为合欢扇，团团似明月……常恐秋节至，凉飙夺炎热。弃捐箧笥中，恩情中道绝。"机，织机。因《怨歌行》中有"新裂齐纨素"句，故及。逐，随。团，圆。
细影 > 初月。
圆质 > 指满月。

0024　薛涛《月》*

弯月微光如钩，圆月团团似扇。

月
明月

初月就要变成满月了，人间有几处在充满期待地观望呢？

（明）钟惺《名媛诗归》评此诗"细语幽响，故故向人，而含吐不欲自尽"。（清）赵世杰《古今女史》评此诗"皎若冰壶"。

烂银盘从海底出，
出来照我草屋东。
天色绀滑凝不流，
冰光交贯寒瞳胧。

烂银盘 > 灿烂的银盘。喻指月亮。
绀（gàn）> 深青透红之色。
瞳（tóng）胧 > 月初出微明貌。

0025　　　卢仝《月蚀诗》

月亮似从海底涌出，照在我的草屋东面。

天色深蓝中透红，月光微明，如同寒水，凝滞不流。

（宋）胡仔《苕溪渔隐丛话》评此诗"虽豪放，然太险怪"。（宋）陈岩肖《庚溪诗话》评此诗"辞语奇险"。（明）胡应麟《诗薮》评此诗"唐人歌行烜赫者……卢仝《月蚀》、李贺《高轩》，并惊绝一时"。（清）翁方纲《石洲诗话》评此诗"故自奇作"。（清）余成教《石园诗话》评此诗"艰涩险怪，读之不易"。（清）王闿运《手批唐诗选》评此诗"横恣出奇，不可有二之作。笔势才情，俱能驱驾"。

老兔寒蟾泣天色，

云楼半开壁斜白。
玉轮轧露湿团光，
鸾佩相逢桂香陌。

0026　李贺《梦天》

老兔寒蟾 &gt; 代指月。《五经通义》："月中
　　　有兔与蟾蜍。"
云楼 &gt; 云中之楼，指月宫。
玉轮 &gt; 喻指月亮。
轧 &gt; 碾过。
团光 &gt; 此指月亮周围的晕圈。
鸾佩 &gt; 刻有鸾凤的玉佩，此指佩带鸾佩的
　　　仙女，即嫦娥。
桂 &gt; 传说中月中的桂树。
陌 &gt; 小路。

梦中进入月宫，看到玉兔、蟾蜍因天色不明而愁泣；

云楼打开，月光斜射楼壁，一片白色。

满月带着光晕，像玉轮碾压过露水而被沾湿，

我在桂花飘香的小路上与嫦娥相遇。

（宋）刘辰翁《评李长吉歌诗》评此诗"意近语超。其为仙人口语，亦
不甚费力"。（清）黄周星《唐诗快》评此诗"命题奇创。诗中句句是天，
亦句句是梦，正不知梦在天中耶？天在梦中耶？"（清）范大士《历代
诗发》评此诗"分明一幅游月宫图"。（近）吴闿生《古今诗范》评此四
句"写月中仙界之景"。

日入蒙汜宿，
石烟抱山门。
明月久不下，

蒙汜（sì）&gt; 神话中太阳没入之处。《楚辞·
天问》："出自汤谷，次于蒙汜。"王逸
注："言日出东方汤谷之中，暮入西极
蒙水之涯也。"

月

明月

半峰照啼猿。

石烟 > 山石间的烟雾。
山门 > 代指寺院。

0027　　鲍溶《忆旧游》

日落天色昏暗，山石间生起的云雾笼罩着寺院。

明月升起，悬照空中，照亮了山峰的一侧，照见了哀啼的猿猴。

（清）王闿运《手批唐诗选》评此四句"山月景如画，且能画声"。


寒光垂静夜，
皓彩满重城。
万国尽分照，
谁家无此明？

皓彩 > 皎洁的月光。
重城 > 九重城。指宫城，都城。此指长安。
万国 > 万邦，天下。

0028　　杜牧《长安夜月》

静夜里寒冷的月光洒下，皎洁的光彩洒满长安城。

天下都沐浴在这月光里，家家户户都得到这一份光明。

（清）陆次云《五朝诗善鸣集》评此诗"日月无私照，写得广大如此。杰作足以笼罩群英"。


寥寥天地内，

夜魄爽何轻。
频见此轮满，
即应华发生。

寥寥 > 空旷，广阔。左思《咏史》："寥寥
空宇中，所讲在玄虚。"
夜魄 > 指月亮。见 0024。
爽 > 明亮，清朗。
应 > 将。

0029　　曹松《月》

在广阔的天地之间，月光是那么明亮空灵。

一次又一次看到月轮圆满，人也就渐渐老去，生出白发。

（清）陆次云《五朝诗善鸣集》评此诗"实地指点，《指月录》中透
快语"。

根非生下土，
叶不坠秋风。
每以圆时足，
还随缺处空。
影高群木外，
香满一轮中。

下 > 下界，指人间。
足 > 充分，完备。

0030　　张乔《试月中桂》

月中的桂树，树根并非生于人间的土壤，树叶也不会被秋风吹落。

每当月圆时便枝叶展露，月亏时就消失不见。

月

明月

它的树影高于所有的树木，桂花的香气溢满一轮明月之中。

（清）王夫之《唐诗评选》评此诗"拙处自古意未坠"。（清）陆次云《五朝诗善鸣集》评此诗"语确而不纤巧"。（清）李因培《唐诗观澜集》评此诗"超心炼冶，笔有化工"；评后二句"名句"。（清）吴瑞荣《唐诗笺要》评此诗"宛肖之至，天工人巧，摇笔皆具"。（清）纪昀《唐人试律说》评此诗"刻画精警，而自然超妙，纯以神行"。（清）胡本渊《唐诗近体》评后二句"造语自然"。（清）杨逢春《唐诗绎》评此六句"实写，精警"。


残霞卷尽出东溟，
万古难消一片冰。
公子踏开香径藓，　　　　东溟 > 东海。
美人吹灭画堂灯。

0031　　章碣《对月》

晚霞散尽，明月涌出东海，晶莹澄澈，

像万古难以消溶的一片冰轮。

公子为了望月，踏着小路来到花园；

美人为了望月，吹灭了画堂的灯烛。


（清）胡以梅《唐诗贯珠》评前二句"有精神"。

弯
月

崖口上新月，
石门破苍霭。
色向群木深，
光摇一潭碎。

崖口 > 崖，疑指石鳖崖，即太乙谷，在终
　　南山高冠谷之东。
石门 > 指石门谷，在终南山中。
潭 > 疑指九女潭，在太乙谷中。

0032　　岑参《终南山双峰草堂作》

　　一弯新月从石鳖崖上升起，石门谷隐现在苍茫的烟雾中。

　　月光洒下，树影幽深阴暗，映在九女潭中，水波动荡，波光万点。

　　（明）周敬、周珽《删补唐诗选脉笺释会通评林》吴逸一评此诗“必曾
　　受睨（kuàng，赐）山灵，故能写尽逸趣”。周明翊评此四句“写夜色
　　妙”。陆时雍评此诗“景趣清绝”。（清）王尧衢《唐诗合解笺注》评后
　　二句“群木里见月色之深，潭中摇蟾光而碎，此景物之佳”。

待月月未出，
望江江自流。
倏忽城西郭，
青天悬玉钩。

倏（shū）忽 > 转眼之间，极快。
玉钩 > 喻新月。鲍照《玩月城西门廨中》：
　　“始见西南楼，纤纤如玉钩。”

0033　　李白《挂席江上待月有怀》

月
弯月

泛舟江上，等待月出，月亮尚未升起，江水悠然流淌。

转眼之间，在城西的城墙上方，天幕上出现了一钩弯弯的新月。

微升古塞外，
已隐暮云端。
河汉不改色，
关山空自寒。

河汉＞银河。
关山＞乾元二年杜甫在秦州（治上邽，今
甘肃天水市），故云。

0034　杜甫《初月》

初月在古塞外升起，不久即西沉，被晚云遮掩。

初月的光芒微弱，所以银河依旧灿烂，映照塞外关山，也空有寒色。

（明）郝敬《批选杜工部诗》评此诗"不必有托，初月风景自是亲切"。
（明）李沂《唐诗援》评此诗"句句工妙"。（清）徐增《而庵说唐诗》评
此诗"描写新月，笔有化工"。（清）王夫之《唐诗评选》评此诗"笔欲
放而仍留，思不奢而自富，方名诗品"；又"句句是初月"。（清）张溍
《杜诗注解》评前二句"初月有光，在隐现间，又不能久，描写逼真"。
（清）佚名《唐诗选评》评前二句"恰是初月，然而寓意极深，取譬极
确"。（清）仇兆鳌《杜诗详注》张远评此诗"句句有一'初'字意，细
玩自见"。（清）吴昌祺《删订唐诗解》评后二句"言初月易沉，故'河
汉'如故而徒增惨淡，此绘月之神也"。（清）李因培《唐诗观澜集》评
后二句"的（dí，确实）是初月，意境清远"。（清）浦起龙《读杜心解》
评后二句"不即不离，更妙，而客中尤切"。（清）冒春荣《葚原诗说》
评后二句"诗家写有景之景不难，所难在写无景之景……如'河汉不

改色，关山空自寒'，写初月易落之景……偏从无月处着笔"。(清) 朱之荆《闲园诗抄》评此诗"不着色相，其味无穷"。(清) 王尧衢《唐诗合解笺注》评前二句"月光细则隐而不显，日方暮而已在云端，人若不觉者。用'微'字、'已'字精细"；评此诗"通首字字是初月"。(清) 刘浚《杜诗集评》朱彝尊评后二句"妙在远神，若以为写景，则失之远矣"；评此诗"著意写'初'字，却自圆动无痕，妙绝之篇"。(今) 李庆甲《瀛奎律髓汇评》何焯评后二句"用'关山'与'河汉'属对，新异"。

四更山吐月，
残夜水明楼。
尘匣元开镜，
风帘自上钩。

山吐月 > 时作者身处夔州群山中，故见"山吐月"。
尘匣 > 喻暗山。鲍照《拟古》："明镜尘匣中。"
自 > 同犹。

0035　　杜甫《月》

四更时分，山间吐出弯月，月光映在江水中，照亮了楼阁。

月亮升起，似从尘匣中取出明镜；弯月垂檐，如玉钩挂于帘上。

(宋) 阮阅《诗话总龟》苏轼评此诗"古今绝唱"。(宋) 胡仔《苕溪渔隐丛话》苏轼评前二句"才力富健，去表圣 (司空图) 之流远矣"。(元) 赵汸《杜律五言注》评前二句"东坡称此为绝唱，盖非亲见此景不能道，亦不能知其好也"。(明) 谢榛《四溟诗话》评前二句"突然而起，似对非对，而不失格律……其清景快人心目，作者可以写其事，良工莫能状其妙，不待讲而自透彻"。(明) 胡应麟《诗薮》评前二句"对偶未尝不精，而纵横变幻，尽越陈规，浓淡浅深，动夺天巧"。(明) 郝敬

月

弯月

《批选杜工部诗》评后二句"'元''自'两字着意"。(清)黄周星《唐诗快》评前二句"清境可想"。(清)黄生《杜诗说》评前二句"月本照水，楼中虚白，又水光为之，故曰'水明楼'。起句之妙，从次句衬出。次句写景逼真，诵之令人心魂肃肃，毛骨俱清耳"；评此诗"写景极精切，布格极整密，运意又极玲珑。东坡但赏'残夜水明楼'五字耳，其比兴之深远，从来人不识也"。(清)何焯《义门读书记》评前二句"'山'字、'楼'字，两句中照应得妙"。(清)浦起龙《读杜心解》评前二句"心、境双莹，得此十字，在老杜亦不多有"；评此诗"全首何等光烁"。(清)冒春荣《葚原诗说》评前二句"写景之句，以工致为妙品，真境为神品，淡远为逸品。如……'四更山吐月，残夜水明楼'……神品也"。(清)朱之荆《闲园诗抄》评"四更"句"一起飘然而来"。(清)弘历《唐宋诗醇》评前二句"起联之妙，不可形容。东坡称为绝唱，不虚也"。(清)赵翼《瓯北诗话》评前二句"若不甚经意，而已十分圆足，益可见其才力之独至也"。(清)洪亮吉《北江诗话》评前二句"写月有声有色如此，后人复何从著笔耶？"(清)刘濬《杜诗集评》李因笃评前二句"起语妙绝"。(清)潘德舆《养一斋诗话》评前二句"高深清浑，笔有化工"；评"风帘"句"隽拔自如，即目得景，不可思议也"。(清)朱庭珍《筱园诗话》评前二句"高格响调，起句之极有力、最得势者，可为后学法式"。(近)夏敬观《唐诗说》评前二句"真杰作"。

始看东上又西浮，
圆缺何曾得自由。
照物不能长似镜，
当天多是曲如钩。

当天 > 在天空。

　　杜光庭《初月》

刚看到月亮升起，很快又向西移去，它的圆缺又何曾自由！

照临万物，不能总像镜子那样圆；悬在空中，多半是像玉钩一样弯曲。

秋
月

桂含秋树晚，
波入夜池寒。
灼灼云枝净，
光光草露团。

桂 > 传说月中有桂树，因以桂代指月亮。
灼灼 > 鲜明貌。
云枝 > 高耸入云的树枝。
光光 > 明亮貌。
团 > 圆。

0037　　姚崇《秋夜望月》

月光浸润着深秋的桂树，映入夜池，寒波荡漾。

高高的树枝被照得明亮，草上圆圆的露珠在闪闪发光。

（明）钟惺、谭元春《唐诗归》钟惺评"灼灼"句"'云枝净'加'灼灼'二字，妙"；评"光光"句"可想"。谭评后二句"所谓高洁正如此"。（明）陆时雍《唐诗镜》评此诗"修洁"。（明）唐汝询《汇编唐诗十集》评此诗"调响，句工，少韵"。（明）周敬、周珽《删补唐诗选脉笺释会通评林》程元初评前二句"'桂含秋树晚'喻伤时迟暮之意。'影入夜池寒'喻清虚寒苦之意……意多含蓄，故佳"。周珽评此诗"元崇（姚崇）性体廉静，心镜光明，故其为诗亦多净洁高华，如《望月思家》（即此诗）、《夜渡江》，极静、极细、极响，宜当时以文章著名、德业钦世也"。（清）王夫之《唐诗评选》评此诗"琢不留痕，率不露迹，高亦不

月
秋月

亢，清亦不洗，洵五言宗匠"；评"波入"句"咏月神语"。（清）纪昀
《瀛奎律髓刊误》评此诗"初（初唐）体之清脱有骨者"。

清迥江城月，
流光万里同。
所思如梦里，
相望在庭中。

清迥（jiǒng）＞清冷高远。
江城＞大约指洪州（治今江西南昌市）。时
　　张说罢相，张九龄受到牵连，出守
　　洪州。
流光＞指月光。月光流动如水，故云。曹
　　植《七哀诗》："明月照高楼，流光正
　　徘徊。"

0038　　张九龄《秋夕望月》**

　　江城秋月清冷旷远，月光普照，万里皆同。

　　　在庭中遥望秋月，所思朦胧如梦。

（明）钟惺、谭元春《唐诗归》钟评后二句"含情远近，可思不可言"。
（明）唐汝询《汇编唐诗十集》评此诗"望月妙作"。（清）卢𠾾、王溥
《闻鹤轩初盛唐近体读本》评后二句"对而不对，妙在言外"。

皎洁青苔露，
萧条黄叶风。
含情不得语，
频使桂华空。

黄叶风＞指秋风。
频使句＞张九龄开元十五年出守洪州，开
　　元十八年转任桂州刺史，故云。
桂华＞指月。神话传说月中有桂，故称。

0039　　张九龄《秋夕望月》 接上

月光皎洁，映照苔上的清露，化入黄叶秋风。

含情望月不语，几度空对秋月，心中惘然若失。

（清）卢麰、王溥《闻鹤轩初盛唐近体读本》评此诗“轻幽别趣，曲江（张九龄）本色。此及上章（指《望月怀远》）骤阅似觉淡率，顾笔流韵致，咀味不穷，此乃清迥家所长”。陈德公评“萧条”句“极有生气”。（清）顾安《唐律消夏录》评后二句“结语稍浅，然亦再深不得矣”。

峨眉山月半轮秋，
影入平羌江水流。
夜发清溪向三峡，
思君不见下渝州。

0040 李白《峨眉山月歌》*

峨眉山 > 山名。在四川峨眉县西南，因山势逶迤，有山峰相对如蛾眉，故名。
平羌江 > 即今青衣江，源出四川芦山县，至乐山县汇入岷江，峨眉山在其西。
清溪 > 指清溪驿，故址在四川犍为县。
三峡 > 长江上游的瞿塘峡、巫峡和西陵峡的合称。在四川、湖北境内。
渝州 > 州名，以渝水得名。辖今重庆一带。

峨眉山上升起半轮秋月，月影映入平羌江的流水。

夜间从清溪出发，奔向三峡；怀明月而不见，小船已驶下渝州。

（宋）严羽《评点李太白诗集》评此诗“色与月俱清，音与江俱长，不独无一点俗气，并无一点仙气”；评前二句“‘秋’字作韵，妙。‘影’字安在上，妙。试一变动，便见妍媸（美丑）”。（明）高棅《唐诗品汇》

刘辰翁评此诗"含情凄婉,有《竹枝》缥缈之音"。(明)王世贞《艺苑卮言》评此诗"此是太白(李白)佳境,然二十八字中,有峨眉山、平羌江、清溪、三峡、渝州,使后人为之,不胜痕迹矣。益见此老炉锤之妙"。(明)王世懋《艺圃撷馀》评此诗"作诗到精神传处,随分自佳……如太白《峨眉山月歌》,四句入地名者五,然古今目为绝唱,殊不厌重"。(明)凌宏宪《唐诗广选》评前二句"如此等神韵,岂他人所能效颦"。(明)陆时雍《唐诗镜》评此诗"浑然之妙"。(明)唐汝询《唐诗解》评此诗"'君'者,指月而言。清溪、三峡之间,天狭如线,即半轮亦不复可睹矣"。(明)周敬、周珽《删补唐诗选脉笺释会通评林》周敬评此诗"思入清空,响流虚远,灵机逸韵,相凑而来。每一歌之,令人忘睡"。郭濬评此诗"山高月小,妙在影入江流、思君不见"。(明)邢昉《唐风定》评此诗"此种神化处,所谓太白不知其所以然"。(清)范大士《历代诗发》评"峨眉"句"响逸神遥"。(清)李锳《诗法易简录》评此诗"就月写出蜀中山峡之险峻也。在峨眉山下,犹见半轮月色照入江中,自清溪入三峡,则山势愈高,江水愈狭,直至渝州,两岸皆峭壁层峦,插天万仞,仰眺碧落,仅馀一线,并此半轮之月亦不可见,此所以不能不思也。'君'字指月言"。(清)吴瑞荣《唐诗笺要》评此诗"元气浑沦,寻不出痕迹,所以为大家"。(清)弘历《唐宋诗醇》评此诗"但觉其工,然妙处不传"。(清)赵翼《瓯北诗话》评此诗"李太白'峨眉山月半轮秋'云云,四句中用五地名,毫不见堆垛之迹,此则浩气喷薄,如神龙行空,不可捉摸,非后人所能模仿也"。(清)黄叔灿《唐诗笺注》评此诗"'君'指月……月在峨眉,影入江流,因月色而夜发清溪;及向三峡,又忽不见月,而舟已直下渝州矣。诗自神韵清绝"。

# 金陵夜寂凉风发,

独上西楼望吴越。
白云映水摇秋光，
白露如珠滴秋月。

白露如珠 > 江淹《别赋》："秋露如珠。"

0041　　李白《金陵城西楼月下吟》

金陵之夜寂静，凉风徐徐，独自登上西楼，遥望吴越之地。

白云映在江水中，秋光摇动，秋露如珠滴下，

正如那圆圆的、明亮的秋月。

初闻征雁已无蝉，
百尺楼高水接天。
青女素娥俱耐冷，
月中霜里斗婵娟。

0042　　李商隐《霜月》*

征雁 > 迁徙的雁。多指秋天南飞的雁。刘潜《从军行》："木落雕弓燥，气秋征雁肥。"
青女 > 神话传说中掌管霜雪的女神。《淮南子·天文训》："秋三月……青女乃出，以降霜雪。"高诱注："青女，天神，青霄玉女，主霜雪也。"
素娥 > 嫦娥的别称。谢庄《月赋》："引玄兔于帝台，集素娥于后庭。"李周翰注："嫦娥窃药奔月，月色白，故云素娥。"
婵娟 > 姿态美好貌。

开始听到大雁南飞时，已经没有了蝉鸣；

秋月照亮百尺高楼，映在无边的水中。

月

秋月

青女和嫦娥都耐得住寒冷，各自在月宫中、寒霜里，竞比着美好的姿容。

（宋）杨万里《诚斋诗话》评后二句"佳句也"。（清）姚培谦《李义山诗集笺注》评此诗"从无伴中说出有伴来，如此伴侣煞是难得"。（清）纪昀《玉溪生诗说》评此诗"首二句极写摇落高寒之意，则人不耐冷可知。却不说破，只以青女、素娥对照之，笔意深曲"。（清）沈厚塽《李义山诗集辑评》朱彝尊评"青女"句"霜、月双含"。何焯评"百尺"句"先虚写霜月之光，最接得妙"。（近）邹弢《精选评注五朝诗学津梁》评"百尺"句"极写摇落高寒之意，则人不耐冷可知。妙不说破，只以对面映衬之"。

转缺霜轮上转迟，
好风偏似送佳期。
帘斜树隔情无限，
烛暗香残坐不辞。

转（zhuǎn）缺 > 渐渐由满变亏。
霜轮 > 指月亮。
上转（zhuǎn）迟 > 升起变晚。转，移动。
偏 > 偏偏，表示事实与希望相反。

0043　陆龟蒙《中秋后待月》**

月亮渐渐由满变亏，在东方升起得也比中秋变晚；

清风宜人，却偏偏像是在送走月圆（中秋）的好日子。

隔着窗帘，隔着树枝，无限深情地等待，

灯烛油尽暗淡，焚香已经烧残，仍坐在那里眺望不止。

（明）廖文炳《唐诗鼓吹注解》评后二句"皆'待'字意"。（明）廖文炳《唐诗鼓吹笺注》纪昀评后二句"写得'待'字刻挚"。（清）金圣叹

《批唐才子诗》评"好风"句"'好风送佳期',又妙！风之与月，曾有何与？乃为待月不到，且借风来自解。人生在不得意中，便又真有之也"；评后二句"'帘斜树隔'，妙，妙！不是月来被遮，乃是月未来时先自为之清宫除道。'烛暗香残'，妙，妙！不是真到黑暗，乃是未曾暗前先自发愿终身勿谖（xuān，忘）也。真是世间异样笔墨！"（清）朱三锡《东岩草堂评订唐诗鼓吹》评此四句"此于望后待月，故首日'转缺'，惜之也；又日'转迟'，望之也。二日'送佳期'，而先言好风者，是待月不至，反借好风自解，故日'偏似'也。三'帘斜树隔'，是从月未来时设想。四'烛暗香残'，是从未曾暗前坐守"。（清）赵臣瑗《山满楼笺注唐诗七言律》评此四句"'转缺'是'后'，'转迟'是'待'也。二忽引出'好风'，而日'偏似送佳期'，妙。未见月，先得风，正如小姐未离香阁，红娘先敛衾携枕而报日'至矣，至矣'也者。三、四故作曲折，然俱是预拟之词。'帘斜树隔'，言虽上犹未易相亲，然正妙于掩映也，故日'情无限'；'烛暗香残'，言欲待势必至甚久，然誓弗忍抛弃也，故日'坐不辞'"。（清）胡以梅《唐诗贯珠》评"好风"句"落想入微，无中生有，却将'待'字凌空笼住。原用风为月之陪客，而忽扯来与月亲近，真正灵心"。

## 最爱笙调闻北里，
## 渐看星淡失南箕。
## 何人为校清凉力，
## 欲减初圆及午时。

0044　陆龟蒙《中秋后待月》　接上

北里 > 古舞曲名。《史记·殷本纪》："帝纣……爱妲己，妲己之言是从。于是使师涓作新淫声，北里之舞，靡靡之乐。"

南箕 > 星名，即箕宿。共四星，二星为踵，二星为舌，踵窄舌宽，夏秋之间见于南方，故称。

校 > 计算，计较。

月

秋月

最喜欢听用笙吹奏的《北里》曲，十六的月亮升起，

群星立刻暗淡下来，南箕星也看不到了。

如果有谁要计算月光的多少，

那么过了中秋的午夜，月亮就开始一天天地减去它的清辉了。

（明）廖文炳《唐诗鼓吹注解》评前二句"皆'待'字意"；评后二句"'待'字意得此更觉玄远"。（清）金圣叹《批唐才子诗》评此四句"五六（前二句）又妙，又妙！言极意待月却不到，才分念月已来也。七八（后二句）忽作微言，言今夜是十六，前夜是十四，昨夜是十五。十六是欲减，十四是初圆，十五是及午。此三夜相去至微，粗心人万乃不觉。然而但差一分气候，必差一分斤两，由辨之不早，辨此，胡可以不校耶？五六真出神入化妙笔，七八真茧丝牛毛妙理，并非笔墨之家之恒睹也"。（清）朱三锡《东岩草堂评订唐诗鼓吹》评此四句"五六（前二句）言专意待月，月偏来迟，偶然分念，却已月来，皆极写'待'字意也。七八结得极细，盖日以一日经天，故日中为午，月以一月经天，故月半为午。'欲减'是望后，'初圆'是望前，三夜相去甚微，必待相校而始知。此真至精至微之妙理也"。

月
光

江流宛转绕芳甸，
月照花林皆似霰。
空里流霜不觉飞，

宛转 > 曲折回旋。
芳甸 > 鲜花盛开的郊野。古代城外曰郊，

汀上白沙看不见。

郊外日甸。谢朓《晚登三山还望京邑》："喧鸟覆春洲，杂英满芳甸。"

霰（xiàn）&gt;雪珠，冰粒。

0045　张若虚《春江花月夜》　全0014

流霜&gt;月光像霜一样从空中流泻下来。古人以为霜从天降，故有此比。

汀（tīng）&gt;水中或水边的平地。

江流曲折宛转，绕过鲜花盛开的原野；

月光如雪，笼罩花林。

月色银白，如同空里流霜，江边的白沙也消失在月光中。

（明）黄家鼎《郘庵重订李于鳞唐诗选》评此诗"五色分光，合成一片奇锦"。（明）钟惺、谭元春《唐诗归》钟评"空里"句"静幻"；评此诗"将'春江花月夜'五字，炼成一片奇光，分合不得，真化工手"。（明）钟惺《唐诗笺注》评"月照"句"入'花'字轻妙不觉……觉通篇春江花月夜，明明字字皆花"。（明）唐汝询《汇编唐诗十集》蒋一葵评"汀上"句"纡回曲折"。（明）周敬、周珽《删补唐诗选脉笺释会通评林》周启陛评后二句"状月光极静幻"。（清）毛先舒《诗辩坻》评此诗"不著粉泽，自有腴姿，而缠绵蕴藉，一意萦纡，调法出没，令人不测，殆化工之笔哉"。（近）闻一多《唐诗杂论》评此诗"在这种诗面前，一切的赞叹是饶舌，几乎是渎亵"。

此夜江中月，
流光花上春。
分明石潭里，
宜照浣纱人。

流光&gt;流动的月光。见0038。

分明&gt;明亮。

浣（huàn）纱人&gt;原指西施。春秋时越国美女，被越王勾践献给吴王夫差，成

月

月光

0046 张子容《春江花月夜二首·一》

为夫差的宠妃。相传浙江绍兴若耶山下，若耶溪边有浣纱石，当年西施曾浣纱于此。这里代指浣纱妇女。

今夜的春江夜月，月光洒在春花之上。

明亮的月光映在江边的石潭里，应照亮了潭边美丽如花的浣纱女。

（明）钟惺、谭元春《唐诗归》谭评此诗"若虚之多，子容之简（按张若虚《春江花月夜》36 句，此诗仅 6 句，故云），不妨并妙。简者尤难耳"。钟评后二句"语亦有光"；评此四句"写题，分摆得妙，'春江花月夜'五字，只当不曾说出"。（清）王士禛《唐贤三昧集》评此诗"题甚繁，诗甚简，勿看他运题手法，看他诗外有多少诗在"。（清）范大士《历代诗发》评"流光"句"'流光'五字，如何团聚？兴趣独绝"。

清辉澹水木，
演漾在窗户。
苒苒几盈虚，
澄澄变今古。

澹 > 水波起伏。
水木 > 指园林中的树木池塘。晋·谢混《游西池》："景昃鸣禽集，水木湛清华。"
演漾 > 水波荡漾。
苒苒 > 犹渐渐。
澄澄 > 清澈明洁貌。

0047 王昌龄《同从弟销南斋玩月忆山阴崔少府》

明月的清辉洒向树木池塘，

月光溶溶，在水面上起伏摇荡，在窗前闪烁晃动。

光阴荏苒，它已经经历了多少盈虚圆缺！

晶莹澄澈，见证着人世的古往今来。

（清）沈德潜《唐诗别裁集》评此诗"高人对月时，每有盈虚今古之感"。
（清）范大士《历代诗发》评此诗"兴致空逸"。（清）王闿运《手批唐诗选》评此诗"着墨不多，自觉深远"。

清泉映疏松，
不知几千古。
寒月摇清波，
流光入窗户。

疏松＞稀疏的松林。
流光＞指月光。见0038。

0048　李白《望月有怀》

月光下清泉映照疏松，不知已有多少岁月。

寒冷的月光摇荡清波，照入窗户。

（明）周敬、周珽《删补唐诗选脉笺释会通评林》刘辰翁评此诗"清沁入口"。吴逸一评此四句"清幽"。（清）吴昌祺《删订唐诗解》评此四句"水映松而月摇水，语意相衔"。

皓露助流华，

月
月光

轻风佐浮凉。
清冷到肌骨，
洁白盈衣裳。

流华 > 如水的月光。

0049　　欧阳詹《玩月》

洁白的露水映得月光更明亮，徐徐的秋风更增添了月光的凉意。

月光照在身上，清凉沁入肌骨，使衣服变得更加洁白。

（明）周敬、周珽《删补唐诗选脉笺释会通评林》唐汝询评此诗"平妥"。钟惺评此诗"迂回潇洒"。（清）黄周星《唐诗快》评此诗"有古拙之趣"。

月
落

候晓逾闽峤，
乘春望越台。
宿云鹏际落，
残月蚌中开。

候晓 > 等待天亮。
闽峤 > 指东峤山，即大庾岭。大庾岭为五
　　岭之一。相传汉武帝时有庾姓将军筑
　　城于此，故名，为岭北、岭南的交通
　　咽喉之一。
越台 > 指越王台。在今广州越秀山，为汉
　　时南越王赵佗所筑。
宿云 > 昨夜的云。
鹏际 > 犹鹏霄。九天云霄。
蚌中开 >《吕氏春秋》："月望则蚌蛤实，
　　月晦则蚌蛤虚。"

0050　　宋之问《早发始兴江口
　　　　至虚氏村作》

春日黎明时，从始兴县的江口出发，经过大庾岭，

船行近广州，遥遥可见北山上的越王台。

天际微云飘散，江中倒映出一弯残月。

（明）叶羲昂《唐诗直解》钟惺评此诗"下笔宛转不滞"。（明）周敬、周珽《删补唐诗选脉笺释会通评林》陆时雍评"宿云"句"是适然实景"。（清）吴昌祺《删订唐诗解》评后二句"精警"。（今）李庆甲《瀛奎律髓汇评》方回评后二句"前无古人"。冯舒评"宿云"句"奇妙"；评后二句"高古奇秀，老杜所无"。查慎行评后二句"语巧而不觉其纤，所以为初唐"。纪昀评"残月"句"言月光斜长一线，如珠光之闪于蚌中耳。此一联故为奇语，已开雕琢风气"。

斜月沉沉藏海雾，
碣石潇湘无限路。
不知乘月几人归，
落月摇情满江树。

> 碣石潇湘 > 碣石，山名，在今河北昌黎县西北。潇湘，二水名，在湖南合流后称潇湘。借指湖南地区。这里以碣石潇湘泛指天南地北。
> 摇情 > 牵动相思之情。

0051　张若虚《春江花月夜》　全 0014

斜月低沉，隐没在雾气里，地北天南，道路无限。

不知月下几人归去，但见落月含情摇曳，映照江边之树。

（明）钟惺《唐诗笺注》评"落月"句"'摇'字、'满'字，幻而动，读之目不能瞬"。（清）吴乔《围炉诗话》评此诗"正意只在'不知乘月几

月
月落

人归'"。(清)王尧衢《唐诗合解笺注》评此四句"馀情袅袅,摇曳于春江花月之中,望大海而杳渺,感古今之茫茫;伤离别而相思,视流光而如梦。千端万绪,总在此情字内动摇无已,将全首诗情一总归结。其下添不得一字,而又馀韵无穷"。(清)吴烶《唐诗选胜直解》评此诗"通篇淡淡描摹春江花月之景,末着'落月摇情满江树'一句,有许多寄慨,无限深情"。(清)王寿昌《小清华园诗谈》评后二句"结句贵有味外之味,弦外之音。写景则如……张若虚之'不知乘月几人归,落月摇情满江树'"。(近)闻一多《唐诗杂论》评此四句"这里一番神秘而又亲切的、如梦境的唔谈,有的是强烈的宇宙意识,被宇宙意识升华过的纯洁的爱情,又由爱情辐射出来的同情心"。

# 水中月

江水向涔阳,
澄澄写月光。
镜圆珠溜彻,
弦满箭波长。

0052　　卢照邻《江中望月》

涔阳 > 古洲渚名。《楚辞·九歌·湘君》:"望涔阳兮极浦,横大江兮扬灵。"在今湖北公安县。

写 > 通泻,映照。

珠溜 > 谓月圆转明澈如珠。

弦满 > 月半圆为弦月。弦月渐圆,如弓弦张满,故曰弦满。

箭波 > 喻月光。

长江之水向涔阳流去,月光映照,江水澄澈。

月圆如镜,映在动荡的江水中,像无数珍珠在闪耀;

月满如弓，月光似箭般明亮射远。

旅人倚征棹，
薄暮起劳歌。
笑揽清溪月，
清辉不厌多。

征棹（zhào）> 指远行的船。棹，船桨。倚
　　征棹犹言行舟。
劳歌 > 惜别之歌。梁武帝萧衍《东飞伯劳
　　歌》有"东飞伯劳西飞燕"句，后遂称
　　送别之歌为劳歌或伯劳歌。
揽 > 此指用手掬起。

0053　　张旭《清溪泛舟》*

游子行舟清溪，黄昏时唱起离别之歌。

月映清溪，手掬水中之月，爱其无限清辉。

无云天欲暮，
轻鹢大江清。
归路烟中远，
回舟月上行。

轻鹢（yì）> 即轻舟。鹢，水鸟名。古时船
　　头多画鹢首，故用以代称船。
归路、回舟 > 开元十六年春张子容自乐城
　　赴永嘉，此归途中作，故云。

0054　　张子容《泛永嘉江日暮回舟》

万里无云，天色将晚，轻舟行驶在永嘉江上。

烟霭之中，归路尚远，大江映月，小舟似于月上行驶。

月

水中月

（明）钟惺、谭元春《唐诗归》钟评"回舟"句"'月上'妙，'月下'则庸矣"。（清）谭宗《近体秋阳》评前二句"浩直不可名"；评此诗"翩然而起（前二句），飒然而止……究竟盛朝手笔"。（清）王夫之《唐诗评选》评此诗"只于心目相取处得景得句，乃为朝气，乃为神笔……在章成章，在句成句，文章之道，音乐之理，尽于斯矣"。（清）贺裳《载酒园诗话又编》评后二句"甚肖孟氏（孟浩然）意态"。（清）范大士《历代诗发》评此诗"神闲气静，此境最不易到"。（清）卢㻬、王溥《闻鹤轩初盛唐近体读本》评"回舟"句"最是隽句，佳在'上'字"。

**虚无色可取，**
**皎洁意难传。**
**若向空心了，**
**长如影正圆。**

色 > 佛家语，相当于"物质"，亦专指眼所识别的对象。
空心 > 佛家语，谓清净无染的禅心。
了（liǎo）> 指明亮，光亮。清·纳兰性德《琵琶仙·中秋》："吹到一片秋香，清辉了如雪。"这里喻指禅心。

0055　　皎然《水月》

水中之月，其实是虚幻的，并不真实；

它皎洁的月光，其实也并非实在。

而习佛者清净的禅心，正应该像这映在水中的空幻虚无的月影，

如此的明亮皎洁、不染纤尘，达到如此圆满的境界。

壹　天文

0056
0064
天空

星空　0 5 5

星
空

雁飞萤度愁难歇，
坐见明河渐微没。
已能舒卷任浮云，
不惜光辉让流月。

明河 > 即银河。
坐见 > 犹眼看着。
微没 > 隐没。
让 > 逊色，不及。

0056　宋之问《明河篇》

大雁从夜空中飞过，流萤在黑暗中闪烁，

漫漫长夜，眼看着银河渐渐隐没。

浮云在空中任意舒卷，群星灿烂，与明月争辉。

（明）周敬、周珽《删补唐诗选脉笺释会通评林》蒋一梅评此诗"委婉流丽，亦初唐杰作"。（清）乔亿《剑溪说诗》评此诗"词调圆美"。

孤月沧浪河汉清，
北斗错落长庚明。

沧浪 > 清凉，寒冷。
长庚 > 即太白星、金星。晨见东方为启明星，昏见西方为长庚星。

0057　李白《答王十二寒夜独酌有怀》

冬天的夜空孤月寒冷，银河清朗。

北斗错落，太白星明亮。

天空
星空

常时任显晦，
秋至最分明。
纵被微云掩，
终能永夜清。

显晦 > 明与暗。
掩 > 遮没，遮蔽。
永夜 > 长夜。

0058　　杜甫《天河》

平时银河的明与暗，并无人注意，

但到了秋天，便格外光明耀眼。

即使被微云遮挡，也终能在长夜里灿烂朗照。

（明）钟惺、谭元春《唐诗归》钟评"常时"句"（'任显晦'）三字深"。
（明）唐汝询《唐诗解》评此诗"以天河喻贤者之出处"；又"此诗未详
所指，亦子美（杜甫）自况耳"。（清）仇兆鳌《杜诗详注》评此诗"直
咏天河，而寓意在言外"。（清）李因培《唐诗观澜集》评后二句"有味
其言"。（清）浦起龙《读杜心解》评此四句"咏天河必于秋，如此四句，
一字不着迹，却字字是秋夜天河也"。（清）卢坤《五家评本杜工部集》
王慎中评"秋至"句"好"；评后二句"语不工而自有意致"。

旧捐金波爽，
皆传玉露秋。
关山随地阔，

旧 > 指十五日夜。因此诗作于十六日夜，
故称昨夜为旧。

# 河汉近人流。

0059　杜甫《十六夜玩月》

挹 > 酌，以瓢舀取。《诗经·小雅·大东》："维北有斗，不可以挹酒浆。"

金波 > 指月光。月映水中，如金光闪烁，故云。《汉书·礼乐志》："月穆穆以金波，日华耀以宣明。"颜师古注："言月光穆穆，若金之波流也。"

爽 > 明亮，清朗。

玉露 > 秋露。

秋 > 古以五色、五行配四时，秋为金，其色白，故指白色。

河汉 > 银河。

月光同昨夜（十五日）一样明亮皎洁，洒向大地，使秋露变成银白色。

月光普照，关山显得更加辽远；

夜空中银河灿烂，好像向人的身边流淌过来。

（宋）刘克庄《后村诗话》评"河汉"句"绝佳"。（明）胡应麟《诗薮》评后二句"精深奇邃，前无古人，后无来者"。（明）王嗣奭《杜臆》评此四句"中秋前白露，后寒露，故有是名（按指'玉露'）。此时两间游气俱敛，故关山随地而阔，河汉近人而流，金波之爽，无如此时"。（清）张溍《杜诗注解》评"旧挹"句"月十五以前为新，十六以后为旧，'旧'字非苟用"。（清）何焯《义门读书记》评此四句"下语皆切'玩'字。……'旧挹金波爽'，切十六夜。……'关山随地阔'，当空正圆，高下深阻一片皆明，故日'随地阔'"。（清）范大士《历代诗发》评后二句"写月色可爱"。（清）浦起龙《读杜心解》评后二句"'关山'明迥，而势若加'阔'，于客中尤切；'河汉'逼近，而光如欲'流'，于夔地尤切"。（清）纪容舒《杜律详解》评此诗"写景写情，两面俱到"。（清）刘浚《杜诗集评》李因笃评后二句"写月之大，无如'关山'二句"。

天空
星空

九重深锁禁城秋，
月过南宫渐映楼。
紫陌夜深槐露滴，
碧空云尽火星流。

0060　卢纶《长安疾后首秋夜即事》

九重 > 九重门。包括天子宫廷之门（自内而外）路门、应门、雉门、库门、皋门，以及城门、近郊门、远郊门、关门。宋玉《九辩》："君之门以九重。"代指宫禁。

南宫 > 南方星宿的宫（古代划分星空的区域），指朱鸟星座。《史记·天官书》："南宫朱鸟，权、衡。"《尚书·洪范》："月之从星，则以风雨。"孔颖达疏："推此则南宫好旸（晴），北宫好燠（暖）。"一说尚书省象列宿之南宫，故南宫为尚书省的别称，亦通。

紫陌 > 指京城道路。

火星流 > 火，星名，又名"大火"，亦称"心宿"。流，指星辰向下斜行。大火星每年夏历五月间出现在东北天空，而后每月向南移动约三十度，六月底出现在正南，最高，至七月初开始向西斜移，因称"流火"。

秋天来到紫禁城，宫门闭锁；

月亮来到南方的天空，月色映照楼头。

京城外通向郊野的道路上，槐树滴下露水；

夜空中晴朗无云，只见大火星已开始向西流动。

（明）周敬、周珽《删补唐诗选脉笺释会通评林》周珽评此诗"赋景清畅"。（清）王夫之《唐诗评选》评此诗"条达（条理通达）"。（清）陆次云《五朝诗善鸣集》评"碧空"句"'七月流火'四字化成七字，彼不可多，此不可少"。

纤云四卷天无河，
清风吹空月舒波。
沙平水息声影绝，
一杯相属君当歌。

河 > 指银河。
属（zhǔ）> 斟酒相劝。
君 > 指张署。唐德宗贞元二十年，韩愈与张署同任监察御史，因上疏谏京畿百姓穷困，请宽延赋税，同被贬官。贞元二十一年八月，宪宗即位，大赦。韩愈改官江陵府法曹参军，张署改官江陵府功曹参军，时俱俟命郴州。

0061　韩愈《八月十五夜赠张功曹》

万里晴空没有一丝微云，

天河不显，清风徐徐，明月当空，银光倾泻。

水静沙平，万籁俱寂，我举杯向你敬酒，请你高歌一曲。

（宋）黄震《黄氏日钞》评此诗"感慨多兴"。（明）陆时雍《唐诗镜》评此诗"有飞舞翔翥之势"。（清）顾嗣立《昌黎先生诗集注》朱彝尊评此四句"写景语净"。（清）查慎行《初白庵诗评》评此诗"用意在起、结，中间不过述迁谪量移（官吏因罪远谪，遇赦近调）之苦耳"。（清）吴汝纶《十八家诗钞评点》顾嗣立评此四句"起即嵇叔夜'微风清扇，云气四除，皎皎亮月，丽于高隅'（魏晋·嵇康《四言诗》）意，而兴象尤清旷"。

白狐向月号山风，
秋寒扫云留碧空。

玉烟 > 指炊烟。

天空
星空

玉烟青湿白如幢，
银湾晓转流天东。

0062　　李贺《溪晚凉》

幢（chuáng）＞一种旌旗。垂筒状，饰有
　　羽毛、锦绣。
银湾＞指银河。银河在夜空中，夏季呈南
　　北方向，冬季接近于东西方向。

月下风声响起，像白狐在对着月亮嚎叫；

秋日的寒风扫尽阴云，天空碧蓝。

傍晚炊烟升起，青润不散，远看状如幡幢；

银河转动，拂晓时银河之水好像向东北方的天边倾泻。

（明）黄淳耀《李长吉集》评后二句"玉烟、银湾并杜撰，却自是好"。
（清）王琦等《三家评注李长吉歌诗》王琦评"秋寒"句"'扫云留碧
空'，谓浮云敛尽，天质独露"。

露下凉生簟，
无人月满庭。
难闻逆河浪，
徒望白榆星。

0063　　卢殷《月夜》

簟（diàn）＞竹席。
逆河＞指银河。
白榆＞指星。《古乐府·陇西行》："天上何
　　所有，历历种白榆。"

露水降下，竹席生凉；月光洒满庭院，寂静无人。

听不到银河流水的波浪声，只见夜空繁星点点。

长夜闭荒城，
更深恨转盈。
星流数道赤，
月出半山明。

更深 > 夜深。
盈 > 长，增加。

0064　　佚名《冬夜非所》

漫漫长夜，荒城紧闭；随着夜深，愁苦更甚。

流星闪过，划出数道红光；月亮升起，映得半山明亮。

天空
星空

壹　　天文

0065风
0081

| | | | |
|---|---|---|---|
| 清风 | 0 | 6 | 5 |
| 春风 | 0 | 6 | 7 |
| 秋风 | 0 | 7 | 0 |
| 寒风 | 0 | 7 | 3 |
| 山风 | 0 | 7 | 4 |
| 旋风 | 0 | 7 | 6 |

清
风

逐舞飘轻袖，
传歌共绕梁。
动枝生乱影，
吹花送远香。

逐 > 随。
绕梁 > 形容歌声高亢回旋，久久不息。《列子·汤问》："昔韩娥东之齐，匮粮，过雍门，鬻歌假食。既去，而馀音绕梁，三日不绝。"

0065    虞世南《奉和咏风应魏王教》*

清风吹动歌女的舞袖，吹送悠扬的歌声。

清风吹过，花枝摇曳，花影零乱，花香飘远。

拂林花乱彩，
响谷鸟分声。
披云罗影散，
泛水织文生。

拂林 > 吹拂林木。
披云 > 拨开云层。
泛水 > 指掠过水面。

0066    李世民《咏风》

风吹过花林，落英缤纷；吹过山谷，带来鸟鸣声；

吹开云雾，使锦绣般的彩霞消散；

掠过水面，使水上泛起层层波纹。

（明）王世贞《艺苑卮言》："唐文皇（李世民）手定中原，笼盖一世……《帝京篇》可耳，馀者不免花草点缀。"

带花疑凤舞，
向竹似龙吟。
月动临秋扇，
松清入夜琴。

龙吟 > 形容声音响亮，犹如龙鸣。宋·陆游《题庵壁》诗："风来松度龙吟曲，雨过庭馀鸟迹书。"

0067　李峤《咏风》

风吹起落花，飘飘如同凤舞；吹入竹林，竹韵犹如龙吟。

清风徐徐，好像扇动秋扇；松涛阵阵，似乎伴响夜琴。

引笛秋临塞，
吹沙夜绕城。
向峰回雁影，
出峡送猿声。

引 > 引导，带来。
回雁 > 湖南衡阳有回雁峰，传说大雁至此，便不再南飞，栖息在湘江下游，春天折返北方。《方舆胜览》："回雁峰在衡阳之南，雁至此不过，遇春而回，故名。"

0068　张祜《咏风》

塞外秋风带来哀怨的羌笛声，边城之风吹得黄沙漫天。

回雁峰的秋风伴随着南飞大雁的身影，巫峡之风传送出清猿的哀鸣。

（清）李因培《唐诗观澜集》评后二句"浑雅"。


春
风


可怜盘石临泉水，
复有垂杨拂酒杯。
若道春风不解意，
何因吹送落花来。

可怜 > 可爱。
盘石 > 即磐石。厚而大的石头。
复 > 又，更。
解意 > 理解人的心思。

0069　　　王维《戏题盘石》*


泉边的磐石是那么让人喜爱，坐在石上饮酒，更有柳条来掠拂酒杯。

如果说春风不了解人的心思，又为什么会将花瓣吹落在我的面前？

（宋）刘辰翁《评王摩诘诗集》评此诗"迭荡，野兴甚浓"。（明）敖英《唐诗绝句类选》评此诗"景物会心处，在乎无意而相遭，类如此"。周珽评后二句"'若道''何因'四字妙"。（清）卢?、王溥《闻鹤轩初盛唐近体读本》评此诗"复似太白（李白）"。（近）王文濡《唐诗评注读本》评此诗"踞石酌酒，垂杨拂杯，如此佳趣，已觉可爱。而春风复解人意，吹送落花，'若道''何因'四虚字，咀嚼有味"。（近）朱宝莹《诗式》评此诗"言人坐石上举杯，垂杨何以来拂之？只是春风吹来，似解人意，而为人增趣者……谓不是春风解意，何以又吹送落花于石上举杯时耶？……以落花显出垂杨，以拂杯显出临水，以春风解意显

风
春风

出盘石可怜，各尽妙境"。

东风吹暖气，
消散入晴天。
渐变池塘色，
欲生杨柳烟。

渐变句 > 谢灵运《登池上楼》："池塘生春
草，园柳变鸣禽。"
杨柳烟 > 春天杨柳发芽时，远望似有青青
的烟雾，故云。

0070　　陈羽《春日晴原野望》

东风吹来温暖的气息，气息消散，化入晴空。

春风使池塘逐渐变为绿色，又使杨柳生出青青的烟雾。

（今）李庆甲《瀛奎律髓汇评》方回评后二句"能言早春之意"。冯班
评后二句"常言耳，脱胎谢康乐（谢灵运），得起句妙，不厌其偷。一
直四句，所以妙"。陆贻典评后二句"从康乐'池塘生春草'（谢灵
运《登池上楼》）脱胎"。查慎行评后二句"对句动宕"。纪昀评此四句
"极有意象"。

蜂喧鸟咽留不得，
红萼万片从风吹。
岂如秋霜虽惨冽，
摧落老物谁惜之？

咽 > 犹噪。
红萼 > 犹红花。萼，花底部的叶状薄片，俗
称花托。
惨冽 > 气候寒冷，景象凄凉。
老物 > 老人表达感慨时的自称。

0071　　韩愈《感春四首·二》

春风浩荡却可悲：落花片片随风飘飞，

蜜蜂的喧闹、鸟儿的歌唱也留不住它们。

哪里像秋霜，虽然寒冷凄厉，

但摧落的都是枯枝败叶、像我这样的老家伙，并不可惜。

（宋）黄震《黄氏日钞》评后二句"谓春风漫诞（散漫）之可悲，甚于秋霜摧落之不足惜。此意亦奇"。（清）黄周星《唐诗快》评此诗"春气漫诞，诗亦与之为漫诞"。（清）顾嗣立《昌黎先生诗集注》何焯评后二句"翻案"。（清）王元启《读韩记疑》评此诗"正谤议嚣暴（舆论哗然而猛烈）时作，故其词旨愀然……忧谗畏讥之诗也"。（清）方东树《昭昧詹言》评后二句"折深"。

芳草和烟暖更青，
闲门要路一时生。
年年点检人间事，
唯有春风不世情。

闲门 > 指贫穷之家。
点检 > 查点。
世情 > 指世态人情。

0072　　　罗邺《赏春》*

天气向暖，芳草浸润着烟云，更显碧绿，

不分贫富，同时长满家家的门前。

考查一下人间之事，年复一年，

只有春风不讲世态炎凉、人情冷暖，对谁都一样对待。

风
春风

（宋）谢枋得《谢注唐诗绝句》评此诗"杜子美（杜甫）云'花柳更无私'（《后游》），自通都大邑以至深山穷谷，自禁苑名园以至竹篱茅舍，当春和时，何处而无花柳，何处而无芳草，此造化之至公也。子美因花柳见春风之无私，此诗因芳草见春风之不世情，异辞同意"。（明）胡应麟《诗薮》评后二句"仅去张打油一间，而当时以为工，后世亦亟称之，此诗所以难言"。（明）周敬、周珽《删补唐诗选脉笺释会通评林》刘辰翁评前二句"自好"。徐充评"唯有"句"'唯有'二字最佳，见世情则不能然，冷暖顿生向背矣"。（清）宋长白《柳亭诗话》评后二句"松直棘曲，鹄白乌玄，不必更下转语（解释）"。（清）陆次云《五朝诗善鸣集》评此诗"赋得如此快然，可抒愤懑之气"。（清）马位《秋窗随笔》："罗邺'唯有春风不世情'句，与许浑'公道世间唯白发'（按：此为杜牧《送隐者一绝》句）意同，然道破则无含蓄也。"

秋
风

秋风起函谷，
劲气动河山。
偃松千岭上，
杂雨二陵间。

0073　　徐惠《秋风函谷应诏》

函谷 > 函谷关。为山东通往关中的要隘，在今河南灵宝市东北。唐都城长安位于函谷关以西。

劲（jìng）气 > 凛冽的寒气。

偃松 > 指强劲的风使松树伏倒。

二陵 > 指崤山。《左传·僖公三十一年》："崤有二陵焉。其南陵，夏后皋之墓也；其北陵，文王之所避风雨也。"杨伯峻注："二陵者，东崤山与西崤山也。"崤山，在河南省西部，分东西两截，主峰在灵宝市东南。

秋风起于函谷，强劲的寒风撼动河山，

使千山松柏偃伏，裹挟着从崤山而来的秋雨。

何处秋风至，
萧萧送雁群。
朝来入庭树，
孤客最先闻。

何处 > 犹何时。
萧萧 > 象声词。形容风声。
孤客 > 单身旅居外地的人。

0074　　刘禹锡《秋风引》*

不知何时，秋风吹起；风声萧萧，大雁南归。

清晨（风）吹入庭树之间，孤身在外的人总是最先听到。

（明）钟惺《唐诗笺注》蒋一葵评"孤客"句"不曰'不堪闻'，而曰'最先闻'，语意深厚"。（明）周敬、周珽《删补唐诗选脉笺释会通评林》徐克评此诗"人情之真，非老于世故者不能道此"。（清）沈德潜《唐诗别裁集》评"孤客"句"若说'不堪闻'便浅"。（清）吴昌祺《删订唐诗解》评"孤客"句"用意最妙"。（清）王尧衢《唐诗合解笺注》评"孤客"句"孤客之心易伤摇落，故最先闻之而有感也"。（清）李锳《诗法易简录》评"孤客"句"妙在'最先'二字为'孤客'写神，无限情怀，溢于言表"。（清）吴烶《唐诗选胜直解》评此诗"风无形，随四时之气而生，曰'何处'，惊之也。秋风秋雁并在一时，若风送之者然，况万物经秋，皆将黄落，逐臣孤客，尤难为情，曰'入庭树'，曰'最先闻'，惊心更早。宋玉悲秋，略与仿佛"。（清）黄叔灿《唐诗笺注》评"孤客"句"谁不闻？而曰'最先闻'，孤客触绪惊心，形容尽矣"。

风
秋风

若说‘不堪闻’便浅"。（清）杨逢春《唐诗绎》评此诗"绝不下一悲感字面，而节序关心，摇落之感，愁人先觉，无穷情绪，已于言外传出，斯为语尽而意不尽"。（近）俞陛云《诗境浅说续编》评此诗"四序迭更，一岁之常例，惟乍逢秋至，其容则天高日晶，其气则山川寂寥。别有一种感人意味，况天涯孤客，入耳先惊，能无惆怅？苏颋之《汾上惊秋》，韦应物之《淮南闻雁》，皆同此感也"。

昔看黄菊与君别，
今听玄蝉我却回。
五夜飕飗枕前觉，
一年颜状镜中来。

黄菊 >《礼记·月令》：季秋"鞠有黄华"。
君 > 诗人称呼秋风。
玄蝉 > 即"寒蝉"。《礼记·月令》：孟秋"寒蝉鸣"。
五夜 > 即夜，因夜有五更，故称。
飕飗（liú）> 象声词。风声。
觉（jiào）> 睡醒。古睡为睡眠，觉为睡醒。

0075    刘禹锡《始闻秋风》

去年菊花开放时与秋风相别，今年寒蝉始鸣，我又回来。

夜间在枕上醒来，听到飕飗的秋风声；

一年中我容颜的变化，都映在镜中。

（清）陆次云《五朝诗善鸣集》评此诗"秋之为气，从毫端奔放而来"。
（清）胡以梅《唐诗贯珠》评后二句"佳"。

迥拂来鸿急，
斜催别燕高。

已寒休惨淡，
更远尚呼号。

0076　　李商隐《风》

迥拂句 >《礼记·月令》:"仲秋之月……
盲风（疾风）至、鸿雁来、玄鸟（燕）
归。"迥，远。

斜催句 > 庾肩吾《风诗》:"湘川燕起馀。"

惨淡 > 指秋气肃穆凄凉。董仲舒《春秋繁
露·治水五行》:"金用事，其气惨淡
而白。"

秋风吹拂着远来的鸿雁；送走别去的燕子。

秋风已如此寒冷，切莫更加残酷吧；带着呼号，吹向远方。

（清）程梦星《重订李义山诗集笺注》评此诗"亦寓言"；评此四句"喻
排挤之徒"。（清）姚培谦《李义山诗集笺注》评此诗"当鸿来燕别之
时，寒色秋声，萧瑟如是，况穷边绝塞，何以能堪？"（清）纪昀《玉
溪生诗说》评此诗"纯是寓意，字字沉著，却字字唱叹，绝不粘滞也"。
（清）冯浩《玉溪生诗集笺注》评前二句"'来鸿''别燕'，深秋时令；
'回拂''斜催'，形容风势"。

## 寒风

烛龙栖寒门，
光耀犹旦开。
日月照之何不及此，
唯有北风号怒天上来。

0077　　李白《北风行》

烛龙 > 古代神话中的龙。人面蛇身，身长
千里。《淮南子·地形训》:"烛龙在雁
门北，蔽于委羽之山，不见日，其神
人面龙身而无足。"

寒门 > 指北方严寒之地。《淮南子·地形
训》:"北方曰北极之山曰寒门。"高诱
注:"积寒所在，故曰寒门。"

光耀句 > 传说烛龙目放巨光，睁眼为昼，

风
寒风

闭眼为夜。极北方有不见日光之地，烛龙的目光犹能把那里照亮。

烛龙栖息在北方严寒之地，烛龙的目光耀如白昼。

日月已经照不到这里，只有北风怒号着，从天而来。

（明）邢昉《唐风定》评此诗"摧肝肺，泣鬼神，却自风流淡宕"。（明）唐汝询《汇编唐诗十集》评前二句"起得奇崛"。吴逸一评后二句"真苦寒处"。（清）王琦《李太白全集》评此诗"鲍照有《北风行》，伤北风雨雪，行人不归。太白（李白）拟之而作"。（清）弘历《唐宋诗醇》评此诗"悲歌激楚"。（清）陈仅《竹林答问》评"日月"句"古诗中八字句法亦不多见，不比九字、十字奇数之句，犹可见长也。有唐一代，惟太白仙才，有此力量。如……《北风行》'日月照之何不及此'……等句，惟其逸气足以举之也。"

山
风

肃肃凉风生，
加我林壑清。
驱烟寻涧户，
卷雾出山楹。

0078　王勃《咏风》\*\*

肃肃 > 快速的样子。《诗经·召南·小星》："肃肃宵征。"毛传：肃肃，疾貌。

加 > 施及，这里作吹拂解。宋玉《风赋》："夫风者，天地之气，溥畅而至，不择贵贱高下而加焉。"

寻 > 延伸，延及。《淮南子·齐俗训》："譬若水之下流，烟之上寻也。"

涧户 > 山谷中的陋室。

山楹 > 指山中房屋。古时屋一列称为一楹。

清风飕飕，带来凉意；吹拂林壑，林谷清爽。

驱赶烟云，吹过山中涧户；挟卷雾气，离开山中的房屋。

（宋）计有功《唐诗纪事》评此诗"最有馀味，真天才也"。（明）顾璘《唐音评注》评此诗"子安（王勃）五言，独此篇语意皆到，可法"。（明）钟惺、谭元春《唐诗归》钟评"加我"句"读至此，心眼始开，骨韵声光，居然一李顾、王昌龄矣"。（清）屈复《唐诗合解》评"加我"句"'加'字有斟酌"；评"驱烟"句"'寻'字妙"。

去来固无迹，
动息如有情。
日落山水静，
为君起松声。

动息 > 起动消歇。古言动息，或指出仕与退隐。王勃《秋日宴季处士宅序》："虽语默非一，物我不同，而逍遥皆得性之场，动息匪自然之地。"

0079　王勃《咏风》 接上

风之去来，不留痕迹；风之动止，却似乎有情。

日落后山水寂静，这时山间又因风而响起了松涛声。

（明）顾璘《唐音评注》评前二句"近道之语"；评后二句"飘逸有情"。（明）钟惺、谭元春《唐诗归》钟评后二句"只读此二语，知世人以王、杨、卢、骆并称者，为无眼人矣"。谭评前二句"子美（杜甫）咏物诸小诗，俱得此法之妙"；评"为君"句"'为君'二字妙，待物如人矣"。（明）邢昉《唐风定》评后二句"神境"。（清）王夫之《唐诗评选》评此诗"质量不俭削"。

风
山风

疲马卧长坂，
夕阳下通津。
山风吹空林，
飒飒如有人。

长坂（bǎn）＞长长的山坡。
下＞落。
通津＞四通八达的渡口。
飒（sà）飒＞象声词。形容风声。《楚辞·九
　歌·山鬼》："风飒飒兮木萧萧。"王逸
　注："风木摇动，以言恐惧失其所也。"

0080　　岑参《暮秋山行》

　　马儿疲倦，卧在山坡上；夕阳西斜，落于渡口间。

　　山风吹过空荡荡的树林，飒飒作响，好像有人在林间行走。

　　（唐）殷璠《河岳英灵集》评后二句"亦称幽致也"。（宋）范晞文《对床
夜语》评此四句"远途凄惨之意，毕见于此"。（明）钟惺、谭元春《唐
诗归》谭评"飒飒"句"诵之心惊"。（明）周敬、周珽《删补唐诗选脉笺
释会通评林》周珽评此诗"晋人诗'茅茨隐不见，鸡鸣知有人'（晋·白
道猷《陵峰采药触兴为诗》），此云'山风吹空林，飒飒如有人'，同一
意法，由荒境中写出真趣，幽奥自奇"。（清）王夫之《唐诗评选》评
此诗"静光灵警"。（清）杨逢春《唐诗绎》评后二句"十字摹写逼真"。
（近）刘永济《唐人绝句精华》评此诗："写旅途荒野凄寂之状，如在
目前。"

旋
风

风从石下生，
薄人而上抟。

薄人＞逼人。薄，逼近，靠近。

## 衣服似羽翮，
## 开张欲飞骞。

0081　　白居易《游悟真寺诗》

抟（tuán）＞原指鸟类向高空盘旋飞翔。此指旋风向上旋起。

羽翮（hé）＞指鸟羽。翮，鸟羽茎下段不生羽瓣而中空的部分。

骞（xiān）＞高飞貌。

风像是从山石下生出，贴着人向上旋飞。

衣服被吹得像鸟的羽毛，张扬开来，好像要高高飞起的样子。

（清）查慎行《初白庵诗评》评此四句"似（柳宗元）柳州小记"。

风
　旋风

壹　　天文

# 0082-0093 云

白
云

山光物态弄春辉，
莫为轻阴便拟归。
纵使晴明无雨色，
入云深处亦沾衣。

物态 > 指景物的情态。
轻阴 > 微阴的天色。
亦 > 尚，犹。
沾衣 > 指入云深处，云雾水气沾附，弄湿
衣裳。

0082　　张旭《山行留客》*

山光水色，春意无限；不要因为天色微阴，便欲归去。

山中时时云雾，纵使晴明无雨，入云深处，犹可沾衣。

（明）钟惺《唐诗笺注》谭元春评"入云"句"极有趣，谙炼语"。周珽
评后二句"极摹山中景物，幽美可爱，所以勿便拟归也"。（清）黄周
星《唐诗快》评此诗"如此留客，大有别致"。（清）黄生《唐诗评》评
"入云"句"非熟识游趣者不能道"。（清）刘宏煦、李德举《唐诗真趣
编》评此诗"身在云中，不见云也，湿气蒙蒙而已。结语（'入云'句）
信然"。（近）俞陛云《诗境浅说续编》："凡游名山，每遇云起，咫尺
外不辨途径，襟袖尽湿，知此诗写山景甚确。"（近）刘永济《唐人绝
句精华》评后二句"最能写出深山云雾溟蒙景色"。

势能成岳伈，
顷刻长崔嵬。

云

白云

暝鸟飞不到，
野风吹得开。

岳仞 > 谓山高。岳，高大的山。仞，周制八尺。
崔嵬 > 高耸貌，高峻貌。

0083　　曹松《夏云》

天上的白云堆积，似乎将成为万仞山岳，转眼之间，变得无比高大。

　　这座山日暮时的归鸟飞不到，旷野的风却能将它吹散。


千形万象竟还空，
映水藏山片复重。
无限旱苗枯欲尽，
悠悠闲处作奇峰。

竟 > 终归，终于。
映 > 犹掩。
复 > 同且。
重 > 层层叠叠。

0084　　来鹏《云》*

　　云的形态，千变万化，终归空虚；

　　遮掩流水，隐藏青山，层层叠叠。

　　多少干旱的秧苗就要枯死，

　　可它却还在悠悠闲处，呈现奇峰之状。

（宋）蔡居厚《诗史》："（来鹏）喜以诗说讪当路，为人所恶，卒不第……《夏云》云：'无限旱苗枯欲尽，悠悠闲处作奇峰。'"（清）陆次云《五朝诗善鸣集》评此诗"有讽之言"。(清)袁枚《随园诗话》评后二句"不说理而真乃说理者"。(近)刘永济《唐人绝句精华》评此诗"借云以讽不恤民劳者之词"。

晓入洞庭阔，
暮归巫峡深。
渡江随鸟影，
拥树隔猿吟。

拥 > 笼罩。
巫峡 > 长江西起四川巫山县，东至湖北巴东县一段流经的峡谷。《水经注·江水》："巴东三峡巫峡长，猿鸣三声泪沾裳。"

0085　　杜牧《云》

清晨洞庭湖上白云朵朵，傍晚巫峡中云雾缭绕。

流云随着鸟儿迅速地飞过江面，白云笼罩的树木中传来猿啼之声。

(清)李因培《唐诗观澜集》评后二句"工妙之极"。

阴去为膏泽，
晴来媚晓空。
无心亦无滞，
舒卷在东风。

膏泽 > 滋润万物的雨水。
无心 > 陶渊明《归去来兮辞》："云无心而出岫。"
在 > 凭借。

0086　　李中《春云》*

云

白云

春云在阴天化作滋润秧苗的雨水，在晴空中展示出美好的姿态。

没有什么追求，也没有什么阻碍，任凭东风在空中舒卷。

（清）陆次云《五朝诗善鸣集》评此诗"用行舍藏，闲云可法"。

溶溶溪口云，
才向溪中吐。
不复归溪中，
还作溪中雨。

溶溶 > 明净洁白貌。
才 > 开始。
复 > 又，再。

0087　　张文姬《溪口云》*

溪口洁白的云朵，正向溪涧中飞去。

不是回到溪涧之中，而是化作溪中之雨。

（明）陆时雍《唐诗镜》评此诗"趣甚，俏甚"。（清）沈德潜《唐诗别裁集》评此诗"音节竟是古诗"。（清）宋宗元《网师园唐诗笺》评后二句"识得物理透"。（近）俞陛云《诗境浅说续编》评此诗"言溪中水气，蒸化为云，既腾上天空，当不得更归溪内，而酿云成雨，仍落溪中。雨复化水，水更生云，云水循环而不穷，可见无往不复，不生不灭，名理即禅机也。以诗格论，如游九曲武夷，一句一转，愈转愈深；以音节论，颇近汉魏古诗。在诗家集中，亦称佳咏，出自闺秀，可谓难能"。

云

霞

彩云惊岁晚，
缭绕孤山头。
散作五般色，
凝为一段愁。

彩云＞五彩之云。
岁晚＞此为双关。明指时光向晚，暗指人
　　　到暮年。
缭绕＞回环盘旋貌。
五般色＞五种颜色，指青黄赤白黑五色。

0088　　　李邕《咏云》

　　　　彩云亦如人，惊叹于向晚：

　　它清晨飞散，化作五色斑斓，何等绚丽；

　　　　　　而到了黄昏，

　　它凝聚在孤独的山头，蕴含迟暮之无限愁苦。

（清）屈复《唐诗合解》评"彩云"句"云无心出岫，何尝惊岁晚？起便
有意"。

晚景寒鸦集，
秋风旅雁归。
水光浮日出，
霞彩映江飞。

晚景＞傍晚时的景色。
寒鸦＞寒天的乌鸦。
霞彩＞彩霞。

云

云霞

秋日晚景，寒鸦聚集，旅雁归飞。

日光在水面上沉浮，彩霞在天空中飘散。

（明）叶羲昂《唐诗直解》钟惺评此诗"写景灵活，可救滞涩"。（明）周敬、周珽《删补唐诗选脉笺释会通评林》汪道昆评此诗"情景相生，无一蔓语，所以为美"。唐汝询评此四句"起对之工者，三四（后二句）流丽可喜"。周珽评此诗"章法整，不病板；对法工，不嫌排。句调优柔明秀，不刻不肤，居然燕公（张说，张均之父）家传"。（清）谭宗《近体秋阳》评前二句"凄老"；评"水光"句"五字真浩不可名"。（清）屈复《唐诗合解》评后二句"'水光'从地说到天，'霞彩'从天说到地，少陵《秋兴》'江间波浪'二句（按：杜甫《秋兴八首》一有'江间波浪兼天涌，塞上风云接地阴'句）亦是此法"。（清）黄叔灿《唐诗笺注》评此诗"意致哀恻，含情无限"。（清）卢弼、王溥《闻鹤轩初盛唐近体读本》陈德公评此诗"'晚'即日去霞飞耳。写日去乃云'水浮'，写霞飞乃云'江映'，便足增致，此可悟写景增致之法"。（清）王寿昌《小清华园诗谈》评后二句"一韵之响，遂能振起百倍精神"。

乌
云

白日照其上，
风雷走于内。
滉漾雪海翻，

滉（huàng）漾（yàng）>水深广摇动貌。
槎（chá）牙>形容错落不齐状，与上"滉漾"均状云海。

**槎牙玉山碎。**

0090　刘禹锡《客有为余话登天坛
　　　　遇雨之状因以赋之》

站在王屋山顶看山下的雨云，

只见太阳照在云上，风雷奔腾在云内。

云涛动荡，如雪海翻滚；又如玉山崩塌，玉石碎落纷飞。

（明）钟惺、谭元春《唐诗归》钟评前二句"'上'字、'内'字……皆以
极确字面，形出极幻妙境，作记高手""语有极壮幻惊人，而不免为
后人开一蹊径者，如'日月照其上，风雷走于内'等语是也"。（明）陆
时雍《唐诗镜》评此四句"殊自奇快"。（清）陆次云《五朝诗善鸣集》
评此诗"入雨中，出雨上，俯视万态，合写分写，诸境毕出"。（清）
王闿运《手批唐诗选》评此诗"山上看山下雨，常景也，作诗便觉
灵奇"。

**蛟龙露鬐鬣，**
**神鬼含变态。**
**万状互生灭，**
**百音以繁会。**

鬐（qí）鬣（liè）> 鱼、龙的脊鳍。《文
选·木华＜海赋＞》："巨鳞插云，鬐
鬣刺天。"李善注引郭璞《＜上林赋＞
注》："鳍，鱼背上鬣也。"
繁会 > 繁多的音调互相参错。

0091　刘禹锡《客有为余话登天坛
　　　　遇雨之状因以赋之》　全 0090

云
乌云

云中似有无数条蛟龙翻滚，时而露出鳞爪脊背；

又像是有鬼神隐现，不断变幻着姿态。

千汇万状，生生灭灭，各种声音交响轰鸣。

（明）陆时雍《唐诗镜》评此四句"殊自奇快"。（明）钟惺、谭元春《唐诗归》钟评后二句"视听高寂""虽无声迹可寻，而实境所触，偶然得之，移动不去，久而更新耳"。（清）施补华《岘佣说诗》评此诗"变化奇幻，已开东坡之先声"。

## 雾

宿雾含朝光，
掩映如残虹。
有时散成雨，
飘洒随清风。

宿雾＞夜雾。
朝光＞早晨的阳光。
掩映＞谓闪烁映照，时隐时现。

0092　元结《引东泉作》

清晨的阳光映照昨夜的雾气，

绚丽的光影像残虹时隐时现。

有时雾气会化成细雨，随着清风飘洒。

（明）钟惺、谭元春《唐诗归》钟评"宿雾"句"水上真境"。

才看含鬓白，
稍似沾衣密。
道骑全不分，
郊树都如失。

含 > 隐藏。
稍 > 逐渐。
骑 (jì) > 车马。

0093　　韦应物《凌雾行》

苏州城里大雾弥漫，一开始是看不清人的白发，

渐渐地沾湿了人的衣裳。

后来连道路车马都看不清，远处的郊野树木更像是消失了一样。

云
雾

壹 天文

# 0094
# 0158

雨

| | | | |
|---|---|---|---|
| 春雨 | 0 | 9 | 3 |
| 细雨 | 1 | 0 | 3 |
| 暴雨 | 1 | 0 | 8 |
| 骤雨 | 1 | 1 | 2 |
| 久雨 | 1 | 1 | 5 |
| 梅雨 | 1 | 1 | 9 |
| 秋雨 | 1 | 2 | 0 |
| 雷雨 | 1 | 2 | 6 |
| 雨后 | 1 | 2 | 7 |

春
雨

仁心及草木，
号令起风雷。
照烂阴霞上，
交纷瑞雨来。

照烂 > 光辉灿烂。汉·司马相如《子虚赋》：
　　"众色炫耀，照烂龙鳞。"
阴霞 > 云霞。

0094　　张九龄《和崔尚书喜雨》

天地的仁心及于草木，一声号令，风雷振起。

云霞灿烂闪光，祥瑞之雨降下。

城上春云覆苑墙，
江亭晚色静年芳。
林花著雨燕脂湿，
水荇牵风翠带长。

苑墙 > 指曲江芙蓉苑之墙。
年芳 > 一年芳菲之景唯在春，故曰年芳。
燕脂 > 脂粉。
荇（xìng）> 水生植物名。又名接余。嫩时
可食，多生于湖塘中。《诗经·周南·关
雎》："参差荇菜，左右流之。"因其叶
浮水面，相连而生，故曰如翠带。

0095　　杜甫《曲江对雨》

长安城上春云低垂，覆压芙蓉苑的苑墙；

江边亭台雨中寂寞，晚来空对芳菲之景。

林中花朵，着雨嫣红，如同胭脂被打湿；

水中荇菜被风吹动，如同翠带飘飘。

（明）周敬、周珽《删补唐诗选脉笺释会通评林》唐陈彝评后二句"杜诗中娇艳者"。周珽评此诗"深情婉韵，娓娓缱绻"。（清）李长祥、杨大鲲《杜诗编年》评后二句"固是清丽，别有幽动处见精神"。（清）黄生《杜诗说》评此诗"一'静'字，见出风景寂寥。然景则寂寥，诗语偏极浓艳"。（清）仇兆鳌《杜诗详注》："此诗题于院壁，'湿'字为蜗蜒所蚀，苏长公（苏轼）、黄山谷（黄庭坚）、秦少游（秦观）偕僧佛印，因见缺字，各拈一字补之。苏云'润'，黄云'老'，秦云'嫩'，佛印云'落'，觅集验之，乃'湿'字也。出于自然。"（清）浦起龙《读杜心解》评此诗"对'雨'则景益寂寥，故回首繁华，不堪俯仰，只一'静'字笼通首"。（清）宋宗元《网师园唐诗笺》评"江亭"句"雨景如画"。（清）杨伦《杜诗镜铨》评后二句"金钗歌舞，旧地宛然"；评此诗"以丽句写其哀思，尤玉溪（李商隐）所心摹手追者"。（清）王寿昌《小清华园诗谈》评此四句"如此等作，不必皆绮罗兰麝，而亦何尝不丽？"（近）邹弢《精选评注五朝诗学津梁》评后二句"上句浓艳，下句跌宕"。


好雨知时节，
当春乃发生。
随风潜入夜，
润物细无声。

潜 > 犹悄悄，暗中。
润物 > 滋润万物。

　　　杜甫《春夜喜雨》\*\*

好雨就像知道时节，春天来临，便会及时来到人间。

夜里随着春风悄然而至，于无声处，滋润大地万物。

(明)卢世㴶《杜诗胥钞》佚名评后二句"神句"。(明)郝敬《批选杜工部诗》评"好雨"句"'知'字奇"；评后二句"妙语"。(明)钟惺、谭元春《唐诗归》钟评"好雨"句"可作《卫风·灵雨》注脚"。谭评后二句"浑而幻，其幻更不易得"。(明)周敬、周珽《删补唐诗选脉笺释会通评林》周珽评前二句"妙在春时雨，首联便得所喜之故"；评此诗"摹雨景入细"。(清)钱谦益《杜工部集笺注》俞玚评"好雨"句"全为春字着笔"。(清)顾宸《辟疆园杜诗注解》评后二句"雨随风，固属恒事，好在'潜入夜'三字；雨润物，固是常理，好在'细无声'三字。不觉其入夜，而已潜随风入夜；不闻其有声，而已细润物于无声。盖当此春时，固喜雨之发生，而发生太骤，致风狂物损，安在其为好雨也？公可谓绘水绘声矣"。(清)张溍《杜诗注解》评后二句"'潜'字、'细'字，正见雨之可喜，若猝风暴雨，则所伤者多矣"。(清)黄生《唐诗评》评"好雨"句"及时之雨，其喜固宜，然非'知时节'三字，则喜意亦写不透"。(清)仇兆鳌《杜诗详注》评后二句"曰'潜'、曰'细'，写得脉脉绵绵，于造化发生之机，最为密切"。(清)查慎行《初白庵诗评》评此诗"此种景，画家所不能绘，唯诗足以发之"。(清)吴瞻泰《杜诗提要》评"好雨"句"以'知'贴'雨'，带'喜'意"。(清)沈德潜《唐诗别裁集》评后二句"传出春雨之神"。(清)浦起龙《读杜心解》评此四句"起有悟境，于'随风''润物'，悟出'发生'；于'发生'悟出'知时'也。……俱流对"。(清)范廷谋《杜诗直解》评后二句"随风入夜，杳难见也，故曰'潜'；润物无声，渺难闻也，故曰'细'"。(清)纪容舒《杜律详解》评后二句"雨随风，固属恒事，好在'潜入夜'，不觉其入夜，而已潜入矣；雨润物，亦是常理，好在'细无声'，不闻其润物，而已细润矣。此又以有益无损见雨之'好'"。(清)刘濬《杜诗集评》吴农祥评前二句"以朴胜"；评后二句"细腻"。(近)俞陛云《诗境浅说》评后二句"应时好雨，不在倾注而在透润……若春

雨

春雨

雨如膏，小雨如酥，皆言好雨之润细。此诗上句言雨之将至，则随风潜入；既降，则润物无声。可谓体物入微"。（今）李庆甲《瀛奎律髓汇评》方回评此诗"绝唱"。

野径云俱黑，
江船火独明。
晓看红湿处，
花重锦官城。

杜甫《春夜喜雨》 接上

红湿 > 红花着雨而湿。
花重 > 花因着雨而沉重。梁简文帝萧纲《赋得入阶雨诗》："渍花枝觉重。"
锦官城 > 指成都。古成都以产锦著名，有大城、少城。少城为掌织锦员之官署，因称锦官城。

春雨中田野小径一片黑云沉沉，只有江上渔船，可见灯光闪烁。

揣想明天雨过天晴，成都应是满城红花怒放、带雨低垂。

（明）胡应麟《诗薮》评前二句"精深奇邃，前无古人，后无来者"。
（明）王嗣奭《杜臆》评前二句评"花重"句"'重'字妙，他人不能下"。
（明）钟惺、谭元春《唐诗归》谭评"江船"句"以此句为雨境尤妙"。评后二句"'红湿'字已妙于说雨矣，'重'字尤妙，不湿不重"。（明）周敬、周珽《删补唐诗选脉笺释会通评林》周珽评后二句"一结见春，尤有可爱处"。（清）钱谦益《杜工部集笺注》俞场评此诗"绝不露一'喜'字，而无一笔不是'春夜喜雨'"；评后二句"写尽题中（'春夜喜雨'）四字之神"。（清）顾宸《辟疆园杜诗注解》评此四句"二句言夜景，二句言晓景。云黑、火明，承'随风潜入夜'；红湿、花重，承'润物细无声'，却不见承上痕迹"。（清）张溍《杜诗注解》评前二句

"以明形黑，是雨夜真景妙景"。(清) 黄生《杜诗说》评前二句"写雨境妙矣，尤妙在能见'喜'意。盖云黑则雨浓可知，六('野径'句) 衬五，五衬三，三衬四，加倍写'润物细无声'五字，即是加倍写'喜'字"。(清) 仇兆鳌《杜诗详注》评此四句"'云黑''火明'，雨中夜景；'红湿''花重'，雨后晓景"。(清) 张谦宜《茧斋诗谈》评此四句"'野径云俱黑，江船火独明'，此是借'火'衬'云'。'晓看红湿处，花重锦官城'，此是借'花'衬'雨'。不知者谓止是写花，'红'下用'湿'字，可见其意"。(清) 何焯《义门读书记》评前二句"'野径云俱黑'，此句暗；'江船火独明'，此句明。二句皆剔'夜'字"；评后二句"'细''润'故重而不落。结'春'字，工妙"。(清) 浦起龙《读杜心解》评此诗"写雨切'夜'易，切'春'难，此处着眼"。(清) 冒春荣《葚原诗说》评前二句"写景之句，以工致为妙品，真境为神品，淡远为逸品。如……'野径云俱黑，江船火独明'……神品也"。(清) 李因培《唐诗观澜集》评前二句"十字咏夜雨入微"；评后二句"钩醒'夜'字，恰是春雨，而喜意自见"。(清) 宋宗元《网师园唐诗笺》评后二句"不脱喜意"。(清) 杨伦《杜诗镜铨》邵长蘅评前二句"十字咏夜雨入神"。(清) 刘凤诰《杜工部诗话》评后二句"喜好雨之知时也"。(清) 刘浚《杜诗集评》朱彝尊评前二句"粘定是夜中雨"。李因笃评此诗"此诗妙处，有疏疏朴朴之致，非其人不知"。(清) 施补华《岘佣说诗》评前二句"确是暮江光景"。(今) 李庆甲《瀛奎律髓汇评》方回评"晓看"句"'红湿'二字，或谓惟海棠可当"。纪昀评此诗"名篇，通体精妙"；评此四句"尤有神。'随风'二句虽细润，中晚人刻意或及之，后四句 (此四句) 传神之笔，则非馀子所可到"。

# 啼鸟云山静，
# 落花溪水香。

云山 > 高耸入云之山。

雨

春雨

0098　　　戴叔伦《雨》

雨中传来鸟啼，云山更显寂静；落花飘入水中，流水亦带芳香。


暮雨朝云几日归，
如丝如雾湿人衣。
三湘二月春光早，
莫逐狂风缭乱飞。

三湘 > 湘水的总称。湘水合沅水称沅湘，
　　合潇水称潇湘，合蒸水称蒸湘，故云
　　三湘。
逐 > 追逐，随。

0099　　　杨凭《春情》*


朝云暮雨，绵绵不停；如丝如雾，打湿衣裳。

湘江二月，春光早早到来，这春天的雨丝不要随着狂风纷纷乱飞呀！


细雨度深闺，
莺愁欲懒啼。
如烟飞漠漠，
似露湿萋萋。

深闺 > 女子卧室。
漠漠 > 弥漫貌。
萋萋 > 草茂盛貌。《楚辞·招隐士》："王
　　孙游兮不归，春草生兮萋萋。"谢灵
　　运《悲哉行》："萋萋春草生，王孙游
　　有情。"

0100　　　刘复《春雨》

　　　　　　春天的细雨飞入女子的卧室，

黄莺似乎也感受到春愁而懒得啼鸣。

春雨如雾如烟，到处弥漫，打湿春草，

似晶莹的露珠在草叶上滚动。

（清）乔亿《大历诗略》评此诗"玉台体，无粉泽气"。（今）李庆甲《瀛奎律髓汇评》方回评此诗"工丽"。纪昀评此诗"婉秀，是中唐本色"。

万心春熙熙，
百谷青芃芃。
人变愁为喜，
岁易俭为丰。

0101　白居易《贺雨》

熙熙 > 和乐貌。《老子》："众人熙熙，如享太牢，如春登台。"
芃（péng）芃 > 茁壮茂盛貌。《诗经·小雅·黍苗》："芃芃黍苗，阴雨膏之。"毛传注："芃芃，长大貌。"
岁 > 年成。
俭 > 歉收。

皇帝下了罪己诏，大旱之年终于降雨。

稻谷长得茁壮茂盛，百姓心中都欢乐感动。

人们喜气洋洋，不再发愁，年成也由歉收变成了五谷丰登。

（明）许学夷《诗源辩体》评此诗"叙事详明，用韵稳贴"。（清）黄周星《唐诗快》评此诗"只如说家常话，忠爱恳恻，字字从肺腑中流出，真仁人君子之言"。（清）贺裳《载酒园诗话又编》评此诗"乐天（白居易）得意作"。（清）弘历《唐宋诗醇》评此四句"极形喜雨之情"；评此诗"情辞剀切，忠爱蔼然"。

雨

春雨

咸阳桥上雨如悬，
万点空蒙隔钓船。
还似洞庭春水色，
晚云将入岳阳天。

咸阳桥 > 即西渭桥。因与长安城便门相对，
也称便桥或便门桥。故址在今咸阳市
南，唐代送人西行多于此相别。
空蒙 > 空阔迷蒙。
将入 > 携入，带入。

0102　　温庭筠《咸阳值雨》*

站在咸阳桥上，看大雨倾泻；烟雾迷蒙，不见对岸的钓船。

就像洞庭湖汹涌的春水涌入岳阳一样，

大雨也随着晚云，飞入咸阳城中。

兼风飒飒洒皇州，
能滞轻寒阻胜游。
半夜五侯池馆里，
美人惊起为花愁。

兼 > 共，和……一起。
飒（sà）飒 > 象声词。形容风雨声。见0080。
皇州 > 帝都，京城。
滞 > 阻留。
五侯 > 泛指权贵豪门。《汉书·元后传》载，
汉成帝曾同时封其舅王谭平阿侯、王
商成都侯、王立红阳侯、王根曲阳侯、
王逢时高平侯。一说指宦官。《后汉
书·单超传》载桓帝因宦官单超等诛
梁冀及其亲党有功，封单超为新丰侯、
徐璜武原侯、具瑗东武阳侯、左悺上
蔡侯、唐衡汝阳侯，"五人同日封，故
世谓之五侯"。

0103　　罗邺《长安春雨》*

春雨随风飒飒，飘落京城；使得轻寒不散，无法游春。

半夜权贵人家的庭院里，美人正因风雨惊起，为落花而伤感惆怅。

（清）贺裳《载酒园诗话又编》评后二句"便是开得一宝山，至今犹为人盗用不已"。

织恨凝愁映鸟飞，
半旬飘洒掩韶晖。
山容洗得如烟瘦，
地脉流来似乳肥。

织恨凝愁 > 言愁恨交织凝聚，深恨不已。
映 > 犹掩，隐藏。
掩 > 遮没，遮蔽。
韶晖 > 明丽的光景。
旬 > 十天。
地脉 > 指地下水。古称甘美清冽的泉水为乳泉，故此云"似乳肥"。

0104　　皮日休《奉和鲁望春雨即事次韵》

春雨霏霏，像是愁恨交织，遮掩了飞鸟；

一连下了五六天，飘飘洒洒，掩盖了春天明丽的景色。

雨洗春山，朦胧似瘦；泉水涌流，甘美清冽。

（明）陆时雍《唐诗镜》评后二句"瘦雅肥俚，三四语此其定评矣"。

绮陌夜来雨，
春楼寒望迷。

雨

春雨

远容迎燕戏，
乱响隔莺啼。

绮陌 > 繁华的街道。梁简文帝《登烽火楼》："万邑王畿旷，三条绮陌平。"
夜来 > 犹夜间。
容 > 事物的气象。

0105　　唐彦谦《春雨》

长安繁华的街道上从昨夜下起了春雨，

站在春寒的楼头望去，一片迷蒙。

远处的烟景迎来嬉戏的春燕，雨点的响声盖过黄莺的啼鸣。

（清）冯舒、冯班《二冯先生评阅才调集》冯班评此诗"神似义山（李商隐）"。（清）李因培《唐诗观澜集》评"乱响"句"佳句"。

雨溟溟，
风泠泠，
老松瘦竹临烟汀。
空江冷落野云重，
村中鬼火微如星。

溟溟 > 迷蒙貌。
泠泠 > 清冷貌。
烟汀 > 烟雾笼罩的水边平地。

0106　　张泌《春江雨》**

下着小雨，吹着冷风，水边烟雾笼罩着老松瘦竹。

江上空荡冷落，阴云低压，村中的磷火像星星般闪烁。

夜惊溪上渔人起，
滴沥篷声满愁耳。
子规叫断独未眠，
罨岸春涛打船尾。

0107　张泌《春江雨》 接上

滴沥 > 象声词。水下滴声。
子规 > 杜鹃鸟的别名。《华阳国志·蜀志》
　　　载，战国末年杜宇在蜀称帝，号望帝。
　　　为蜀除水患有功，后禅位，"蜀人思之，
　　　时适二月，子规啼鸣，以为魂化子规，
　　　故名之为杜宇，为望帝"。杜鹃常夜
　　　鸣，声音悲凄，似曰"不如归去"。常
　　　借以抒悲苦哀怨之情。
独 > 义同"犹"。还，仍。
罨（yǎn）岸 > 漫上堤岸。罨，掩盖，覆盖。

溪上的渔人夜间惊起，满耳雨打船篷的声音，令人愁苦。

杜鹃一夜哀鸣，使人难以入睡；漫上堤岸的春涛，拍打着船尾。

（清）潘德舆《养一斋诗话》评此诗"字字精润可爱，然大可阑入《花间》《草堂》词选中矣"。

细
雨

春风倚棹阖闾城，
水国春寒阴复晴。
细雨湿衣看不见，
闲花落地听无声。

倚棹 > 犹言泛舟。
阖（hé）闾（lú）城 > 苏州的别称。相传春
　　　秋时伍子胥为吴王阖闾筑。
水国 > 水乡，此指苏州。时刘长卿任长洲

雨
细雨

尉，长洲治与吴县同城，即今江苏
苏州。

阴复晴 > 写春天乍暖还寒、阴晴不定。

在春风中泛舟于苏州城外，水乡的初春乍暖还寒，阴晴不定。

细雨湿衣，却蒙蒙不见；闲花飘下，落地无声。

（宋）曾季狸《艇斋诗话》："前人诗言落花有思致者三：王维'兴阑啼
鸟换，坐久落花多'（《从岐王过杨氏别业应教》）；李嘉祐'细雨湿衣
看不见，闲花落地听无声'（按为刘长卿《别严士元》句）；荆公'细
数落花因坐久，缓寻芳草得归迟'（宋·王安石《北山》）。"（宋）范晞
文《对床夜语》评后二句"措思削词皆可法"。（明）周敬、周珽《删补
唐诗选脉笺释会通评林》吴国伦评后二句"对句高妙"。（清）金圣叹
《批唐才子诗》评前二句"出手最苦是先写'春风'二字"。（清）黄周
星《唐诗快》评后二句"若置禅家公案上，犹是最上上乘语"。（清）何
焯《唐三体诗评》评"闲花"句"暗寓淹久（久留）"。（清）宋长白《柳
亭诗话》评后二句"句断而意不断，一气连绵……不独上下融化，风致
嫣然，尤妙在不斤斤作二五句法"。（清）屈复《唐诗合解》评此诗"写
景真切细润"。（清）赵臣瑗《山满楼笺注唐诗七言律》评前二句"首句
字字清丽，次句字字凄其，一转笔间，正如荆卿渡易水，忽为变徵之
声，闻者皆堪泪下也"。（清）胡以梅《唐诗贯珠》评此诗"通篇秀腻"。
（清）纪昀《删正二冯先生评阅才调集》评此诗"虽涉平调，尚不庸肤，
中唐人诗清婉中自有雅致"。（清）洪亮吉《北江诗话》评后二句"体
物之工，亦惟静者能之。如……'细雨湿衣看不见，闲花落地听无声'，
卤莽人能体会及此否？"（清）方东树《昭昧詹言》评后二句"卓然名句，
千载不朽"。（清）王寿昌《小清华园诗谈》评此诗"清和纯粹，可诵可
法者"。

晓凉暮凉树如盖，
千山浓绿生云外。
依微香雨青氛氲，
腻叶蟠花照曲门。

盖 > 车子上的伞盖。
依微 > 细微。
香雨 > 雨自花间而坠，故有香。
氛氲 > 形容气味浓郁。
腻叶 > 叶之肥大者。
蟠花 > 花之簇聚者。

0109　　李贺《河南府试十二月月词·四月》

四月间的天气早晚微凉，

树木已亭亭如盖，云遮雾绕，笼罩了翠绿的群山。

微微细雨滴落花间，带着浓浓的香气。

肥大的绿叶，重叠的花瓣，在门前映照。

（明）黄淳耀《评点李长吉集》黎简评"千山"句"如景的当"。（明）杨慎《升庵诗话》评"依微"句"雨未尝有香也，而李贺诗'依微香雨青氛氲'，元微之诗'雨香云淡觉微和'（元稹《和乐天早春见寄》）"。（清）王琦等《三家评注李长吉歌诗》姚文燮评此四句"浓阴朱实，无复娇妍。春去不归，芳姿难再"。

清气灯微润，
寒声竹共来。
虫移上阶近，
客起到门回。

润 > 潮湿。
回 > 掉转。

雨
细雨

　　　　姚合《万年县中雨夜会宿寄
　　　　　皇甫句》

　　夜间飘起细雨，空气变得清凉，灯光似乎也显得潮湿；

　　　　　风吹竹林，传来飒飒之声。

小虫爬上台阶，接近门户；客人告辞，到门口发现下雨，只好转身回来。

　　（元）方回《瀛奎律髓》评此四句"言雨事巧。虫上阶近人，雨中多有

之。客起到门，始知有雨而还，则人之所难言者，故曰巧"。


帷飘白玉堂，
簟卷碧牙床。
楚女当时意，
萧萧发彩凉。

簟（diàn）>竹席。
牙床>用象牙装饰的床。
楚女>指巫山神女。见0375。
当时意>指"暮为行雨"而言。
发彩>谓头发乌黑光亮。

　　　　李商隐《细雨》*

　　　　细雨霏霏，白玉堂中，帷帐飘动；

　　　　　象牙床上，铺设了竹席。

　　想象巫山神女暮为行雨之时，乌黑的头发下垂，

　　　　　似乎雨丝，也有萧萧凉意。

　　（明）胡震亨《唐音癸签》评"萧萧"句"赵氏《万首绝句》误改为'发

影'。着'彩'字方是瑶姬，着'影'字公然一婆矣"。(清) 屈复《玉溪生诗意》评此诗"细雨如发，因帐飘簟卷而怀当时之楚女，意自有托也"。(清) 程梦星《重订李义山诗集笺注》方世举评后二句"冷艳不浮，似长吉 (李贺)"。(清) 纪昀《玉溪生诗说》评此诗"对照下笔，小诗之极有致者"。(清) 沈厚塽《李义山诗集辑评》朱彝尊评此诗"以发状雨之细"。

初随林霭动，
稍共夜凉分
窗迥侵灯冷，
庭虚近水闻。

林霭 > 林中雾气。
稍 > 犹旋。
分 > 区别。
迥 (jiǒng) > 远。
侵 > 侵袭，谓一物加一物上。
虚 > 空旷。

0112　　李商隐《微雨》*

微雨飘飞，初与林间的雾气一起浮动，

很快便增添了夜间的凉意。

人离窗尚远，已经感到侵入的寒气，灯火似也黯淡；

在空荡荡的院子里，能听到水面落雨的细微声音。

(清) 姚培谦《李义山诗集笺注》评后二句"窗迥而侵灯觉冷，庭虚故近水遥闻，写'微'字静细"。(清) 冯浩《玉溪生诗集笺注》田兰芳评此诗"写'微'字入神"。(清) 沈厚塽《李义山诗集辑评》何焯评此诗"虽无远指，写'微'字自得神"。纪昀评前二句"'微'字妙"。

雨
细雨

白帝城中云出门，
白帝城下雨翻盆。
高江急峡雷霆斗，
翠木苍藤日月昏。

白帝城 > 旧址在今四川奉节县东十里，瞿
塘峡口北岸白帝山上。汉公孙述所建。
述自号白帝，因以为名。顾祖禹《读
史方舆纪要·四川四》："白帝城也，四
面峭绝，惟马岭差逶迤可上……终蜀
之世，恒以白帝为重镇。"

0113　　杜甫《白帝》

高高的白帝城，乌云涌出城门，白帝城下顿时暴雨倾盆。

江水暴涨，湍急的巫峡中波涛汹涌，好像雷霆之斗；

古木苍藤笼罩在水雾中，连日月也昏暗不清。

（明）胡应麟《诗薮》评后二句"虽意稍疏野，亦自一种风致"。（明）王嗣奭《杜臆》评此四句"因骤雨而写一时难状之景，妙"。（明）钟惺、谭元春《唐诗归》钟评"白帝城中"句"奇景，移用不得"。（清）黄生《杜诗说》评后二句"三喻干戈相寻，四喻朝廷昏乱……写景既奇，比兴复远"。（清）仇兆鳌《杜诗详注》评后二句"江流助以雨势，故声若雷霆之斗；树木蔽以阴云，故昏霾日月之光。此阴惨之象也"。（清）张谦宜《茧斋诗谈》评后二句"险怪夺人魄，却自文从理顺"；评此诗"一气喷薄，不关雕刻"。（清）何焯《义门读书记》评"高江"句"顶'雨翻'"；评"翠木"句"顶'云出'"。（清）贺裳《载酒园诗话又编》评后二句"真一代冠冕"。（清）范大士《历代诗发》评此四句"写雨景

凌壮"。(清)范廷谋《杜诗直解》评前二句"白帝城在山上,云气如从城门中出,雨反注于城下,不言高而高可知"。(清)卢䡅、王溥《闻鹤轩初盛唐近体读本》评后二句"写得奇险"。(清)杨伦《杜诗镜铨》评"高江"句"不曰'急江高峡',而曰'高江急峡',自妙于写此江此峡也"。(清)方东树《昭昧詹言》评此诗"所谓意度盘薄,深于作用,力全而不苦涩,气足而不怒张"。(清)卢坤《五家评本杜工部集》邵长蘅评此诗"奇警之作"。(清)刘濬《杜诗集评》吴农祥评前二句"起横逸";评后二句"苍老雄杰,不易再得也"。

依沙宿舸船,
石濑月娟娟。
风起春灯乱,
江鸣夜雨悬。

舸(gě)>大船。
石濑(lài)>犹石潭。
娟娟>明媚貌。司马光《和杨卿中秋月》:"嘉宾勿轻去,桂影正娟娟。"

0114    杜甫《船下夔州郭宿雨湿不得上岸
别王十二判官》

在沙岸边停船夜泊,石潭中倒映出明月的娟娟丽影。

夜间风起,吹得桅杆上的风灯摇晃;

大雨如瀑布倾泻而下,江上一片轰鸣声。

(明)蒋一葵《唐诗选笺释》评"石濑"句"忽说月,才是宿雨"。(明)钟惺、谭元春《唐诗归》钟评"江鸣"句"妙在'悬'字,是说雨后";评此诗"无一字着象,无一字不写景"。(明)周敬、周珽《删补唐诗

雨
暴雨

选脉笺释会通评林》刘辰翁评后二句"精意不刻"。(清)张溍《杜诗注解》评后二句"'乱'字、'悬'字，写风雨景入妙"。(清)何焯《义门读书记》评后二句"无对属痕"。(清)杨伦《杜诗镜铨》蒋金式评后二句"江声与雨声响应，终夜不绝，故但觉其空际如悬耳，形容入神"。(清)卢坤《五家评本杜工部集》宋荦评后二句"句有远神，可以意会"。(清)陈衍《石遗室诗话》评"江鸣"句"蜀江岸峻，雨下如绠縻(绳索)，篷底听之，知江之鸣由雨之悬也"。

东垠黑风驾海水，
海底卷上天中央。
三吴六月忽凄惨，
晚后点滴来苍茫。

0115　杜牧《大雨行》

垠(yín) > 边际、尽头。
三吴 > 唐指吴兴、吴郡、丹阳。《通典·州郡》："苏州，春秋吴国之都也……与吴兴、丹阳为三吴。"此泛指吴地。开成三年杜牧在宣州开元寺，遇大雨。
凄惨 > 指天空阴沉凄冷，天色昏暗无光。

黑风掀动海水，从东方天际而来，好像将海底卷到了天上。

吴地的六月，天色忽然昏暗无光，

傍晚的时候，暴雨使天地变成苍茫一片。

四面崩腾玉京仗，
万里横互羽林枪。

# 云缠风束乱敲礚，
# 黄帝未胜蚩尤强。

0116　杜牧《大雨行》　全0115

崩腾 > 飞扬、纷飞。宋·林景行《独归》诗："正愁风雨崩腾夕，难访成连到海滨。"

玉京仗 > 仙界的仪仗，比喻大雨。道教称天帝的居处为玉京。李白《庐山谣》："遥见仙人彩云里，手把芙蓉朝玉京。"

横互 > 犹纵横。

敲礚 > 犹敲铿。敲击，撞击。

黄帝句 > 蚩尤，古代九黎族部落酋长。《史记·五帝纪》："蚩尤作乱，不用帝命，于是黄帝乃征师诸侯，与蚩尤战于涿鹿之野，遂擒杀蚩尤。"

暴雨迸溅纷飞，犹如天宫里仙人招展的仪仗；

雨箭万里激射，如羽林军纵横的戈戟枪林。

带着乌云，趁着风势，从天上落下，

好像当年黄帝与蚩尤大战犹酣。

（宋）葛立方《韵语阳秋》："诗人比雨，如丝如膏之类甚多。至杜牧乃以羽林枪为比，恐未尽其形似。《念昔游》云：'云门寺外逢猛雨，林里山高雨脚长。曾奉郊官为近侍，分明拟拟羽林枪。'《大雨行》云：'四面崩腾玉京仗，万里横互羽林枪。'岂去国凄断之情，不能忘鸡翘、豹尾（皆帝王仪仗，代指君王）中邪?"（宋）吴聿《观林诗话》："牧又多以竹雨比'羽林'……《大雨行》：'万里横互羽林枪'，又'云林寺外逢猛雨……分明拟拟羽林枪'。"（近）刘永济《唐人绝句精华》评"万里"句"盖雨脚之长而且密，如羽林之长矛竦立空中也"。

## 怒鲸瞪相向，

雨

暴雨

吹浪山榖榖。
倏忽腥杳冥，
须臾坼崖谷。

榖（gǔ）榖 > 象声词。形容波浪撞击山崖声。
倏（shū）忽 > 顷刻。指极短的时间。
杳冥 > 指天空。
须臾 > 片刻，短时间。
坼（chè）> 崩塌。

0117　皮日休《吴中苦雨因书一百韵寄鲁望》

暴雨降下，好像海上的鲸鱼发怒，

吹动巨浪，撞击山崖，发出巨大的声响。

顷刻间天地之间散发出腥气，转瞬之间山崖就崩塌了。

（清）余成教《石园诗话》："皮、陆《苦雨》诗，俱善铺叙，而各有佳处。"

骤
雨

残虹挂陕北，
急雨过关西。

陕北 > 陕州（今河南陕县）以北。陕州在虢州东北，故登眺可见。
关西 > 指古函谷关（今河南灵宝市西）以西。

0118　岑参《早秋与诸子登虢州西亭观眺》

登上虢州西亭眺望，

见雨后残虹尚挂在陕州以北，骤雨已过函谷关之西。

（明）邢昉《唐风定》评此诗"壮伟阔远，殆罕其俪（lì，比，并）"。（明）唐汝询《汇编唐诗十集》评此诗"不减王（维）、孟（浩然）"。（清）沈德潜《唐诗别裁集》评此二句"写景雄阔"。（明）周敬、周珽《删补唐诗选脉笺释会通评林》周敬评此诗"锻炼有致，气色精新"。（清）宋宗元《网师园唐诗笺》评此二句"阔壮"。（清）卢麰、王溥《闻鹤轩初盛唐近体读本》评此二句"作意琢秀"。

## 惊风林果少，
## 骤雨砌虫稀。

惊风 > 猛烈、强劲的风。
砌虫 > 台阶下的秋虫。指蟋蟀之类。

0119　耿湋《与清江上人及诸公宿李八昆季宅》

强风过后，树上挂的果实已经稀少，
骤雨来临，便听不到台阶下蟋蟀的叫声。

（元）方回《瀛奎律髓》评此二句"工致"。

## 俯观群动静，
## 始觉天宇大。

雨
骤雨

山顶自晶明，
人间已滂沛。

群动 > 各种生物。指此诗前文所描写的蛟龙神鬼等。陶渊明《饮酒》："日入群动息。"
天宇 > 宇宙。
自 > 已，既。
晶明 > 明亮耀眼。
滂沛 > 大雨。

0120　刘禹锡《客有为余话登天坛遇雨之状因以赋之》 全 0090

从山顶下望，各种生物都悄无声息；

始觉上下一体，天宇广阔。

山顶上已经变得明亮耀眼，山下则是一场滂沱大雨。

（明）陆时雍《唐诗镜》评此诗"写出真际处最佳"。

猛风飘电黑云生，
霎霎高林簇雨声。
夜久雨休风又定，
断云流月却斜明。

猛风 >《广雅·释风》："猛风，大风也。"
霎霎 > 象声词。指风雨之声。
断云 > 片云。
流月 > 谓月在空中移动。谢庄《月赋》："素月流天。"

0121　韩偓《夏夜》*

狂风闪电，乌云翻滚，

高高的树林风雨交加，雨声急促。

夜深雨停风住，流云飞散，斜月微明。

坐看黑云衔猛雨，
喷洒前山此独晴。
忽惊云雨在头上，
却是前山晚照明。

坐看 > 犹眼看着。
衔 > 夹杂，裹挟。
独 > 义同"犹"。还，仍。

0122　崔道融《溪上遇雨二首·二》*

眼看着乌云携带急雨，洒向前山，而此山犹晴。

忽然惊恐地以为云雨来到头顶上，却是夕阳照亮了前山。

（近）刘永济《唐人绝句精华》评此诗"深得夏雨之趣"。

久
雨

吁嗟乎苍生，
稼穑不可救！
安得诛云师？
畴能补天漏？

吁嗟乎 > 叹词。
苍生 > 老百姓。
稼穑（sè）> 种植和收获谷物。此泛指一切庄稼。
云师 > 云神，名丰隆，一说名屏翳。云不散则雨不止，故曰"诛云师"。
畴（chóu）> 谁。
补天漏 > 久雨不止，疑因天漏，故曰"补"。古代有女娲炼五色石以补天的神话传说。

0123　杜甫《九日寄岑参》

雨

久雨

淫雨不止，可怜天下苍生啊！所有的庄稼都要毁掉了。

如何才能除掉这该死的云神，有谁能来补住天的漏洞呢？

（清）黄周星《唐诗快》评此诗"分明一首苦雨诗"。（清）仇兆鳌《杜诗详注》："《通鉴》：天宝十三载秋八月，关中大饥，上忧雨伤稼，国忠取禾之善者献之，曰：'雨虽多，不害稼也。'扶风太守房琯言所部水灾，国忠使御史推（推究，审问）之。是岁，天下无敢言灾者。高力士侍侧，上曰'淫雨不已，卿可尽言。'对曰：'自陛下以权假宰相，赏罚无章，阴阳失度，臣何敢言？'诗中'苍生稼穑'一段，确有所指。云师，恶宰相之失职。天漏，讥人君之阙德。"（清）吴瞻泰《杜诗提要》评此四句"陡发大议，忧国忧民，煞有关系（重要作用、影响），气象极阔，波澜极壮，'呼嗟乎'三字，尤下得突兀，使读者精神顿耸"。

滞雨通宵又彻明，
百忧如草雨中生。
心关桂玉天难晓，
运落风波梦亦惊。

0124　　薛逢《长安夜雨》**

滞雨 > 犹久雨。

彻明 > 到天亮。

桂玉 > 喻昂贵的生活费用。《战国策·楚策三》记苏秦至楚，三日便去，楚王问故，秦曰："楚国之食贵于玉，薪贵于桂。"

风波 > 比喻坎坷或患难。

亦 > 犹。

淫雨通宵达旦，下了一夜；

心中的忧愁恰如雨中之草，纷纷滋生。

担心雨后柴米昂贵，盼望破晓天晴，长夜不寐；

回想自己遭受的厄运，如坠落风波，梦中时时惊醒。

（明）廖文炳《唐诗鼓吹注解》评此诗"言长安滞雨，通宵不寐，百忧如雨中之草，芄然而生"。（清）金圣叹《批唐才子诗》评此四句"写滞雨，既云'通宵'，再云'又彻明'者，通宵是从初更至五更，又彻明是从五更至天明。此自是窗中一人，从初更至五更，从五更至天明，求睡更不得睡，因而写雨，遂不自觉，亦便成二句也。'如草雨中生'五字，写忧已最确，然写此夜忧又最确。三四（后二句）承之，言忧之绪甚多，至于更不得睡；忧之来甚重，至于才睡又即醒也"。（清）朱三锡《东岩草堂评订唐诗鼓吹》评前二句"曰'通宵'，曰'彻明'，便写尽一夜不寐、忧从中来神理；'如草雨中生'，写忧字最确，写夜忧更确"。

压树早鸦飞不散，
到窗寒鼓湿无声。
当年志气俱消尽，
白发新添四五茎。

压＞犹临，处。
当年＞犹少年，壮年。
茎＞量词，犹根。

0125　　薛逢《长安夜雨》接上

被雨打湿的乌鸦聚在树上，清晨并不飞去，

报晓的更鼓也因雨而沉闷无声。

年轻时的豪迈情怀都已消磨殆尽，只有白头发新近增添了四五根。

雨

久雨

（明）廖文炳《唐诗鼓吹注解》评前二句"鸦聚不散，鼓湿无声，皆雨所致"；评后二句"足'百忧'意"。（明）廖文炳《唐诗鼓吹笺注》纪昀评此诗"诗意乃忧谗畏讥，梦寐不宁"。（清）金圣叹《批唐才子诗》评此四句"'鸦飞不散'，写出'压树'二字；'鼓湿无声'，写出'到窗'二字，妙，妙！便画尽一片昏沉，无数钝置，梦生醉死，抬头不起，异样荒忽神理。更不必说志气销尽，而先已了无生气矣"。（清）陆次云《五朝诗善鸣集》评前二句"'鼓无声''鸦不散'，将雨意说得沉郁"。（近）俞陛云《诗境浅说》评前二句"谓栖树之鸦，因沾翅而欲飞不起；隔窗之鼓，因湿弛而低咽无声……极诗心之妙也"。

跳梁老蛙黾，
直向床前浴。
蹲前但相聒，
似把白丁辱。

跳梁 > 同跳踉。跳跃。
蛙黾（mǐn）> 即蛙。
直 > 竟然，居然。
聒（guō）> 喧闹，声音高响嘈杂。
白丁 > 指没有功名的人，平民。

0126　皮日休《吴中苦雨因书一百韵寄鲁望》　全 0117

久雨过后，房屋进水，

青蛙蹦蹦跳跳地，竟然游到我的床前。

蹲在那里，冲我叫个不停，好像是在羞辱我这个穷书生。

（清）余成教《石园诗话》："皮、陆《苦雨》诗，俱善铺叙，而各有佳处"。

梅
雨

梅实迎时雨，
苍茫值晚春。
愁深楚猿夜，
梦断越鸡晨。

迎时雨 > 梅熟而雨，曰梅雨。王尧衢《古唐诗合解》："晚春梅未熟而先雨，故曰迎时。"

越鸡 >《庄子·庚桑楚》成玄英疏："越鸡，荆鸡也……越鸡小，不能伏鹄卵。"柳宗元时在永州，古荆地。此用荆鸡义。

0127　柳宗元《梅雨》**

晚春时节，梅子尚未熟；

天地迷茫，迎来了连绵不断的梅雨。

我在贬谪中，遇到夜雨霏霏，

楚猿哀鸣，愁情愈深；

荆鸡司晨，更打断了梦境。

（宋）何汶《竹庄诗话》引《笔墨闲录》评此诗"不减老杜"。（明）周敬、周珽《删补唐诗选脉笺释会通评林》唐汝询评此诗"不废典刑（规范）"。周珽评此诗"读《梅雨》诗，乃知（柳诗）高古蕴秀不独古体，而五律亦足范世"。（清）佚名《唐诗选评》评后二句"'楚''越'两字妙，极阔大，极凄婉"。（清）王尧衢《唐诗合解笺注》评后二句"因雨生愁，闻夜猿而更苦。因雨惊梦，听晨鸡而忽醒。此时不胜凄怨矣"。（清）杨逢春《唐诗绎》评后二句"听雨之情，妙用烘托之笔。言楚猿、越鸡，已足生愁而惊梦，今更兼雨而'深'且'断'也"。

海雾连南极，
江云暗北津。
素衣今尽化，
非为帝京尘。

南极＞南方极远之地。
素衣＞陆机《为顾彦先赠妇二首》之一：
　　"辞家远行游，悠悠三千里。京洛多
　　风尘，素衣化为缁。"李时珍《本草纲
　　目》："梅雨或作霉雨，言其沾衣及物，
　　皆生黑霉也。"

0128　　柳宗元《梅雨》 接上

　　梅雨绵绵，海上的雾气连接南极，江上的烟云遮暗北面的渡口。

　　我的素衣因梅雨发霉变黑，而不是被京尘所染。

　　（明）唐汝询《唐诗解》评此诗"南方多雨，梅时尤甚。子厚北人，因
迁柳而感风气之殊，故以托兴"；评后二句"借士衡（陆机）诗而反之，
所以念帝京、伤放逐之意不浅"。（清）黄生《唐诗矩》评后二句"尾联
寓意格……梅雨能坏衣，故七句云翻古语，以寓迁谪之怨，然语意却
浑"。（清）沈德潜《唐诗别裁集》评后二句"活用陆士衡语，所以念帝
乡、伤放逐也"。（清）宋宗元《网师园唐诗笺》评后二句"翻出恋阙之
意"。（今）李庆甲《瀛奎律髓汇评》纪昀评后二句"点化得妙"。

秋
雨

燕燕辞巢蝉蜕枝，
穷居积雨坏藩篱。
夜长檐溜寒无寝，

燕燕＞燕子。《诗经·邶风·燕燕》："燕燕
　　于飞，差池其羽。"

日晏厨烟湿未炊。

0129　窦牟《秋夕闲居对雨赠别
卢七侍御坦》

蝉蜕枝 > 雨后蝉从地下爬出，脱壳于树干后，爬上树枝，完成蜕变。
穷居 > 谓隐居不仕。
积雨 > 犹久雨。
檐溜（liù）> 顺房檐滴下来的水。
日晏 > 天色已晚。

秋雨绵绵，燕子离巢衔泥，蝉从地下爬到树上，脱壳蜕变；

我隐居的房屋也因久雨，篱笆都被冲坏。

长夜漫漫，房檐不停地滴下水来，使我寒夜难以入睡；

第二天天色很晚了，还因为柴湿而未能做好饭。

（明）廖文炳《唐诗鼓吹注解》评此四句"其穷居肃索未有甚于此者矣"。（清）金圣叹《批唐才子诗》评此四句"不惟'居'字、'雨'字写得苦，并'秋'字亦写得甚苦。此岂即所谓'洛下秋声'（指积雨。窦牟《秋夕闲居对雨赠别卢七侍御坦》有'故人骢马朝天使，洛下秋声恐要知'句）耶？抑亦心头别有其事，故甘其困穷，而以为洛下秋声也！"（清）胡以梅《唐诗贯珠》评后二句"更写苦雨，刻画沉着"。（今）李庆甲《瀛奎律髓汇评》许印芳评此诗"语语切实，无空滑病"。

蓝溪秋漱玉，
此地涨清澄。
芦苇声兼雨，
芰荷香绕灯。

0130　贾岛《雨后宿刘司马池上》

蓝溪 > 水名，源出蓝田谷，西北注入灞水。
漱玉 > 谓泉流漱石，声若击玉。陆机《招隐诗》："山溜何泠泠，飞泉漱鸣玉。"
兼 > 共，和……一起。
芰（jì）荷 > 菱叶与荷叶。屈原《离骚》"制芰荷以为衣兮，集芙蓉以为裳"。

雨

秋雨

秋雨后蓝溪水汹涌流淌，刘司马家的池中清波涨满。

雨中可以听到雨打苇叶之声，菱叶与荷叶的清香在灯前弥漫。

（清）李怀民《重订中晚唐诗主客图》评"芦苇"句"此意想到"；评"菱荷"句"此景想不到"。

秋声无不搅离心，
梦泽蒹葭楚雨深。
自滴阶前大梧叶，
干君何事动哀吟？

0131　　杜牧《齐安郡中偶题二首·二》*

秋声 > 指秋天自然界的声音，如风雨声、落叶声、虫鸟声等。

梦泽 > 指云梦泽。古代"云""梦"本为二泽，在今湖北大江南北，江北为云，江南为梦。后大部分淤成陆地，并为一泽，便并称云梦泽。唐代提到云梦泽，多指岳阳南边的青草湖。

蒹（jiān）葭（jiā）> 芦苇。《诗经·秦风·蒹葭》："蒹葭苍苍，白露为霜。"蒹，没有长穗的芦苇；葭，初生的芦苇。

秋声总是搅动离乡背井之人的心绪，

云梦泽一带芦苇苍青，秋雨下个不停。

那雨点只管打在阶前梧桐的叶子上，

我的愁苦与你有什么相干？

为什么敲出这样哀愁的声音呢？

（清）翁方纲《石洲诗话》评后二句"亦在南唐'吹皱一池春水'（冯延巳《谒金门》词）语之前"。

竹坞无尘水槛清，
相思迢递隔重城。
秋阴不散霜飞晚，
留得枯荷听雨声。

竹坞（wù）> 四周竹林茂盛的船坞。
水槛（jiàn）> 临水的亭榭。
迢递 > 遥远。
重（chóng）城 > 此指长安。唐时长安有
　　皇城、内城、外城。

0132　　李商隐《宿骆氏亭寄怀崔雍崔衮》*

骆氏亭四周竹林环抱，临水的亭榭也清净无尘；

远离尘嚣，备感孤独，想起了在长安城中的崔氏兄弟。

深秋天气阴霾，霜也落下得晚；

夜深不寐，听雨点打在枯败的荷叶上，备觉凄清。

（清）何焯《义门读书记》评此诗"寓情之意，全在言外"。（清）屈复《玉溪生诗意》评此诗"写'宿'字之神"。（清）姚培谦《李义山诗集笺注》评此诗"秋霜未降，荷叶先枯，多少身世之感"。（清）程梦星《重订李义山诗集笺注》方世举评此诗"宋绝宗派"。（清）纪昀《玉溪生诗说》评此诗"分明自己无聊，却就枯荷、雨声渲出，极有馀味。若说破雨夜不眠，转尽于言矣。'秋阴不散'起'雨声'，'霜飞晚'起'留得枯荷'，此是小处，然亦见得不苟"。（清）沈厚塽《李义山诗集辑评》何焯评后二句"暗藏永夜不寐、相思可以意得也"。

隐几客吟断，
邻房僧话稀。

雨
秋雨

鸽寒栖树定，
萤湿在窗微。

隐几 > 靠着几案，伏在几案上。《庄子·徐无鬼》："南伯子綦隐几而坐。"隐，凭依，依据。

0133　喻凫《寺居秋日对雨有怀》

窗外下起秋雨，我伏在几案上，停止了吟哦，

邻房的僧人也不怎么说话了。

淋雨的寒鸽落在树上不动，萤火虫被打湿，在窗前隐约闪烁。

（清）陆次云《五朝诗善鸣集》评此诗"音响僻涩，真苦吟也，浪仙（贾岛）嫡派"。（清）李怀民《重订中晚唐诗主客图》评前二句"匠出寥闃（孤寂）。似从清塞'孤枕客眠久，两廊僧话深'（周贺《宿开元寺楼》）翻出，而此尤多情感"。（今）李庆甲《瀛奎律髓汇评》方回评后二句"见雨意而工"。何焯评前二句"胜"。

簟翻凉气集，
溪上润残棋。
萍皱风来后，
荷喧雨到时。

簟 (diàn) 翻 > 竹席翻卷。李商隐《细雨》："帷飘白玉堂，簟卷碧牙床。"
溪上句 > 残棋已为溪上的潮气浸湿。

0134　温庭筠《卢氏池上遇雨赠同游者》

雨帘飘动，如竹席之翻卷，感到了凉气；

在溪上对弈，棋子已经被潮气打湿。

凉风吹来，水面的浮萍簇聚；雨点落下，荷叶一片喧响声。

（元）方回《瀛奎律髓》评后二句"'萍皱''荷喧'一联工"。（清）贺裳《载酒园诗话又编》评后二句"（温庭筠）短律尤多警句，如……《卢氏池上遇雨赠同游者》：'萍皱风来后，荷喧雨到时。'清不减贾（岛），润更过之"。（清）沈德潜《唐诗别裁集》评"荷喧"句"与'荷枯雨滴闻'（孟浩然《初出关旅亭夜坐怀王大校书》句）同妙"。

星辰照何处，
风雨送凉秋。
寒锁空江梦，
声随黄叶愁。

0135　戴司颜《江上雨》

星辰被阴云遮蔽，风风雨雨，送走了凉爽的秋天。

夜泊空江，寒气笼罩，不能成寐；

雨打黄叶，声声凄苦，恰如乡愁。

（明）钟惺、谭元春《唐诗归》钟评"星辰"句"远"。（清）吴乔《围炉诗话》评此诗"情景皆真，故能浃洽（和谐）"。

雨

秋雨

雷声傍太白，
雨在八九峰。
东望白阁云，
半入紫阁松。

0136　岑参《因假归白阁西草堂》

太白 > 山名，秦岭主峰，在今陕西眉县南。
《名山记》："太白山……关中诸山莫
高于此。其山巅高寒，不生草木，常
有积雪不消，盛夏视之犹烂然，故以
'太白'名。"

白阁 > 白阁峰，为终南山诸峰之一，在今
陕西户县东南。

紫阁 > 紫阁峰，为终南山诸峰之一。在户
县东南三十里，与白阁峰、黄阁峰相
距不远，高峻秀美，有终南第一峰
之称。

雷声在靠近太白山的地方响着，雨落在周围的八九座山峰上。

东望白阁峰的阴云，多飘入紫阁峰的松林中。

（明）钟惺、谭元春《唐诗归》谭评前二句"奇响。指定八九峰，谁人
数过？"（清）黄周星《唐诗快》评前二句"假归草堂，乃忽着此二语领
起，真是突兀不测"。（清）叶矫然《龙性堂诗话》评后二句"每一讽
诵，真有成连移情之叹（成连，春秋时著名琴师，俞伯牙的老师。伯
牙曾叹'先生将移我情'）"。（清）贺贻孙《诗筏》评此四句"诗家化境，
如风雨驰骤，鬼神出没，满眼空幻，满耳飘忽，突然而来，倏然而去，
不得以字句诠，不可以迹相求。如……'雷声傍太白，雨在八九峰。东
望白阁云，半入紫阁松。'……不唯作者至此，奇气一往，即讽者亦把
捉不住，安得刻舟求剑，认影作真乎？"（清）范大士《历代诗发》评
此诗"嘉州（岑参）才调颖利，虽幽淡处亦不能十分藏锋，然自多胜

概可赏"。（清）洪亮吉《北江诗话》评此四句"诗之奇而入理者"。（清）黄培芳《唐贤三昧集笺注》评前二句"突兀"；评此诗"极有气魄"。（近）高步瀛《唐宋诗举要》评前二句"起势雄莽"；评此诗"魄力沉厚，意境幽渺"。

对面雷嗔树，
当阶雨趁人。
檐疏蛛网重，
地湿燕泥新。

嗔（chēn）＞发怒。此指雷击。
趁（chèn）＞追逐，追赶。

0137　裴度《夏日对雨》

暴雨骤至，雷霆震于树颠，似对面怒吼；行人奔走避雨，如同被追赶。

屋檐漏雨，蛛网沾水而重；燕子筑巢，衔起湿润的新泥。

（明）周敬、周珽《删补唐诗选脉笺释会通评林》周敬评此诗"清亮明妥"。（今）李庆甲《瀛奎律髓汇评》方回评此诗"句句清切。'嗔'字、'趁'字，尤见夏雨之快"。纪昀评"对面"句"粗犷"。

雨
后

晴天度旅雁，

雨
雷雨
雨后

斜影照残虹。
野净馀烟尽，
山明远色同。

斜影 > 落日的光辉。

0138　　褚亮《和御史韦大夫喜霁之作》

雨后天晴，征雁飞过，落日与残虹相映。

烟雾消散，原野清新，远山明媚，一片翠色。


晚来风景丽，
晴初物色华。
薄云向空尽，
轻虹逐望斜。

向 > 在。
逐望 > 随着远望的视线。

0139　　李百药《雨后》

傍晚时风景秀丽，雨后初晴，景色焕发光彩。

轻薄的白云在空中飘散，远远望去，残虹斜挂在天边。


开塞随行变，
高深触望同。

江声连骤雨，
日气抱残虹。

0140　杜审言《度石门山》

开塞 > 开通阻塞，使道路畅通。
随行变 > 根据自己的需要，随行踪而变，
　　谓尽兴而游。
高深句 > 谓无论山高林深，皆可触而及，
　　可望而见，尽情游览。
江声 > 江涛之声。
日气 > 犹日光。

行走在石门山中，开辟道路，随意寻幽探胜；

无论山高林深，皆可尽情登眺游览。

山下江涛与骤雨之声交响，雨后日光映出残虹。

（明）许学夷《诗源辩体》评此诗"体皆整栗，语皆伟丽，其气象风格
乃大备矣"。（明）陆时雍《唐诗镜》评后二句"语气精湛"。（明）钟惺、
谭元春《唐诗归》谭评"江声"句"此句尤妙"；评此诗"秀整深重中，
灵气常勃勃欲出，最可诵法"。（明）周敬、周珽《删补唐诗选脉笺释
会通评林》周敬评此诗"点缀灵秀，转折壮幻，的（dí，确实）是度石
门实境实情"。周珽评此诗"从石门山真景以成咏，而游度客怀，和景
写出"。（明）邢昉《唐风定》评此诗"整密精工，而清疏流动，无一滞
气，此体之圣"。

泽兰侵小径，
河柳覆长渠。
雨去花光湿，
风归叶影疏。

泽兰句 > 《楚辞·招魂》："皋兰被径兮斯
　　路渐。"泽兰，菊科多年生草本植物。
侵 > 侵袭，谓一物加一物上。此指遮盖。

雨

雨后

泽兰纷披，覆盖了小路；河柳垂条，遮住了水流。

雨后风吹，草木花叶色泽湿润，光影摇动。

（明）顾璘《唐音评注》评前二句"下字厚实"。（明）黄克缵、卫一凤《全唐风雅》黄评前二句"赋景语清润可爱"。（明）许学夷《诗源辩体》评后二句"语虽近靡，而风格自胜，断非六朝人语"。（明）钟惺、谭元春《唐诗归》钟评后二句"'雨去''去'字妙；才于'花光湿'，'光'字有情。若直言雨，则湿在花而不在光矣"。谭评后二句"'湿'言光，'疏'言影，即不寻常"。（清）黄叔灿《唐诗笺注》评此四句"咏园中景色，'郊兴'在此"。

天开斜景遍，
山出晚云低。
馀湿犹沾草，
残流尚入溪。

天开＞雨后云开雾散，天空晴朗。
斜景＞西斜的阳光。
馀＞义同遗。

0142　　孟浩然《途中遇晴》

蜀地雨后夕阳斜照，晚山现出，云层低浮。

草木仍然湿润，残流归入溪谷。

（宋）刘辰翁《评孟浩然诗集》评此诗"不似着意，好语"。李梦阳评此诗"通透"。(明)钟惺、谭元春《唐诗归》钟评"天开"句"'遍'字真";评"馀湿"句"不说晴,说雨,妙!"(清)屈复《唐诗合解》评此四句"三四实写遇晴,五六初晴景……三四从上写,五六从下写……三四景佳,极有幸喜意;五六亦佳景,却有不足意……抑扬曲折,无一直笔"。(清)沈德潜《唐诗别裁集》评此诗"状晚霁如画"。(清)卢麰、王溥《闻鹤轩初盛唐近体读本》评此四句"三四方说向晴,五六写初晴景最确";评此诗"苍幽合作(合于法度),无一恒笔"。(近)邹弢《精选评注五朝诗学津梁》评此四句"贴切'遇晴'之题,笔工造化"。(今)李庆甲《瀛奎律髓汇评》方回评后二句"细润,形容雨晴妙甚";纪昀评此诗"通体细润"。

空山暮雨来,
众鸟竟栖息。
斯须照夕阳,
双双复抚翼。

竟 &gt; 全都。
斯须 &gt; 须臾,片刻。
抚翼 &gt; 拍击翅膀。

0143　　储光羲《同王十三维偶然
　　　　作十首·九》

　　山中黄昏骤雨,林中的鸟儿都栖息不动。

　　　　片刻雨停,夕阳复照;

　　鸟儿又都欢快地拍击一对翅膀,抖干羽毛。

(明)钟惺《唐诗笺注》评"众鸟"句"'竟'字妙";评此诗"觉气平。其极厚极细极和,乃从平出"。(清)王夫之《唐诗评选》评此四句"体

雨
　雨后

物见意，微妙玄通"。（清）王尧衢《唐诗合解笺注》评此诗"其意深厚，其气平和"。


楚王宫北正黄昏，
白帝城西过雨痕。
返照入江翻石壁，
归云拥树失山村。

楚王宫 > 在重庆巫山县西阳台古城内，相传楚襄王所游之地。
翻石壁 > 指石壁倒影入江，随波摇动。

0144　杜甫《返照》


从楚王宫遗址向北望去，天色正是黄昏；

白帝城西雷雨刚过，到处还留有雨痕。

夕阳返照在江心，山峰石壁的倒影随波摇动；

飘过的阴云笼罩林木，便看不见山村。

（宋）吕本中《童蒙诗训》潘大临评后二句"七言诗第五字要响，如'返照入江翻石壁，归云拥树失山村'，'翻'字、'失'字是响字也"。（明）高棅《唐诗品汇》刘辰翁评后二句"字字着意"。（明）卢世潅《读杜私言》评后二句"能写化工之情状精神"。（明）蒋一葵《唐诗选笺释》评后二句"以'翻'字写'返照'，以'失'字写'归云'，如画"。（明）许学夷《诗源辩体》评后二句"声气自然而沉雄者"。（明）王嗣奭《杜臆》评后二句"返照入江，至翻动石壁；而归云拥树，遂失山村，此宫北所以先暗也。此固一时晚雨初晴变幻光景"。（明）唐汝询《汇编唐诗十集》评前二句"正摹写返照"；评后二句"'翻'字峭，'失'

字玄"。(明)周敬、周珽《删补唐诗选脉笺释会通评林》郭濬评后二句"一联用六虚眼,工练无痕,景复如画"。(清)顾宸《辟疆园杜诗注解》评"返照"句"雨过而斜阳透入江内,倒者皆竖,晦者皆显,一一翻之,使出'入'字、'翻'字,善写水中之影"。(清)李长祥、杨大鲲《杜诗编年》评"归云"句"画理,画意"。(清)张揔《唐风采》蒋一葵评"返照"句"应次句,落照摇波,故城西犹明";评"归云"句"应首句,暗云迷树,故宫北已昏"。(清)何焯《义门读书记》评前二句"用倒装,更错综可喜";评"归云"句"解上'黄昏'二字"。(清)黄生《杜诗说》评此四句"可作诗中图画"。(清)张谦宜《茧斋诗谈》评后二句"日射水,水溅石壁;云归树,树遮山村。一句三层意,非精于观物者说不出"。(清)贺裳《载酒园诗话又编》评后二句"真一代冠冕"。(清)沈德潜《唐诗别裁集》评后二句"炼字"。(清)赵臣瑗《山满楼笺注唐诗七言律》评此四句"第一句从远处侧边写起,第二句方写近处正面,第三句直写到最深最暗、不可测之处,而返照之能事始毕……真觉字字有光彩射人"。(清)纪容舒《杜律详解》评前二句"'返照'二字,即在'黄昏''雨过'四字之中"。(清)宋宗元《网师园唐诗笺》评后二句"炼字警切"。(清)卢麰、王溥《闻鹤轩初盛唐近体读本》评后二句"'翻''失'二字,固云法老,但非'入'不'翻',惟'拥'乃'失',句字相生。且'返''归'二字,尤下得不率易也"。(清)方东树《昭昧詹言》评后二句"分承'黄昏''过雨'"。(清)卢坤《五家评本杜工部集》邵长蘅评"楚王"句"好起";评此诗"为七律正宗"。(清)王寿昌《小清华园诗谈》评此诗"清和纯粹,可诵可法者"。(清)施补华《岘佣说诗》评后二句"一句中炼两字(指'入''翻'和'拥''失')关锁法"。(近)俞陛云《诗境浅说》评后二句"此为少陵(杜甫)得意之笔……峡中两岸峭壁,多作赤色,倒影入江,夕阳照之,势如翻动。峡中无平地,三五村落,高踞山腰,云起则山村顿失。此二句之景,惟峡江见之"。(今)李庆甲《瀛奎律髓汇评》方回评后二句"'翻'字、'失'字,诗眼也";许印芳评前二句"起句对"。

雨

雨后

返照斜初彻，
浮云薄未归。
江虹明远饮，
峡雨落馀飞。

返照＞夕照，傍晚的阳光。

0145　　杜甫《晚晴》

雨后斜阳返照，天上的浮云尚未散尽。

夕照映虹，有似下垂而饮，江峡间的残雨飘落。

雨后园林好，
幽行迥野通。
远山芳草外，
流水落花中。

幽行＞闲步。
迥（jiǒng）野＞远野。

0146　　司空曙《题鲜于秋林园》

雨后鲜于秋的园林格外美好宜人，

沿幽径信步闲行，来到野外。

芳草铺向远山，

流水上洒满了落花。

（清）冒春荣《葚原诗说》评后二句"本句中自相对偶者，谓之四柱对"。

前山遽已净，
阴霭夜来歇。
乔木生夏凉，
流云吐华月。

遽（jù）> 突然，很快的。
阴霭 > 浓云。
夜来 > 犹夜间，入夜以后。
华月 > 皎洁的月亮。

0147　韦应物《同德寺雨后寄
　　　元侍御李博士》

　　雨后前山如洗，变得十分洁净，入夜后浓云也逐渐散去。

　　夏夜的凉风吹拂着高大的树木，皎洁的月亮从流云中吐露出来。

　　（宋）刘辰翁《评韦苏州集》评"流云"句"酷似魏人语"。（清）王夫之《唐诗评选》评此四句"胸中有此，腕下适尔得之，则知其本富而力强也。以此读'前山遽已净'四句，方得不负作者"。（清）贺裳《载酒园诗话又编》评后二句"不加修饰，而龙章凤姿，天质自然特秀"。（清）范大士《历代诗发》评"流云"句"写雨后之景最真"。（清）方贞观《辍锻录》评后二句"贾长江'走月逆行云'（贾岛《宿山寺》），亦可为形容刻划之至矣，试与韦苏州（韦应物）'乔木生夏凉，流云吐华月'较之，真不堪与之作奴"。（清）宋宗元《网师园唐诗笺》评后二句"眼前语，却极生新"。（清）余成教《石园诗话》评后二句"有合于刘须溪（刘辰翁）所谓'诵一二语，高处有山泉极品之味'也"。（清）王寿昌《小清华园诗谈》评后二句"此等句当与日星河岳同垂不朽"。（清）王闿运《手批唐诗选》评后二句"秀丽"。（清）施补华《岘佣说诗》评后二句"亦足敌王（维）、孟（浩然）也"。

霁后江城风景凉，

雨
雨后

岂堪登眺只堪伤
远天蝃蝀收残雨，
映水鸬鹚近夕阳。

蝃(dì) 蝀(dōng) > 虹的别名。
鸬鹚 > 水鸟，即鱼鹰。

0148　　戎昱《江城秋霁》

秋雨之后，江城风景凄凉，哪里还有心思登览眺望，只有伤感罢了。

残雨收尽，远天出现彩虹；

夕阳西下，鸬鹚的影子倒映在水中。


遥光泛物色，
馀韵吟天籁。
洞府撞仙钟，
村墟起夕霭。

物色 > 景物。
馀韵 > 馀音。指雨后的水流等声响。
天籁(lài) > 自然界发出的声响，如风声，鸟声，流水声等。《庄子·齐物论》："女闻地籁而未闻天籁夫？"
洞府 > 神仙居所，此处喻指道观。《太平御览》引《茅君内传》："王屋山之洞周回万里，名日小有清虚之天。"
村墟 > 村落。
夕霭 > 指夕炊之烟。

0149　　刘禹锡《客有为余话登天坛遇雨之状因以赋之》 全0090

雨后远处的天光照亮了景物，

溪流、瀑布等声响发出了大自然的天籁之声。

王屋山顶的道观响起了钟声，村落里升起了炊烟。

(明) 钟惺、谭元春《唐诗归》钟评 "遥光" 句 "虽无声迹可寻，而实境所触，偶然得之，移动不去，久而更新耳"。

悠悠雨初霁，
独绕清溪曲。
引杖试荒泉，
解带围新竹。

悠悠 > 连绵不尽貌。
清溪 > 指永州愚溪。潇水支流，原名冉溪。

0150　柳宗元《夏初雨后寻愚溪》

连绵不断的雨终于停止，我独自来到愚溪水边。

伸出手杖，试探荒泉的深浅，解开腰带，围拢被风吹倒的新竹。

(明) 许学夷《诗源辩体》评此诗 "萧散冲淡"。(清) 贺裳《载酒园诗话又编》评后二句 "坡语曰：'所贵于枯淡者，谓外枯而中膏，似淡而实美，渊明、子厚之流是也。若中边皆枯，淡亦何足道。' 自是至言。即如……' 引杖试荒泉，解带围新竹 ' ……孰非目前之景？而句字高洁，何尝不淡，何病于秾？"(近) 高步瀛《唐宋诗举要》评后二句 "情景真切"。

淡烟疏雨间斜阳，
江色鲜明海气凉。
蜃散云收破楼阁，

间 (jiàn) > 间或。
蜃散云收 > 指海市蜃楼消散。

雨

雨后

虹残水照断桥梁。

断桥 >《咸淳临安志》:"断桥,今名宝祐桥。孤山路口。"此诗作于长庆三年,作者在杭州,因以断桥比残虹。

0151　　白居易《江楼晚眺景物鲜奇吟玩成篇寄水部张员外》

小雨过后,云烟淡淡,有时会露出斜阳;

江景鲜明,海风凉爽。

天边奇幻的海市蜃楼已经消散;

霓虹已残,映在水中,好像西湖的断桥。

（清）陆次云《五朝诗善鸣集》评后二句"'楼阁''桥梁',字实景虚,'破'字、'断'字尤妙"。（清）弘历《唐宋诗醇》评"淡烟"句"起句便是极好画景"。

晚虹斜日塞天昏,
一半山川带雨痕。
新水乱侵青草路,
残烟犹傍绿杨村。

侵 > 侵袭,谓一物加一物上。此指淹没。
残烟 > 正在消散的乌云。

0152　　雍陶《晴诗》

天边是晚虹落日,塞外天色昏暗,一半山川带有过雨的痕迹。

上涨的春水淹没了长满青草的道路,

乌云消散在绿杨村边。

（明）唐汝询《唐诗解》评此四句"边庭晚晴，雨痕犹在，道间水溢，村柳烟迷，甚可观也"。（明）唐汝询《汇编唐诗十集》吴逸一评"残烟"句"与晚晴写照"；评此诗"晚唐中之有气色者"。（明）周敬、周珽《删补唐诗选脉笺释会通评林》周珽评此四句"写晴景，虹见、雨止、水新、烟残，妙！曰带痕、乱侵、犹傍，更妙！"（清）屈复《唐诗合解》评"一半"句"'一半山川'写初晴，神妙"。评后二句"写景真切"。（清）陆次云《五朝诗善鸣集》评此诗"与牧之（杜牧）《晚晴赋》争妍角秀"。（清）吴昌祺《删订唐诗解》评后二句"是雨后之景"。（清）黄叔灿《唐诗笺注》评前二句"写塞上初晴景色如画"。

深居俯夹城，
春去夏犹清。
天意怜幽草，
人间重晚晴。

夹城 > 指瓮城。城门外的月城。
幽草 > 深茂的草丛。《诗经·小雅·何草不黄》："率彼幽草。"韦应物《滁州西涧》："独怜幽草涧边生。"
晚晴 > 晚霁，傍晚天色转晴。

0153　李商隐《晚晴》

深居高阁，可以俯视瓮城；春天逝去，初夏尚且清爽。

雨后斜阳，好像上天对小草独存爱意；

雨霁晚晴，就更为人们所喜爱。

（宋）朱弁《风月堂诗话》评后二句"置杜集中亦无愧矣"。（明）钟惺、谭元春《唐诗归》钟评后二句"妙在大样（不小家气）"。（清）黄周星

雨
雨后

《唐诗快》评后二句"不必然，不必不然，说来却便似确然不易，故妙"。（清）屈复《唐诗合解》评后二句"写题深厚"。（清）李因培《唐诗观澜集》评后二句"风人（诗人）比兴之意"。（清）姚培谦《李义山诗集笺注》评后二句"晚晴，比常时晴色更佳。天上人间，若另换一番光景者，在清和时节尤妙"。（清）吴瑞荣《唐诗笺要》评"天意"句"奇想，又迂远"。（清）纪昀《玉溪生诗说》评此诗"轻秀，是钱（起）、郎（士元）一格"。（清）冯浩《玉溪生诗集笺注》田兰芳评后二句"偏于闲处用大笔"。（清）宋宗元《网师园唐诗笺》评后二句"纯自意匠经营中得来"。（清）顾安《唐律消夏录》评后二句"妙在将'天意'突说一句，然后对出晚晴"。（清）沈厚塽《李义山诗集辑评》何焯评此诗"淫雨不止，幽隐无以滋蔓，正不晓天意何爱此草，忽焉云开日漏，虽晚犹及，有人欲天从之快。盖寓言也"。

楚国多春雨，
柴门喜晚晴。
幽人临水坐，
好鸟隔花鸣。

0154　　任翻《春晴》**

楚国 > 泛指南方、南国。
柴门 > 用柴木做的门，言其简陋。代指贫寒之家。
幽人 > 幽居之人，隐士。《易经·履卦》："履道坦坦，幽人贞吉。"孔稚圭《北山移文》："或欺幽人长往，或怨王孙不游。"

南方多春雨，晚来天晴，穷人家特别欢喜。

隐士坐在水边，

鸟儿在花间欢快地鸣叫。

（清）王寿昌《小清华园诗谈》评此诗"何谓清？日:如……任翻之'楚国多春雨，柴门喜晚晴……'"。

野色临空阔，
江流接海平。
门前到溪路，
今夜月分明。

野色 &gt; 原野或郊野的景色。
接 &gt; 衔接，交汇。

0155　　任翻《春晴》 接上

原野的景色空旷辽阔，江流汇入大海，与岸齐平。

从门前通往小溪的道路，今夜被月光照耀得清晰可见。

（清）陆次云《五朝诗善鸣集》评此诗"气格闲静，似出晚唐之上"。

江蓠漠漠荇田田，
江上云亭霁景鲜。
蜀客帆樯背归燕，
楚山花木怨啼鹃。

江蓠 &gt; 香草名。又名蘼芜。《楚辞·离骚》："扈江离与辟芷兮，纫秋兰以为佩。"
漠漠 &gt; 茂盛、浓郁貌。
荇（xing）&gt; 荇菜。水生植物。见 0095。
田田 &gt; 鲜碧貌。江淹《水上神女赋》："野田田而虚翠，水湛湛而空碧。"
云亭 &gt; 亭子的美称。
啼鹃 &gt; 指杜鹃鸟。见 0107。

0156　　李郢《江亭春霁》

雨

雨后

雨后江边芳草纷披，荇菜碧绿；

站在江边的亭子里，看到雨后晴明的景色。

燕子归来，而蜀客的征帆去远；

楚山花木<u>丛</u>中，杜鹃在哀怨地啼鸣。

（明）廖文炳《唐诗鼓吹注解》评后二句"是则楚蜀之景当会合于此亭"。（清）金圣叹《批唐才子诗》评"江蓠"句"写霁景，却从江蓠、江荇着手，此最是写霁第一妙理。盖自来新晴之初，独有水滨与朝光相切，便得最先知觉，此固非睡梦烂熟之人所晓也"；评后二句"'蜀客帆樯'者，写西望亦霁也；'楚山花木'者，写东望亦霁也"。（清）朱三锡《东岩草堂评订唐诗鼓吹》纪昀评前二句"一何轻鲜"。（清）赵臣瑗《山满楼笺注唐诗七言律》评前二句"'漠漠''田田'，即'霁景鲜'之一'鲜'字"。（清）黄叔灿《唐诗笺注》评此四句"首联写景有致，次联炼句有情"。

**宿雨川原霁，**
**凭高景物新。**
**陂痕侵牧马，**
**云影带耕人。**

宿雨 > 夜雨，经夜的雨水。

陂（bēi）> 池塘湖泊。《礼记·月令》："毋漉陂池。"注："畜水曰陂，穿地通水曰池。"

侵 > 侵袭，谓一物加一物上。此指映照。

带 > 映照，笼盖。

0157　　司空图《即事九首·一》*

夜雨停歇，原野晴朗，

登高远望，王官谷的景物焕然一新。

湖中的波光映照牧马，

天上的云影笼罩着耕田人。

（近）刘永济《唐人绝句精华》评此诗"确是新霁景象"。

夜雨洗河汉，
诗怀觉有灵。
篱声新蟋蟀，
草影老蜻蜓。

河汉 > 银河。代指夜空。
诗怀 > 诗人的文思。

0158　　齐己《新秋雨后》

夜雨洗净天空，忽然觉得胸中诗思泉涌。

篱下听到新秋的蟋蟀叫声，草间看到熟悉的蜻蜓身影。

（今）李庆甲《瀛奎律髓汇评》方回评"夜雨"句"起句自然"。纪昀评后二句"新脆"。许印芳评"诗怀"句"即老杜'诗成觉有神'（杜甫《独酌成诗》）意"；评后二句"佳在'新'字、'老'字，若用'闻''见'等字，便是小儿语"。

雨

雨后

壹

0159
-
0192 冰雪

大
雪

洒瑞天庭里，
惊春御苑中。
氤氲生浩气，
飒沓舞回风。

0159　　沈佺期《奉和洛阳玩雪应制》

瑞 > 祥瑞。古人附会自然界出现的某种现
　　象为吉祥之兆。《论衡·指瑞》:" 王
　　者受富贵之命，故其动出见吉祥异物，
　　见则谓之瑞。"
天庭 > 原指神话中天帝的宫廷，这里借指
　　宫廷。
御苑 > 帝王的园林。
氤氲 (yūn) > 繁盛貌。谢惠连《雪赋》:
　　" 其为状也，散漫交错，氤氲萧索。"
浩气 > 颢气。洁白清新之气。
飒沓 > 群飞貌。
回风 > 旋风。

大雪洒落宫廷，降下祥瑞，飘飞御苑，惊动春色。

纷纷扬扬，洁白清新，随风而飞舞回旋。

瑞雪惊千里，
彤云暗九霄。
龙沙飞正远，
玉马走还销。

0160　　李峤《咏雪》

彤云 > 指下雪前密布的浓云。
龙沙 > 原指塞外大漠，泛指边塞荒漠之地。

应时的好雪千里飘下，浓云密布，遮住天空。

雪花飘向塞外大漠，白色的战马在雪中消失不见。

隔牖风惊竹，
开门雪满山。
洒空深巷静，
积素广庭闲。

牖（yǒu）>窗户。
积素>积雪。谢惠连《雪赋》："若乃积素未亏，白日朝鲜。"
广庭>宽阔的厅堂，引申为宽敞的场所。

0161　王维《冬晚对雪忆胡居士家》

隔窗听到风声，开门见大雪纷飞。

飘洒空中，街巷寂寥；白雪堆积，庭院闲静。

（宋）曾季狸《艇斋诗话》："东湖（徐俯）言王维雪诗不可学，平生喜此诗。"（明）顾可久《唐王右丞诗集注说》评后二句"雪景如此"。（明）陆时雍《唐诗镜》评后二句"自在"。（清）王士禛《带经堂诗话》评后二句"古今雪诗，唯……右丞（王维）'洒空深巷静，积素广庭闲'，韦左司（韦应物）'门对寒流雪满山'句最佳"。（清）张谦宜《茧斋诗谈》评前二句"得蓦见之神，却又不费造作"。（清）屈复《唐诗合解》评后二句"写雪不着迹象，妙句"。（清）沈德潜《唐诗别裁集》评此诗"写'对雪'意，不削而合，不绘而工"。（清）范大士《历代诗发》评此诗"不涉色相，天然画图"。（清）黄培芳《唐贤三昧集笺注》评此诗"雪诗如此甚大雅，恰好"。（清）宋宗元《网师园唐诗笺》评前二句"不假追琢，自然名贵"。(清)洪亮吉《北江诗话》评后二句"古今咏雪、月诗，高超者多，咏正面者殊少。王右丞（王维）'洒空深巷静，积素广庭闲'，可云咏正面矣"。(清)潘德舆《养一斋诗话》评"隔牖"句"诗之妙全在先天神运，不在后天迹象……王摩诘（王维）'隔牖风惊竹，开门雪满山'，咏雪之妙，全在上句'隔牖'五字，不言雪而全是雪声之神，不至'开门'句矣"；评前二句"语最浑然"。(清)朱庭珍《筱园诗话》评后二句"写城市晓雪……亦工传神"。(清)王寿昌《小清华园诗谈》评前二句"诗之天然成韵者"。

半夜一窗晓，
平明千树春。
花园应失路，
白屋忽为邻。

白屋 > 兼有二义：就所见说，指白雪覆盖之屋；就"为邻"说，指平民所居之屋。
应 > 很快。

0162　　王烈《雪》

半夜忽降大雪，映得一窗明亮。

早晨起来，看到千树万树如春来花开。

花园里的道路很快被雪覆盖，

邻家的房屋转眼变成了"白屋"，真正与我为邻了。

(清)李因培《唐诗观澜集》评前二句"妙无刻划之迹"。

冰雪

大雪

千山鸟飞绝，
万径人踪灭。
孤舟蓑笠翁，
独钓寒江雪。

飞绝 > 飞尽，绝迹。
径 > 小路。
人踪 > 人的足迹。
蓑（suō）笠（lì）> 蓑，用棕或稻草编成的雨具。笠，用竹皮、草叶编成的挡雨的帽子。

0163　　柳宗元《江雪》*

漫天大雪，千山飞鸟绝迹，万径人迹被覆盖。雪中一个披蓑衣戴斗笠的渔翁乘着孤舟，在寒冷的江面上独自垂钓。

（宋）苏轼《东坡题跋·书郑谷诗》："郑谷诗云：'江上晚来堪画处，渔人披得一蓑归。'（《雪中偶题》）此村学中诗也。柳子厚云：'千山鸟飞绝……独钓寒江雪。'人性有隔也哉！殆天所赋，不可及也已。"（宋）范晞文《对床夜语》评此诗"唐人五言四句，除柳子厚《钓雪》一诗之外，极少佳者"。（明）高棅《唐诗品汇》刘辰翁评"独钓"句"得天趣，独由落句五字道尽"。（明）顾璘《唐音评注》评此诗"绝唱，雪景如在目前"。（明）胡应麟《诗薮》评此诗"二十字骨力豪上，句格天成。然律以《辋川》诸作，便觉太闹（不平静）"。（明）唐汝询《汇编唐诗十集》吴逸一评此诗"一幅绝妙雪景"。（清）黄生《唐诗评》评此诗"真是诗中有画，不必更作寒江独钓图也。朱之荆评此诗"'千''万'，'孤''独'，对说亦妙"。（清）沈德潜《唐诗别裁集》评此诗"清峭已绝"。（清）吴昌祺《删订唐诗解》评此诗"清极，峭极，傲然独往"。（清）李锳《诗法易简录》评此诗"不沾着'雪'字，而确是雪景，可称空灵。末句一点便足"。（清）吴烶《唐诗选胜直解》评此诗"千山万径，人鸟绝迹，则雪之深可知。然当此之时，乃有蓑笠孤舟、寒江独钓者出焉！噫！非若傲世之严光，则为待聘之吕尚。赋中有比，大堪讽刺"。(清)孙洙《唐诗三百首》评此诗"二十字可作二十层,却自一片,故奇"。(清)朱庭珍《筱园诗话》评此诗"笔意生峭,远胜祖咏之平"。(清)王尧衢《唐诗合解笺注》评此诗"世态寒冷,宦情孤冷,如钓寒江之鱼,终无所得。子厚以自寓也"。(清)宋宗元《网师园唐诗笺》评后二句"入画"。(清)胡本渊《唐诗近体》评后二句"清峭独绝"。(清)杨逢春《唐诗绎》评此诗"通首绝不呆写雪景,'江雪'二字,只末句点出,其写景纯用空中烘托之法,真是绘虚空手,清绝高绝……'山''径'衬'寒江','人''鸟'衬'钓翁','绝''灭'字逼'独'字,此又其针线细密处也"。(近)王文濡《唐诗评注读本》评此诗"子厚远谪江湖,宦情冷淡,因举此以自况云"。(近)俞陛云《诗境浅说续编》评此诗"空江风雪中,远望则鸟飞不到,近观则四无人踪,而独有扁舟渔父,一竿在手,悠然于严风盛雪间。其天怀之淡定,风趣之静峭,子厚以短歌为之写照,志和《渔父词》所未道之境也"。(近)刘永济《唐人绝句精华》评此诗"读之便有寒意,故古今传诵不绝"。

已讶衾枕冷,
复见窗户明。
夜深知雪重,
时闻折竹声。

衾(qīn)枕 > 被子和枕头。泛指卧具。
复 > 更。
雪重 > 指落雪厚积。

0164　白居易《夜雪》*

已经在惊讶被子枕头变得寒冷,更看到窗子变得明亮。

到了深夜,知道雪下得更大,

时而听到竹枝被落雪压折的声音。

冰雪

大雪

六出飞花入户时，
坐看修竹变琼枝。
逡巡好上高楼看，
盖尽人间恶路歧。

六出 > 花分瓣叫出，雪花六角，因以为雪
　　的别名。《太平御览》引《韩诗外传》：
　　"凡草木花多五出，雪花独六出。"
琼枝 > 传说中的玉树。
逡（qūn）巡 > 徘徊。
路歧 > 歧路，岔道。

0165　　高骈《对雪》*

雪花飘飘，飞入屋内；伫看片刻，修竹已经变成美玉般的枝条。

此时应登上高楼，徘徊眺望，

大雪会把那些造成人间离别的岔路口通通覆盖掉。

尽道丰年瑞，
丰年事若何。
长安有贫者，
为瑞不宜多。

瑞 > 祥瑞。见0159。俗话说"瑞雪兆丰年"。

0166　　罗隐《雪》*

人人都说瑞雪是丰年之兆，可真的是丰年，情况又如何呢？

长安有不少穷苦无衣的百姓，就算是瑞雪，

也不要下得太多吧！

（清）褚人获《坚瓠集》："今人谚语多古人诗……'长安有贫者，为瑞不宜多'，罗隐诗。"（近）刘永济《唐人绝句精华》评此诗"仁者别有用心，与寻常但描写雪色、寒气者不同"。

风搅长空寒骨生，
先于晓色报窗明。
江湖不见飞禽影，
岩谷时闻折竹声。

晓色 > 拂晓时的天色，晨曦。

0167　　杜荀鹤《雪》**

漫天风雪，彻骨之寒；在拂晓之前，雪的白光便映亮了窗户。

江湖上看不到飞鸟的影子，山谷里时时听见竹枝被压断的声音。

（明）廖文炳《唐诗鼓吹注解》评前二句"言寒风搅天而凝雪，雪映窗中，天虽未晓，而已如天之明也"。

巢穴几多相似处，
路岐兼得一般平。
拥袍公子休言冷，
中有樵夫跣足行。

路岐 > 歧路，岔道。
兼 > 俱。
拥 > 围裹。
跣（xiǎn）足 > 赤脚，光着脚。

冰雪

大雪

树上的鸟巢、山中的洞穴被雪覆盖，形状变得都差不多；

大道小路，沟沟坎坎，也都变得一样平。

身裹皮衣的公子不要再说冷了，雪中有打柴的樵夫，还光着脚呢！

（清）褚人获《坚瓠集》："《水浒传》有一歌：'赤日炎炎似火烧，野田禾稻半枯焦。农夫心内如汤煮，公子王孙把扇摇。'与杜荀鹤《雪》诗'拥袍公子休言冷，中有樵夫跣足行'同意。"（清）赵臣瑗《山满楼笺注唐诗七言律》评前二句"写雪已霁，辨巢穴，则巢穴莫辨；寻路歧，则路歧难寻。茫茫一白，不知其深之几尺也。结到'拥袍''跣足'，讽公子乎？恤樵夫乎？仁人之言，吾但觉其蔼如（可亲）尔"。

乱飘僧舍茶烟湿，
密洒歌楼酒力微。
江上晚来堪画处，
渔人披得一蓑归。

酒力＞酒的醉人的力量。

0169　　郑谷《雪中偶题》*

雪花飞扬，乱飘僧舍，茶烟湿润；密洒歌楼，酒力正微。

傍晚的时候，江上最有画意的，便是渔翁在雪中披着蓑衣归来。

（宋）计有功《唐诗纪事》："有段赞善者，善画，因采其诗意，为之成图，曲尽潇洒之意。"（明）周敬、周珽《删补唐诗选脉笺释会通评林》周启琦评后二句"状一时佳景，得趣"。周珽评此诗"首句见雪之阴舒，次句见雪之寒威，以形容言；后二句见雪之景趣，以想象言。诗中不言雪而雪意宛然，与杜牧《雨》诗同调。唐人咏物多此体"。（清）冯舒、冯班《二冯先生评阅才调集》冯舒评此诗"宛然是题"。（近）刘永济《唐人绝句精华》评此诗"首二句虽亦写雪，但为三四句作陪耳"。

雪
花

春雪满空来，
触处似花开。
不知园里树，
若个是真梅？

触处 > 犹随处，到处。
若个 > 哪个，谁个。

0170　东方虬《春雪》*

　　春雪漫天飞舞，到处好似花开。

　不知园中树上，哪个是雪、哪个是真的梅花。

（清）黄周星《唐诗快》评此诗"只似口头语耳，然拈来自妙"。

燕山雪花大如席，

冰雪
雪花

## 片片吹落轩辕台。

0171　　李白《北风行》　全 0077

燕山 > 山名。在今河北北部，东经玉田、丰润，直达海滨。天宝十一年李白北游至幽州。

轩辕台 > 古台名。一说故址在今河北怀来县乔山上。

燕山雪花之大竟如席子，片片吹落在轩辕台上。

（宋）严羽《评点李太白诗集》评"燕山"句"不知者以为夸辞，知者以为实语"。（明）谢榛《四溟诗话》评此二句"景虚而有味"。（明）周敬、周珽《删补唐诗选脉笺释会通评林》王昌会评此二句"可谓豪且工者也"。（清）吴瑞荣《唐诗笺要》评此二句"雪花如席，自属豪句……太白（李白）诗如'白发三千丈'（《秋浦歌》）、'愁来饮酒二千石'（《江夏赠韦南陵冰》)，俱不当执文义观"。

## 怪得北风急，
## 前庭如月辉。
## 天人宁许巧，
## 剪水作花飞。

0172　　陆畅《惊雪》*

怪得 > 难怪。

宁（nìng）许 > 怎么如此，怎么会这样。

难怪北风凛冽，庭前已是大雪纷纷，

如同明月洒下银辉。

天上的仙人怎么如此手巧，竟然剪水作花，漫天飞舞。

（唐）范摅《云溪友议》："陆郎中畅，早耀才名……贡举之年，和群公对雪，落句云：'天人宁许巧，剪水作花飞。'"

片才著地轻轻陷，
力不禁风旋旋销。
惹砌任他香粉妒，
萦丛自学小梅娇。

陷 > 淹没，埋没。《礼记》郑玄注："陷，谓没于土。"
旋旋 > 缓缓。
香粉 > 指花粉。
自 > 同犹。

0173　秦韬玉《春雪》

雪花飘飞落地，弱不禁风，轻轻地消失，缓缓地融化在土中。

落在台阶上，任由它花粉妒忌；萦绕花丛，像梅花一样娇娆。

（元）方回《瀛奎律髓》评前二句"颇切于春雪，但诗格稍弱"。（宋）吴开《优古堂诗话》："韩退之（韩愈）《春雪》诗云：'拂花轻尚起，落地暖初消。'秦韬玉《雪》诗云：'片才落地轻轻陷，力不禁风旋旋消。'"（清）贺裳《载酒园诗话又编》评后二句"弄姿处亦有小翻试风之态"。（清）胡以梅《唐诗贯珠》评此四句"皆是写春雪而非冬雪也"。（清）夏荃《宋石斋笔谈》评此诗"脍炙人口"。

雪
后

孤烟村际起，
归雁天边去。

冰雪

雪后

积雪覆平皋，
饥鹰捉寒兔。

孤烟 > 孤起的炊烟。
村际 > 犹村中。
平皋 > 水边平地。

0174　　孟浩然《南归阻雪》

雪后村中升起一缕炊烟，南归的大雁飞向天边。

积雪覆盖了原野，苍鹰眼明，更利追捉狡兔。

（宋）刘辰翁《评孟浩然诗集》评此诗"象此时景，曲折凄楚"。（明）钟惺、谭元春《唐诗归》钟评此四句"幽事历历，随口成诗"。

落雁迷沙渚，
饥乌集野田。
客愁空伫立，
不见有人烟。

沙渚 > 犹沙洲。渚，水中小洲。谢惠连《泛湖归出楼中望月》："哀鸿鸣沙渚，悲猿响山椒。"此言雪大，使雁迷失方向。

0175　　孟浩然《赴京途中遇雪》

雪后大雁迷失于沙洲，饥饿的乌鸦飞集田野。

行客旅途愁苦，伫立在茫茫的大雪中，远望不见人烟。

（宋）刘辰翁《评孟浩然诗集》评此诗"决不为小儿语求工者"。（清）杨逢春《唐诗绎》评此诗"屈伸如意，炼格浑成"。（今）李庆甲《瀛奎律髓汇评》方回评此诗"规模好"。何焯评此四句"的（dì，确实）是

'途中遇雪'，何等大方（大气不俗）"。无名氏评此诗"浩然不及李、杜之神勇，而自具淡雅之姿；亦无（孟）郊、（贾）岛之刻苦（艰涩），而自具幽闲之韵，真能拔俗千寻"。

终南阴岭秀，
积雪浮云端。
林表明霁色，
城中增暮寒。

0176　祖咏《终南望馀雪》*

终南 > 终南山，又称南山。秦岭山峰之一，在陕西西安市南。
阴岭 > 山北曰阴。由长安望终南，只见其北坡，故曰阴岭。
林表 > 林梢。
霁色 > 此指雪停后的阳光。

终南山山峰高耸，山顶的积雪犹如飘浮于白云之上。

雪后林梢露出晴朗的天色，傍晚长安城中更增添了寒气。

（明）李攀龙《唐诗训解》评此诗"已霁犹寒，越见积雪"。（明）李攀龙《唐诗选》王稚登评此诗"'浮'字极好，诗亦佳绝。但只赋得积雪，不赋得馀雪"。（明）钟惺、谭元春《唐诗归》钟评此诗"说得缥缈森秀"。（清）王士禛《带经堂诗话》："古今雪诗，唯……陶渊明'倾耳无希声……'（《癸卯岁十二月中作与从弟敬远》），及祖咏'终南阴岭秀'……句最佳。"（清）范大士《历代诗发》评"城中"句"结语独绝"。（清）纪昀《唐人试律说》评此诗"三句写积雪之状，四句写积雪之神，各隐然含'终南'二字在。随目读之，是积雪，非新雪；是高山积雪，非平原积雪"。（清）宋宗元《网师园唐诗笺》评后二句"写'残'字高浑（此诗题一作《望终南残雪》)"。（清）卢籇、王溥《闻鹤轩初盛唐近

冰雪

雪后

体读本》评后二句"峭故不滞"。(清)黄培芳《唐贤三昧集笺注》评后二句"神到"。(清)施补华《岘佣说诗》评此诗"苍秀之笔,与韦相近"。(清)杨逢春《唐诗绎》评后二句"'明'字、'增'字,下得著力,言霁色添明,暮寒增剧也,中有残雪之魂在"。(近)俞陛云《诗境浅说续编》评此诗"咏高山积雪,若从正面着笔,不过言山之高,雪之色,及空翠与皓素相映发耳。此诗从侧面着想,言遥望雪后南山,如开霁色,而长安万户,便觉生寒,则终南之高寒可想。用流水对句,弥见诗心灵活。且以霁色为喻,确是积雪,而非飞雪,取譬殊工"。

# 长安雪后似春归,
# 积素凝华连曙晖。
# 色借玉珂迷晓骑,
# 光添银烛晃朝衣。

积素凝华 > 谓雪堆积在大地上,凝聚在树枝头。
玉珂 > 马笼头上的玉饰。

0177 　　岑参《和祠部王员外雪后早朝即事》

长安雪后好像春天来临,雪花飘落大地,凝聚枝头,与曙光相辉映。

雪色与玉珂交相辉映,让人眼花缭乱;

光照银烛,使之更加明亮,辉耀百官的朝服。

(明)周敬、周珽《删补唐诗选脉笺释会通评林》顾璘评此诗"题添'雪后'二字,句句见之。用字温丽清洒,音律雄浑,行乎其中"。蒋一葵评后二句"百炼成字,千炼成句,工不可言"。吴逸一评后二句"力在

'借''迷''添''晃'四虚字"。(明)邢昉《唐风定》评此诗"语语雪后真景，又非刻画而成"。(清)金圣叹《批唐才子诗》评前二句"从来雪后最不似春归，而此言长安雪后独似春归者，长安有早朝盛事。如下三、四之所极写雪得早朝而借色，早朝又得雪而添光，色既因光而剑佩愈华，光又映色而素恣转耀，于是更无别语可以赏叹，因便快拟之曰'似春归'也。'积素'七字者，细写'雪后'。'后'字言始雪则积素，雪甚则凝华，至于雪后，已连曙辉也"。(清)黄生《唐诗评》评后二句"烹炼最精"。(清)赵臣瑗《山满楼笺注唐诗七言律》评此四句"'长安雪后'起得极老，故带出'似春归'三字，以蹙波澜，便见手法。'积素凝华'四字单画一'雪'字，'连曙晖'三字，却总画'雪后似春归'五字，真奇绝之笔也。次联(后二句)写早朝另有一番气色，将多少紫陌红尘都不知销归何处"。(清)毛张健《唐体肤诠》评后二句"能直切'早朝'，方为警策"。(清)胡以梅《唐诗贯珠》评此诗"通篇写雪后精神，插入早朝，妙在按题逐层拆写，而血脉贯通，骨秀可爱"。(清)李因培《唐诗观澜集》评后二句"熔铸无痕，忘其工丽"。(清)宋宗元《网师园唐诗笺》评后二句"是'雪后'早朝"。(清)卢麰、王溥《闻鹤轩初盛唐近体读本》评后二句"岑故时有尖生之笔，三四'借''迷''添''晃'字法皆是"。

江城昨夜雪如花，
郢客登楼望霁华。
夏禹坛前仍聚玉，
西施浦上更飞纱。

0178　　张继《会稽郡楼雪霁》

江城 > 此指绍兴城。时作者流寓会稽。
郢客 > 作者自称。张继襄州人，襄州宜城市曾为楚国的郢都。
楼 > 指会稽郡楼。在今浙江绍兴市区卧龙山麓。
霁(jì)华 > 雪后出现在太阳周围的光环。由光线通过云中的冰粒时衍射而形成。
夏禹坛 > 指大禹的陵墓。相传夏禹东巡狩

冰雪

雪后

至会稽而卒，后人建祠纪念。

西施浦 > 即若耶溪。相传西施曾浣纱于此。

绍兴城昨夜飞雪如花，今晨我登上城楼，眺望雪后阳光辉映的景象。

只见夏禹祠前堆积着晶莹的雪，若耶溪边一片洁白，

似乎飘动着西施浣洗的白纱。

（清）赵臣瑗《山满楼笺注唐诗七言律》评此四句"欲写今朝，先写昨夜，自是闻水寻源之法。三四（后二句）承一，夏禹、西施，配耦甚奇。'坛前聚玉'，何等高华；'浦上飞纱'，何等娟洁。如此咏雪，谢道蕴不当退避三舍乎？"

风卷寒云暮雪晴，
江烟洗尽柳条轻。
檐前数片无人扫，
又得书窗一夜明。

又得句 > 用"孙康映雪"典。《文选》李善注引《孙氏世录》："孙康家贫，常映雪读书。"

0179　　戎昱《霁雪》*

北风吹散了阴云，黄昏时雪过天晴；江上烟雾一空，柳条在风中摇摆。

房前的雪花无人打扫，今夜可以映着雪光读书了。

（明）杨慎《升庵诗话》评后二句"暗用孙康（映雪读书）事，妙"。
（清）宋宗元《网师园唐诗笺》评后二句"熟事虚用"。

寒花带雪满山腰，
著柳冰珠满碧条。
天色渐明回一望，
玉尘随马度蓝桥。

寒花 > 此组绝句之二有"小桃花树满商
　　山"句，此"寒花"应指商山上之桃花。
玉尘 > 形容随风扬起的细雪。
蓝桥 > 即蓝桥驿。在今陕西蓝田县东南。
　　元和十年元稹自江陵西归长安，路过
　　蓝田。

0180　　元稹《西归绝句十二首·十二》*

桃花带着雪，开满商山；嫩绿的柳条上柳芽初绽，挂满冰珠。

雪过天色渐明，回头望去，随风扬起的雪尘和我一起度过蓝桥驿。

雪覆寒溪竹，
风卷野田蓬。
四望无行迹，
谁怜孤老翁。

蓬 > 蓬草。
怜 > 怜悯。

0181　　李德裕《雪霁晨起》*

白雪覆压在寒溪边的绿竹上，北风卷起田野上的蓬草。

在平泉山居举目四望，不见人的踪迹，有谁怜惜我这孤独的老人呢？

倚杖望晴雪，

冰雪

雪后

溪云几万重。
樵人归白屋，
寒日下危峰。

倚杖 > 拄着拐杖。《晋春秋》："谢安所居，有石一株，常倚杖相对。"
白屋 > 指不施彩色、露出本材的房屋。一说指以白茅覆盖的房屋。为古代平民所居。
危峰 > 高峰

0182　　贾岛《雪晴晚望》

拄着拐杖，眺望雪晴之后的景色，溪上白云千重万重。

砍柴的人回到白屋，寒冬的太阳在高高的山峰后落下。

（清）范大士《历代诗发》评此诗"通首俱切"。（清）李怀民《重订中晚唐诗主客图》评后二句"严峭不可名状"；评此诗"对之三伏中凛凛有寒意。古今雪诗，至欧（阳修）、苏（轼）始称'白战'，其实自退之（韩愈）即不持寸铁也。但用郁思定力，峭骨沉响，笔补造化，无逾此作"。（今）李庆甲《瀛奎律髓汇评》方回评此诗"晚唐诗多先锻景联、颔联，乃成首尾以足之。此作似乎一句唱起，直说至底者"。纪昀评此四句"有气力"。

紫微晴雪带恩光，
绕仗偏随鸳鹭行。
长信月留宁避晓，
宜春花满不飞香。

紫微 > 即紫微垣。星官名。《晋书·天文志》："紫宫垣十五星，其西蕃七，东蕃八，在北斗北。一曰紫微，大帝之座也，天子之常居也，主命主度也。"代指帝王宫殿。
带 > 映照，笼盖。
绕仗 > 谓仪仗曲折前行。
偏随 > 犹正随，恰随。

0183　　钱珝《和王员外雪晴早朝》

鸳鹭行（háng）> 比喻朝官的行列。鸳和
鹭止有班，立有序，故称。

长信 > 指长信宫。汉宫名。泛指帝后所居。

宜春 > 指宜春苑。古代苑囿名。秦时在宜
春宫之东，汉称宜春下苑，即后所称
曲江池者。故址在今陕西西安南。

宫中晴雪闪烁，映带皇恩之光；

朝官都随着仪仗上殿，行列逶迤。

长信宫中的雪像洁白的月光，虽然天已拂晓，却仍然闪亮；

宜春苑中的雪似满树花开，只是没有香气。

（明）李攀龙《唐诗选》王稚登评后二句"出自天然"。（明）王世懋《艺圃撷馀》评后二句"于晴雪妙极形容，脍炙人口"。（明）许学夷《诗源辩体》评后二句"别有风韵者也"。（明）邢昉《唐风定》评此诗"可与嘉州《雪后》（指岑参《和祠部王员外雪后早朝即事》）作颉颃（xié háng，相抗衡）"。（明）唐汝询《汇编唐诗十集》评后二句"写景新巧，是咏物体"。（明）周敬、周珽《删补唐诗选脉笺释会通评林》黄家鼎评后二句"绘月能绘光，写花能写香，自是第一神手"。（清）李因培《唐诗观澜集》评后二句"珊珊仙骨，笔歌墨舞"。（清）黄叔灿《唐诗笺注》评此诗"赋紫禁晴雪，形容最妙"；评后二句"好在'宁'字、'不'字"。

春
雪

光映妆楼月，

冰雪

春雪

花承歌扇风。
欲妒梅将柳，
故落早春中。

妆楼 > 女子所居之楼。
歌扇 > 歌舞时所执之扇。
将 > 与，和。

0184　　　陈子良《咏春雪》*

　　春雪之光与妆楼之月相映，春雪之花随歌扇之风飞扬。

　　它似乎是因嫉妒梅和柳，因而在早春时节飘落。

迎气当春至，
承恩喜雪来。
润从河汉下，
花逼艳阳开。

迎气 > 上古于立春日祭青帝，立夏日祭
　　　赤帝，立秋日祭白帝，立冬日祭黑帝。
　　　用以迎接四季，祈求丰年，谓之
　　　"迎气"。
喜雪 > 犹言瑞雪。
艳阳 > 艳丽明媚。多指春天。

0185　　　孟浩然《和张丞相春朝对雪》

　　时当立春，祭祀青帝；蒙受天地恩泽，瑞雪纷纷。

　　它的润泽似乎从天河带来，六出的花朵在艳阳天开放。

飞雪带春风，
徘徊乱绕空。

君看似花处，
偏在洛阳东。

徘徊 > 犹回环。
偏 > 独，独自。
洛阳东 > 洛阳为唐时东都，洛阳东为富贵人家所居之处。

0186　刘方平《春雪》*

春风夹带着飞雪，在天空中回环飞舞。

可只有洛阳城东的富贵人家，才无所谓春寒，

有着赏春雪的闲情逸致啊！

（明）钟惺、谭元春《唐诗归》钟评"君看"句"五字远"。（清）沈德潜《唐诗别裁集》评此诗"天寒风雪，独宜富贵之家，却说来蕴藉"。（清）杨逢春《唐诗绎》评此诗"写'春'字极有情。而藏过真花，转说雪之似花，是又其用笔之巧"。（近）刘永济《唐人绝句精华》评后二句"意存讥讽。洛城东皆豪贵第宅所在，春雪至此等处，非但不寒，而且似花，故用一'偏'字，以见他处之雪与此不同。然则此中人之不知人之寒，可知矣"。

新年都未有芳华，
二月初惊见草芽。
白雪却嫌春色晚，
故穿庭树作飞花。

新年 > 指农历的正月初一。
芳华 > 香花。
作飞花 > 裴子野《咏雪诗》："落树似飞花。"

0187　韩愈《春雪》*

冰雪

春雪

过春节的时候还完全看不到芬芳的鲜花，到了二月，

人们开始惊喜地发现破土而出的草芽。

白雪似乎是嫌春天来得太晚，竟纷纷扬扬，穿过庭树，

化作飞花，妆点出了一派春色。

（宋）黄震《黄氏日钞》评此诗"曲尽形容之妙"。（清）顾嗣立《昌黎先生诗集注》朱彝尊评此诗"常套语，然调却流快"。（近）朱宝莹《诗式》评此诗"雪于诸物色中最难赋，而赋春雪则须切'春'字，尤难于赋雪。此诗首句、二句从'春'字咀嚼而出，看似与雪无涉，而全为三句、四句作势，几于无处不切'雪'字。三句、四句兜转，备具雪意、雪景，不呆写雪，而雪字自见，不死做春，而春字自在。四句一气相生，以视寻常斧凿者，徒见雕斫之痕，其相去远矣"；评"故穿"句"不拘拘于妆点，而有超以象外、得其环中之妙"。

春雪空蒙帘外斜，
霏微半入野人家。
长天远树山山白，
不辨梅花与柳花。

空蒙 > 雨雪迷茫貌。
霏微 > 飘洒。

0188　　焦郁《春雪二首·二》*

春雪迷茫，在窗外斜飞；飘飘洒洒，多飘入村野人家。

天空、远山和树木已是一片洁白，说不清雪花像是梅花还是柳絮。

冰

多从履处薄，
偏向饮时清。
比雪光仍在，
因风片不成。

履处薄 >《诗经·小雅·小旻》："战战兢兢，
　　　如临深渊，如履薄冰。"
偏 > 独。
向 > 在。
片 > 指成片飞起。

0189　　钱起《赋得馀冰》

水面上的浮冰，踩上去发现已经很薄；只有化成水饮用时，方知其清。

和残雪相比，冰显得尚有光亮，但风却不能将它片片吹起。

（清）李因培《唐诗观澜集》评后二句"刻划'馀'字，妙超色相"。

旋落旋逐朝暾化，
檐间冰柱若削出交加。
或低或昂，
大小莹洁，
随势无等差。

逐 > 随。
朝暾（tūn）> 早晨的太阳。

0190　　刘叉《冰柱》

飘落的雪花随着朝阳升起而融化，屋檐前垂下一根根尖尖的冰柱。

冰雪
冰

有的低些，有的高些，大小晶莹都参差不齐。

（宋）苏轼《雪后书北台壁二首》二："老病自嗟诗力退，寒吟《冰柱》忆刘叉。"


始疑玉龙下界来人世，
齐向茅檐布爪牙。
又疑汉高帝，
西方未斩蛇。

疑＞似，像。

向＞在。

西方句＞《史记·高祖本纪》载，汉高祖刘邦为亭长时，一次夜行遇大蛇当径。"高祖醉，曰：'壮士行，何畏！'乃前，拔剑击斩蛇。蛇遂分为两。径开。"行数里，见一老妪夜哭。人问何故，妪曰："吾子，白帝子也，化为蛇，当道，今为赤帝子斩之。"

0191　　刘叉《冰柱》　全0190

屋檐下的这些冰柱，似乎是玉龙下界，来到人世，

在屋檐间纷纷张牙舞爪。

又像是汉高祖当年没有杀掉那条白蛇，如今出现在人间。

（宋）葛立方《韵语阳秋》评此诗"虽作语奇怪，然议论亦皆出于正也"。

（清）翁方纲《石洲诗话》评此诗"粗直伧俚"。


投迹清冰上，

凝光动早春。

兢兢愁陷履,

步步怯移身。

投迹 > 举步前往,投身。

兢(jīng)兢 > 小心谨慎的样子。《诗经·小雅·小旻》:"战战兢兢,如临深渊,如履薄冰。"

怯(qiè) > 害怕。《尚书·君牙》:"心之忧危,若陷虎尾,涉于春冰。"

0192    舒元舆《履春冰》

举步踏上清冷的河冰,早春的阳光照在冰上。

小心谨慎地移动身体,每一步都战战兢兢,生怕冰破陷落下去。

冰雪

冰

貳

地理，。

0193
-
0642

山—原野

贰　　地理

0193<br>—<br>0395　山

| | | | |
|---|---|---|---|
| 春山 | 1 | 7 | 7 |
| 夏山 | 1 | 8 | 0 |
| 秋山 | 1 | 8 | 2 |
| 深山 | 1 | 8 | 9 |
| 空山 | 1 | 9 | 2 |
| 晚山 | 1 | 9 | 6 |
| 山峰 | 1 | 9 | 9 |
| 山谷 | 2 | 0 | 6 |
| 山林 | 2 | 1 | 1 |
| 山路 | 2 | 4 | 5 |
| 山石 | 2 | 7 | 0 |
| 泰山 | 2 | 8 | 1 |

| | | | |
|---|---|---|---|
| 嵩山 | 2 | 8 | 6 |
| 华山 | 2 | 9 | 3 |
| 衡山 | 3 | 0 | 0 |
| 太行山 | 3 | 0 | 2 |
| 终南山 | 3 | 0 | 3 |
| 庐山 | 3 | 1 | 1 |
| 天姥山 | 3 | 1 | 7 |
| 天台山 | 3 | 1 | 9 |
| 峨眉山 | 3 | 2 | 2 |
| 骊山 | 3 | 2 | 3 |
| 巫山 | 3 | 2 | 4 |
| 会稽山 | 3 | 2 | 9 |
| 敬亭山 | 3 | 3 | 0 |
| 火山 | 3 | 3 | 2 |
| 其他 | 3 | 3 | 5 |

春
山

人闲桂花落，
夜静春山空。
月出惊山鸟，
时鸣春涧中。

桂花 > 有春花、秋花、四季花等不同种类，
此应指春天开花的一种。

0193　　王维《皇甫岳云溪杂题·鸟鸣涧》*

鸟鸣涧夜色幽静，似乎连桂花落下都能察觉。

月亮升起，月光皎洁明亮，以至栖鸟以为破晓，

在山谷里发出清脆的叫声。

（宋）刘辰翁《评王摩诘诗集》评此诗"皆非着意"。顾璘评此诗"所谓
情真者"；又"何限清逸"。（明）顾可久《唐王右丞诗集注说》评此诗
"如此好景，安得不歙动好情？冲古"。（明）胡应麟《诗薮》评此诗"太
白（李白）五言绝，自是天仙口语，右丞（王维）却入禅宗。如'人闲
桂花落……'……读之身世两忘，万念皆寂，不谓声律之中，有此妙
诠"。（明）钟惺、谭元春《唐诗归》钟评"月出"句"此'惊'字妙"；
评"时鸣"句"禅寂"。（明）周敬、周珽《删补唐诗选脉笺释会通评林》
周敬评此诗"有此佳趣，自不寂寞"。（清）徐增《而庵说唐诗》评后二
句"夫鸟与涧同在春山之中，月既惊鸟，鸟亦惊涧，鸟鸣在树，声却
在涧，纯是化工，非人为可及也"。（清）黄生《唐诗评》朱之荆评后

山
春山

二句"鸟惊月出，甚言山中之空"。（清）沈德潜《唐诗别裁集》评此诗"声息臭味，迥出常格之外，任后人摹仿不到，其故难知"。（清）李锳《诗法易简录》评此诗"鸟鸣，动机也；涧，狭境也。而先着'夜静春山空'五字于其前，然后点出鸟鸣涧来，便觉有一种空旷寂静景象，因鸟鸣而愈显者，流露于笔墨之外。一片化机，非复人力可到"。（清）吴瑞荣《唐诗笺要》评此诗"寂然忘言，杳然世外"。（清）黄叔灿《唐诗笺注》评此诗"闲事闲情，妙以闲人领此闲趣"。（清）卢麰、王溥《闻鹤轩初盛唐近体读本》评后二句"尤自生动"。（清）赵彦传《唐绝诗钞注略》徐文弼评"月出"句"有此一'惊'字，愈觉寂然"。（清）施补华《岘佣说诗》评此诗"清幽绝俗"。（近）俞陛云《诗境浅说续编》评此诗："昔人谓'鸟鸣山更幽'（南朝梁·王籍《入若耶溪》）句，静中之动，弥见其静，此诗亦然"。（近）刘永济《唐人绝句精华》评此诗"一时清景与诗人兴致相会合，故虽写景色，而诗人幽静恬淡之胸怀，亦缘而见。此文家所谓融景入情之作"。


掬水月在手，
弄花香满衣。
兴来无远近，
欲去惜芳菲。

掬水 > 用双手捧取水。
兴 > 兴致。
芳菲 > 香花芳草。

0194　　　于良史《春山夜月》


用双手捧起泉水，明月亦在手中；抚弄花草，香气沾染衣裳。

兴致勃勃，希望尽情赏玩春山，无论远近；

将要离去，仍对花草恋恋不舍。

（明）周敬、周珽《删补唐诗选脉笺释会通评林》周珽评前二句"胜事（此诗首句为'春山多胜事'）即下'掬水''弄花'二语。'月'字'香'字，诗眼响亮"。评后二句"'兴来'句见玩赏，'欲去'句见忘归"。（清）佚名《唐诗选评》评"掬水"句"实而虚"；评"弄花"句"虚而实"。（清）查慎行《初白庵诗评》评前二句"句法虽工，终属小巧"。（清）冒春荣《葚原诗说》评前二句"诗句中有眼，须炼一实字，句便雅健……又有故用一拗字者，如'掬水月在手，弄花香满衣'……此皆第三字致力也"。（清）王尧衢《唐诗合解笺注》评前二句"逸兴幽情，结成妙想，成妙句"。（清）于庆元《唐诗三百首续选》评此诗"造句入妙"。（今）李庆甲《瀛奎律髓汇评》方回评前二句"于六句缓慢之中，安顿此联，亦作家也"。冯班评前二句"名句"。纪昀评后二句"颇有新味，好于三、四（前二句）"；许印芳"此评有眼力"。

重叠太古色，
濛濛花雨时。　　　　　　太古＞远古。
好山行恐尽，
流水语相随。

0195　　贯休《春山行》

山峰重重叠叠，山色苍幽如同远古；蒙蒙细雨，与落花一起飘飞。

春山如此秀丽，唯恐行尽；流水似乎相语，伴随在人的身边。

（明）钟惺、谭元春《唐诗归》钟评此诗"非不幽，非不奇，而觉别有本领，别有渊源。'幽奇'二字不足以尽之"。（清）陆次云《五朝诗善鸣集》评"重叠"句"只开手五字，写尽天下名山色相，真异笔也"。

山

春山

居游正值芳春月，
蜀道千山皆秀发。
溪边十里五里花，
云外三峰两峰雪。

居游 > 闲居与出游。
芳春 > 春天。
秀发（fā）> 指植物生长繁茂，花朵盛开。语出《诗经·大雅·生民》："实发实秀。"

0196　　隐峦《蜀中送人游庐山》

朋友出游，正是春日。

蜀道上的千山万岭，都草木繁茂、百花盛开。

溪边十里五里，繁花似锦；云外三两山峰，仍覆盖着积雪。

（清）宋宗元《网师园唐诗笺》评此诗"云行水止，笔意绝似高（适）、岑（参），无纤毫枯衲气（隐峦为唐末僧人，故云）"。（清）王寿昌《小清华园诗谈》评后二句"此等句当与日星河岳同垂不朽"。

夏
山

高岭逼星河，
乘舆此日过。
野含时雨润，
山杂夏云多。

乘（shèng）舆 > 此指天子所乘坐的车。
此日 > 今天，今日。
夏云 > 顾恺之《神情诗》："夏云多奇峰。"

0197　　宋之问《夏日仙萼亭应制》

高高的山峰，直逼星河，中宗皇帝乘坐的车辆今天经过这里。

原野得到雨露的滋润，山间的夏云形成奇峰。

（明）陆时雍《唐诗镜》评"山杂"句"山出云横，峰岚杂沓，第四语最饶景趣"。（明）周敬、周珽《删补唐诗选脉笺释会通评林》吴逸一评"野含"句"'含'字却从'润'字生意"。唐汝询评"山杂"句"语秀"。（清）李因培《唐诗观澜集》评"高岭"句"先着此五字，然后写照得势，此建瓴法也"；评后二句"细密语，出以浑成，须玩其字法相生之妙"。（清）黄叔灿《唐诗笺注》评前二句"言亭地势之高，乘舆来过时，则野含时雨，山杂夏云"。（清）王寿昌《小清华园诗谈》评此诗"清和纯粹，可诵可法者"。（近）俞陛云《诗境浅说》评后二句"上句言野田得应时之好雨，多少适匀，恰合润意，且以'含'字状润泽之久留……下句言夏令则山气腾发，重叠出云，故夏云多奇峰。用一'杂'字，见云山错峙，状夏云之多"。

薛萝山径入，
荷芰水亭开。
日气含残雨，
云阴送晚雷。

0198　杜审言《夏日过郑七山斋》

薛（bì）萝 > 薛荔和女萝。皆蔓生植物，常攀援于山野林木或屋壁之上。《楚辞·九歌·山鬼》："若有人兮山之阿，被薛荔兮带女萝。"
荷芰 > 荷叶与菱叶。
日气 > 日光散发的热气。

山路两旁挂满女萝薛荔，亭榭池中漂着菱叶荷花。
日光照射的雾气带着残雨，阴云中隐隐响着晚雷。

山
夏山

（宋）杨万里《诚斋集》评"云阴"句"若'云阴送晚雷'，即'（雷声）忽送千峰雨'（杜甫《即事》）之句也；……予不知祖孙之相似，其有意乎，抑亦偶然乎？"（明）许学夷《诗源辩体》评此诗"体皆整栗，语皆伟丽，其气象风格乃大备矣"。（明）徐用吾《精选唐诗分类评释绳尺》评此四句"景物则一口气自别"。（明）周敬、周珽《删补唐诗选脉笺释会通评林》吴逸一评前二句"幽邃，清爽"；评"日气"句"'含'字有味"。何景明评此诗"意多缱绻"。（清）王夫之《唐诗评选》评此四句"晚唐即极雕琢，必不能及初唐之体物，如'日气含残雨'，尽贾岛推敲，何曾道得！三四（前二句）工妙，尤在'日气含残雨'之上"。（清）沈德潜《唐诗别裁集》评此句"写日中之雨，雨后之雷，有情有景"。（清）黄叔灿《唐诗笺注》评此四句"'山径''水亭'，是从外至山庄境界；'日气''云阴'，是已到山庄景色"。（清）宋宗元《网师园唐诗笺》评后二句"闲静"。（清）潘德舆《养一斋诗话》评后二句"自来咏雷电诗，皆壮伟有馀，轻婉不足，未免狰狞可畏。惟……杜审言'日气含残雨，云阴送晚雷'……最耐讽玩"。（清）王寿昌《小清华园诗谈》评后二句"诗之天然成韵者"。（近）邹弢《精选评注五朝诗学津梁》评前二句"开豁清幽"；评后二句"工细确当"。（近）高步瀛《唐宋诗举要》评此诗"情景交融"。

秋
山

飞鸟去不穷，
连山复秋色。
上下华子冈，
惆怅情何极。

不穷＞无穷尽，无终极。
连山＞连绵起伏的山峦。
复＞更。
惆怅＞因失意、失望等而感到悲哀、伤感。

0199    王维《辋川集·华子冈》*

宿鸟纷纷归向远天，秋色覆盖连绵的山峦。

四时朝暮既是大自然的生命律动，则秋日黄昏，

站在华子冈上，心灵止栖的向往遂油然而生，感到无限惆怅。

（宋）刘辰翁《评王摩诘诗集》评此诗"萧然更欲无言"。顾璘评此诗
"调古兴高，幽深有味，无出此者"。（清）张谦宜《茧斋诗谈》评此诗
"根在上截（前二句）"。

**秋色无远近，**
**出门尽寒山。**
**白云遥相识，**
**待我苍梧间。**

苍梧 > 苍梧山，亦名九嶷山。其山九峰皆
相似，故名九疑。在今湖南宁远县南，
相传虞舜葬于此。《易经·归藏》："有
白云出自苍梧，入于大梁。"《山海经》
载，"南方苍梧之丘，苍梧之渊，其
中有九嶷山，舜之所葬，在长沙零陵
界中"。

0200    李白《赠卢司户》

永州的秋色无边无际，走出门外，满目寒山。

白云似曾相识，正在远山相待。

（宋）严羽《评点李太白诗集》评前二句"清绝，安得如此画手"；评此
四句"只存四句，无题更佳"。（明）钟惺、谭元春《唐诗归》钟评"白
云"句"白云曰'遥相识'，春风曰'不相识'，分别得妙！不当以理求

山
秋山

之"。（明）周敬、周珽《删补唐诗选脉笺释会通评林》刘辰翁评此诗"起意极苦，然不复为惨寒者"。屠隆评此诗"苍然数语，正不在多"。（清）黄周星《唐诗快》评前二句"苍然有仙气"。（清）佚名《静居绪言》评此诗"举平淡者言之，已是天机在手，妙不关心，如麻姑之衣，非锦非绣，自成文章"。（清）弘历《唐宋诗醇》评此诗"高调，妙于省净"。（清）宋宗元《网师园唐诗笺》评此四句"至常之景，写来遂尔绝奇"。（清）杨逢春《唐诗绎》评前二句"本言出门尽是寒山，山山皆有秋色，不问远近皆可往，不必苍梧也。妙从秋色凌空说起，以第二实之，便突兀有势，倒转说则平矣"。

寥寥远天净，
溪路何空濛。
斜光照疏雨，
秋气生白虹。

寥寥 > 寥廓，空旷貌。
空濛 > 迷茫貌。
斜光 > 夕阳，斜晖。
秋气 > 指秋日的凄清、肃杀之气。
白虹 > 日月周围的白色晕圈。

0201　　　崔曙《山下晚晴》

寥廓的天空明净澄澈，山间的溪流小路笼罩在云雾中，一片迷茫。

在夕阳馀晖的照射下飘过一阵疏雨，

秋气凄清，太阳的周围出现白色的光晕。

（明）唐汝询《汇编唐诗十集》评"秋气"句"语炼"。（明）周敬、周珽《删补唐诗选脉笺释会通评林》吴逸一评此诗"媚洁尔雅"；评后二句"晴景如画"。周明辅评此诗"悠然飒然，得散逸之气"；评后二句"写景真"。(清)王夫之《唐诗评选》评此诗"写生已至,而气不伤"。(清)杨逢春《唐诗绎》评此诗"层次写来,风景如画"。(近)邹弢《精选评注五朝诗学津梁》评后二句"琢句自然,觉晚晴时情景都到"。(近)王文濡《唐诗评注读本》评此四句"写'晴'字,见日光初吐,而雨尚未停;写'晚'字,见斜光才照,而山色已暝。倏忽之间,景象不同,山中幽兴,随处可以领略,况在秋初时乎?意境超脱,笔致明净"。

## 灵溪氛雾歇,
## 皎镜清心颜。
## 空色不映水,
## 秋声多在山。

灵溪 > 对溪流的美称。此指颍阳东溪。
氛雾 > 水面上的雾气。
皎镜 > 比喻溪水澄澈可鉴。
秋声 > 指秋天自然界发出的声音。见0131。

0202　崔曙《颍阳东溪怀古》

秋天溪上雾气消散,溪水清澈照人。

秋空明净高远,映在水中,似乎不见,

而秋天的各种声音在山间多能听到。

(明)唐汝询《汇编唐诗十集》谭元春评后二句"'山''水'字愈说愈有妙处"。(明)周敬、周珽《删补唐诗选脉笺释会通评林》杨慎评此诗"兴象高闲"。周珽评此诗"通篇心闲手敏,觉纶巾羽扇便可破敌"。(清)潘德舆《养一斋诗话》评后二句"曲尽幽闲之趣,每一诵味,烦襟顿涤。乃知盛唐诸公,古诗深造如此,不必储(光羲)、王(维)、孟(浩然)、韦(应物),而后尽物外之妙也"。(清)黄培芳《唐贤三昧集

山
秋山

笺注》评"秋声"句"五字名句"。（清）王寿昌《小清华园诗谈》评后
二句"此等句当与日星河岳同垂不朽"。


世人久疏旷，
万物皆自闲。
白鹭寒更浴，
孤云晴未还。

疏旷 > 远离，远隔。
浴 > 指在水中戏游。

0203　　　崔曙《颍阳东溪怀古》　全0202


　　世人很少到这深山里来，山中万物，都悠闲自在。

　　虽然天气寒冷，白鹭还在水中嬉游；天空晴朗，孤云飘去未还。

　　（清）范大士《历代诗发》评此诗"灵襟（胸怀）遐旷（远大，广阔）"。


秋山无云复无风，
溪头看月出深松。
草堂不闭石床静，
叶间坠露声重重。

复 > 同且。
石床 > 供人坐卧的石制用具。

0204　　　张籍《秋山》*


　　秋天的山上无云无风，站在溪边，看月亮从浓密的松林后升起。

草堂敞开着，石床静谧，树叶上滴落的露水铿然有声。

（近）刘永济《唐人绝句精华》评此诗"二十八字皆景语，而幽静之趣即在其中"。

岂不感时节，
耳目去所憎。
清晓卷书坐，
南山见高棱。

所憎＞讨厌的东西。指前文提到的"枝上蝉"和"盘中蝇"。
高棱＞此指高峰。

0205　韩愈《秋怀诗十一首·四》

难道不感叹时序的变化？

但还是为秋来听不到蝉鸣、看不到蝇飞而高兴。

天拂晓时卷书而坐，可以看到终南山高高的山峰。

（宋）黄震《黄氏日钞》评此诗"寄兴悠远，多感叹"。（明）钟惺、谭元春《唐诗归》钟评前二句"孤衷峭性，触境吐出"。（明）陆时雍《唐诗镜》评此诗"气格峻嶒"。（明）周敬、周珽《删补唐诗选脉笺释会通评林》吴逸一评前二句"真快情"。（清）钱谦益《牧斋有学集》评前二句"高寒凄警，与南山相栖泊，警绝于文字之外"。（清）顾嗣立《昌黎先生诗集注》何焯评此四句"清神高韵，会心自远""从悲秋意又翻出一层"。（清）陆次云《五朝诗善鸣集》评此诗"老实语，皆有奇致"。

山
秋山

（清）王元启《读韩记疑》评后二句"读此二语，清寒莹骨，肝胆为醒"。
（清）方东树《昭昧詹言》评此诗"终是豪宕"。（清）王闿运《手批唐诗选》评此诗"专押窄韵，所以避熟，亦有生峭处"。（近）吴闿生《古今诗范》评此诗"奇情伟抱"。（近）程学恂《韩诗臆说》评此诗"郁怀直气，真可与老杜感至诚者"。


远上寒山石径斜，
白云生处有人家。
停车坐爱枫林晚，　　寒山＞深秋时候的山。
　　　　　　　　　　坐＞因为。
霜叶红于二月花。

0206　　杜牧《山行》*


蜿蜒的石路，通向秋山深处；

山上白云缭绕的地方，有人家居住。

我停下车来，是因为喜爱这枫林的晚景；

经霜的枫叶，比二月的鲜花还要红艳！


（明）周敬、周珽《删补唐诗选脉笺释会通评林》唐汝询评此诗"妙在冷落中寻出佳景"。周启琦评"霜叶"句"俏"。（清）何焯《唐三体诗评》评此诗"'白云'即是炊烟，已起'晚'字；'白''红'二字，又相映发。有径则有人，字字相生""'有人家'三字下反接'停车''爱'字方有力"。（清）黄生《唐诗评》评此诗"次句承上'远'字说，此未上时所见。三四则既上之景。诗中有画，此秋山行旅图也"。（清）范大士《历代诗发》评"霜叶"句"写得秋光绚烂"。(清)吴焌《唐诗选胜直解》评后二句"枫林霜染，秋色佳哉。山行之乐画出"。(清)黄叔灿《唐诗笺注》评"霜叶"句"真名句。诗写山行，景色幽邃，而致亦豪荡"。(近)俞陛云《诗境浅说续编》评此诗"诗人之咏及红叶者多矣，如'林间暖酒烧红叶'(白居易《送王十八归山》)、'红树青山好放船'(清·吴伟业《追叙旧约》)等句，尤脍炙词坛，播诸图画。唯杜牧诗专赏其色之艳。谓胜于春花。当风劲霜严之际，独绚秋光，红黄绀紫，诸色咸备，笼山络野，春花无此大观，宜司勋(杜牧)特赏于艳李秾桃外也"。(近)王文濡《唐诗评注读本》评此诗"成绝好一幅秋景图，所谓诗中有画者是也"。(近)刘永济《唐人绝句精华》评此诗"可见诗人高怀逸致。霜叶胜花，常人所不易道出者。一经诗人道出，便留诵千口矣"。

深
山

郁纡陟高岫，
出没望平原。
古木鸣寒鸟，
空山啼夜猿。

郁纡 > 山路曲折危险貌。
高岫 > 高山。

0207　魏征《述怀》

　　沿着曲折的山路登上高山，时隐时现地，可以望见平原。

　　深山老林，寒鸟悲鸣；空山夜猿，嗷嗷而啼。

山
深山

（明）黄家鼎《刭庵重订李于鳞唐诗选》评"出没"句"'出没'二字，深得远望之神"。（明）陆时雍《唐诗镜》评后二句"是初唐一等格力"。（明）唐汝询《汇编唐诗十集》评后二句"愁景"。（清）徐增《而庵说唐诗》评此诗"唐发始一篇古诗，笔力遒劲，词采英汉，领袖一代诗人"。（清）吴昌祺《删订唐诗解》评"出没"句"'出没'二字，是行道逶迤所见，胜小谢本句（南朝齐·谢朓《和王著作融八公山诗》有'出没眺楼雉'句）"。（清）王尧衢《唐诗合解笺注》评此四句"皆行路艰难，触目伤神之境"。

别有青溪道，
斜亘碧岩隈。
崩榛横古蔓，
荒石拥寒苔。

青溪 > 水名。在山西河津县黄颊山午芹峰。
亘 > 横贯。
隈（wēi）> 山曲处。
崩榛 > 枯败的榛丛。

0208　　王绩《黄颊山》

　　黄颊山上的青溪水，斜贯碧绿的深山中。

　　山里到处榛蔓丛生，荒寒的山石上长满了青苔。

犬吠水声中，
桃花带雨浓。
树深时见鹿，
溪午不闻钟。

带 > 含有，带有。
溪午句 > 午时道观应鸣钟报时，未闻钟声，暗示道士不在。

0209　　李白《访戴天山道士不遇》

进入绵州的戴天山，泉水声中隐约听到犬吠；

桃花着雨，开得更加秾艳。

树林幽深，偶尔可以看到有麋鹿跑过；

山溪正午时分，却没有听到道观报时的钟声。

（宋）严羽《评点李太白诗集》评此诗"写幽意固其所长，更喜其无丹鼎气，不用所短"。（宋）魏庆之《诗人玉屑》评后二句"幽野"。（明）胡应麟《诗薮》评前二句"唐五言律起句之妙者"。（明）徐用吾《精选唐诗分类评释绳尺》评此四句"此见得幽寂无人处"。（明）钟惺、谭元春《唐诗归》钟评此诗"全首幽适"。（明）周敬、周珽《删补唐诗选脉笺释会通评林》周敬评前二句"仙境"；评后二句"极幽野之致"。周启琦评此诗"多不食烟火人语"。（清）黄周星《唐诗快》评此诗"幽翠之境，恍然在目"。（清）王夫之《唐诗评选》评此诗"全不添入情事，只拈死'不遇'二字作，愈死愈活"。（清）黄周星《唐诗快》评此诗"幽翠之境，恍然在目"。（清）佚名《唐诗选评》评此四句"'桃花带雨浓'，未见人也，而偏以'时见鹿'接；'犬吠水声中'，有所闻也，而偏以'不闻钟'承。笔锋幻妙，真不可测"。（清）屈复《唐诗合解》评此诗"看他层次之妙，'水声''溪午''飞泉''桃花''树''钟''竹''松'等字，重出叠见，不觉其累者，逸气横空故也"。（清）王尧衢《唐诗合解笺注》评前二句"山居春景，事事幽雅"。（清）弘历《唐宋诗醇》评此诗"自然深秀，似王维集中高作"。（清）李调元《雨村诗话》评前二句"随手拈来，俱如奇峰峭壁，插地倚天。才人固无所不可，若他人有此句，必用入腹联矣"。（清）宋宗元《网师园唐诗笺》评前二句"入画，画且莫到"。（清）卢麰、王溥《闻鹤轩初盛唐近体读本》评此诗"生妍婉隽，殊似右丞（王维）"。（清）胡本渊《唐诗近体》评此诗"自然深远，似摩诘（王维）集中高作"。（清）梅成栋《精选五七言律耐吟集》评此诗"飘然有仙气"。(清)余成教《石园诗话》评前二句"齿颊之间,俱带仙气"。(清)杨逢春《唐诗绎》评此四句"一路写访时之景,而'不遇'之神已摄"。(清)王寿昌《小清华园诗谈》评前二句"幽秀"。(近)邹弢《精选评注五朝诗学津梁》评后二句"极写深山岑寂"。(近)俞陛云《诗境浅说》评后二句"三句谓鹿本畏人,而深林时见鹿踪,空山鹿友,等鱼鸟之忘机。四句言寺中例打午钟,至溪午而钟声寂寂,道士必云深不知处矣。摩诘《过香积寺》诗'深山何处钟',见寺之远也。此并午钟不闻,见寺之静也。李诗逸气凌云,此作幽秀类王(维)、孟(浩然)"。(近)吴闿生《古今诗范》评此四句"写深山幽丽之景,设色甚鲜采"。

空
山

空山新雨后,
天气晚来秋。
明月松间照,
清泉石上流。

空山 > 空廓寂寥的山林。

0210    王维《山居秋暝》

　　　空山雨后,秋天薄暮,

　　　明月于松间朗照,清泉在石上流过。

(宋)刘辰翁《评王摩诘诗集》评此诗"总无可点,自是好"。(明)周敬、周珽《删补唐诗选脉笺释会通评林》周珽评后二句"月从松间照来，泉由石上流出，极清极淡，所谓洞口胡麻，非复俗指可染者"。（清）宋徵璧《抱真堂诗话》评后二句"自然妙境"。（清）吴乔《围炉诗话》评后二句"盛唐不巧……如右丞（王维）之'明月松间照，清泉石上流'，极是天真（天然本性）大雅"。（清）徐增《而庵说唐诗》评此四句"明月之光，深深照于松间；清泉之音，泠泠流于石上，人皆知此一联之佳，而不知此承起二句来。盖'雨后'则有'泉'，'秋'来则有'月''松''石'是在'空山'上见"。（清）黄生《唐诗矩》评后二句"右丞本从工丽入，晚岁加以平淡，遂到天成。如'明月松间照，清泉石上流'，此非复食烟火人能道者"。（清）张谦宜《茧斋诗谈》评前二句"起法高洁，带得通篇俱好"。（清）吴昌祺《删订唐诗解》评前二句"佳境得隽笔以出之"。（清）冒春荣《葚原诗说》评后二句"写景之句，以工致为妙品，真境为神品，淡远为逸品……如'明月松间照，清泉石上流'……逸品也"。（清）范大士《历代诗发》评此诗"天光云影，无复人工"。（清）黄叔灿《唐诗笺注》评此诗"写山居之景，幽绝清绝"；评后二句"流水对。盖因明月而照见清泉也"。（清）卢㮟、王溥《闻鹤轩初盛唐近体读本》评后二句"佳在景耳，景佳则语虽率直，不伤于浅。然人人有此景，人人不能言之，以是知修辞之不可废也"。陈德公评后二句"极直置，而清寒欲溢，遂使起二句顿增生致"。（清）林昌彝《海天琴思录》评后二句"以精警见"。

空山不见人，
但闻人语响。
返景入深林，
复照青苔上。

返景＞夕照，傍晚的阳光。《初学记》："日西落，光反射于东，谓之反景。"
复＞又，再。

山
空山

空荡荡的山林杳无人迹，偶而听到人语之声。

夕阳的余晖射入深林，洒落在幽暗的青苔之上。

（宋）刘辰翁《评王摩诘诗集》评后二句"无言而有画意"。顾璘评此诗"写出幽深之景"。（明）李东阳《麓堂诗话》："诗贵意，意贵远不贵近，贵淡不贵浓。浓而近者易识，淡而远者难知。如……王摩诘（王维）'返景入深林，复照青苔上'，皆淡而愈浓，近而愈远。"（明）李攀龙《唐诗训解》评此诗"不见人，幽矣；闻人语，则非寂灭也。景照青苔，冷淡自在。摩诘出入渊明，独《辋川》诸作最近，探索其趣，不拟其词，如'结庐在人境，而无车马喧'（晋·陶渊明《饮酒》），喧中之幽也；'空山不见人，但闻人语响'，幽中之喧也。如此变化，方入三昧法门"。（明）李攀龙《唐诗选》王稚登评此诗"只四句，令人应接不暇"。（明）许学夷《诗源辩体》评后二句"诗中有画者也"。（明）蒋一葵《唐诗选笺释》评后二句"'复照'妙甚"。（明）陆时雍《唐诗镜》评此诗"古而幽"。（明）唐汝询《汇编唐诗十集》评前二句"寂而不寂"。（清）徐增《而庵说唐诗》评前二句"'不见人'是非有，'人语响'是非无。人语可闻，人定不远，而偏云'不见人'，非人不可得而见，而语独可得而闻也，盖见落形质，闻如虚空"。（清）黄生《唐诗评》朱之荆评此诗"幽极"。（清）张谦宜《茧斋诗谈》评此诗"悟通微妙，笔足以达之"。（清）沈德潜《唐诗别裁集》评此诗"佳处不在语言，与陶公'采菊东篱下，悠然见南山'（陶渊明《饮酒二十首》五）同"。（清）吴瑞荣《唐诗笺要》评此诗"景到处有情，情到处生景，可思不可象，摩诘真五绝圣境"。（清）李锳《诗法易简录》评此诗"人语响，是有声也；返景照，是有色也。写空山不从无声无色处写，偏从有声有色处写，而愈见其空。严沧浪（严羽）所谓'玲珑透彻'者，应推此种。沈归愚（沈德潜）谓其'佳处不在语言'，然诗之神韵意象，虽超于字句之外，实不能不寓于字句之间，善学者须就其所已言者，而玩索其不言之蕴，以得之于字句之外可也"。（清）吴烻《唐诗选胜直解》评前二句"'不见人''闻语响'，极写空山幽致"。（清）黄叔灿《唐诗笺注》评此诗"'不见人''闻人语'，以林深也……林深少日，易长青苔，而反景照入，空山闃寂，真麋鹿场也。诗细甚"。（清）宋宗元《网师园唐诗笺》评此诗"不必粘题，而幽韵独绝"。（清）卢麰、王溥《闻鹤轩初盛唐近体读本》评此诗"笔洁而矫，指直而静"；评"但闻"句"'响'字用著山中方切"。（清）黄培芳《唐贤三昧集笺注》："五绝乃五古之短章，最难简古浑妙。唐人此体，右丞（王维）可称妙手。"（清）章燮《唐诗三百首注疏》评此诗"首二句见辋川中花木幽深，静中寓动；后二句有一派天机，动中寓静。诗意深隽，非静观不能自得"。（清）施补华《岘佣说诗》评此诗"清幽绝俗"。（清）杨逢春《唐诗绎》评此诗"通首只完得'不见人'三字，偏写得寂中喧，无中有。解此语妙，方不落枯寂"。（近）俞陛云《诗境浅说续编》评后二句"言深林中苔翠阴阴，日光所不及，惟夕阳自林间斜射而入，照此苔痕，深碧浅红，相映成采。此景无人道及，惟妙心得之，诗笔复能写出"。（近）吴闿生《古今诗范》评此诗"淡永"。（近）刘永济《唐人绝句精华》评此诗"一时清景与诗人兴致相会合，故虽写景色，而诗人幽静恬淡之胸怀，亦缘而见。此文家所谓融景入情之作"。

宿雨朝来歇，
空山秋气清。
盘云双鹤下，
隔水一蝉鸣。

宿雨 > 夜雨，经夜的雨水。
盘云 > 盘旋于云间。

山
空山

夜雨到清晨时停歇，空旷无人的山中秋气清爽。

盘旋于云间的双鹤飞下，隔着水听到蝉的鸣叫声。

（明）顾璘《唐音评注》评后二句"清洒可诵"。（明）周敬、周珽《删补唐诗选脉笺释会通评林》周敬评后二句"鹤下云中，蝉鸣水外，喻君子高格凌俗，孤洁自鸣"。（清）黄周星《唐诗快》评此诗"襟怀旷远"。（清）范大士《历代诗发》评后二句"爽气朝来"。（近）朱宝莹《诗式》评后二句"双鹤盘云而下，一蝉隔水而鸣，俱有远势"。

晚
山

烟生遥岸隐，
月落半崖阴。
连山惊鸟乱，
隔岫断猿吟。

半崖阴 > 月落时山崖背面显得阴暗。
隔岫 > 隔着山岭。
断猿 > 孤独悲啼之猿。

0213　李世民《辽东山夜临秋》*

烟雾升起，远岸模糊不清；

晚山月落，崖背显得昏暗。

连山宿鸟归飞，隔岭悲猿哀鸣。

檐楹挂星斗，
枕席响风水。
月落西山时，
啾啾夜猿起。

檐楹 > 屋檐下厅堂前部的梁柱。这里偏指
屋檐。

0214　　李白《宿清溪主人》

夜宿池州的山中，见星斗似挂于屋檐，风声水声似在枕边响起。

夜深月落西山，哀猿啾啾而鸣。

（清）弘历《唐宋诗醇》评此诗"奇语得自眼前"。

山明月露白，
夜静松风歇。
仙人游碧峰，
处处笙歌发。

0215　　李白《游泰山六首·六》

泰山上明月皎洁，露珠闪亮；

深夜寂静，松涛也停止。

也许是有仙人游于山中吧，天籁之响，亦如奏起笙歌。

山
晚山

四面青石床，
一峰苔藓色。
松风静复起，
月影开还黑。

石床 > 由钟乳水下滴而形成的笋状凝积物。
复 > 又，再。

0216　　灵一《栖霞山夜坐》

夜坐栖霞山中，四面的山峰像高高的石笋，整个山都是苔藓的苍青色。

松风静而复起，月影明而复暗。


古木乱重重，
何人识去踪。
斜阳收万壑，
圆月上三峰。

收 > 收敛，消失。
三峰 > 指华山著名的芙蓉、玉女、明星三
　　峰。《广舆记》："华山石壁直立，如削
　　成。最著者莲花、明星、毛女三峰。"

0217　　顾非熊《送马戴入华山》

山中的古树杂乱重重，谁能辨识归山人的踪迹？

夕阳垂落，日光渐渐收敛于万壑；

圆月升起，照亮了华山三峰。

（清）谭宗《近体秋阳》评后二句"上句浩而杰，下句浑而迥。以字论，
'收'字实倍于'上'字；然以句论，对句且十倍于出句矣"。

山

峰

千里横黛色，

数峰出云间。

嵯峨对秦国，

合沓藏荆关。

黛色 > 指青黑的山色。

嵯峨 > 山高峻貌。

秦国 > 指秦都咸阳一带。

合沓 > 指山峰重叠。谢朓《敬亭山》诗：

　　　"兹山亘百里，合沓与云齐。"

荆关 > 柴扉。此指隐者的住所。

0218　　王维《崔濮阳兄季重前山兴》

秦岭颠连起伏千里，终南山山色青黑，数座山峰隐现于云间。

高峻的山峰近对咸阳，重重叠叠的群峰中隐藏着山居。

（明）顾可久《唐王右丞诗集注说》评此诗"冲古"。（明）陆时雍《唐诗镜》评此诗"秋色潇洒。语虽浅浅，却有真趣"。（明）周敬、周珽《删补唐诗选脉笺释会通评林》周明辅评此四句"雄特"。（清）黄周星《唐诗快》评此诗"何其淡远"。（清）黄培芳《唐贤三昧集笺注》评此四句"阔大"；评此诗"略近青莲（李白）"。

上有六龙回日之高标，

下有冲波逆折之回川。

黄鹤之飞尚不得过，

猿猱欲度愁攀援。

六龙回日 > 六龙，见0004。这里以六龙回日形容蜀山之高，连羲和至此也只得回转。

0219 李白《蜀道难》

高标 > 木之端为"标",这里指山的最高峰。
逆折 > 水波回旋。
回川 > 逆转的水流。
黄鹤 > 又名黄鹄,一种健飞的大鸟。古书鹤、鹄通用。
猱(náo)> 一种善于攀援的猿类动物。

蜀山山峰之高,竟然挡住了太阳的运行,山谷中江水激荡回旋。

连飞得最高的黄鹄都无法飞越,猿猴更不能攀援越过。

(明)谢榛《四溟诗话》:"九言体……惟太白(李白)长篇突出两句,殊不可及,若'上有六龙回日之高标,下有冲波逆折之回川'是也。"(明)唐汝询《汇编唐诗十集》吴逸一评此四句"形容险阻"。(明)周敬、周珽《删补唐诗选脉笺释会通评林》周珽评后二句"见路虽通,行实不易"。(明)邢昉《唐风定》评此诗"变幻神奇,仙而不鬼"。(清)田雯《古欢堂集杂著》评此诗"长短句奇而又奇,可谓极才人之致"。(清)陈仅《竹林答问》评"黄鹤"句"古诗中八字句法亦不多见,不比九字、十字奇数之句,犹可见长也。有唐一代,惟太白仙才,有此力量。如……《蜀道难》'黄鹤之飞尚不得过'……等句,惟其逸气足以举之也"。

西上太白峰,
夕阳穷登攀。
太白与我语,
为我开天关。

0220 李白《登太白峰》

太白峰 > 山名,在今陕西眉县南。见0136。
夕阳 > 山的西部。《尔雅·释山》:"山西日夕阳。"邢昺疏:"夕始得阳,故名夕阳。"
太白 > 此指金星,也叫启明星、长庚星。《录异记·异石》:"金星之精,坠于终

南圭峰之西，因号为太白山。其精化
为白石，状如美玉，时有紫气覆之。"
太白峰为秦岭山脉最高峰，也是青藏
高原以东第一高峰。因登太白峰近天，
故有与星语之说。

从长安西上太白峰，终于从山的西部登上顶点。

此时与天是那么接近，金星与我交谈，为我打开了通往天宫的大门。

（清）弘历《唐宋诗醇》评此诗"亦率胸臆而出，形容峰势之高，奇语独造"。


# 庐山东南五老峰，
# 青天削出金芙蓉。
# 九江秀色可揽结，
# 吾将此地巢云松。

0221　　李白《登庐山五老峰》*

五老峰 > 庐山著名的高峰。山势险峻，五
　　　　座主峰俨如五老并坐，故名。
金芙蓉 > 山色金黄，故曰金；山峰挺秀，故
　　　　比之芙蓉。
揽结 > 收取，尽收眼底之意。
巢云松 > 栖息于白云松树间，指归隐。据
　　　　《方舆胜览》载，李白曾卜居五老峰下，
　　　　有书堂旧址。

庐山东南的五老峰，山色金黄，山势挺拔秀丽如莲花。

登上五老峰，九江秀色可以尽收眼底，我真要在此地结庐隐居了。

（清）弘历《唐宋诗醇》评此诗"纯用古调"；评"青天"句"亦秀削天成"。

山

山峰

彭蠡隐深翠，
沧波照芙蓉。
日初金光满，
景落黛色浓。

彭蠡 > 即鄱阳湖。在今江西九江，庐山脚
　　　下即鄱阳湖。
芙蓉 > 此指五老峰。见 0221。
景 > 指太阳。
黛色 > 青黑色。

0222　　吴筠《游庐山五老峰》

苍翠的庐山屹立在鄱阳湖畔，

鄱阳湖的碧波中映照出金莲花般的五老峰。

旭日东升，金光闪耀；夕阳西下，山色深青。

（明）钟惺、谭元春《唐诗归》钟评"日初"句"奇丽"。

溪上遥闻精舍钟，
泊舟微径度深松。
青山霁后云犹在，
画出东南四五峰。

精舍 > 道士、僧人修炼居住之所。此指柏
　　　林寺，在陕西淳化县。
霁 > 雨止天晴。

0223　　郎士元《柏林寺南望》*

泛舟溪上，遥闻柏林寺中传来钟声，停船后一条小路深入松林。

青山雨后白云尚在，东南的四五座山峰犹如画出，清晰呈现在眼前。

(清) 陆次云《五朝诗善鸣集》评后二句"云画峰耶？峰画云耶？天然笔意"。(清) 宋宗元《网师园唐诗笺》评后二句"须其自来，不以为构"。(近) 俞陛云《诗境浅说》评此诗"诗仅平写寺中所见，而吐属蕴藉，写景能得其全神……读此诗如展秋山晚霁图，所谓'欲霁山如新染画'也"。

浮云不共此山齐，
山霭苍苍望转迷。
晓月暂飞高树里，
秋河隔在数峰西。

此山 > 指石邑县一带的山。石邑县在今河北石家庄西南，山属太行山馀脉。
转 > 更加。
暂飞 > 犹初飞。

0224　　李益《宿石邑山中》*

石邑一带的山比白云还高，山中雾霭苍茫，望去模糊不清。

拂晓的月亮刚刚在高树间升起，秋夜银河西沉，被数座山峰遮挡。

(明) 敖英《唐诗绝句类选》评此诗"四句皆形容山之高"。(明) 李攀龙《唐诗训解》评此诗"作句多奇"。(明) 李攀龙《唐诗选》王稚登评"晓月"句"'暂飞'二字巧而倩（美好）"。(明) 胡应麟《诗薮》评此诗"全首高华明秀，而古意内含，非初非盛，直是梁、陈妙语，行以唐调耳"。(明) 唐汝询《唐诗解》评后二句"'暂飞''隔在'四字奇绝"。(明) 周敬、周珽《删补唐诗选脉笺释会通评林》汪道昆评此诗"秀丽高爽，古意中涵，唐调之巨擘（大拇指，喻杰出）"。(清) 何焯《唐三

山
山峰

体诗评》评前二句"月为高树所蔽，河为远峰所隔，浮云四合，烟霭弥望，真有囚山之叹"；评后二句"借明处衬出暗处，非身在万山之中，不见其妙"。(清)吴烶《唐诗选胜直解》评后二句"'晓月''秋河'二句，词最飞动，然亦五更景象也。而山之高、树之深，不言而喻矣"。(清)黄叔灿《唐诗笺注》评前二句"写景如上二句，画不能到。人只赏下二句，不知上二句有虚情在内"。

似将青螺髻，
撒在明月中。
片白作越分，
孤岚为吴宫。

青螺髻 > 形如青螺的发髻。喻山峰。此指
太湖七十二峰。缥缈峰为太湖七十二
峰之首。
越分 > 越地的分野。

0225　　皮日休《太湖诗·缥缈峰》

太湖七十二峰，好像是碧绿的青螺髻，撒在皎洁的明月中。白茫茫的湖水成为越地的分野，孤零零的缥缈峰上有古代吴国的宫殿。

(明)胡震亨《唐音癸签》评此诗"才笔开横，富有奇艳句"。

四边空碧落，
绝顶正清秋。

宇宙知何极，
华夷见细流。

碧落 > 道教语。天空，青天。
绝顶 > 山之最高峰。此指南岳衡山祝融峰。
华夷 > 指国家的疆域。

0226　　齐己《登祝融峰》

登上祝融峰，四周都是天空，峰顶正是清秋季节。

遥望天地，无边无际。中华大地上，江河只如细流。

（清）王夫之《唐诗评选》评此诗"近情语自远。南岳诸作，此空其群"。（清）陆次云《五朝诗善鸣集》："己公精神力量，细大不捐，无所不有。"

千寻绿嶂夹流溪，
登眺因知海岳低。
瀑布迸春青石碎，
轮茵横翦翠峰齐。

寻 > 古代的长度单位。八尺或七尺为一寻。
嶂 > 耸立如屏障的山峰。此指四川青城山，
　　玄都观在青城山上。
海岳 > 谓四海和五岳。这里偏指五岳。
春（chōng）> 捣。
轮茵 > 车轮和车垫。代指车辆。
翦 > 同剪。

0227　　蜀太后徐氏《玄都观》

苍翠的青城山如千仞屏障，山间夹着溪流；

登临眺望，才知道五岳之低。

瀑布从高山落下，激溅在石上，青石为之碎裂；

山

山峰

乘坐的车辆在山中穿行，远望如同横剪翠峰。

谁把芙蓉云外栽，
亭亭秀丽四时开。
清宵皓月峰头挂，
宛似佳人对镜台。

芙蓉 > 荷花。黄山芙蓉峰又名莲花峰，黄山三十六峰之一，状如芙蓉出水，为黄山胜景。
亭亭 > 耸立貌。
四时 > 四季。

0228　　程杰《芙蓉峰》*

　　是谁把荷花栽向云外远天？芙蓉峰秀丽高耸，如同荷花四季开放。

　　清静的夜晚明月挂在峰顶，好像是一位美女在对镜梳妆。

山
谷

迹异人间俗，
禽同海上鸥。
古苔依井被，
新乳傍崖流。

海上鸥 >《列子·黄帝》："海上之人有好鸥鸟者，每旦之海上，从鸥鸟游。鸥鸟之至者，百住而不止。"
被 > 覆盖。
新乳 > 雨后的瀑布或泉水。

0229　　卢照邻《过东山谷口》

东山谷口的景象颇与世俗人间不同，

这里的禽鸟就像海上与人亲近的海鸥。

井台上长满了古老的苔藓，雨后的泉水在山崖间涌流。

杳杳寒山道，
落落冷涧滨。
啾啾常有鸟，
寂寂更无人。

杳杳 > 深远幽暗貌。
落落 > 寂寥、冷落貌。
涧滨 > 溪涧水边。
啾啾 > 形容鸟鸣声。

0230　　寒山《诗三百三首·三十一》

寒山山路深远幽暗，溪涧边寂寥冷落。

时闻鸟鸣啾啾，更觉空山寂寞。

（今）钱钟书《谈艺录》评此诗："通首叠字，而不觉其堆垛。"

仙跸御层氛，
高高积翠分。
岩声中谷应，
天语半空闻。

仙跸（bì）> 指天子的车驾。
层氛 > 厚积的云气。氛，泛指雾气，云气。
积翠 > 翠色重叠。形容草木繁茂。
分 > 分明，明显。

山

山谷

0231 苏颋《奉和圣制登骊山高顶寓目应制》

中宗皇帝的车驾在山间云雾中行驶，高高的青山翠色欲滴。

响声在山谷中回荡，半空中传来皇帝说话的声音。

（明）周敬、周珽《删补唐诗选脉笺释会通评林》蒋一梅评后二句"更妙，难得"。（清）黄周星《唐诗快》评此诗"气概虽不及李巨山（李峤），然亦不弱"。（清）张揔《唐风采》评此诗"高华自不必言，更有一种隽越之气出人意表，应制似此，何等清贵"。（清）范大士《历代诗发》评此诗"耸健"。（清）李因培《唐诗观澜集》评后二句"奇而法"。（清）卢臶、王溥《闻鹤轩初盛唐近体读本》评此四句"警亮，第四（'天语'句）尤杰"。（近）邹弢《精选评注五朝诗学津梁》评"天语"句"神化之笔"。

松泉多逸响，
苔壁饶古意。
谷口闻钟声，
林端识香气。

0232 孟浩然《寻香山湛上人》

山中松涛阵阵，泉声清亮；岩壁上长满苍苍的苔藓，饶有古意。

在山谷口听到寺钟悠扬，在林端闻到百花的香气。

（宋）刘辰翁《评孟浩然诗集》评此诗"幽致正在里许（里面，里头）"。（明）唐汝询《汇编唐诗十集》吴逸一评前二句"逸"；评此诗"有绝尘之想，其清淡处非人所能学"。周明辅评此诗"意致清疏，游记中不易得"。（清）张谦宜《茧斋诗谈》评此诗"真味性灵在字句外，古诗正派"。

连峰去天不盈尺，
枯松倒挂倚绝壁。
飞湍瀑流争喧豗，
砯崖转石万壑雷。

倚＞傍，近。
争＞竞相。
喧豗（huī）＞轰响声。
砯（pīng）＞水撞击岩石声。

0233　李白《蜀道难》　全0219

蜀山山峰颠连，高耸接天，绝壁上枯松倒挂。

山谷中江流湍急，瀑布喷涌，竞相发出巨大的轰鸣；

撞击山崖，推转巨石，回荡着轰隆隆的雷声。

（宋）严羽《评点李太白诗集》评"枯松"句"一幅好画"。（明）唐汝询《汇编唐诗十集》吴逸一评此四句"再说险阻"。（清）贺裳《载酒园诗话又编》评此四句"至其造句之妙：'连峰去天不盈尺，枯松倒挂倚绝壁。飞湍瀑流争喧豗，砯崖转石万壑雷。'每读之，剑阁、阴平，如在目前"。（清）沈德潜《唐诗别裁集》评此诗"笔阵纵横，如虬飞蠖动，起雷霆于指顾之间"。

山

山谷

千岩泉洒落，
万壑树萦回。

0234　李白《送友人寻越中山水》

千岩二句 > 千岩万壑，犹千山万壑。《世说新语·言语》：“顾长康（顾恺之）从会稽还，人问山川之美，顾曰：‘千岩竞秀，万壑争流。’”
萦回 > 盘旋往复。

会稽山千峰万壑，飞泉从空中洒落，绿树在山间环绕。

（明）唐汝询《汇编唐诗十集》吴逸一评此二句“全用鲍参军语（按：南朝宋·鲍照《登庐山诗》有‘千岩盛阻积，万壑势萦回’句）”。（明）周敬、周珽《删补唐诗选脉笺释会通评林》蒋一梅评此诗“李诗常清旷，而此独刻画”。（清）张揔《唐风采》孙月峰评此二句“山中有水，水中有山”。（清）卢䎮、王溥《闻鹤轩初盛唐近体读本》评此二句“‘洒落’‘萦回’，字法排纵”。陈德公评此诗“寻常语入其笔端，便飘飘然有凌云之气”。

谷口来相访，
空斋不见君。
涧花然暮雨，
潭树暖春云。

0235　岑参《高冠谷口招郑鄠》

谷口 > 指高冠谷口。西汉高士郑朴曾隐居于此。扬雄《法言·问神》：“谷口郑子真（郑朴），不屈其志，而耕乎岩石之下。”后借指隐者所居之处。《唐三体诗》圆至注：“郑子真隐谷口，此借比郑鄠。”
涧 > 指高冠谷水。
然 > 同“燃”。
潭 > 指高冠潭。《长安县志》：“高冠谷水自西南来注之，水出南山。高冠谷口内有石潭，名高冠潭。”

来到高冠谷口相访，书斋空空，不见郑鄂。

山谷中的百花在暮雨中盛开，像燃烧的火；

高冠潭边的树木郁郁葱葱，烘托着层层叠叠的春云。

（明）徐用吾《精选唐诗分类评释绳尺》评后二句"用字有意趣"。（明）周敬、周珽《删补唐诗选脉笺释会通评林》周珽评此诗"写景入画，句字整细有彩"。（清）谭宗《近体秋阳》评后二句"'然''暖'字浅新稳"；评此诗"但觉风流，无些微衰飒气，自是圣手"。（清）何焯《唐三体诗评》评后二句"暗寓风雨思朋友之意"。（清）沈德潜《唐诗别裁集》评后二句"'然'字、'暖'字，工于烹炼"。（清）宋宗元《网师园唐诗笺》评后二句"炼句，炼字"。（清）卢弼、王溥《闻鹤轩初盛唐近体读本》评后二句"极嫣润……'然'字是字法"。（清）王寿昌《小清华园诗谈》评后二句"何谓炼字，曰：如……岑嘉州（岑参）之'涧花然暮雨，潭树暖春云'之类是也"；评此诗"清和纯粹，可诵可法者"。（近）邹弢《精选评注五朝诗学津梁》评后二句"'然'字奇，'暖'字稳"。

山
林

垂藤扫幽石，
卧柳碍浮槎。
鸟散茅檐静，
云披涧户斜。

浮槎（chá）> 木船。
披 > 散开。
涧户 > 山涧中的陋室。

山

山林

0236　　　杨师道《还山宅》

山间的岩石上挂满垂藤，卧柳挡住了河上的小船。

鸟儿飞去，茅屋寂静，云雾消散，涧户无人。

（明）钟惺、谭元春《唐诗归》钟评"鸟散"句"王（维）、孟（浩然）矣"；评此诗"声谐、气畅、法严，全是盛唐矣"。（明）陆时雍《唐诗镜》评此诗"幽淡似深山人语"。

飞泉洒液恒疑雨，
密树含凉镇似秋。

飞泉 > 瀑布。
疑 > 似。
镇 > 总是，常。

0237　　　狄仁杰《奉和圣制夏日游石淙山》

山中飞泉激溅，飘洒空中如细雨；密树遮天蔽日，树荫下凉意如秋。

草绿萦新带，
榆青缀古钱。
鱼床侵岸水，

榆青句 > 《本草纲目》："榆荚形状似钱而小，色白成串，俗称榆钱。"

# 鸟路入山烟。

鱼床 > 编竹木如床席大，上投饵料，沉入水中，供鱼栖息。
侵 > 谓一物加一物上。侵岸，指湖水漫溢。
鸟路 > 高山小径。

0238　　王勃《春日还郊》

春来山间绿草繁生，如萦新带；榆树上挂满串串榆荚，形似古钱。

投放鱼床，湖水漫上岸边，小路直通向云雾缭绕的山峰。

（明）顾璘《唐音评注》评此四句"此等处脱出六朝，又不落晚唐，最宜自得"。（明）许学夷《诗源辩体》评后二句"语虽近靡，而风格自胜，断非六朝人语"。（明）钟惺、谭元春《唐诗归》谭评此四句"好景"。（明）陆时雍《唐诗镜》评前二句"语有风味……此二语一似逢春而感，一似遇物而兴，非徒为草、榆咏也"。（明）周敬、周珽《删补唐诗选脉笺释会通评林》周珽评此诗"风华自赏"。（清）王夫之《唐诗评选》评此诗"全无扭捏，顺手逼出，无不平善精绝"。（清）屈复《唐诗合解》评此四句"分动、静"；评"鸟路"句"灵活"。

# 芳屏画春草，
# 仙杼织朝霞。
# 何如山水路，
# 对面即飞花。

芳屏 > 美丽的屏风。
仙杼（zhù）> 古代神话中织女织布所用的梭子。她所织出的锦缎有云彩图案，谓之云锦。
何如 > 何似，怎么比得上。

0239　　王勃《林塘怀友》*

美丽的屏风上，画出春草如丝；仙女织出的云锦上，朝霞灿烂。

山
山林

但这些都比不上山中真实的美景，眼前即是飞花烂漫。

(明) 钟惺、谭元春《唐诗归》钟评此诗"境好"。

二室三涂光地险，
均霜揆日处天中。
石泉石镜恒留月，
山鸟山花竞逐风。

0240　　姚崇《奉和圣制夏日游石淙山》

二室＞指嵩山三峰中的太室、少室二峰。
三涂＞山名。亦称崖口，在河南嵩县西南，
　　　伊水之北。
均霜＞形容洛阳一带气候宜人。武则天
　　　《石淙》诗："均露均霜标胜壤，交风
　　　交雨列皇畿。"此为奉和之作，故用武
　　　诗中语。
揆日＞测量日影。西周时周公姬旦曾在阳
　　　城（今河南登封告成镇）立圭表测量
　　　日影，认为阳城是"天下之中"。
石镜＞光滑如镜，可以照人的山石。

嵩山、三涂山集大地奇险之景；气候宜人，处在天下之中央。

石淙山上，石泉石镜，明月常照；山鸟山花，随风争飞。

源水看花入，
幽林采药行。
野人相问姓，
山鸟自呼名。

野人＞上古称居国城之郊野的人为"野
　　　人"。泛指在郊野进行耕作的农民，村
　　　野之人，与"国人"相对。
山鸟句＞《古今注》："南方有鸟，名鹧鸪，
　　　其名自呼，向日而飞。"

0241　　　宋之问《陆浑山庄》


因看花而上溯水源，为采药而探入幽林。

遇到山中农民，向我招呼问姓；听到山鸟鸣叫，好像自呼其名。


（明）钟惺、谭元春《唐诗归》钟评"源水"句"入得有景"；评后二句
"玩'野人相问姓'，有老死不相往来意"。谭评"源水"句"用事清逸
而不觉"；评后二句"'相问姓'，妙！人只知赏'自呼名'耳"。（明）陆
时雍《唐诗镜》评后二句"最饶意趣"。（明）唐汝询《汇编唐诗十集》
评此诗"通篇幽寂，似物外矣"。（清）王夫之《唐诗评选》评此诗"晴
光晓色，良自淡远，何用捉襟攒眉为"。（清）佚名《唐诗选评》评前
二句"字字写物，而情皆在物外"；评此诗"通首超逸，意象无出人意
表者，而无不入妙。后唯王摩诘（王维）独得此意"。（清）冒春荣《葚
原诗说》评此诗"不事工巧，极自然者也"。（清）黄叔灿《唐诗笺注》
评此诗"通首写物外景，极其清幽"。（清）宋宗元《网师园唐诗笺》评
后二句"风疏云上"。（清）胡本渊《唐诗近体》评此诗"句句写物外之
情，即处处写归来之景"。（清）顾安《唐律消夏录》评后二句"人亦物
外，鸟亦物外"。


石发缘溪蔓，
林衣扫地轻。
云峰刻不似，
苔藓画难成。

石发（fà）> 生于水边石上的苔藻。
林衣 > 指树叶。
扫地 > 犹遍地。

山
山林

水边石上长长的绿藻在溪水中漂动，山中的落叶被风吹着，遍地翻滚。

云峰幽奇，苔藓如画，皆非人工刻画所能到。

（明）陆时雍《唐诗镜》评前二句"'石发'二语有微韵，以所取名象亦佳"。（明）唐汝询《汇编唐诗十集》评此诗"幽细"。（清）王夫之《唐诗评选》评此四句"绝不似怨，乃可以怨"。

岩花候冬发，
谷鸟作春啼。
沓嶂开天小，
丛篁夹路迷。

沓嶂 > 重叠的山峰。
丛篁 > 丛生的竹林。

镜湖南溪的山花冬开，谷鸟春啼。

翠峰高耸，遮蔽天空；丛竹夹路，小径难寻。

（明）钟惺、谭元春《唐诗归》钟评前二句"书异不觉"；评"沓嶂"句"尤妙在'天小'上又加一'开'字"。（明）陆时雍《唐诗镜》评此四句"可记可画"。（清）王夫之《唐诗评选》评此诗"通首圆切"。（清）顾安

《唐律消夏录》评此四句"'候冬''作春''天小',皆写'幽'字。'路迷',则到日暮"。(清)王闿运《手批唐诗选》评前二句"南方异景"。

云间东岭千寻出，
树里南湖一片明。
若使巢由知此意，
不将萝薜易簪缨。

0244　　张说《邕湖山寺二首·一》

寻 > 古代的长度单位。八尺或七尺为一寻。
南湖 > 即邕湖，一名翁湖。位于湖南岳阳巴陵县南。
巢由 > 巢父和许由。传说中尧时之隐士，尧欲让位给二人，皆不受。此代指隐士。
萝薜 (bì) > 女萝与薜荔。代指隐士之衣。见 0198。这里指隐居生活。
簪缨 > 古代官吏的冠饰，代指仕宦。

云雾之中，东岭山高千尺；绿树丛中，邕湖景色明丽。

如果巢、由知道邕湖山寺的美景，肯定会有隐此之意。

(明)李攀龙《唐诗训解》评此诗"从境中画出景来，善描写"。(明)李攀龙《唐诗选》王稚登评前二句"造语颇微"。(明)李沂《唐诗援》评此诗"此燕公(张说)初谪宦时作，绝无怨尤之意，而和平恬淡如此，可觇公之器量"。(清)金圣叹《批唐才子诗》评前二句"东岭千重，妙在一'出'字，'出'之为言，不劳瞻眺也。南湖一片，妙在一'明'字。'明'之为言，无烦窥觑也。此本写寺中现景，然实试思，今日面前，除却千重东岭、一片南湖以外，真又有何物？"(清)吴乔《围炉诗话》评此诗"闲适自赏"。(清)叶矫然《龙性堂诗话》评后二句"承上文种种出尘幽致，若是可使巢由同此意趣，故不将萝薜易簪缨也……亦与

山
山林

李颀《送魏万》结句略同，莫以长安行乐之地，致今岁月蹉跎也。二语殊妙"。(清)黄生《唐诗评》朱之荆评"若使"句"不言己同巢、由，反言若令巢、由同于我，犹如画手肖物，反谓若我使化工似画也，以痴语见趣"。(清)毛奇龄《唐七律选》评后二句"此意最深。谪居之苦，悔不隐去，及至此山寺，觉全非世中，居然物外，始悟即此可隐，何必萝薜……此用意翻案法"。(清)毛张健《唐体徐编》评此诗"钱(起)、刘(长卿)清润之品，实本诸此"。(清)王尧衢《唐诗合解笺注》评前二句"云里山光，林中水色，何等幽胜！并空谷鸟声，几成极乐国矣"；评此四句"写山寺外之山与湖，虚空着色"。(清)黄叔灿《唐诗笺注》评前二句"补写湖山，真如一幅图画"。(清)宋宗元《网师园唐诗笺》评前二句"宏丽"。(清)方东树《昭昧詹言》评前二句"此诗全在五六句振起，不特篇章，即作意亦在此句得力"。(近)邹弢《精选评注五朝诗学津梁》评前二句"精警有致"。

夕阳度西岭，
群壑倏已暝。
松月生夜凉，
风泉满清听。

度＞过。
群壑＞群山。壑，山谷。
倏＞急速，忽然。
暝＞黑暗。
风泉＞风吹泉流的清音。

0245　孟浩然《宿业师山房待丁大不至》

　　夕阳依西山沉落，群山很快变得幽暗。

　　松间明月，生出夜凉；泉声淙淙，清越入耳。

(宋)吕本中《童蒙训》评此诗"亦可以为高远者也"。(宋)刘辰翁《评孟浩然诗集》评此诗"景物满眼，而清淡之趣更自浮动，非寂寞者"。（明）周敬、周珽《删补唐诗选脉笺释会通评林》钟惺评后二句"'松月''风泉'二语，此老平生受用"。周珽评后二句"'生''满'二字，静中含动"。陆时雍评后二句"幽趣"。（清）张谦宜《茧斋诗谈》评此诗"不做作清态，正是天真烂漫"。（清）沈德潜《唐诗别裁集》评此诗"山水清音，翛然自远"。（清）范大士《历代诗发》评后二句"清警"。（清）宋宗元《网师园唐诗笺》评后二句"写景绝韵"。（清）黄培芳《唐贤三昧集笺注》评后二句"幽绝"。（清）王寿昌《小清华园诗谈》评后二句"此等句当与日星河岳同垂不朽"。（清）王闿运《手批唐诗选》评后二句"常语清妙"。（清）杨逢春《唐诗绎》评后二句"十字已神注丁大，是景中含情、勾魂摄魄之笔"。（近）邹弢《精选评注五朝诗学津梁》评此诗"山水清音悠然"。

暝宿长林下，
焚香卧瑶席。
涧芳袭人衣，
山月映石壁。

长林 > 高大的树林。长林下指石门精舍，陈铁民谓为蓝田山佛寺名。
瑶席 > 形容席子光润如玉。
涧芳 > 山涧中百花的香气。

0246　　王维《蓝田山石门精舍》

日落后歇宿在石门精舍，佛寺中香气缭绕，坐席光润如玉。

涧水漂花，芳香袭人；山月斜映，照亮石壁。

（明）陆时雍《唐诗镜》评此诗"语语领趣"。（明）周敬、周珽《删补

山
山林

唐诗选脉笺释会通评林》周珽评后二句"涧芳袭上人衣，山月照映石壁，便是仙境佛界"。（清）黄周星《唐诗快》评此诗"一幅石门精舍图"。（清）张揔《唐风采》评此诗"摩诘（王维）诗中有画，如此佳篇，恐画亦不易也"。（清）王尧衢《唐诗合解笺注》评此四句"如此妙境，非经一宿，安能知之？"（近）高步瀛《唐宋诗举要》评此诗"工律自然，几掩（超过）大谢（谢灵运）"。

桃源迷汉姓，
松树有秦官。
空谷归人少，
青山背日寒。

迷汉姓 > 对汉代皇帝姓什么迷茫无知。借桃花源中人"不知有汉"之典，谓宓公琴台如世外桃源。

松树句 > 《史记·秦始皇本纪》载，始皇封泰山毕，下山时"风雨暴至，休于树下，因封其树为五大夫"。此用"五大夫松"之典，形容此地松树苍老。

0247　　王维《酬比部杨员外暮宿琴台朝跻书阁率尔见赠之作》

杨员外在宓公琴台附近的隐居之处真如世外桃源，

松树都苍劲古老，空谷人稀，

山背阴的一面十分寒冷。

（明）顾可久《唐王右丞诗集注说》评此诗"景色幽静可想"。（明）陆时雍《唐诗镜》评前二句"意境之妙。大略意境既成则神色自传，声调即不烦而合矣，此第一上流"。（清）屈复《唐诗合解》评前二句"用典入化"。（清）卢麰、王溥《闻鹤轩初盛唐近体读本》评前二句"工而婉"；评"青山"句"尤警，作对更如不意（无意间）"。

万壑树参天，
千山响杜鹃。
山中一夜雨，
树杪百重泉。

杜鹃 > 鸟名。见 0107。
杪（miǎo）> 树梢。

0248　王维《送梓州李使君》

千山万壑，古木参天，杜鹃啼叫。

山中一夜滂沱大雨，树梢百道悬瀑飞泉。

(宋) 刘辰翁《评王摩诘诗集》顾璘评"千山"句"'响'字奇"。(明) 顾可久《唐王右丞诗集注说》评此四句"如画"。(明) 胡应麟《诗薮》评前二句"唐五言律起句之妙者"。(明) 许学夷《诗源辩体》评后二句"诗中有画者也"。(明) 钟惺、谭元春《唐诗归》谭评此四句"冷然妙语，乃于送行诗得之，更妙"。(明) 陆时雍《唐诗镜》评后二句"是山中人得景深后语"。(明) 徐世溥《榆溪诗话》评此四句"轻妙浑然，乍读之初不觉连用'山''树'字也。于'参天'之'杪'想'百重泉'，于'百重泉'知'一夜雨'，则所谓千山杜鹃者，正'响'于夜雨之后、百重泉之间耳。妙处岂复画师之所能到，前身画师故是"。(明) 周敬、周珽《删补唐诗选脉笺释会通评林》徐充评后二句"句对而意连，极佳。陆放翁'小楼一夜听春雨，深巷明朝卖杏花'（宋·陆游《临安春雨初霁》）用此体"。周珽评此四句"音调高朗，绰有逸趣"。(清) 谭宗《近体秋阳》评后二句"分承工细，'树杪泉'拟构且飞去矣"。(清) 黄周星《唐诗快》评此四句"读此四语，如风雨骤至，耳中但闻飒沓汹涌之声"。(清) 王士禛《带经堂诗话》："律诗贵工于发端，承接二句尤贵得势……如'万壑树参天，千山响杜鹃'，下即云'山中一夜雨，树杪百重泉'……此皆转石万仞手也。"评此四句"兴来神来，天然入妙，不可凑泊（拼凑）"。（清）王士禛《渔洋诗话》评前二句"工于发端"。（清）吴乔《围炉诗话》评此四句"竟是山林隐逸诗"。（清）叶矫然《龙性堂诗话》评前二句"千古发端绝唱也"；评后二句"有别本……'夜'作'半'，予却以为不然。'一夜雨'者，言夜雨滂沱，悬瀑万壑，'一夜''百重'，自为呼应之语"。（清）张谦宜《茧斋诗谈》评前二句"参天树中即杜鹃叫处，倒出便有势，若倒过味索然矣"。（清）屈复《唐诗合解》评此四句"将梓州山水直写四句，声调高亮，令人陡然一惊，全不似送使君，只似闲适诗，妙极"。（清）沈德潜《唐诗别裁集》评"万壑"句"斗绝"；评后二句"从上蝉联而下，而本句中复用流水对，古人中亦偶见"。（清）沈德潜《说诗晬语》评后二句"分顶上二语而一气赴之，尤为龙跳虎卧之笔"。（清）李锳《诗法易简录》评此四句"起势尤为斗绝，三句承次句'山'字，四句承首句'树'字，一气相生相足，洵杰作也"。（清）吴瑞荣《唐诗笺要》评"树杪"句"非深得山中趣味者，不能如此形容"。（清）黄叔灿《唐诗笺注》评此四句"写梓州山壑之奇"。（清）宋宗元《网师园唐诗笺》评前二句"起势何等卓越"。（清）潘德舆《养一斋诗话》评此四句"于律体如大匠运斤成风，如骏马直下千丈，何曾似石屏等之琐琐刻画哉？"（清）黄培芳《唐贤三昧集笺注》评此四句"好气势"。（清）许印芳《律髓辑要》评此四句"笔力雄大"。（清）施补华《岘佣说诗》评前二句"起势之峥嵘者"。（清）杨逢春《唐诗绎》评此四句"劈空而起，突兀峥嵘，一气直下，顶接相生，是托写其境之险僻"。（清）朱庭珍《筱园诗话》评前二句"高格响调，起句之极有力、最得势者，可为后学法式"。（清）王寿昌《小清华园诗谈》评前二句"浏亮"。（近）俞陛云《诗境浅说》评后二句"凡泉流多傍山麓，此言树杪，见雨之盛山之高也。与刘眘虚之'时有落花至，远随流水香'（刘眘虚《阙题》）句，皆一事融合而分二句，妙语天成，流水句法之正则也"。（近）吴闿生《古今诗范》评后二句"撰出奇语"。（今）李庆甲《瀛奎律髓汇评》冯班评此诗"寻常景，写不出"。

纪昀评此四句"高调摩云"。

竹喧归浣女，
莲动下渔舟。
随意春芳歇，
王孙自可留。

浣女 > 洗衣妇女。
随意 > 随便，任凭。
歇 > 凋谢。
王孙 > 本指豪门贵族子弟，此处指游子。
淮南小山《楚辞·招隐士》有"王孙
兮归来，山中兮不可以久留"句。后
二句反用其意。

0249　　王维《山居秋暝》　全 0210

竹林传出喧笑，知浣女归来；

莲花忽然摇动，见渔舟漂下。

感叹虽春花早已凋谢，但秋山仍然美丽，游人自可留在山中。

（明）钟惺、谭元春《唐诗归》钟评前二句"'竹喧''莲动'，细极！静极！"（明）唐汝询《唐诗解》评后二句"结用楚辞化"；评此诗"雅淡中有致趣"。（明）周敬、周珽《删补唐诗选脉笺释会通评林》周珽评前二句"'浣女''渔舟'，秋晚情景；'归'字、'下'字句眼，大妙；而'喧''动'二字属之'竹''莲'，更奇入神"。郭浚评此诗"色韵清绝"。（清）王尧衢《唐诗合解笺注》评此四句"入事言情，而不欲仕宦之意可见"。（清）孙洙《唐诗三百首辑评》屈复评此诗"所谓不着一字，尽得风流者，最为难学"。（清）潘德舆《唐贤三昧集评》评此四句"乃是高境。吾尤爱末联，以'随意'二字领下八字，真古人言语，非今人所知也"。（近）王文濡《唐诗评注读本》评此诗"山居风景，在在可爱，即无芳草留人，而王孙亦不肯去，言外见不屑仕宦之意"。（近）高步瀛《唐宋诗举要》评此诗"随意挥写，得大自在"。

山

山林

依迟动车马，
惆怅出松萝。
忍别青山去，
其如绿水何。

依迟 > 依恋不舍的样子。
松萝 > 植物名。亦称女萝。常附生于松树
　　上，成丝状下垂。《诗经·小雅·弁》：
　　"茑与女萝，施于松柏。"毛传："女萝，
　　菟丝，松萝也。"出松萝犹言离开山林。
其如 > 其如……何，怎奈。

0250　　王维《别辋川别业》*

依依不舍，车马即将离开辋川；心情惆怅，告别这里的一草一木。

即使狠心离别青山而去，怎奈与绿水也同样难舍难分！

（宋）刘辰翁《评王摩诘诗集》评此诗"清洒顿挫，略不动容"。（明）顾可久《唐王右丞诗集注说》评此诗"青山绿水谁是可别去者？浅语情深"。

柳条拂地不须折，
松树披云从更长。
藤花欲暗藏猱子，
柏叶初齐养麝香。

披云 > 拨开云层，直冲云霄之意。
猱（náo）> 猿类。善攀援。
麝香 > 麝，通称香獐子。雄麝的肚脐与生
　　殖器之间有腺囊，能分泌麝香。嵇康
　　《养生论》："虮处头而黑，麝食柏而
　　香。"李善注引《本草》云："（麝）常
　　食柏叶，五月得香。"

0251　　王维《戏题辋川别业》*

辋川植物繁茂，柳条掠拂地面，松树参天入云。

藤花繁密，可藏猿猱；柏叶茂盛，香獐觅食。

（宋）刘辰翁《评王摩诘诗集》评此诗"实景"。（明）杨慎《升庵诗话》："绝句者，一句一绝，起于（陶渊明）《四时咏》'春水满四泽，夏云多奇峰。秋月扬明辉，冬岭秀孤松'是也。……王维诗'柳条拂地不忍折……'皆此体也。"（明）陆时雍《唐诗镜》评此诗"幽景"。（清）张谦宜《茧斋诗谈》评此诗"此截（七律）中四句法。比老杜好看，遂以胜之"。


山月晓仍在，
林风凉不绝。
殷勤如有情，
惆怅令人别。

殷勤 > 情意深厚。
惆怅句 > 天宝十一年夏秋，王缙守母丧期满，除服授官，告别辋川。

0252　　王缙《别辋川别业》*


离别辋川，见山月至晓未落，林风缕缕不绝。

山间草木万物亦如此深情厚意，令人伤感，不忍别去。


（宋）胡仔《苕溪渔隐丛话》评此诗"亦有佳思"。（明）高棅《唐诗品汇》刘辰翁评此诗"清洒顿挫，略不动容"。（明）顾璘《唐音评注》评此诗"风月谁不道？要道好方见情思，此作是也"。（明）胡应麟《诗薮》顾璘评此诗"五言绝以调古为上乘，以情真为得体。'打起黄莺儿……'（金昌绪《春怨》）调之古者；'山月晓仍在……'，此所谓情真者"。（明）徐用吾《精选唐诗分类评释绳尺》评此诗"言山月林风，皆良辰美景，有不忍别故人之意"。（明）周敬、周珽《删补唐诗选脉笺释会通评林》周敬评此诗"不尽之思，句句含着"。吴逸一评此诗"句句有紧要字，莫漫看了"。（清）王尧衢《唐诗合解笺注》评"山月"句"'仍'字妙，月至晓而仍在，似欲送人，不因人去而仍异也"。（近）俞陛云《诗境浅说续编》评此诗"山月林风，焉知惜别，而殷勤向客者，正见己之心爱辋川，随处皆堪留恋，觉无情之物，都若有情矣"。

回首见黛色，
眇然波上秋。
深沉俯峥嵘，
清浅延阻修。
连潭万木影，
插岸千岩幽。

黛色＞苍翠的山色。
眇（miǎo）然＞辽远之貌。
峥嵘＞高峻貌。庾信《终南山铭》有"峥嵘下镇"语。句谓终南山倒映在曲江中。
阻修＞谓曲折悠长。《诗经·秦风·蒹葭》："溯洄从之，道阻且长。"

0253　高适《同薛司直诸公秋霁曲江俯
　　　见南山作》

　回望终南山，到处是一片苍翠，曲江上秋色邈远。

　　终南山倒映在曲江碧水中，遥望江水清澈流远。

　　　曲江中是万木的倒影，江岸边千峰苍翠。

（明）凌宏宪《唐诗广选》评中二句"极其摹画"。（明）周敬、周珽《删补唐诗选脉笺释会通评林》王世贞评此诗"意景清朗，却无浅易之气"。周珽评此诗"叙景道情，斌媚雅达"。（清）王尧衢《唐诗合解笺注》评此诗"森秀之骨，淡远之气，与岑参相敌"。(清) 黄培芳《唐贤三昧集笺注》评中二句"传神"。

千千石楠树，
万万女贞林。
山山白鹭满，
涧涧白猿吟。

石楠 > 即石南，俗称千年红，常绿灌木，凌冬不凋。叶椭圆，开淡红花。
女贞 > 常绿灌木，凌冬青翠。叶卵形，夏开小白花。

0254　　李白《秋浦歌十七首·十》

秋浦的千山万壑，到处是经冬不凋的石南和女贞。

每一座山都飞着白鹭，每一条涧都响着猿声。

(清) 王琦《李太白全集》评此诗"首四句皆叠二字，盖仿《古诗》中'清清河畔草'一体"。(清) 弘历《唐宋诗醇》评此诗"《周南·采蘋》章连用六个'于以'，《十九首·青青河畔草》连用六叠字，白诗祖之"。

不向东山久，
蔷薇几度花。
白云还自散，
明月落谁家。

向 > 去，到。
东山 > 东晋谢安应桓温之请出任司马前，曾隐居于会稽上虞县西南之东山，优游自乐。《世说新语·排调》："谢公 (谢安) 始有东山之志，后严命屡臻，势不获已，始就桓公司马。"山中有谢

0255　　李白《忆东山二首·一》*

山

山林

安当年游宴的蔷薇洞，及其所建的白云、明月二堂。后泛指隐居之地。

我已经很久不到东山，蔷薇洞的蔷薇已几度花开花落呢？

白云堂的白云或已飘散，明月堂的明月不知照耀谁家？

（唐）李阳冰《草堂集序》评此诗"公乃浪迹纵酒以自昏秽。咏歌之际，屡称东山。此诗盖遭谤以后将还山时作也"。（明）唐汝询《汇编唐诗十集》吴逸一评后二句"看他'还''落'字"。（明）周敬、周珽《删补唐诗选脉笺释会通评林》周明辅评此诗"仙仙逸气"。（清）王尧衢《唐诗合解笺注》评此诗"空山云月，以无人而寥寂如此，安得不忆"。（清）弘历《唐宋诗醇》吴昌祺评后二句"即'明月独举，白云谁侣'之意"。

群峭碧摩天，
逍遥不记年。
拨云寻古道，
倚石听流泉。

群峭 > 犹群峰。
逍遥 > 徜徉，缓步行走貌。
不记年 > 不记得年月。犹言忘却世事。
倚 > 傍，近。

0256　　李白《寻雍尊师隐居》

雍尊师隐居之处，群峰峭立，碧色接天；

徜徉山中，忘记了世间的岁月。

拨开白云，寻找山间的古道；靠近山石，聆听淙淙的泉声。

（宋）沈光《李白酒楼记》："太白（李白）以峭讦（刚正直言）矫时之状，不得大用……乃以聪明移于幽岩邃谷，使之辽历物外，爽人精魂。"（明）钟惺、谭元春《唐诗归》钟评此诗"八句清浅得称"。（清）王夫之《唐诗评选》评此诗"乃尔（如此）沉远，杜陵所谓'往往似阴铿'（杜甫《与李十二白同寻范十隐居》）者也"。（清）宋徵璧《抱真堂诗话》评"倚石"句"王摩诘云：'时倚檐前树，远看原上村'（王维《辋川闲居》），李太白云'倚树听流泉'，更复远淡"。（清）佚名《唐诗选评》评"拨云"句"直写而形其曲"；评"倚石"句"虚写而抉其实"。（清）王尧衢《唐诗合解笺注》评后二句"见尊师之居，超然物外也"。（清）弘历《唐宋诗醇》吴昌祺评此诗"甚与襄阳（孟浩然）相似"。（清）梅成栋《精选五七言律耐吟集》评此诗"仙云满纸，太白往往写仙是仙"。（清）王寿昌《小清华园诗谈》评前二句"清和纯粹可诵可法者"。


结宇在星汉，
宴林闭氤氲。
檐楹覆馀翠，
巾舄生片云。

结宇 > 建造屋舍。
星汉 > 银河。
宴林 > 栖息于山林。
檐楹 > 原指屋檐下厅堂前部的梁柱。这里偏指屋檐。
巾舄（xì）> 头巾和鞋。单底为履，加木底双层为舄。

0257　　常建《梦太白西峰》

在西峰顶上建造房屋，简直高接星汉；

栖息于山林，到处云气弥漫。

满山翠色覆盖着我的屋檐，人的身边生出片片白云。

山
山林

巍峨倚修岫，
旷望临古渡。
左右苔石攒，
低昂桂枝蠹。

倚 > 傍，近。
修岫（xiù）> 高耸的山峰。
旷望 > 极目眺望。
攒（cuán）> 簇聚，聚集。
低昂 > 高低，高下。
蠹（dù）> 蛀蚀。

0258　　颜真卿《题杼山癸亭得暮字》

走近巍峨高耸的山峰，在渡口前放眼眺望。

四周簇聚着长满青苔的山石，上下都是年代久远的苍苍古木。

落日松风起，
还家草露晞。
云光侵履迹，
山翠拂人衣。

晞 > 干。
云光 > 云层罅缝中漏出的日光。
侵 > 侵袭，谓一物加一物上。此指映照。
履迹 > 走过的足迹。

0259　　裴迪《华子冈》*

日落时山间松涛阵阵，还家的路上看到草上露水已干。

夕阳的馀晖映照我的足迹，山间的翠色拂拭着我的衣裳。

（清）贺贻孙《诗筏》评此四句"此等语置之摩诘（王维）、襄阳（孟浩然）集中，殆不能复辨"。（清）沈德潜《唐诗别裁集》评此诗"笔意古淡，自是辋川一派"。（近）刘永济《唐人绝句精华》评"裴迪《辋川》

各诗，其佳者可与王维并美。此二篇（此诗与《茱萸沜》）是也"。

青山看景知高下，
流水闻声觉浅深。

景＞指山林的苍翠明暗之色。

0260　　张谓《西亭子言怀》

根据山的青苍明暗可知它的高低，听流水的响声即可判断它的深浅。

（明）钟惺、谭元春《唐诗归》钟评此诗"流丽清老"。谭评"流水"句
"静"。（清）谭宗《近体秋阳》评此诗"文情虚明"。（清）金圣叹《批唐
才子诗》评后二句"看他写到看影知山，闻声识水……则不知山水之
为我，我之为山水；自之为他，他之为自；一之为多，多之为一"。

山色不厌远，
我行随处深。
迹幽青萝径，
思绝孤霞岑。

随处＞到处，不拘何地。
幽＞犹隐没。
绝＞竭，尽。
岑＞小而高的山。

0261　　钱起《游辋川至南山寄谷口
　　　　王十六》

探寻山景，不厌其远，我随意行走，深入山中。

山

山林

足迹隐没在悬挂青萝的小路上，心思飞遍霞光映照的每一座山峰。

（清）沈德潜《唐诗别裁集》评前二句"寻山之趣，尽此十字"。（清）乔亿《大历诗略》评前二句"发端清迥"。（清）宋宗元《网师园唐诗笺》评前二句"超绝，趣绝"。


向山看霁色，
步步豁幽性。
返照乱流明，
寒空千嶂净。

霁色 > 清朗的天色。
豁 > 舒展，排遣。
幽性 > 宁静的心性。
返照 > 夕阳回照。
乱流 > 纷乱的水波。

0262　　钱起《杪秋南山西峰题准上人兰若》

看着终南山清朗的山色，一路行来，宁静的心情舒畅欢快。

夕阳的馀晖照在动荡的水波上，十分明亮；

秋天的寒空映衬着千山，肃穆萧瑟。

（明）周敬、周珽《删补唐诗选脉笺释会通评林》周敬评此诗"写西峰与兰若（佛寺）景趣入细……清和温雅，不失储（光羲）、王（维）一派"。周珽评此诗"濯秀披鲜，芳蕤堪把"。（清）王尧衢《唐诗合解笺注》评后二句"日光返照，明灭于乱流之中；仰视寒空，千峰明净，此正豁幽性处也"。（清）乔亿《大历诗略》评此诗"一往明秀中复饶警句"。（清）陆菜《问花楼诗话》评后二句"昔人谓'诗中有画，画中有诗'，然亦有画手所不能到者……钱仲文（钱起）《秋杪南山》诗'反照乱流明，寒空千嶂净'……此岂画手所能到耶"？（近）邹弢《精选评注五朝诗学津梁》评此诗"清逸秀劲，不减右丞（王维）"。

独游屡忘归，
况此隐沦处。
濯发清泠泉，
月明不能去。

隐沦处 > 隐者栖息的地方。时钱起在长安，秋归蓝田旧居休沐。
不能 > 犹不想，不愿。

0263　钱起《蓝田溪与渔者宿》

一个人在山中游览，屡屡忘归，何况是如此清幽的隐居之地。

在清凉寒冷的泉水中洗濯头发，月亮升起，我仍然不愿归去。

（明）周敬、周珽《删补唐诗选脉笺释会通评林》吴逸一评此诗"悠远清拔，稍逼右丞（王维）便佳"。郭浚评此诗"兴孤意淡，造语脆而有骨"。（清）陆次云《五朝诗善鸣集》评"月明"句"明月岂有不去之理？而曰'不能'，殆我不能去月耳"。（清）王尧衢《唐诗合解笺注》评此诗"题真好题，诗真好诗，亦有沧州白云之趣"。（清）吴瑞荣《唐诗笺要》评此诗"理致清赡"。

数岁白云里，

山
山林

与君同采薇。
树深烟不散，
溪静鹭忘飞。

采薇 > 此指隐居。《史记·伯夷列传》："武王已平殷乱，天下宗周，而伯夷、叔齐耻之，义不食周粟，隐于首阳山，采薇而食之。"薇，野豌豆。

0264　钱起《忆山中寄旧友》

回忆与旧友一同隐居在山中数年。

林木茂密，烟云不散；溪水平静，白鹭忘飞。

（清）贺裳《载酒园诗话又编》评此诗"诚不减王（维）、孟（浩然），不解何以从无赏音"。（清）乔亿《大历诗略》评后二句"景绝佳，便觉有情"。

日暖风恬种药时，
红泉翠壁薜萝垂。
幽溪鹿过苔还静，
深树云来鸟不知。

恬 > 安静，平静。
红泉 > 红色的泉水。传说汉东方朔小时掘井，陷落地下，有人欲引往采仙草，中隔红泉不得渡，其人以一屦与之，遂泛红泉，至仙草之处，采而食之。后遂以红泉为传说中的仙境景色。
薜（bì）萝 > 薜荔和女萝，皆野生植物。见0198。

0265　钱起《山中酬杨补阙见过》

日暖风静，正是种草药的时候；

红色的泉水，翠绿的山壁，薜荔和女萝垂挂下来。

麋鹿经过幽幽的小溪，大地一片寂静；

因为树木茂密，白云飘来，鸟儿浑然不知。

（明）许学夷《诗源辩体》评后二句"别有风韵者也"。（明）周敬、周珽《删补唐诗选脉笺释会通评林》徐用吾评此诗"非不绣整，但景细小，所以为中唐"。吴逸一评前二句"艳而清"；评后二句"幽而细"。郭浚评后二句"入细，下句胜上句"。（明）邢昉《唐风定》评此诗"清幽浑朴，依稀摩诘（王维）"。（清）张揔《唐风采》评后二句"幽绝"。（清）屈复《唐诗合解》评后二句"亦是佳句"。（清）范大士《历代诗发》评此诗"恬雅，不着一点俗氛"。（近）俞陛云《诗境浅说》评后二句"写山中幽绝之致，句殊隽永。以之喻禅理，则幽溪苍苔，喻人心之本静，因鹿行而静中有动，鹿过而苔仍静，还其本心也。下句言鸟栖深树，悠然若无知，虽树里白云来去，而鸟仍不知。喻世事万变，而此心不动，言心之定也。有定而后能静，禅理而亦儒理……写景既工，且有馀味可寻"。

暗涧泉声小，
荒村树影闲。
高窗不可望，
星月满空山。

暗涧 > 幽暗的山涧。
闲 > 犹静。

0266　李端《云际中峰居喜见苗发》

幽暗的山涧里泉水声隐约可闻，山村荒凉，夜晚树影幽静。

山
山林

看不清云际寺那亮着灯的窗户，只见到整个空山星月闪烁。

（明）周敬、周珽《删补唐诗选脉笺释会通评林》周敬评此诗"平调怡雅，得山中幽隐之趣"。周珽评此四句"所听睹者，惟泉声树影，且曰'暗'、曰'小'，曰'荒'、曰'闲'，静之至矣。结（后二句）更多无限清思"。（清）黄生《唐诗评》评此诗"通篇但写未见之怀，而既见之喜，自在言外。用笔高出一层"。（清）乔亿《大历诗略》评后二句"境地清奇"。

细草拥坛人迹绝，
落花沉涧水流香。
山深有雨寒犹在，
松老无风韵亦长。

坛＞此指桃源观中的祭祀坛。
韵＞此指松涛。
亦＞犹。

0267　皎然《晚春寻桃源观》

桃源观早已荒废，祭坛已成土丘，长满细草，人迹都没有了；

落花飘入溪涧，流水似乎也带有香气。

深山落雨，春寒犹在；松树古老，纵然无风，犹有悠长的松涛。

（清）陆次云《五朝诗善鸣集》评"松老"句"佳在无韵之处。无韵之韵，谁能听之？"（清）胡以梅《唐诗贯珠》评此诗"通身圆俊，有神致"。

荒径饶松子，
深萝绝鸟声。
阳崖全带日，
宽嶂偶通耕。

饶 > 多。
萝 > 女萝。野生植物，亦称松萝。见 0250。
阳崖 > 山南面向阳的山崖。
宽嶂 > 大山峰。
带 > 映照，笼盖。
偶 > 恰好。

0268　　　畅当《天柱隐所重答韦江州》

荒凉的山路上有很多松子，女萝层层叠叠，遮挡了鸟鸣的声音。

南面的山崖阳光普照，在高如屏障的山峰下，恰有通向农田的道路。

（宋）计有功《唐诗纪事》评此四句"（畅）当诗平淡多佳句，如……《天柱隐所》云：'荒径饶松子，深萝绝鸟声。阳崖全带日，宽嶂偶通耕。'……皆有远意"。

水定鹤翻去，
松欹峰俨如。
犹烦使君问，
更欲结深庐。

翻 > 飞。
欹 > 倾斜。
俨如 > 端庄凝重貌。
使君 > 对州刺史的称谓。唐制，刺史纠察郡县，与绣衣使者同，故称使君。此指韦应物。

0269　　　畅当《山居酬韦苏州见寄》

白鹤飞走了，水平静下来；松树欹斜，山峰俨然矗立。

如今劳烦您询问，我打算就在这里结庐而居了。

山

山林

(宋) 计有功《唐诗纪事》评前二句"(畅) 当诗平淡多佳句。如……《山居》云：'水定鹤翻去，松敧峰俨如。'……皆有远意"。

秋气集南涧，
独游亭午时。
回风一萧瑟，
林影久参差。

0270　　柳宗元《南涧中题》

秋气 >《春秋繁露》："春气爱，秋气严，夏气乐，冬气哀。"
南涧 > 地名。在永州朝阳岩东南。
亭午 > 正午。
回风 > 此指山谷间回旋的风。
参差 > 不齐貌，此指林影摇动之态。

秋天的萧瑟之气来到了南涧，正午时分我独自一人前往游玩。

回旋的秋风吹过，林中的树影便摇动不已。

(宋) 吴可《藏海诗话》评后二句"能形容出体态，而又省力"。(明) 高棅《唐诗品汇》刘辰翁评前二句"子厚(柳宗元) 每诗起语如法，更清峭奇拔"。(明) 许学夷《诗源辩体》评此诗"语虽萧散，而功用始周，与应物小异"。(明) 钟惺《唐诗笺注》评前二句"清峭齐整"。(明) 唐汝询《汇编唐诗十集》评前二句"起得有法"。(清) 何焯《义门读书记》评"秋气"句"万感俱集，忽不自禁，发端有力"。(清) 沈德潜《唐诗别裁集》评此诗"语语是'独游'。东坡谓柳仪曹(柳宗元)《南涧》诗忧中有乐，妙绝古今，得其旨矣"。(清) 吴瑞荣《唐诗笺要》评前二句"起语最清峭"。(清) 杨逢春《唐诗绎》评此诗"诗以'独'字作骨……而林影萧瑟，暗为'独'字渲染"。(近) 顾随《顾随诗词讲记》评此四句"写愁苦，而结果不但美化了，而且诗化了。愁苦是愁苦，

而又能美化、诗化，此乃中国诗最高境界，即王渔阳（王士禎）所谓
'神韵'"。

始至若有得，
稍深遂忘疲。
羁禽响幽谷，
寒藻舞沦漪。

羁禽 > 离群的鸟。
藻 > 水草。
沦漪（yī）> 微波。

0271　　柳宗元《南涧中题》　全 0270

我刚刚登山，心中便有很多感受；入山既深，更完全忘记了疲倦。

离群的鸟儿在幽静的山谷中鸣叫着，

秋水中的水藻似乎随着涟漪在舞动。

（宋）苏轼《东坡题跋·书柳子厚南涧诗》评此诗"柳子厚南迁后诗，清
劲纤馀，大率类此"。（宋）胡仔《苕溪渔隐丛话》苏轼评此诗"忧中有
乐，乐中有忧，盖绝妙古今矣"。（宋）何汶《竹庄诗话》引《笔墨闲录》
评此诗"平淡有天工，在《与崔策登西山》诗上，语奇故也"。（明）许
学夷《诗源辩体》评后二句"于景中见趣，试一讽咏之，则鄙吝尽除
矣"。（明）蒋一葵《唐诗选笺释》刘辰翁评前二句"精神在'始至'二
语，遂觉一篇苍然，语复平淡有味"。（明）叶羲昂《唐诗直解》钟惺评
此诗"以此景色，可喜可悲"。（明）陆时雍《唐诗镜》评此诗"言言深
诉，却有不能诉之情，寥落徘徊"。（明）唐汝询《唐诗解》评此诗"言
此地风景冷落，而我爱之。故始至恍若有所得，久则忘倦矣"。（明）

山
山林

唐汝询《汇编唐诗十集》评后二句"禽称'响',藻称'舞',炼"。(明)周敬、周珽《删补唐诗选脉笺释会通评林》周珽评此诗"古雅,绝无霸气。得未有章法,亦在魏晋之间"。(清)何焯《义门读书记》评后二句"似缘上'风'字,直书即目,其实乃兴中之比也。羁禽哀鸣者,友声不可求,而断迁乔之望也,起下'怀人'句;寒藻独舞者,潜鱼不能依,而乖得性之乐也,起下'去国'句"。(清)吴昌祺《删订唐诗解》评此诗"以陶之风韵,兼谢之苍深,五言若此已足,不必言汉人也"。(清)王尧衢《唐诗合解笺注》评前二句"此十字精神,遂觉一篇苍劲"。(清)宋宗元《网师园唐诗笺》评前二句"阅历语"。(清)施补华《岘佣说诗》评此诗"气清神敛,宜为坡公所激赏"。(近)王文濡《唐诗评注读本》评前二句"觉得有精神,诗之苍劲在此"。

鹤鸣楚山静,
露白秋江晓。
连袂度危桥,
萦回出林杪。

楚山 > 指永州西山。在今湖南零陵区西。
秋江 > 指愚溪。潇水支流,原名冉溪。
连袂(mèi) > 相携。袂,衣袖。
萦回 > 盘旋往复。
杪(miǎo) > 树梢。

0272　柳宗元《与崔策登西山》

听仙鹤啼鸣,永州西山更显得寂静;

愚溪的拂晓,秋露已经变白。

我和崔策手拉手越过高桥,曲折攀登,走出林端。

(明)高棅《唐诗品汇》刘辰翁评后二句"差参隐约,可尽而不尽"。

（明）许学夷《诗源辩体》评此诗"语虽萧散，而功用始周，与应物小异"。（明）陆时雍《唐诗镜》评后二句"语堪入画"。（明）唐汝询《汇编唐诗十集》吴逸一评前二句"景语起，清澈"。（清）何焯《义门读书记》评"鹤鸣"句"鹤夜半而警露，此句是不眠待晓，即'隐忧倦永夜'（柳宗元《登蒲州石矶望横江口潭岛深迥斜对香零山》）之意，尤不露骨也"。（清）王闿运《手批唐诗选》评前二句"学谢'猿鸣'二句（按南朝宋·谢灵运《从斤竹涧越岭溪行》有'猿鸣诚知曙，谷幽光未显'句）"。

西岑极远目，
毫末皆可了。
重叠九疑高，
微茫洞庭小。

西岑（cén）>西山。岑，小而高的山。
毫末>谓极细微。《老子》"合抱之木，生于毫末"。
微茫>隐约模糊。

0273　柳宗元《与崔策登西山》　全 0272

　　站在西山上放眼望去，远近的景物尽收入眼底。

九嶷山重重叠叠，高耸入云，秋天的洞庭湖隐约渺茫。

（宋）苏轼《东坡题跋·题柳子厚诗二首》评此诗"远出（谢）灵运上"。（明）唐汝询《汇编唐诗十集》评"重叠"句"援喻西岑"；评"微茫"句"指秋江说"。（明）周敬、周珽《删补唐诗选脉笺释会通评林》周珽评此诗"破山取玉，时逢壮采"。（清）范大士《历代诗发》评此诗"得谢客（谢灵运）神理"。

山
山林

手拄青竹杖，
足踏白石滩。
渐怪耳目旷，
不闻人世喧。

旷 > 空旷，开阔。

0274　　　白居易《游悟真寺诗》　全0081

　　手拄着青竹手杖，脚踩在满是白石的河滩上。

　渐渐觉得眼前开阔，听得也更远，再也听不见人世间的喧嚣声。

　（清）弘历《唐宋诗醇》评此四句"写寺外之景，曲折灵异，迥隔尘世，
如入仙境"。

日落见林静，
风行知谷虚。
田家故人少，
谁肯共焚鱼。

焚鱼 > 烧毁鱼袋，表示弃官归隐。唐时朝
廷向大臣颁发铜制鱼符，盛放鱼符的
袋称鱼袋。时李德裕在润州，于洛阳
伊川营建平泉山庄，作归隐计。

0275　　　李德裕《春暮思平泉杂咏·竹径》

　　　日落时竹林里一片幽静，

　　清风吹来，才发觉山谷是如此空旷。

　在这农家没有我的故友，谁能和我一起弃官隐居呢？

（清）王士禛《带经堂诗话》评此诗"《忆平泉》五言诸诗，较白乐天
（白居易）、刘梦得（刘禹锡）不啻过之？"（清）李因培《唐诗观澜集》
评此诗"萧散处尚有初盛气体，不堕中晚人蹊径"。

远村寒食后，
细雨度川来。
芳草连溪合，
梨花映墅开。

0276　李德裕
　　　《春暮思平泉杂咏·望伊川》\*\*

寒食 > 节令名。在农历冬至后一百零五日，
　　 一般在清明前一或二日。相传春秋时
　　 晋文公（重耳）曾出亡 19 年，介之推
　　 一直跟随并帮助他。重耳即位，封赏
　　 随从者，独负功臣介之推。介之推愤
　　 而隐于绵山。文公悔悟，烧山逼令出
　　 仕，之推抱树焚死。人民同情介之推
　　 的遭遇，相约于其忌日禁火冷食，以
　　 为悼念。后相沿成俗，谓之寒食。
川 > 指伊川，即伊河。出河南卢氏县东南，
　　 东北流经嵩县、伊川县、洛阳，至偃
　　 师，入洛河。
合 > 覆盖，笼罩。
映 > 犹掩。遮蔽。
墅（shù）> 田庐，村舍。

偏远的村庄，寒食以后，细雨从伊河对岸飘来。

芳草长满小溪两岸，掩盖了溪水；梨花盎然开放，遮蔽了村舍。

槿篱悬落照，
松径长新苔。

山

山林

向夕亭皋望，
游禽几处回。

接上

0277　　李德裕《春暮思平泉杂咏·望伊川》

槿篱 > 植木槿以为篱。木槿，灌木。夏秋
　　　开红、白或紫色花，朝开暮落。
向夕 > 傍晚。
亭皋 > 水边平地。

夕阳映照着开满木槿花的篱笆，松间小路上长满青苔。

　　傍晚时站在水边眺望，有几处鸭鹅归来。

（清）王士禛《带经堂诗话》评此诗"《忆平泉》五言诸诗，较白乐天
（白居易）、刘梦得（刘禹锡）不啻过之？"

云吐晚阴藏霁岫，
柳含馀霭咽残蝉。
倒尊尽日忘归处，
山磬数声敲暝天。

岫（xiù）> 峰峦。
霭 > 云气，烟雾。
倒尊 > 倾杯。
磬（qìng）> 古代打击乐器。以玉、石或金
　　　属制成，状如曲尺。悬挂于架上，击
　　　之而鸣。寺院中用为召集众僧的鸣器。
暝 > 日暮，夜晚。

0278　　伍乔《晚秋同何秀才溪上》

傍晚阴云升起，遮住了雨后的山峰；

垂柳残烟笼罩，蝉声嘶咽。

尽日倾杯痛饮，忘记归去；直到山间响起磬声，在晚天回荡。

（明）钟惺、谭元春《唐诗归》谭评前二句"幽细"。钟评后二句"结得
有景，却是中晚气调"。（明）周敬、周珽《删补唐诗选脉笺释会通评

林》周珽评此四句"即溪上晚秋之景，有得兴悠悠之趣"。(清)金圣叹
《批唐才子诗》评此四句"'晚阴''馀霭'，即其'尽日忘归'之实在景
物也。又加'暝磬'句，以见主犹未倦，客亦不发，是日遂至于尽而
又尽也"。

一水穿崖走碧沙，
沿溪樛木卧龙蛇。
分明便是桃源路，
不见溪头流落花。

樛(jiū)木＞枝向下弯曲的树。
桃源路＞通向桃源之路。此诗原注："寺在
　　桃源县北百里。"

0279　唐绩《灵岩寺呈锐公禅师》*

　　一条溪水从山崖中穿出，在绿色的沙上急流；

　　　溪边树枝低垂，宛如龙蛇。

　这条路分明就是通往桃花源之路，只是溪水中看不到落花而已。

山
路

石苔应可践，
丛枝幸易攀。
青溪归路直，
乘月夜歌还。

应＞大概。
践＞登，踏。
幸＞恰好。
青溪＞水名。见0208。

0280　王绩《夜还东溪》*

山
山路

长满青苔的山石，大概可以登踏；山岩上的树枝，正好容易攀缘。

　　循着青溪边的直路，唱着歌夜间归来。

（明）杨慎《升庵诗话》评"丛枝"句"言石苔本难践，幸有丛枝可攀缘耳……谢灵运诗：'苔滑谁能步，葛弱岂可扪？'（《石门新营所住四面高山回溪石濑茂林修竹》）此反其意"。


深谷下寥廓，
层岩上郁盘。
飞梁架绝岭，
栈道接危峦。

寥廓 > 空虚深远。
层岩 > 高耸的山岩。
郁盘 > 山势郁结盘曲。
梁 > 桥。
栈道 > 在险绝处傍山架木而成的道路。《史记索隐》王琦注："入蜀之道，山路悬险，不容坦行。架木而度，名曰栈道。以其自秦入蜀之道，故曰秦栈。"
危峦 > 高峰。

0281　　张文琮《蜀道难》

　　万丈山谷深不见底，高耸的山峰山路曲折。

　　蜀道架设在崇山危岭之间，上有悬崖绝壁，下有万丈深渊。


蜀路何悠悠，
岷峰阻且修。
回肠随九折，

悠悠 > 长，遥远。
岷（mín）峰 > 岷山。在四川北部，绵延四

## 进泪下双流。

川、甘肃两省边境。

阻且修 > 道路险阻，崎岖漫长。《诗经·秦
风·蒹葭》："道阻且长。"

0282　骆宾王《畴昔篇》

回肠 > 焦虑不安的样子，仿佛肠被牵转。
九折 > 回旋曲折。《元和郡县志》载，蜀
道有九折坂，在荣经县西邛崃山，山
路险阻曲折。
双流 > 成都有双流区，因《蜀都赋》中
"带二江之双流"而得名。

蜀中道路，何其遥远；岷山艰险，崎岖漫长。

攀登蜀道，使人惊心动魄；经过双流，泪下不止。

（明）周敬、周珽《删补唐诗选脉笺释会通评林》周珽评此四句"叙涉
险入蜀，历瞻古迹，乡思孔殷（很多很深），离念实怆"。

## 傍浦怜芳树，
## 寻涯爱绿泉。
## 岭云随马足，
## 山鸟向人前。

芳树 > 泛指佳木，花木。
涯 > 水边。此指泉水的源头。
向 > 在。

0283　韦嗣立《偶游龙门北溪忽怀骊山
别业因以言志示弟淑奉呈诸大僚》

流连靠近水边的花树，喜爱山间的绿泉。

岭上白云就在马蹄下，山间鸟儿飞在人前。

山
山路

（明）陆时雍《唐诗镜》评后二句"语极自然之致，较李太白'山从人面起，云傍马头生'（李白《送友人入蜀》），似觉高雅一筹"。

微路从此深，
我来限于役。
惆怅情未已，
群峰暗将夕。

于役 > 因公务出行。于，往；役，行役。《诗经·王风·君子于役》："君子于役，不知其期。"

0284　　　宋之问《初至崖口》

进入崖口，山路渐不可辨，我因为公事，来到此地。

天色向晚，群峰昏暗，游兴未尽，所以感到很遗憾。

（明）钟惺、谭元春《唐诗归》钟评"微路"句"五字妙甚，且转得有力"。谭评"微路"句"予尝于南都钟楼西北寻径，每觉此而不能书，读之快然"。（清）王夫之《唐诗评选》评此四句"密好成章，一结（后二句）尤有留势。唐人古诗每用'我来'字转，如铁铸衣，摆动捣人，唯此暗带不觉"。（清）王闿运《手批唐诗选》评后二句"作不尽语，居然有不尽意，此唐人独擅技"。

川原迷旧国，
道路入边城。
野戍荒烟断，

边城 > 荒僻的城邑。此指乐乡县城，故城在今湖北荆门北。

深山古木平。　　　戍 > 野外驻防的营垒。庾信《至老子庙应诏》：“野戍孤烟起。”

0285　　陈子昂《晚次乐乡县》

眼前的山川原野，与蜀中家乡迥异，感到陌生；

道路延伸，通往乐乡县城。

一路上看到野外的戍楼飘着缕缕荒烟，

深山林木莽莽，模糊一片。

（明）顾璘《唐音评注》评后二句“无句法，无字眼，天然之妙”。（明）吴逸一《唐诗选》评此四句“乃晚次时感念行踪，阅旧国而若迷，忆边城之曾入，皆由此路，而此时所见，唯荒烟古木，更足生恨”。（明）胡应麟《诗薮》评此诗“气象冠裳，句格鸿丽”；评后二句“平淡简远，王（维）、孟（浩然）二家之祖”。（明）钟惺、谭元春《唐诗归》谭评“深山”句“‘古木平’便奇，若云‘山平’‘路平’，则不成语景”。（明）陆时雍《唐诗镜》评此诗“古淡”。（明）唐汝询《汇编唐诗十集》评此诗“通篇纯雅，无字可摘，独‘古木平’三字自经语化出，更见精炼”。（明）周敬、周珽《删补唐诗选脉笺释会通评林》周敬评此诗“古淡雅远，超绝古今”。周珽评此诗“布格造语，自然工巧雅致，若不经思索而得者”。（清）黄生《唐诗矩》评后二句“写景平淡而极天然之趣，后来王（维）、孟（浩然）之祖也”。（清）佚名《唐诗选评》评后二句“‘断’字、‘平’字写得孤征光景奇而可畏”；评此诗“锤炼精警，后人莫及”。（清）屈复《唐诗合解》评后二句“写晚景，带‘孤征’意”。（清）范大士《历代诗发》评此诗“下字坚老”。（清）王尧衢《唐诗合解笺注》评此四句“造句天然”。（清）吴瑞荣《唐诗笺要》评后二句“天然之妙，当此境才有此语。‘古木平’隽甚，云山平、路平，便没意

山

山路

趣”。(清)卢麰、王溥《闻鹤轩初盛唐近体读本》评此四句“中联是其高浑正调”。(清)顾安《唐律消夏录》评此四句“将行役之苦，说得一层深似一层”。(清)许印芳《律髓辑要》评后二句“承‘边城’说，‘深山’句景真语新，‘平’字妙在浑老”。(今)李庆甲《瀛奎律髓汇评》方回评此诗“诗体浑大，格高语壮”。纪昀评此诗“当于神骨气脉之间得其雄厚之味”。

羽卫森森西向秦，
山川历历在清晨。
晴云稍卷寒岩树，
宿雨微消御路尘。

羽卫 > 帝王的卫队和仪仗。
西向秦 > 指开元十一年张九龄侍从玄宗巡狩，从东都洛阳出发，西向秦地。
历历 > 一一分明。
宿雨 > 夜雨。

0286　　张九龄《奉和圣制早发三乡山行》

玄宗皇帝巡狩的车驾西行向秦，清晨但见山川历历。

　　微云轻拂寒岩之树，宿雨清除了道路上的尘土。

(明)钟惺、谭元春《唐诗归》钟评前二句“妙语清出，在七言律尤难”；评“晴云”句“景在‘稍’字，轻而有力”。(清)金圣叹《批唐才子诗》评“山川”句“看他写山川，只用‘历历’二字；看他写山川历历，只用‘在清晨’三字。唐初人应制诗，从来人人骂其板重，又岂悟其有如是之俊爽耶？”评后二句“‘晴云稍卷’‘宿雨微销(消)’，此只谓是写清晨异样好手，初并不觉山川历历，亦已向笔墨不到之处，早自从中如画也”。(清)赵臣瑗《山满楼笺注唐诗七言律》评前二句“首句写发，只'森森'二字，何等严整；次句写早，只'历历'二字，何等清华（清秀美丽）"；评后二句"'晴云''宿雨'，'稍卷''微消'，描写情景，皆是轻轻着笔，秀媚异常，非可几而及也"。(清)李因培《唐诗观澜集》评此四句"'晴云''宿雨'承'清晨'来写'早'；'寒岩''御路'承'山川'来写'发'。大家心细乃尔（如此），气体尤极高浑"。

回瞻下山路，
但见牛羊群。
樵子暗相失，
草虫寒不闻。

樵子 > 樵夫。
但见句 >《诗经·王风·君子于役》："日之夕矣，牛羊下来。"

0287　孟浩然《游精思观回王白云在后》

游精思观归来已晚，回顾下山之路，但见牛羊，看不见同行的王白云。

天色昏暗，已看不见砍柴的樵夫；

草间秋虫蛰伏，也听不到它们的鸣叫声。

(宋)刘辰翁《评孟浩然诗集》评"草虫"句"并与虫声无之，则其境可悲"。(明)钟惺、谭元春《唐诗归》钟评后二句"从'樵子''草虫'看出'在后'（题云'王白云在后'），妙甚。'草虫'句尤微"；评此诗"一首陶诗，却入律中。妙！妙！"(清)王士禛《带经堂诗话》评后二句"妙谛微言，与世尊拈花、迦叶微笑，等无差别"。(清)屈复《唐诗合解》评前二句"出谷未午，到家已夕，此下即当紧接王白云在后矣。乃云回瞻山路，但见牛羊，言外不见王白云可知"。（清）王尧衢《唐诗合解笺注》评此诗"以古行律，有晋人风味"。（近）闻一多《唐诗杂论》评此诗"真孟浩然不是将诗紧紧地筑在一联或一句里，而是将它冲淡了，平均的分散在全篇中……淡到看不见诗了，才是真正孟浩然的诗"。

采樵入深山，
山深树重叠。
桥崩卧槎拥，
路险垂藤接。

桥崩 > 桥梁坍塌，毁坏。
卧槎拥 > 水中浮木漂聚在一起。槎，指水中浮木。

0288    孟浩然《采樵作》

砍柴进入深山，山深树木丛生。

山洪把桥梁冲毁，水中浮木漂聚；山路艰险，藤蔓下垂缠绕。

（明）周敬、周珽《删补唐诗选脉笺释会通评林》刘辰翁评此诗"孟诸诗皆极洗炼而不枯瘁，又在苏州（韦应物）前"。吴逸一评此诗"幽深静至之语，读之使喧扰人自失"。（清）沈德潜《唐诗别裁集》评后二句"'桥崩'十字，写出奇险之状"。（清）范大士《历代诗发》评此诗"即旧景生出新句，便觉豁人眼目"。（清）杨逢春《唐诗绎》评此四句"写得幽险"；评后二句"尤能状难状之景"。

遥爱云木秀，

初疑路不同。
安知清流转，
偶与前山通。

云木 > 高耸入云的树木。
秀 > 茂盛。
知 > 犹料。
偶 > 适，恰好。

0289　王维《蓝田山石门精舍》　全 0246

蓝田山高大的树木葱茏茂盛，最初疑心无路前行。

岂料随着溪流宛转，山路恰好通往前山。

(宋) 刘辰翁《评王摩诘诗集》评此四句"此景自常有之，其诗亦若无意，故是佳趣"。(明) 黄家鼎《刭庵重订李于鳞唐诗选》评此诗"有悟头人，涉足无非妙境"。(明) 钟惺、谭元春《唐诗归》钟评此诗"山水真境，妙在说得变化，似有步骤，而无端倪"；谭评此四句"无数路径在内"。(明) 陆时雍《唐诗镜》评此诗"语语领趣"。(清) 黄周星《唐诗快》评此诗"一幅石门精舍图"。(清) 张揔《唐风采》评此诗"摩诘(王维) 诗中有画，如此篇佳境，恐画亦不易也"。(清) 张谦宜《茧斋诗谈》评此诗"一气浑成中极掩映合沓之妙"。(清) 沈德潜《唐诗别裁集》评后二句"与'舟行若穷，忽又无际'(柳宗元《袁家渴记》) 同一游山妙境"。(清) 王尧衢《唐诗合解笺注》评此四句"笔致层折，诗情淡远"。(清) 宋宗元《网师园唐诗笺》评后二句"写山之妙，笔亦入妙"。

荆溪白石出，
天寒红叶稀。

山
山路

山路元无雨，
空翠湿人衣。

0290　　　王维《山中》\*

初冬的荆溪水落石出，秦岭山中红叶稀少。

但满山绿树更加苍翠，

走在山路上，感到翠色欲滴，直要染绿人的衣裳。

(宋) 苏轼《东坡题跋·书摩诘蓝田烟雨图》评此诗"味摩诘 (王维) 之
诗，诗中有画；观摩诘之画，画中有诗"。(宋) 惠洪《冷斋夜话》评此
诗"得于天趣"。(宋) 刘辰翁《评王摩诘诗集》评此诗"诗中有画"。

噫吁嚱，
危乎高哉！
蜀道之难，
难于上青天！

0291　　　李白《蜀道难》　全 0219

啊呀呀，蜀山的山路太高太险了！攀登蜀道，真是难于上青天啊！

(唐) 殷璠《河岳英灵集》评此诗"可谓奇之又奇。然自骚人以还，鲜
有此体调也"。(唐) 孟棨《本事诗》："李太白 (李白) 初自蜀至京师，

舍于逆旅。贺监知章闻其名，首访之。既奇其姿，复请所为文。出《蜀道难》以示之，读未竟，称叹者数四，号为谪仙，解金龟换酒，与倾尽醉。"（明）许学夷《诗源辩体》评此诗"变幻恍惚，尽脱蹊径，实与屈子互相照映"。（明）陆时雍《唐诗镜》评此诗"近赋体，魁梧奇谲，知是伟人"。（明）唐汝询《汇编唐诗十集》吴逸一评"噫吁戏"句"开口发叹，正见其难"。（清）徐增《而庵说唐诗》评"蜀道之难，难于上青天"句"篇中凡三见，与《庄子·逍遥游》叙鲲鹏同"。（清）钱良择《唐音审体》评此诗"篇中三言蜀道之难，所谓一唱三叹也"；"突然以嗟叹起（此四句），嗟叹结，创格也"。（清）贺裳《载酒园诗话又编》评此诗"真与河岳并垂不朽。即起句'噫吁戏，危乎高哉'七字，如累棋架卵，谁敢并于一处？"（清）吴震方《放胆诗》评此诗"出鬼入神，惝恍不测"。（清）沈德潜《唐诗别裁集》评此诗"笔阵纵横，如虬飞蠖动，起雷霆于指顾之间"。（清）叶燮《原诗》评后二句"古人妙于事理之句……决不能有其事，实为情至之语"。（清）李锳《诗法易简录》评此诗"以古文章法行之，纵横驰骤，神变无方，而一归于自然……太白绝调也"。（清）弘历《唐宋诗醇》评此诗"笔势奇崛，词旨隐跃，往往求之不得"。

西当太白有鸟道，
可以横绝峨眉颠。
地崩山摧壮士死，
然后天梯石栈相钩连。

0292　李白《蜀道难》　全 0219

太白 > 山名，在今陕西眉县南。见 0136。
鸟道 > 形容高山险峻的山路。谓山颠连高峻，其稍低缺处，只有鸟能飞过，故称。
横绝 > 横度。
地崩句 >《华阳国志·蜀志》载，秦惠文王许嫁五女给蜀王，蜀王派五个力士去迎接。返回梓潼时，见一大蛇钻入穴中。五力士抓住蛇尾向外拉，结果山

山
山路

崩，压死五力士和五美女，山即分为五岭。

天梯石栈 > 指蜀中栈道。由陕入川的山路极险阻，只能凿石架木以通行。见0281。

太白山极其高峻，只有飞鸟可以越过蜀山之巅。

传说山崩地裂，蜀国的五壮士被压死，蜀山化为五岭，

然后才有了由陕入蜀的栈道。

（宋）严羽《评点李太白诗集》评前二句"好形击"；评后二句"天工人力，四语尽之"。（宋）吴沆《环溪诗话》评后二句"用事亦多实，作语亦多健"。（明）高棅《唐诗品汇》刘辰翁评此诗"妙在起伏，其才思放肆，语次崛奇，自不在言"。（清）宋宗元《网师园唐诗笺》评后二句"造语奇险"。

青泥何盘盘，
百步九折萦岩峦。
扪参历井仰胁息，
以手抚膺坐长叹。

青泥 > 岭名。在今陕西略阳西北。《元和郡县志》："青泥岭……悬崖万仞，山多云雨，行者屡逢泥淖，故号青泥岭。"

扪参历井 > 参、井，星座名。古代以参为蜀之分（fēn）野，井为秦之分野。

胁息 > 屏住呼吸，不敢出气。

膺 > 胸口。

0293　　李白《蜀道难》　全 0219

青泥岭的山路极其曲折，萦绕在山间。

蜀山之高，似乎伸手可以摸到参星，抬腿可以迈过井星；

吓得人们屏住呼吸，手按胸口，坐下来长叹。

（清）田雯《古欢堂集杂著》评此诗"长短句奇而又奇，可谓极才人之致。然亦唯青莲（李白）自为之，他人不敢学，亦不能学也"。

见说蚕丛路，
崎岖不易行。
山从人面起，
云傍马头生。

见说 > 犹听说。李白虽蜀人，但出川取水路，一生未亲行蜀道，故云。
蚕丛 > 传说中古代蜀王的名字。蚕丛路指蜀道。
从 > 向着。

0294　　李白《送友人入蜀》**

我听说蜀道极其艰险难行。

山峰向着人面耸立，云雾就在眼前缭绕，似乎从马头边升起。

（宋）严羽《评点李太白诗集》评后二句"意象逼仄（密集），乃见高奇"。（明）李攀龙《唐诗训解》评后二句"山、云如此，是真境"。（明）凌宏宪《唐诗广选》评"山从"句"亦幻亦真"。（明）钟惺《唐诗笺注》评后二句"是真境"。（明）陆时雍《唐诗镜》评后二句"语佳，第未秀耸"。（明）唐汝询《唐诗解》评后二句"'山从人面起'者，面之所向，无非山也。'云傍马头生'者，路入青天，行云际也"。（明）周敬、周珽《删补唐诗选脉笺释会通评林》宗臣评此诗"画出一幅蜀地图"。周珽评此四句"以蜀路艰险，忧友之远跋"。（清）谭宗《近体秋阳》评后二句"奇俊"。（清）黄生《唐诗评》评后二句"极力形容蜀道之险"。

山
山路

（清）佚名《唐诗选评》评前二句"'见说'二字领起极妙，友人将身历其境，我可借以证实也"；评后二句"意匠奇绝"。（清）查慎行《初白庵诗评》评此四句"一气盘旋"。（清）徐增《而庵说唐诗》评后二句"是承上'崎岖不易行'五字，勿作好景看"。（清）沈德潜《唐诗别裁集》评此四句"奇语传出'不易行'意"。（清）李锳《诗法易简录》评后二句"写出不易行"。（清）弘历《唐宋诗醇》评后二句"颔联承接次句，语意奇险"。（清）黄叔灿《唐诗笺注》评后二句"画出栈路之险"。（清）宋宗元《网师园唐诗笺》评后二句"奇景奇情"。（清）卢麰、王溥《闻鹤轩初盛唐近体读本》评后二句"警削语，而出句尤异"。（清）胡本渊《唐诗近体》评"崎岖"句"（崎岖）二字贯全诗"；评后二句"奇语，传出不易行意"。（清）梅成栋《精选五七言律耐吟集》评"见说"句"（见说）二字妙"；评后二句"奇语，传出'不易行'来"。（近）俞陛云《诗境浅说》评后二句"蜀中之栈道峡江，雄奇甲海内，惟李、杜椽笔足以举之。李诗上句（'山从'句），言拔地高峰，忽当人而立，见山之奇也。万山环合，处处生云，马前数尺，即不辨径途，见云之近也……以雄奇之笔，状雄奇之景，是足凌驾有唐矣"。（近）吴闿生《古今诗范》评前二句"一起浑雄无迹"；评后二句"能状奇险之景，而无艰难刻画之态"。

芳树笼秦栈，
春流绕蜀城。
升沉应已定，
不必问君平。

秦栈＞栈，栈道。自秦入蜀之道曰秦栈。见 0281。

蜀城＞指成都。

升沉＞指功名得失。

应＞犹知。

君平＞《高士传》："严遵，字君平，蜀人也。隐居不仕，尝卖卜于成都市，日得百钱以自给，卜讫则闭肆下帘，以著书为事。"

0295　　　李白《送友人入蜀》　接上

树木遮蔽入蜀的栈道，春水绕过蜀城成都。

你仕路的起伏不平，即如同蜀道，不必再请严君平来占卜了吧。

（明）李攀龙《唐诗选》王稚登评后二句"达生之言"；评此诗"是真境"。（明）周敬、周珽《删补唐诗选脉笺释会通评林》宗臣评后二句"结用蜀事，达生之言"。胡应麟评"不必"句"结句更精"。周珽评此四句"以蜀景佳美，慰友以达命"。（清）徐增《而庵说唐诗》评此诗"蜀中奇险，太白（李白）生于其间，与之相习，尚畏行之难，今送友入蜀，即以崎岖相告"。（清）黄生《唐诗评》评此诗"此友必仕途不得意者，故述其行路难之意，而以升沉已定告之，见穷达有命，仕途淹滞不必介意"。朱之荆评前二句"五、六二语，隐然有'升沉'之分，故七接'升沉'字稳"。（清）范大士《历代诗发》评此诗"气清裁密"；评前二句"音节直似戛石铿丝（音节铿锵）"。（清）弘历《唐宋诗醇》评前二句"秾纤矣……颔联极言蜀道之难，五六（前二句）又见风景可乐，以慰征夫"。（清）黄叔灿《唐诗笺注》评前二句"'笼'字、'绕'字，亦有画意"。（清）卢麰、王溥《闻鹤轩初盛唐近体读本》评前二句"秀润矣。'笼'字字法最高"；评后二句"因入蜀，即举及君平，当非硬入"。（清）顾安《唐律消夏录》评后二句"一结何其达也。游而不偶，怨天尤人者须三复之"。（近）吴闿生《古今诗范》评后二句"牢骚语，抑遏不露"。（今）李庆甲《瀛奎律髓汇评》方回评此诗"虽陈（子昂）、杜（甫）、沈（佺期）、宋（之问）不能加"。纪昀评此诗"一片神骨，而锋芒不露"。

暮从碧山下，
山月随人归。

山
山路

却顾所来径，
苍苍横翠微。

碧山＞指终南山。见0176。
却顾＞回顾，回头看。
翠微＞青翠的山色，亦泛指青山。庾信《和宇文内史春日游山》："游客值春辉，金鞍上翠微。"

0296　李白《下终南山过斛斯山人宿置酒》

　　黄昏时走下终南山，山月也依依随我归来。

回过头看看走过的道路，青山已被苍茫的暮色笼罩。

　　（宋）严羽《评点李太白诗集》评此四句"作绝更有馀地"。（明）钟惺、谭元春《唐诗归》钟评此四句"似右丞（王维）"。（清）孙洙《唐诗三百首辑评》赵文哲评此诗"深得乐府神理，然纯以逸气行"。（清）弘历《唐宋诗醇》评此诗"逼真渊明遗韵"。（清）宋宗元《网师园唐诗笺》评此四句"尽是眼前真景，但人苦会不得、写不出"。（清）章燮《唐诗三百首注疏》评此四句"天然暮景，诚如画也"。（清）王寿昌《小清华园诗谈》评此四句"超俊"。（近）王文濡《唐诗评注读本》评此诗"写景处字字幽靓（幽静），写情处语语率真"。

猛虎立我前，
苍崖吼时裂。
菊垂今秋花，
石戴古车辙。

猛虎＞指山间怪石蹲踞，形状如虎。

0297　杜甫《北征》

山间怪石蹲踞在山路边，形状如虎，

突然出现在人的面前，苍崖也似乎是被它吼裂。

路边野菊绽开了秋天的花朵，山路上印着古时的车辙。

（明）钟惺、谭元春《唐诗归》钟评此四句"往往奔走愁寂，偏有一副极闲心眼，看景入微入细"。（明）周敬、周珽《删补唐诗选脉笺释会通评林》吴逸一评此诗"说造化，神工简至；描旅行，真景入微"。（清）金圣叹《杜诗解》评前二句"必问虎在何处，哀哉小儒！……试观苍崖分裂，却是为何？昔无虎吼，何以至此？"（清）李长祥、杨大鲲《杜诗编年》评"苍崖"句"猛气触应，不可名状，却状出"。（清）张溍《杜诗注解》评此四句"奔驰危险中，又即景说出可悦，借以自慰，笔阵变化"。（清）何焯《义门读书记》评后二句"言干戈满地，几于无花；数道出师，几于塞路。写出深山最深处"。（清）卢坤《五家评本杜工部集》邵长蘅评此四句"少陵（杜甫）古诗佳处，全从汉魏乐府出，浅人不解"。（近）吴闿生《古今诗范》评此四句"哀痛恻怛之中，忽转入幽事可悦，此之谓夭矫变化"。

山行落日下绝壁，
西望千山万山赤。
树枝有鸟乱鸣时，
暝色无人独归客。

山 > 指光禄坂，在梓州铜山县。在今四川中江县境。坂，山坡。
独归客 > 杜甫自谓。时徐知道在成都作乱，杜甫自绵州奔梓州，家室尚在成都。

0298　杜甫《光禄坂行》

在山间行走，夕阳从绝壁后沉落；

山
山路

向西望去，千山万岭一片红色。

树枝间有鸟儿在叽叽喳喳的鸣叫着，

暮色中寂寥无人，山路上只有我这孤独的归客。

（明）郝敬《批选杜工部诗》评此诗"情景曲折，含悲无尽"。（明）王嗣奭《杜臆》评"瞑色"句"读之凛然……只忧贼，不暇忧坠，巧于形容"。（明）钟惺、谭元春《唐诗归》钟评"瞑色"句"妙在'瞑色无人'下，径接'独归客'三字。……奥甚，幻甚，笔力所至"。（清）李长祥、杨大鲲《杜诗编年》评"瞑色"句"意思飘渺，难于风骨，少陵（杜甫）独有之"。（清）张溍《杜诗注解》评"西望"句"是日将落映山景"；评后二句"暮景如画"。（清）何焯《义门读书记》评前二句"'日下壁'，则晦暝矣，却接云'西望千山万山赤'，抑何变化而闲暇也"。（清）杨伦《杜诗镜铨》评此四句"亦近画景"。


昨夜云生天井东，
春山一雨一回风。
林花并逐溪流下，
欲上龙池通不通？

天井＞指四周是山，中间低洼之地。
逐＞随。
龙池＞在天目山主峰龙王山上。

0299　　灵一《雨后欲寻天目山，问元、
　　　　骆二公溪路》*


昨夜天井东阴云涌起，春山中一阵是雨，一阵是风。

山林中的百花被风雨打落，

随溪水漂下，沿着溪流攀向山顶的山路还能通行吗？

石径阴且寒，
地响知远钟。
似行山林外，
闻叶履声重。

地响 > 此指山洞中的回音。

0300　　于鹄《秦越人洞中咏》

山间石路阴暗寒冷，山洞中的回音好像遥远的钟声。

似乎是走在山林之外，清清楚楚听到脚步踏在落叶上的声音。

（明）钟惺、谭元春《唐诗归》钟评此诗"洞壑诗不难于幽奇，而难于
浑沦，须有一片理气行于其间"。（明）周敬、周珽《删补唐诗选脉笺
释会通评林》周敬评此诗"实景实情，非身历不能尽状。此诗写洞中
幽异入细，讽咏间自绕仙气矣"。

蜀客南行祭碧鸡，
木棉花发锦江西。
山桥日晚行人少，
时见猩猩树上啼。

碧鸡 > 传说中的神物。《汉书·郊祀志下》：
"或言益州有金马、碧鸡之神，可醮祭
而致，于是遣谏大夫王褒使持节而求
之。"唐诗中所咏"碧鸡"在入蜀陈仓
道上。后以"祭碧鸡"代指入蜀。

0301　　张籍《送蜀客》*

木棉 > 落叶乔木。又名攀枝花、英雄树。

山
山路

开大红花，种子表皮有白色纤维，即木棉。

锦江 > 岷江分支之一，在四川成都平原。传说蜀人织锦濯其中则锦色鲜艳，濯于他水则锦色暗淡，故称。

猩猩 > 一种哺乳动物。古亦指猿猴之类。

入蜀的客人祭碧鸡而南行，锦江一带木棉花正开得繁盛。

到了傍晚山路上行人稀少，有时会看见猩猩在树上鸣叫。

（明）周敬、周珽《删补唐诗选脉笺释会通评林》徐用吾评此诗"粗中清细，反是老成"。周珽评此诗"前二句纪南行所历多景物，见风土之殊候；后二句想南行所见惟异类，见跋涉之孤寂。惜别系怀之情，言外可思"。

# 天明独去无道路，
## 出入高下穷烟霏。
## 山红涧碧纷烂漫，
## 时见松枥皆十围。

烟霏 > 流动的烟云。

纷 > 纷繁，纷乱貌。

烂漫 > 色彩绚丽。

松枥（lì）> 松木和枥木。枥，同栎，一种落叶乔木。

围 > 计量周长的约略单位，旧说不一。一说张手，拇指尖至中指尖的距离。一说两臂合抱为一围。十围，形容树干粗大。

0302　　韩愈《山石》

天明离开古寺，雨后草木纷披，已经找不到山路；

登山入谷，上上下下在山间攀涉，满山的烟霭雾气终于消散。

山花火红，涧水碧绿，

色彩纷繁绚丽，时时可以看到十抱粗的松木、栎木。


（明）陆时雍《唐诗镜》评此诗"语如清流啮石，激激相注。李（白）、杜（甫）虚境过形，昌黎（韩愈）当境实写"。（清）何焯《义门读书记》评"出入"句"'穷烟霏'三字是山中平明真景。从明中仍带晦，都是雨后兴象"。（清）查慎行《初白庵诗评》评此诗"意境俱别"。（清）顾嗣立《昌黎先生诗集注》评此诗"中间偏有极鲜丽处，不事雕琢，更见精采，有声有色，自是大家"。何焯评此四句"都是雨后兴象"。（清）方东树《昭昧詹言》评此四句"一幅早行图画"；评此诗"不事雕琢，自见精彩，真大家手笔"。（近）程学恂《韩诗臆说》评此诗"子瞻游山诸作，非不快妙，然与此比并，便觉小耳"。


扪萝上烟岭，
踏石穿云壑。　　　　　　　扪（mén）>攀，挽。
谷鸟夜仍啼，
洞花秋不落。

0303　　白居易《山路偶兴》


攀着藤萝，爬上烟云缭绕的山顶；踏着山石，穿过雾气弥漫的山谷。

山谷中的鸟儿入夜了还在啼叫，

洞穴中的花开到了秋天也不凋谢。


山
山路

（明）陆时雍《唐诗镜》评后二句"风味极佳"。

乱云迷远寺，
入路认青松。
鸟道缘巢影，
僧鞋印雪踪。

鸟道 > 形容高山险峻的山路。见 0292。

0304　　周贺《入隐静寺途中作》

前往隐静寺，山中的乱云使人迷失道路；

朝着郁郁青松的方向，才找到山路。

狭窄的小径之可以辨认，

是因为有鸟巢的影子，以及和尚在雪上留下的脚印。

剑峰重叠雪云漫，
忆昨来时处处难。
大散岭头春足雨，
褒斜谷里夏犹寒。

剑峰 > 川北剑门山有大剑山、小剑山等
　　七十二峰，为入蜀要路。
忆昨来时 > 大和三年雍陶离京赴蜀。
大散岭 > 在今陕西宝鸡市西南，岭上有大
　　散关。
足 > 多，频。
褒斜谷 > 指从陕西眉县到褒城间四百馀里
　　的大山谷，与大散岭均为入蜀要路。

0305　　雍陶《到蜀后记途中经历》**

剑门山群峰重叠，乌云密布，大雪弥漫；

回忆起昨日入蜀的经历，真是处处艰难到极点。

路过大散关时，春雨不止，道路泥泞；

在褒斜谷中，虽然是夏日，却十分寒冷。

（清）金圣叹《批唐才子诗》评此四句"此'重叠白云漫'，乃是既过栈去，回指剑峰而叹。言今但见其重叠如此，不知其中间乃有千崎万岖，如大散岭、褒斜谷，真非一崎一岖而已。今但望见其白云如此，不知其中间乃有异样节气，如'春足雨''夏犹寒'，真非寻常节气而已。'处处难'之为言，其难非可悉数，非可名状，在事后思之，犹尚通身寒噤者也"。（清）赵臣瑗《山满楼笺注唐诗七言律》评此四句"此题若落常手，即将'忆昨来时'句作起句，亦未为不可，然径直少致矣。今偏要兀然先装得'剑峰重叠白云漫'之七字，写置身南国，回首北都，惟见青峰插天、白云匝地而已，殊不知其中则有无数艰难，无数险阻，直是不堪追忆也，以为七、八之'自到''不思'伏案"。

蜀门去国三千里，
巴路登山八十盘。
自到成都烧酒熟，
不思身更入长安。

0306　　雍陶《到蜀后记途中经历》 接上

蜀门 > 指剑门关，在今四川剑阁县东北。三国时诸葛亮在此凿剑山，架设阁道。唐时设剑门关，是大剑山和小剑山之间的一座雄关。

国 > 指京城长安。

三千里 >《旧唐书·地理志》：成都"在京师西南二千三百七十九里，至东都三千二百一十六里"。此举整数。

山
山路

四川剑门关距离京城有三千里之遥，

而进入蜀中还要再翻八十座大山，才到成都。

历尽千难万险来到成都，

喝着烧春酒，心里想：再也不要返回长安了！

（清）金圣叹《批唐才子诗》评此四句"言已后直是不愿更出，此特别换笔法，再诉入来之至难也。言入来既是三千里、八十盘，后如出去，则照旧三千里，八十盘，人身本非金铁，堪受如此剧苦耶？'成都烧酒熟'者，并非逢车流涎之谓，如云任他水土傲恶，我已决计安之也"。

别离杨柳陌，
迢递蜀门行。
若听清猿后，
应多白发生。

0307　马戴《送人游蜀》**

在杨柳道边分手告别，踏上遥远的入蜀之路。

当你听到哀猿凄清的叫声时，大概会生出很多白发。

（明）周敬、周珽《删补唐诗选脉笺释会通评林》周敬评后二句"一虚一实，自然成响，乃为十字句法"。周珽评后二句"'若听''应多'四字内，多少宛转意，便知非真谓因猿发始白也"。（清）顾安《唐律消夏录》评后二句"用虚字有力"。

虹霓侵栈道，
风雨杂江声。
过尽愁人处，
烟花是锦城。

虹霓＞雨后天空中出现的彩虹。
侵＞侵袭，谓一物加一物上。此指映照。
栈道＞在险绝处傍山架木而成的道路。此
　　　指从陕西入蜀的栈道。见0281。
烟花＞喻绮丽的春景。
锦城＞锦官城的省称。指成都。见0097。

0308　　马戴《送人游蜀》　接上

入蜀的栈道上彩虹斜挂，风雨之声交汇江涛之声。

等完全走过了这令人发愁的蜀道，便是春花烂漫的成都了。

（明）徐用吾《精选唐诗分类评释绳尺》评此诗"陡健"。（明）钟惺、谭元春《唐诗归》钟评后二句"因'过尽'二字怆然，末五字遂成悲响"。（明）陆时雍《唐诗镜》评后二句"结语足慰"。（清）谭宗《近体秋阳》评此诗"翩然而行，翩然而止，风流迢递。此等格律，终唐所不多见"。（清）王夫之《唐诗评选》评此诗"不添闲意，浑尔成章"。（清）贺裳《载酒园诗话又编》评前二句"读此语，便真若身游楚、蜀"。（清）李怀民《重订中晚唐诗主客图》评前二句"或问：何不学老杜而学中晚？曰：试看此等，正是与杜同撰力"。（清）顾安《唐律消夏录》评此四

山
山路

句"五六（前二句）亦是写景，却有'过尽'两字顶下，便不觉泛；有'愁人处'三字添入，便不呆板"。

九十九冈遥，
天寒雪未消。
羸童牵瘦马，
不敢过危桥。

九十九冈 > 谓山冈颠连逶迤。九十九，概言其多。
羸（léi）童 > 瘦弱的僮仆。
危桥 > 高耸的桥。

0309　　蒋吉《汉东道中》*

山岭颠连起伏，路途遥远；天气寒冷，雪还没有化。

瘦弱的僮仆牵着一匹瘦马，

战战兢兢，不敢走过高耸的桥梁。

山
石

悬危悉可惊，
大小都不类。
乍将云岛极，
还与星河次。

悬危 > 高峻貌。谓高悬欲坠。
不类 > 不同，不像。
云岛 > 云雾笼罩的海岛。此指海边。乱石山在广州。
次 > 并列，排在一起。

0310　　杜审言《南海乱石山作》

乱石山的山石高悬欲坠，令人惊恐；大大小小，形状各异。

不仅遍布云雾笼罩的海岛，高处简直连接着天上的银河。

(明) 钟惺、谭元春《唐诗归》钟评前二句"极像"；评后二句"奇语"。谭评后二句"乱中似说出整来，甚妙"。

湖北雨初晴，
湖南山尽见。
岩岩石帆影，
如得海风便。

湖北 > 指绍兴镜湖的北岸。
湖南山 > 指绍兴镜湖南岸的会 (kuài)
　　　稽山。相传夏禹大会诸侯于此计功，
　　　故名。
岩岩 > 险峻貌。

0311　　贺朝《南山》

鉴湖雨后初晴，镜湖南岸的会稽山历历可见。

高耸的山石就像一面石帆，被海风吹满，正要扬帆远航。

(明) 钟惺、谭元春《唐诗归》钟评此诗"石帆已非真矣，又从石帆上生出'海风便'，幻想，然贵不入魔"。

秋浦千重岭，
水车岭最奇。

山

山石

天倾欲堕石，
水拂寄生枝。

0312　　李白《秋浦歌十七首·八》*

秋浦 > 唐时属池州郡，因境内有秋浦湖而得名。故址在今安徽池州市贵池区。
水车岭 > 岭名。《贵池志》载，水车岭在贵池县西南。形势险峻，旁临深渊，奔流冲激，恒为桔槔之声，故名。
拂 > 触到，接近。
寄生枝 > 生有寄生植物的树枝。

秋浦的千山万岭中，水车岭最为奇特，

山上巨大的崖石好像从天而坠，长满寄生的树枝贴近水面。

（清）弘历《唐宋诗醇》评此诗"奇境如画"。

嶷然龙潭上，
石势若奔走。
开拆秋天光，
崩腾夏雷吼。

0313　　李华《仙游寺》

嶷然 > 卓异貌，高貌。
龙潭 > 即仙游潭，在陕西周至县仙游寺附近。《陕西名胜志》："仙游潭，阔二丈，其水深黑，号五龙潭。"
开拆 > 开裂。
崩腾 > 奔腾。

龙潭上的巨石高高屹立，势如奔走之状。

仿佛秋空开裂，光怪陆离，

又如夏日雷霆，滚滚奔腾。

（明）钟惺、谭元春《唐诗归》评后二句"奇语可畏"。

熊罴哮我东，

虎豹号我西。

我后鬼长啸，

我前狨又啼。

罴（pí）＞熊的一种，较一般熊为大，又称人熊或马熊。

狨（róng）＞猿类，尾赤黄色，俗称金丝猴。

0314　杜甫《石龛》

山中怪石狰狞可怕，风吹有声，

形如虎豹熊罴，在我的左右咆哮，

又如鬼狨，在我的前后啼啸，令人十分恐怖。

（明）王嗣奭《杜臆》评此四句"起来数语，全是写其道途危苦颠沛之怀，非赋石龛也"。（明）周敬、周珽《删补唐诗选脉笺释会通评林》杨慎评此四句"起得奇壮突兀"。赵彦材评此四句"连用四'我'字，乃公之新格"。吴逸一评此四句"绝古"。陆时雍评此诗"气局最宽，语致最简"。（清）何焯《义门读书记》评此四句"四面皆石，画出'龛'字。天寒日淡，远道绝壑，怪石四合，皆如奇鬼猛兽，森然搏人：非公不能刻酷（深刻严谨）伐险，写此难状之景"。（清）沈德潜《唐诗别裁集》评此四句"起势突兀，若移在中间，只铺排常语。句法本魏武《北上行》（按曹操《苦寒行》，又名《北上篇》）"。（清）赵翼《瓯北诗话》评此四句"独创句法，为前人所无"。（清）杨伦《杜诗镜铨》申涵光评此四句"起势奇崛，若安放在中间，亦常语耳"。蒋金式评此四句"写万惨毕集，抵一篇《招魂》读"。（清）刘凤浩《杜工部诗话》评此四句"叠用四'我'字，本《诗》'有酒醑我'（《诗经·小雅·伐木》）四句句法；叠用东、西、前、后，本《楚辞》'将升兮高山，上有兮猿猴，

山

山石

将入兮深谷，下有兮虺蛇，左见兮鸣鹃，右睹兮呼鸦'，叠用上下左右也"。(清)陈衍《石遗室诗话》评此四句"曹孟德（曹操）《苦寒行》中云：'熊罴对我蹲，虎豹夹路啼。'少陵（杜甫）《石龛》诗云：'熊罴哮我东……'盖变本加厉言之，而用之篇首，与曹公用之篇中，尤见突兀"。(清)王寿昌《小清华园诗谈》评此四句"突兀险肆"。

# 或连若相从，
# 或蹙若相斗，
# 或妥若弭伏，
# 或竦若惊雊。

蹙（cù）> 迫，逼近。
妥 > 安坐，蹲坐。
弭伏 > 驯伏，顺服。
竦 > 高耸，企立。
雊（gòu）> 野鸡鸣叫。

0315　　韩愈《南山诗》

终南山上的山石，有的连成一串，好像一个跟着一个走；

有的互相逼近，好像在打架。

有的蹲坐在那里，好像很驯服；有的高耸站立，好像野鸡惊叫。

(宋)朱翌《猗觉寮杂记》评此诗"'或连若相从，或蹙若相斗'而下，五十句皆用'或'字。《诗·北山之什》自'或燕燕居息'而下用'或'字十有二，此其例也"。(明)陆时雍《唐诗镜》评此诗"少陵（杜甫）《北征》随情披写，《南山诗》则着意铺排矣"。(明)周敬、周珽《删补唐诗选脉笺释会通评林》周珽评此诗"读此诗如入市肆，酒帐肉簿，纷然盈案，未饮先醉，不味先饫（yù，饱）矣"。(清)顾嗣立《昌黎先生诗集注》朱彝尊评此四句（及下二组）"琢句虽工，然不甚切实"。

(清) 沈德潜《说诗晬语》评此诗"《鸱鸮》诗连下十'予'字,《蓼莪》诗连下九'我'字,《北山》诗连下十二'或'字,情至不觉音之繁、词之复也。后昌黎 (韩愈)《南山》用《北山》之体而张大之,下五十馀'或'字,然情不深而侈其词,只是汉赋体段"。

# 或翩若船游,
# 或决若马骤,
# 或背若相恶,
# 或向若相佑。

翩 > 飘动貌。
决 > 疾驰貌。《庄子·齐物论》:"麋鹿见之决骤。"崔撰注:"疾走不顾为决。"

0316　韩愈《南山诗》　全 0315

终南山上的山石,有的轻快飘飘的样子,好像船行;

有的如同飞奔的马,要从山上冲下来;

有的背对背,好像两个人在闹别扭;

有的面对面,好像两个人在互相帮助。

(宋) 胡仔《苕溪渔隐丛话》引《雪浪斋日记》评此诗"颇觉似《上林》《子虚》赋,才力小者不能到"。(清) 叶矫然《龙性堂诗话》评此诗"其体物精致,公输释斤、道子阁笔矣"。

# 或覆若曝鳖,

山
山石

或颓若寝兽，

或婉若藏龙，

或翼若搏鹫。

覆 > 翻倒。
曝（pù）> 背朝烈日。
颓 > 同堆，堆集。
翼 > 翅膀，借指鸟类。
鹫（jiù）> 雕的别名。

0317　韩愈《南山诗》 全 0315

终南山上的山石，有的翻倒，好像晒太阳的甲鱼；

有的堆积在那里，好像睡卧的野兽；

有的像水中的潜龙婉曲而游；

有的像飞翔的鸟儿与鹰隼搏击。

（宋）刘克庄《后村诗话》评此诗"韩《南山诗》设'或''如'者四十有九，辞义各不相犯，如缫瓮茧，丝出无穷"。（明）陆时雍《唐诗镜》评此诗"穷搜极想，语多生气奕奕，故能绚人耳目而不厌"。（清）顾嗣立《昌黎先生诗集注》评此诗"以画家之笔，写得南山灵异缥缈，光怪陆离，中间连用五十一'或'字，复用十四叠字，正如骏马下冈，手中脱辔"。（清）吴震方《放胆诗》评此诗"韩诗……以《南山》《陆浑》为破鬼胆、穿月胁（穿透险奥的意境）矣"。（清）方世举《韩昌黎诗集编年笺注》评此诗"乃登临纪胜之作，穷极状态，雄奇纵恣，为诗家独辟蚕丛（蜀道）。无公之才，则不能为；有公之才，亦不敢复作。固不可无一，不可有二者也"。（清）弘历《宋诗醇》评此诗"叠用'或'字，从《北山》诗化出，比物取象，尽态极妍"。（清）陈衍《石遗室诗话》评此诗"中多复处。如'或戾若仇雠'，非即'或背若相恶'乎？'或密若婚媾'，非即'或向若相佑'乎？'或随若先后'，非即'或连若相从'乎？其馀'或赴若辐辏'与'或行而不辍'，'或妥若弭伏'与

'或颓若寝兽'，大同小异之处尚多"。（近）程学恂《韩诗臆说》评此诗"中间形容比拟，穷神尽象至矣"。

烟翠三秋色，
波涛万古痕。
削成青玉片，
截断碧云根。

> 烟翠 > 青蒙蒙的云雾。
> 万古痕 > 指太湖石经浪激波涤，年久而生的孔穴。
> 云根 > 山石。古人以为云乃触石而生，因称山石为云根。宋孝武《登乐山》："积水漱云根。"

0318　　白居易《太湖石》**

这块太湖石呈青绿色，像深秋时青蒙蒙的云雾，

上面有千万年波涛激荡留下的孔穴。

石工将石采下，如同一片碧绿的美玉。

（清）李因培《唐诗观澜集》评"烟翠"句"起健"；评前二句"十字已写完"。

风气通岩穴，
苔文护洞门。
三峰具体小，
应是华山孙。

> 三峰 > 代指西岳华山。华山有著名的芙蓉、玉女、明星三峰。见0217。
> 应 > 恐怕，大概。
> 华山孙 > 比喻如微型的华山。

山

山石

这块太湖石上的孔穴可以透漏风气，苔藓般的纹理好像在守护洞府。

　　形状颇似华山三峰，只不过微小，恐怕要算是华山之孙了。

　　（清）弘历《唐宋诗醇》评此诗"律法浑成"；评前二句"刻画绝警"；评后二句"陡健有力"。

树深藤老竹回环，
石壁重重锦翠斑。
俗客看来犹解爱，
忙人到此亦须闲。

石壁 > 陡立的山岩。此指岐王山亭院中的假山。岐王山亭院在洛阳定鼎门街东第三街惠训坊。
看来 > 表示经观察而作出判断。

0320　　　白居易《题岐王旧山池石壁》**

　　岐王山亭院里，在深树老藤、竹林环抱之中，是一座假山；

　　　　　　山石层层叠叠，色彩斑斓。

　即便是俗人，看了也会喜爱；忙碌的人到此，心情也该闲静下来。

　　（清）胡本渊《唐诗近体》评此四句"一气相生"。

况当霁景凉风后，
如在千岩万壑间。
黄绮更归何处去？
洛阳城内有商山。

霁景 > 云散雨收之景。
黄绮 > 指商山四皓。秦汉时的四个隐士东园公、绮里季、夏黄公、甪里先生。年皆八十有馀，避乱隐居商山，不应汉高祖的征召。因四人须眉皆白，故称商山四皓。后汉高祖欲废太子刘盈，吕后用张良计，迎商山四皓出山以辅佐太子。一日四皓侍太子见高祖，高祖曰："羽翼成矣！"遂辍废太子之议。

0321　　白居易《题岐王旧山池石壁》接上

每当雨收云散，凉风吹来，

站在这块山石前，就像站在千山万壑之间。

当年的四皓到哪里去隐居了？在洛阳城内，这不就有座商山吗？

（清）查慎行《白香山诗评》评此诗"于后半首自作转折，章法独创"。
（清）弘历《唐宋诗醇》评此诗"一气相生，珠圆玉润，此七律正宗也"。评前二句"开宋调，而气味自厚"。

蕴玉抱清辉，
闲庭日潇洒。
块然天地间，
自是孤生者。

蕴玉 > 石中包藏着玉。《韩非子·和氏》载，楚人和氏得玉璞楚山中，先后献给厉王和武王。皆以为诳，而刖其左、右足。"文王即位，和乃抱其璞而哭于楚山之下，三日三夜，泣尽而继之以血。王闻之，使人问其故……和曰：'吾非悲刖也，悲夫宝玉而题之以石，贞士而名之以诳，此吾所以悲也。'王乃使

0322　　李德裕《题奇石》*

山
山石

玉人理其璞而得宝焉，遂命曰'和氏之璧'"。

块然 > 孤独貌。《史记·滑稽列传》："东方生曰……今世之处士，时虽不用，崛然独立，块然独处。"

自 > 同犹。

奇石放射着晶莹的光辉，其中定藏有宝玉；闲置庭前，悠然洒脱。

孤独地处于天地之间，好像是一个孤高避世之人。


虎踞龙蹲纵复横，
星光渐减雨痕生。
不须并碍东西路，
哭杀厨头阮步兵。

0323　　李商隐《乱石》*

虎踞龙蹲 >《吴录》："（诸葛亮）因观秣陵山阜，乃叹曰：'钟山龙蟠，石头虎踞，帝王之宅也。'"

复 > 同或。

星光句 >《左传·庄公七年》："夏……星陨如雨，与雨偕也。"陨石自天而降，故"星光渐减"；陨与雨偕，故"雨痕生"。

哭杀句 > 阮步兵：阮籍。《晋书·阮籍传》载，"阮籍闻步兵厨营人善酿，有贮酒三百斛，乃求为步兵校尉"。又："时率意独驾，不由径路，车迹所穷，辄恸哭而反。"

乱石或纵或横，如虎踞龙蹲，

就像从天上飞来的陨石，石上还带有雨痕。

这些乱石不要阻碍了通达四方之路吧，

否则岂不要让信马而行的阮籍哭杀！

（清）贺裳《载酒园诗话》评此诗"深妙"；评后二句"乱石塞路，有类途穷，此义山（李商隐）寄托之词，而意味深远"。（清）姚培谦《李义山诗集笺注》朱鹤龄评后二句"途穷之悲"。（清）屈复《玉溪生诗意》评此诗"刺小人当路也，意太露"。（清）冯浩《玉溪生诗集笺注》徐乾学评此诗"不但穷途之悲，兼有蔽贤之恨"。

或拳若虺蜴，
或蹲如虎貙。
连络若钩锁，
重叠如萼跗。

0324　皮日休《太湖诗·太湖石》

拳 > 通"蜷"，屈曲。
虺（huī）蜴 > 蜥蜴。
貙（chū）> 猛兽名。又名虎。大如狗，纹如貍。柳宗元《罴说》："鹿畏貙，貙畏虎，虎畏罴。"
萼（è）跗（fū）> 萼，花萼，花底部的叶状薄片，俗称花托；跗，同"柎"，花萼房，即花萼的最底部。花萼与子房，比喻兄弟。

太湖石有的蜷缩，好像蜥蜴；有的蹲伏，好像猛兽；

有的相互连接，似乎勾通；有的相互重叠，好像兄弟。

泰
山

黄河从西来，
窈窕入远山。

山
泰山

凭崖览八极，
目尽长空闲。

窈窕 > 深远貌。
八极 > 八方极远之地。

0325　李白《游泰山六首·三》

黄河自西而来，深远曲折，消失在远山之间。

站在山崖上纵目天际，天地是如此辽阔旷远。

朝饮王母池，
暝投天门关。
独抱绿绮琴，
夜行青山间。

王母池 > 又称瑶池，在泰山下之东南麓。
水极甘洌，不竭不盈。
天门关 > 登泰山须经中天门、南天门等处，
方能到达山顶。
绿绮（qǐ）琴 > 一种名贵的古琴。傅玄
《琴赋序》："齐桓公有鸣琴曰号钟，楚
庄有鸣琴曰绕梁，中世司马相如有绿
绮，蔡邕有焦尾，皆名器也。"后用
为琴的代称。

0326　李白《游泰山六首·六》　全0215

早上从王母池出发，傍晚在南天门歇宿。

已经入夜，独抱绿绮琴，行于泰山的山路上。

（清）弘历《唐宋诗醇》评此诗"气骨高峻而无恢张之象"。

岱宗夫如何？

齐鲁青未了。
造化钟神秀，
阴阳割昏晓。

0327　杜甫《望岳》＊＊

岱宗 > 即泰山。古以泰山为五岳之首。《风俗通·山泽篇》："泰山，山之尊者。一曰岱宗。岱者，始也；宗者，长也。"

齐鲁 > 周代分封的两个诸侯国，在今山东省境。《史记·货殖传》："泰山之阳则鲁，其阴则齐。"

造化 > 谓自然之创造化育。

钟 > 聚集。

阴阳 > 分指山北和山南。

昏晓 > 黑夜和白天。

五岳之首的泰山是个什么情形呢？齐鲁千里之地，犹未尽其青青山色。

天地间创造化育的神奇秀美都集中在这里，

由于山太高，山北和山南即分为黑夜和白天。

（宋）范温《潜溪诗眼》评"齐鲁"句"语既高妙有力，而言东岳……之大，无过于此"。（宋）刘辰翁《批点杜工部诗》评"齐鲁"句"五字雄盖一世"。（明）高棅《唐诗品汇》范梈评"岱宗"句"起句之超然者也"。（明）卢世㴶《读杜私言》评"齐鲁"句"试思他人千言万语，有加于'齐鲁青未了'乎"？（明）卢世㴶《杜诗胥钞》佚名评"齐鲁"句"'青未了'三字奇特"。（明）张綖《杜诗通》评后二句"阴阳之气分昏晓，正见山之神秀也"。（明）郝敬《批选杜工部诗》评"岱宗"句"'夫'字大奇，遥望青峰，意象宛然"。（明）王嗣奭《杜臆》评此四句"'齐鲁青未了''荡胸生云''决眦入鸟'，皆望见岱岳之高大，揣摹想象而得之，故首用'夫如何'，正想象光景。三字直管到'入归鸟'，此诗中大开合也"；评"齐鲁"句"语未必实，而用此状岳之高，真雄盖一世"。（明）钟惺、谭元春《唐诗归》钟评"岱宗"句"（夫如何）三字得'望'之神"。（清）钱谦益《杜工部集笺注》俞场评前二句"起笔

山

泰山

包括多少，恰写'望'字"。（清）钱谦益《杜工部集笺注》何焯评此诗"语贵奇警，正不在多"。（清）谭宗《近体秋阳》评"齐鲁"句"'未'字更圆而润"；评"阴阳"句"'割'字峭而老，俾'昏晓'字预为工迥"。（清）金圣叹《杜诗解》评前二句"'夫如何'犹云：'一部十七史，从何说起？'一题当前，心手茫然，更落笔不得，恰成绝妙落笔。此起二句皆神助之句"；评"齐鲁"句"凡历二国，尚不尽其青，写'岳'奇绝，写'望'又奇绝。五字何曾一字是'岳'？何曾一字是'望'？而五字天造地设，恰是'望岳'二字"；评后二句"'岳'是造化间气所特钟，先生望岳，直算到未有岳以前，想见其胸中咄咄！'割昏晓'者，犹《史记》云'日月所相隐辟为光明'也。一句写其从地发来，一句写其到天始尽，只十字写岳遂尽"。（清）李长祥、杨大鲲《杜诗编年》评"岱宗"句"'夫如何'三字，精神含蓄，是收拾大山水心眼"；评"齐鲁"句"'青未了'，将不尽之意，说得奇幻而远"。（清）黄周星《唐诗快》评"齐鲁"句"只此五字，可以小天下矣"；评"阴阳"句"'割'字奇"。（清）徐增《而庵说唐诗》评"齐鲁"句"尽鲁齐之境，而岱之青色犹得望见，总言其高大无比"。（清）张溍《杜诗注解》评"齐鲁"句"古之咏岱，不能出其外"。（清）佚名《杜诗言志》评"岱宗"句"有似古金石铭刻语，又如屈子《天问》，古穆浑噩"；评"齐鲁"句"言其气象覆压两州，厥大何如"。（清）沈德潜《唐诗别裁集》评"齐鲁"句"五字已尽泰山"。（清）沈德潜《杜诗偶评》吴农祥评"齐鲁"句"是望，移登岳诗不得"。（清）吴昌祺《删订唐诗解》评"岱宗"句"'夫'字衬得妙"；评此诗"造语有不惊不休之意"。（清）浦起龙《读杜心解》评此诗"写岳势只'青未了'三字，胜人千百矣"。（清）孙洙《唐诗三百首》评前二句"句句是'望'"。（清）翁方纲《石洲诗话》评"岱宗"句"是杜公出神之笔"。（清）延君寿《老生常谈》评"齐鲁"句"才五字……后人越发不能"。（清）卢坤《五家评本杜工部集》邵长蘅评"阴阳"句"'割'字奇险"。（清）刘浚《杜诗集评》陆嘉淑评前二句"起极不易得，接句甚险，蕴藉不凡"。（清）施补华《岘佣说诗》评"齐鲁"句"五字囊括数千里，可谓雄阔"。（清）杨逢春《唐诗绎》评"齐鲁"句"语简而神到，五字胜人千百"。（近）吴闿生《古今诗范》评"齐鲁"句"雄奇横厉"；评后二句"气象磅礴，与岱岳相称"。

荡胸生层云，
决眦入归鸟。
会当凌绝顶，
一览众山小。

0328　杜甫《望岳》 接上

决眦（zì）＞谓极目远视。决，裂开。眦，眼眶。

会当＞该当，一定要。会，表将然语气。

凌＞超越，登上。

众山小＞用《孟子·尽心上》"孔子登东山而小鲁，登泰山而小天下"语。开元二十六年前后，杜甫东游齐赵，登泰山。

泰山的层云激荡人的胸怀，极目望去，可见归鸟。

我一定要登上泰山极顶，看群山俯伏在脚下。

（宋）刘辰翁《批点杜工部诗》评"荡胸"句"荡胸语不必可解。登高意豁，自见其趣"。（明）卢世㴑《杜诗胥钞》佚名评前二句"琢句俱奇"。（明）王嗣奭《杜臆》评"荡胸"句"状襟怀之浩荡也"；评"决眦"句"状眼界之宽阔也"。（明）胡震亨《杜诗通》评前二句"艰苦入奇，此望泰岳也"。（明）周敬、周珽《删补唐诗选脉笺释会通评林》郭浚评此诗"他人游泰山记，千言不了，被老杜数语说尽"。谭元春评前二句"险奥"。周珽评此诗"只言片语，说得泰岳色气凛然，为万古开天名作，句字皆能泣鬼磷而裂鬼胆"。（清）金圣叹《杜诗解》评前二句"一句写望之阔，一句写望之远。只十字写望亦遂尽"；评后二句"翻

'望'字为'凌'字已奇，乃至翻'岳'字为'众山'字，益奇也。如此作结，真是有力如虎"。(清)黄周星《唐诗快》评"决眦"句"'入'字又奇，然'割'字人尚能用，'入'字人不能用"。(清)佚名《杜诗言志》评此诗"寥寥数语，足尽岱宗之奇，所谓龙文百斛，健笔独扛者也"。(清)仇兆鳌《杜诗详注》评此诗"气骨峥嵘，体势雄浑，能直驾齐、梁之上"。(清)查慎行《初白庵诗评》俞玚评此诗"全首是望不是登，故妙"。(清)吴瞻泰《杜诗提要》评前二句"从近望，属倒句：望层云之生而胸为之荡，望归鸟之入而眦为之决……旧注将五六作从高视下解，则倒置题面"。(清)沈德潜《杜诗偶评》汪琬评此诗"气势与岱岳争雄"。(清)浦起龙《读杜心解》评前二句"'荡胸''决眦'，明逗'望'字"；评后二句"以将来之凌眺，剔现在之遥观，是透过一层收也"。(清)王尧衢《唐诗合解笺注》评前二句"'荡胸''决眦'，形容望之出神"。(清)赵翼《瓯北诗话》评前二句"题中本无此义，而竭意摹写，宁过无不及，遂成此意外奇险之句"。(清)刘浚《杜诗集评》陆嘉淑评前二句"奇句"。(清)施补华《岘佣说诗》评此诗"《望岳》一题，若入他人手，不知作多少语，少陵(杜甫)只以四韵了之，弥见简劲"。(近)高步瀛《唐宋诗举要》邵长蘅评此诗"语语奇警"。(近)吴闿生《古今诗范》评前二句"奇情，写望岳之神"；评后二句"抱负不凡"。(近)闻一多《唐诗杂论》评此诗"是那时期里最重要的代表作品，实在也奠定了诗人全部创作的基础"。

嵩山

均露均霜标胜壤，
交风交雨列皇畿。

万仞高岩藏日色，
千寻幽涧浴云衣。

0329　　武则天《石淙》

均露均霜 > 谓嵩山为中岳，居天下之中，
　　风霜雨露四时和谐。
胜壤 > 犹胜地。
皇畿 > 京城附近地区。嵩山西临洛阳，故
　　云。圣历三年武则天与群臣游嵩山
　　石淙。
寻 > 古代长度单位。八尺（或七尺）为
　　一寻。
云衣 > 指云气。

中岳嵩山雄踞京畿胜地，因为居天下之中，风霜雨露四时和谐。

万仞高山，遮天蔽日；千寻幽谷，云雾弥漫。

（宋）计有功《唐诗纪事》："大凡后（武则天）之诗文，皆元万顷、崔
融辈为之。"

月出嵩山东，
月明山益空。
山人爱清景，
散发卧秋风。

0330　　刘希夷《嵩岳闻笙》

山人 > 隐居山中的士人。或指张（刘希夷
　　有《夜集张湮所居》诗），曾隐居嵩山。

月亮在嵩山东面升起，月光明亮，嵩山也更加空寂。

山中隐士喜爱这清丽的景色，披散着头发，在秋风中卧坐。

山

嵩山

崖口众山断，
嵚崟耸天壁。
气冲落日红，
影入春潭碧。

崖口 > 地名。在河南登封东南。
嵚（qīn）崟（yín）> 形容山高。嵚，小而
　　高的山。崟，高耸貌。
冲 > 向。

0331　　宋之问《初至崖口》　全 0284

嵩山在崖口这里群山中断，高高的山崖断壁接天。

山崖被夕阳映红，绿色的倒影映入春潭。

下嵩山兮多所思，
携佳人兮步迟迟。
松间明月长如此，
君再游兮复何时。

嵩山 > 古称中岳，为五岳之一。在河南登
　　封县北。东为太室山，中为峻极山，
　　西为少室山。
佳人 > 此喻山水。东晋·袁嵩《宜都记》：
　　"流连信宿，不觉忘返……山水有灵，
　　亦当惊知于千古矣！"宋·叶适《徐道
　　辉墓志铭》："上下山水，穿幽透深，
　　弃日留夜，拾其胜会，向人铺说，无
　　异好美色也。"
迟迟 > 缓慢，徐行貌。
复 > 更，再。

0332　　宋之问《下山歌》*

走下嵩山，无限留恋；

因视山水如美色，故迟迟离去，依依不舍。

青松明月，永远如此；渴望再游，不知又当何时。

（明）李攀龙《唐诗训解》评此诗"言游不可再，而有爱惜光景意"。（明）黄家鼎《邹庵重订李于鳞唐诗选》评此诗"短简中气自长，神自旺，意自足"。（明）蒋一葵《唐诗选笺释》何景明评后二句"河清可待，人寿难期，一言两语道尽"。（明）叶羲昂《唐诗直解》钟惺评后二句"末两语道尽，妙，妙"。（明）周敬、周珽《删补唐诗选脉笺释会通评林》唐汝询评此诗"言游不可再，而有爱惜光景意"。（清）王尧衢《唐诗合解笺注》评此诗"亦古歌之遗风"。

晚阴兮足风，
夕阳兮觬红。
试一望兮夺魄，
况众妙之无穷。

足 > 犹多，甚。
觬（xì）红 > 深红色。
夺魄 > 惊心动魄。
众妙 > 万物的精微之理。《老子》："玄之又玄，众妙之门。"

0333　宋之问《嵩山天门歌》

嵩山七十二峰之一的天门峰，

傍晚时山风呼啸不止，残阳如血。

壮丽的景象令人惊心动魄，万物的精微妙理更是无穷无尽。

（明）钟惺、谭元春《唐诗归》谭评此诗"怪调须有妙想，尤须有真气"。钟评"况众"句"'众妙无穷'四字理语，以状山水，非冥契（默契）山水人不知其解。山水何尝无理"。（明）唐汝询《唐诗解》评此诗"楚骚正调"。（明）周敬、周珽《删补唐诗选脉笺释会通评林》周珽评此诗

"奇瑰中骨清爽、想灵幻、调疏越"。

流水如有意，
暮禽相与还。
荒城临古渡，
落日满秋山。

暮禽句 > 陶渊明《饮酒》五："山气日夕佳，
飞鸟相与还。"相与，共同，交相。

0334　　王维《归嵩山作》

　　嵩山流水如有意迎人，宿鸟似伴人归飞。

　　荒城面对古渡，落日照满秋山。

（宋）刘辰翁《评王摩诘诗集》评后二句"已近自然"。（明）顾可久《唐
王右丞诗集注说》评此四句"景色如画"。（明）许学夷《诗源辩体》评
此诗"闲远自在者也"。（明）钟惺、谭元春《唐诗归》钟评"流水"句
"'如有意'深于无意"。（清）黄生《唐诗矩》评前二句"虽是写景，却
连自己归家之喜一并写出。看其笔墨烘染之妙，岂复后人所及"。（清）
沈德潜《唐诗别裁集》评此诗"写人情物性，每在有意无意间"。（清）
吴昌祺《删订唐诗解》评此诗"诗亦若有意若无意"。（清）吴瑞荣《唐
诗笺要》评此诗"信心而出，句句自然，前辈所谓闲适之趣，淡泊之
味，不求工而自工者，此也"。（清）宋宗元《网师园唐诗笺》评"暮禽"
句"闲远"。（清）胡本渊《唐诗近体》评此诗"惟其心闲，是以笔淡"。
（清）顾安《唐律消夏录》评此诗"胸中并无一事一念。口头语，说出
便佳；眼前景，指出便妙。情境双融，心神俱寂"。（清）杨逢春《唐

诗绎》评此诗"通首只写得'归'字有情"。评前二句"'如有意'三字虚含……'相与还'三字实落……二句人情物理，互显双融，烘染却具自然之趣"。(近)王文濡《唐诗评注读本》评此四句"谓经多少夕阳古渡、衰草长堤，而嵩山尚远也"。(今)李庆甲《瀛奎律髓汇评》方回评此诗"闲适之趣，淡泊之味，不求工而未尝不工者，此诗是也"。纪昀评此诗"非不求工，乃已雕已琢后还于朴，斧凿之痕俱化尔"；许印芳："此论甚当。"冯班评"暮禽"句"直用陶(渊明)句，非偷也"。何焯评前二句"见得鱼鸟自尔亲人，归时若还故我"。

# 山压天中半天上，
# 洞穿江底出江南。
# 瀑布杉松常带雨，
# 夕阳彩翠忽成岚。

0335　王维《送方尊师归嵩山》

山压天中 > 谓嵩山居天下之中。压，犹镇，处。
半天上 > 谓嵩山高出半天之上，形容嵩山之高。
洞穿句 > 极写嵩山九龙潭深邃奇诡，神秘莫测。
彩翠 > 此指青翠的山色。
岚 > 山林中的雾气。

嵩山居天下之中，高出云天；山里的九龙潭洞连通长江，深邃奇诡。
山中瀑布飞流，杉松带雨；夕阳映照，青翠的山色常被雾霭笼罩。

(明)许学夷《诗源辩体》评后二句"诗中有画者也"。(清)毛奇龄《唐七律选》评前二句"写洞天奇境，直是仙笔"。(清)沈德潜《唐诗别裁集》评前二句"奇境非此奇句，不能写出"。(清)胡以梅《唐诗贯珠》评此四句"三四峭，五六秀"；评此诗"通首有灵气"。(清)宋宗元《网师园唐诗笺》评"山压"句"奇句独辟"。(清)方东树《昭昧詹

山
嵩山

言》评此四句"分写嵩山远、近、大、小景，奇警入妙"。（清）王寿昌《小清华园诗谈》评此四句"语之奇者"。

# 我有万古宅，
# 嵩阳玉女峰。
# 长留一片月，
# 挂在东溪松。

玉女峰 >《登封县志》："（嵩山）太室二十四峰，有玉女峰，峰北有石如女子，上有大篆七字，人莫能识。"

0336　　李白《送杨山人归嵩山》

嵩山南面的玉女峰，就像是我万古不坏的住宅。

在东溪的松树上，永远挂着一轮明月。

（宋）严羽《评点李太白诗集》评前二句"（万古宅）三字作达人语会方妙，一涉仙气便痴"。（明）高棅《唐诗品汇》刘辰翁评前二句"超然天地间，可以不死，岂独不经人道哉！"（明）钟惺、谭元春《唐诗归》钟评"我有"句"达甚"。（明）唐汝询《唐诗解》评此诗"因嵩山多仙迹，而以谪仙自负也"。（明）周敬、周珽《删补唐诗选脉笺释会通评林》杨慎评前二句"太白（李白）竟以谪仙自待"。唐汝询评前二句"他人说不出，落句便好"。陈继儒评此诗"英清朗决，出世之语自异"。（清）黄周星《唐诗快》评此四句"对之神骨清冷，不知身在人世"。（清）黄生《唐诗矩》评此诗"全首不对，以此古为律体，语虽参差而音实协律，此其妙也"。（清）王尧衢《唐诗合解笺注》评此诗"飘然语，是太白本相"。（清）弘历《唐宋诗醇》评此诗"蟠逸气于短言，弥觉奇健"。（清）卢麰、王溥《闻鹤轩初盛唐近体读本》评此诗"太白英才爽笔，绝尘轶轨，不复以律自羁，故五律有全工对者，有五、六对者，有通首一、二字对者，有通首全不对者。无论工丽、脱落，其中总有运掣生气，乃不胜采掇。此则全不对者"。(清) 余成教《石园诗话》评"我有"句"太白诗起句缥缈，其以'我'字起者，亦突兀而来。如'我有万古宅'……之类是也"。

华

山

西岳镇皇京，
中峰入太清。
玉銮重岭应，
缇骑薄云迎。

0337　张说《奉和圣制途经华岳应制》

西岳 > 即华山。五岳之一，又称华岳。在陕西华阴市南。

皇京 > 帝都。指长安。

太清 > 天空。《鹖冠子·度万》："唯圣人能正其音，调其声，故其德上及太清，下及太宁，中及万灵。"陆佃注："太清，天也。"

玉銮 > 此指天子的车驾。开元十二年冬，玄宗幸东都洛阳，途经华山。

应 (yìng) > 应对。此指迎接。

缇 (tí) 骑 (jì) > 皇帝出行的先导卫队。因服橘红色，骑马，故称。缇，橘红色。

薄云 > 犹薄言。急急忙忙。《诗经·周南·芣苢》："采采芣苢，薄言采之。"高亨注："薄，急急忙忙。言，读为焉或然。"

西岳华山雄踞长安之侧，山的主峰高入云天。

玄宗皇帝的车驾途径华山，

山山岭岭、扈从侍卫，正在急急忙忙地迎候。

山
华山

（明）蒋一葵《唐诗选笺释》评后二句"华岳景易构，直是途经华岳语难得，工在三四句"。（明）叶羲昂《唐诗直解》钟惺评后二句"切'途经'，妙矣，犹恨下句说不出"。（明）陆时雍《唐诗镜》评此诗"清映如洗"。（明）周敬、周珽《删补唐诗选脉笺释会通评林》周珽评后二句"咏舆骑之美，见'途经'盛典"。（清）吴昌祺《删订唐诗解》评此四句"语不多而自见大手笔处"。（清）李因培《唐诗观澜集》评前二句"笔如岳立"。（清）卢龄、王溥《闻鹤轩初盛唐近体读本》评后二句"最生动，在着'重''薄'二字作眼，顿增生色"。

天地忽开拆，
大河注东溟。
遂为西峙岳，
雄雄镇秦京。

0338　王维《华岳》

拆 > 同"坼"，裂开。晋郭缘生《述征记》载，华山原与对岸首阳山为一山，河神巨灵将其擘而为二，以通黄河。
东溟 > 东海。
西峙岳 > 指西岳华山。
雄雄 > 气势威武貌。
秦京 > 犹关中。陆机《齐讴行》："孟诸吞楚梦，百二侔秦京。"赵殿成曰："关中本秦地，在汉为京师，故称秦京。"

　　天地忽然开裂，黄河流向东海。

遂有西岳太华、少华二峰巍然耸立，雄踞关中。

嵩崾太华俯咸京，
天外三峰削不成。

# 武帝祠前云欲散，
# 仙人掌上雨初晴。

0339 　　崔颢《行经华阴》

岧（tiáo）峣（yáo）> 山势高峻貌。
太华 > 即华山。在陕西华阴市南。因其西
　　有少华山，故称其太华。
咸京 > 原指秦京城咸阳，后人常用以借指
　　长安。
天外三峰 > 指华山著名的芙蓉、明星、玉
　　女三峰。见 0217。
武帝祠 > 指汉武帝所建的水神巨灵的神祠。
　　《华山志》："巨灵，九元祖也。汉武
　　帝观仙掌于县内，特立巨灵祠。"
仙人掌 > 在华山东峰石壁之上。"巨石垂
　　直，黄白相间，旭日照射，赤光灿烂，
　　远而望之，五指分明"，为关中八景
　　之一。

　　华山高耸，俯瞰长安，三峰直插天外，非人工刻削可成。

　　武帝所建的巨灵祠前阴云飘散，东峰的仙掌巨石畔骤雨初晴。

　　（明）李攀龙《唐诗选》王稚登评此四句"雄浑"。（明）胡应麟《诗薮》
评前二句"唐七言律起语之妙……冠裳宏丽，大家正脉，可法"；又
"盛唐（七言律）王（维）、李（白）、杜（甫）外，崔颢《华阴》……
高适《送李少府》……祖咏《望蓟门》，皆可竞爽"。（明）许学夷《诗
源辩体》评后二句"浑圆活泼，而气象风格自在"。（明）唐汝询《唐
诗解》评此四句"首状太华之奇，次写望中之景"。（明）周敬、周珽
《删补唐诗选脉笺释会通评林》周敬评此诗"孤峭"。顾璘评此四句
"雅浑"。蒋一葵评"岧峣"句"起翻奇"。（清）金圣叹《批唐才子诗》
评前二句"写岧峣太华，看他忽横如杠大笔，架出'俯咸京'之三字。
咸京者，即下解路旁千千万万名利之客，所谓钻头不入，拔足不出，半
生奔波、一世沉没之处……'天外三峰'句正画'俯'字也。言三峰到
天，天已被到，而峰犹不极，故曰'天外'。'削不成'之为言此非人
工所及，盖欲言其削成，则必何等大人，手持何器，身立何处，而后

乃今始当措手？此三字与上'俯咸京'三字，皆是先生脱尽金粉章句，别舒元化（造化）手眼，真为盖代大文，绝非经生恒睹也"。（清）胡以梅《唐诗贯珠》评"岧峣"句"起处堂皇雄特，妙在'俯'字有神"；评"天外"句"犹言即削也削不出……用法活，尤妙"。（清）沈德潜《唐诗别裁集》评"天外"句"太华三峰如削，今反云'削不成'，妙"。（清）赵臣瑗《山满楼笺注唐诗七言律》评"岧峣"句"着一'俯'字，便见从来仙灵，高出于名利之上"。（清）吴昌祺《删订唐诗解》评"天外"句"反'削成'为'削不成'，妙"；评此诗"一种爽健之气，又与达夫（高适）不同"。（清）方东树《昭昧詹言》评后二句"写景有兴象，故妙"。（清）黄培芳《唐贤三昧集笺注》评此诗"盛唐平正之作，以此为至"。（近）高步瀛《唐宋诗举要》评此诗"雄浑壮阔"。方东树评此四句"写景有兴象，故妙"。

# 西岳峻嶒竦处尊，
# 诸峰罗立如儿孙。
# 安得仙人九节杖，
# 拄到玉女洗头盆？

峻（léng）嶒（céng）＞高耸突兀貌。
尊＞崇高。
罗立＞罗列而立。
九节杖＞传说中的仙人竹杖。《真诰》卷十七："（蓬莱仙翁）着绣衣裳，芙蓉冠，拄赤九节杖而立，俱视其白龙。"
玉女洗头盆＞《太清记》："华山绝顶有石臼，号玉女洗头盆，中有碧水，未尝增减。"

0340　　杜甫《望岳》

　　华山雄伟高耸，巍然挺立；

　　群山拱绕在它的四周，如同儿孙。

如何能够得到仙人的九节杖，拄杖而行，攀登到华山的最高峰呢？

（明）钟惺、谭元春《唐诗归》钟评此四句"似歌行"；评此诗"真雄、真浑、真朴，不得不说他好"。谭评此诗"无一句不是望岳"。（清）黄周星《唐诗快》评"诸峰"句"自是奇句"，又"同一望岳也，'齐鲁青未了'，何其雄浑；'诸峰立儿孙'，何其奇峭！此老方寸间，固隐然有五岳"。（清）佚名《杜诗言志》评前二句"言望此西岳，高峻非常，蹲踞于霄汉之上，非一切丘陵之所能及。故诸峰罗立其下，如儿孙之卑伏"。（清）张溍《杜诗注解》评前二句"言华山以一高俯众峰，形容独到"；评此诗"通首描其高险，非他山可同，方是望岳诗"。（清）黄生《杜诗说》评后二句"（玉女洗头盆）五字本俗，因用'仙人九节杖'五字作对，遂变俗为妍，句法更觉森挺"。（清）何焯《义门读书记》评"安得"句"'望'中已含'寻'字"。（清）张谦宜《茧斋诗谈》评此四句"拗格第一。'西岳峻嶒竦处尊，诸峰罗列似儿孙'，笔势自上压下；'安得仙人九节杖，拄到玉女洗头盆'，自下腾上，才敌得住"。（清）胡以梅《唐诗贯珠》评前二句"'尊'字郑重，振起全句，领出全首精神。（'诸峰'句）奇情，与'尊'字更飞舞，两句将西岳形势全举，戏笑而出之"。（清）纪容舒《杜律详解》评"西岳"句"'竦处'二字，描出高山负气踞势之状"。（清）范大士《历代诗发》评"诸峰"句"自然是望不是登"。（清）弘历《唐宋诗醇》评此诗"苍老浑劲，行神如空，行气如虹"。（清）杨伦《杜诗镜铨》邵长蘅评此诗"语语是望岳，笔力苍老浑劲，此种气候极难到"。（清）卢坤《五家评本杜工部集》王士禛评此四句"无一句与后人登华（华山）同"。（清）石闾居士《藏云山房杜律详解》评前二句"一起已将西岳之崇高阔大写尽，故以下全从'望'字上着笔，以传其神"。

洪炉作高山，
元气鼓其橐。

山

华山

俄然神功就，
峻拔在寥廓。

洪炉＞大火炉。喻生成万物的本源。
元气＞指宇宙自然之气。
橐（tuó）＞鼓风吹火之器。
俄然＞一会儿，短暂的时间。

0341　　　刘禹锡《华山歌》

造物将宇宙自然之气鼓进无比巨大的火炉，熔铸成巍峨的华山。

很快神灵便完成此事，华山在广阔的天地间挺拔高耸。

（明）钟惺、谭元春《唐诗归》钟评"洪炉"句"'就'字妙，只似说人
工一般"；评此诗"大山水，景事气象俱少不得。然专写景事则纤，专
写气象亦泛，须胸中笔下别有所领"。

灵迹露指爪，
杀气见棱角。
凡木不敢生，
神仙聿来托。

灵迹＞指巨灵神的遗迹。张衡《西京赋》
　　薛综注："巨灵，河神也……古语云：
　　此（指华山与黄河东岸的首阳山）本
　　一山，当河，水过之而曲行。河之神
　　以手擘开其上，足踏离其下，中分为
　　二，以通河流。手足之迹，于今
　　尚在。"
杀气＞阴气，寒气。
聿（yù）＞助词。用于句首或句中。
托＞托迹，犹寄身。华山上有明星、玉女
　　等峰，故云。

0342　　　刘禹锡《华山歌》　全0341

在华山上至今仍可见到巨灵神掰开华山、首阳山时留下的痕迹，

山岩的棱角散发着阴冷的寒气。

因为有神仙寄身华山，普通的草木遂不敢在华山生存。

（明）周敬、周珽《删补唐诗选脉笺释会通评林》周珽评此诗"灵心奥语，是壶中天地，芥中须弥，笼中人物"。（清）宋长白《柳亭诗话》评此四句"骨力傲岸，撑拄全篇"。（清）吴震方《放胆诗》评此诗"如此大山，他人百韵写不尽，只十六句包举之。字字据人上流，而颢气宏词，馀勇可贾，因知诗家争先着法"。

瀑流莲岳顶，
河注华山根。
绝雀林藏鹘，
无人境有猿。

莲岳 > 指华山的莲花峰。乃华岳三峰之一。见 0217。
鹘（hú）> 即隼。一种猛禽，飞行极快，善袭击其他鸟类。

0343　　贾岛《马戴居华山因寄》

瀑布从莲花峰顶喷泻而下，黄河水激荡着华山的山脚。

林中藏有鹰隼，所以鸟雀全无；

山中空旷无人，只见猿猱在嬉戏。

（清）李怀民《重订中晚唐诗主客图》评前二句"'顶''根'二字炼。二句直写得奇绝，真大法力"。（今）李庆甲《瀛奎律髓汇评》方回评后二句"谓绝雀之林为藏鹘，无人之境始有猿。一句上本下，一句下本上。诗家不可无此互体。工部诗'林疏黄叶坠，野静白鸥来'（杜甫《朝二首》二）亦似"。纪昀评此诗"无深意而自然高爽，此由气格不同"。

衡
山

衡山苍苍入紫冥，
下看南极老人星。
回飙吹散五峰雪，
往往飞花落洞庭。

衡山＞今南岳衡山，在湖南衡山县西三十
　　里。《长沙记》载："衡山，轩翔耸拔
　　九千馀丈，尊卑参差七十二峰，岩洞、
　　溪涧、泉石之胜，交错其中。"
紫冥＞犹言紫虚。天空，高空。
南极老人星＞星名。《史记·天官书》："狼
　　北地有大星，曰南极老人，老人见，治
　　安；不见，兵起。常于秋分时候之于
　　南郊。"
飙＞旋风，暴风。
往往＞时时。

0344　　李白《与诸公送陈郎将归衡阳》

南岳衡山极其高峻，直入青天，站在山顶看南极老人星反在其下。

冬日狂风吹散山峰上的积雪，春天山花飘飞，时时落入洞庭湖中。

火维地荒足妖怪，
天假神柄专其雄。
喷云泄雾藏半腹，
虽有绝顶谁能穷？

火维＞属火的一方。古人以五行、五方和
　　十干相配，东方甲乙木，南方丙丁火，
　　西方庚辛金，北方壬癸水，中央戊己
　　土。故称南方为火维。传说衡岳之神
　　为赤帝祝融氏。维，隅。

0345　　韩愈《谒衡岳庙遂宿岳寺题门楼》

足 > 多。
假 > 授与。
专 > 主宰。
半腹 > 半山腰。

因为南方荒凉僻远，妖怪太多，

所以上天授予衡山神祝融氏主宰南方的权力。

衡山神喷云吐雾，使山腰上混茫一片；

即使看得见山顶，谁又能攀登上去？

（宋）朱弁《风月堂诗话》评此诗"议论雄伟，读者皆竦"。（清）方东树《昭昧詹言》评此诗"意境托句俱奇创"。（近）程学恂《韩诗臆说》评此诗"七古中此为第一，后来唯苏子瞻解得此诗，所以能作《海市》诗"。

须臾静扫众峰出，
仰见突兀撑青空。
紫盖连延接天柱，
石廪腾掷堆祝融。

突兀 > 高耸的样子。此指高耸的山峰。《水经注》："（衡山）有三峰……非清霁素朝，不见其峰。"
紫盖、天柱、石廪、祝融 > 皆衡山山峰名。《长沙记》："衡山七十二峰，最大者五，芙蓉、紫盖、石廪、天柱、祝融为最高。"
连延 > 颠连绵延。
腾掷 > 跳跃。这里是形容山势起伏不平。

0346　韩愈《谒衡岳庙遂宿岳寺题门楼》
　　　全0345

我潜心默祷，转眼之间云开雾散，露出衡山诸峰；

山
衡山

仰望那高耸的山峰，好像在支撑着苍穹。

紫盖峰绵延不断，与天柱峰相接；石廪峰腾跃起伏，祝融峰巍峨雄伟。

（明）陆时雍《唐诗镜》评此诗"语如凿翠"。（清）顾嗣立《昌黎先生诗集注》何焯评"须臾"句"朗快"。（清）沈德潜《唐诗别裁集》评此诗"'横空盘硬语，妥帖力排奡（刚劲有力。奡音 ào）'，公诗足当此语"。（清）弘历《唐宋诗醇》评此诗"东坡所谓'能开衡山之云'（苏轼《潮州韩文公庙碑》有'公之精诚，能开衡山之云，而不得回宪宗之惑'句）者本此"。（清）延君寿《老生常谈》评此诗"读去觉其宏肆中有肃穆之气，细看去却是文从字顺，未尝矜奇好怪，如近人论诗所谓说实话是也"。

# 太行山

白雾埋阴壑，
丹霞助晓光。
涧泉含宿冻，
山木带馀霜。

阴壑 > 幽深的山谷，背阳的山谷。
晓光 > 清晨的日光。南朝梁·简文帝《侍游新亭应令》："晓光浮野映，朝烟承日迥。"

0347　　李隆基《早登太行山中言志》

白色的雾气填平了山谷，火红的朝霞使旭日更加灿烂。
山涧里的泉水还有夜间冻的冰，山中的树木还带着残霜。

北上何所苦，
北上缘太行。
磴道盘且峻，
巉岩凌穹苍。

0348　李白《北上行》

北上 > 指北上太行山。曹操有《苦寒行》诗，备言"北上太行山"冰雪溪谷之苦。

缘 > 攀援，攀登。

太行 > 太行山。《北边备对》："太行山……不同他地，盖数千里，自麓至脊，皆陡峻不可登越，独有八处，粗通微径，名之曰陉。"

磴 (dèng) 道 > 登山的石道。

巉 (chán) 岩 > 高峻的山岩。

北上太行山，登攀极其艰苦。

山上的石路曲折陡峭，高峻的山岩直抵苍天。

(宋) 范晞文《对床夜语》："李太白《北上行》，即古之《苦寒行》也。《苦寒行》首句云'北上太行山，艰哉何巍巍'，因以名之也。太白词有云：'磴道盘且峻，巉岩凌穹苍……'"（元）萧士赟《分类补注李太白诗》评此诗"按《北上行》者，征行之曲，言行役者之苦也"。(清) 弘历《唐宋诗醇》评此诗"古直悲凉，亦《苦寒行》之比"。

终
南
山

重峦俯渭水，
碧嶂插遥天。

山

太行山
终南山

出红扶岭日，
入翠贮岩烟。

0349　　李世民《望终南山》

俯渭水 > 终南山在长安城南，渭水从长安城北流过，故云。
碧嶂 > 碧绿如屏障的山峰。
扶 > 缘，沿。
岩烟 > 山间的云雾。

终南山重峦叠嶂，俯瞰渭水；碧峰高耸，直插云天。

红日从山岭间升起，山岩翠谷烟云凝绕。

夕阳黯晴碧，
山翠互明灭。
此中意无限，
要与开士说。

0350　　宋之问《见南山夕阳召鉴师不至》

晴碧 > 指湛蓝的天空。
山翠 > 翠绿的山色。
此中句 >《新唐书·卢藏用传》："藏用能属文，举进士不得调，与兄征明偕隐终南、少室二山……长安中，召授左拾遗……司马承祯尝召至阙下，将还山，藏用指终南曰：'此中大有嘉处。'承祯徐曰：'以仆视之，仕宦之捷径耳。'藏用惭。"
开士 > 菩萨的异名。以能自开觉，又可开他人生信心，故称。后用作对僧人的敬称。此指越州僧鉴师。

终南山夕阳西下，蓝天幽暗，山色翠绿，忽明忽暗。

心中既有用世之思，又有归隐之想，想要与僧人讨论。

（明）钟惺、谭元春《唐诗归》钟评后二句"南山夕阳有何意，有何可说？恐开士至，亦竟无意无说矣。此中微甚、微甚"。谭评后二句"深蓄而荡漾"。(清)黄周星《唐诗快》评此二句"总在可解不可解之间,正当以不解解之"。(清)王闿运《手批唐诗选》评此四句"自然超脱,还他邈渺"。

太乙近天都,
连山接海隅。
白云回望合,
青霭入看无。

太乙 > 指终南山。秦岭主峰之一,在陕西西安市南。
天都 > 天府,天帝所居之处。此指唐首都长安。
海隅 > 海边,海角。秦岭山脉西起甘肃天水,东至河南陕县,离海尚远。但作者为突出终南山的雄伟巍峨,有意将其写得高远不尽,辽阔无际。
合 > 环绕。
青霭 > 青青的雾气。

0351　王维《终南山》**

终南山接近长安,山峰颠连起伏,直到海边。

走入山中,回望身后,白云合拢环绕;

远望山间,似有青青雾气,近看则无。

(宋)刘辰翁《评王摩诘诗集》评后二句"清夺众妙"。(明)吴逸一《唐诗选》评"连山"句"亦只形所见者远,非山果到海隅也"。(明)李攀龙《唐诗选》王稚登评"青霭"句"'入看无'三字妙入神"。(明)陆时雍《唐诗镜》评"阴晴"句"苍然入雅"。(明)唐汝询《汇编唐诗十集》评此四句"非画手不能"。(明)周敬、周珽《删补唐诗选脉笺释会通评林》蒋一梅评后二句"真画出妙境"。周启琦评此诗"机熟脉清,手眼俱妙"。(清)王夫之《姜斋诗话》评"青霭"句"以小景传大景之神"。(清)张谦宜《茧斋诗谈》评后二句"看山得三昧，尽此十字中"。(清)沈德潜《唐诗别裁集》评前二句"'近天都'言其高，'到海隅'言其远"。(清)黄叔灿《唐诗笺注》评后二句"写山色溟蒙气象，'合'字、'无'字妙"。(清)黄培芳《唐贤三昧集笺注》评此诗"神境。四十字中无一字可易，昔人所谓四十位贤人"。(清)林昌彝《海天琴思录》评后二句"以精警见"。(清)朱庭珍《筱园诗话》评前二句"高格响调，起句之极有力、最得势者，可为后学法式"；评后二句"景中有情，情中有景，打成一片，不可分拆"。(清)王寿昌《小清华园诗谈》评后二句"韵之自然与句凑者"。(近)俞陛云《诗境浅说》评后二句"'合'字、'无'字，洵善状名山。若吴越山川清远，不易睹云霭之奇也"。(近)吴闿生《古今诗范》评此四句"壮阔之中而写景复极细腻"。

# 分野中峰变，
# 阴晴众壑殊。
# 欲投人处宿，
# 隔水问樵夫。

分野 > 与星次相对应的地域。古以十二星次的位置划分地面上州、国的位置与之相对应。就天文说，称作分星；就地面说，称作分野。
中峰 > 此指终南山主峰。

0352　　王维《终南山》 接上

终南山主峰极高，地域就此而分野，阴晴因此而区隔。

想要找人家投宿，隔着涧水向樵夫喊话。

(明)顾璘《唐音评注》评后二句"流丽"。(明)叶羲昂《唐诗直解》评后二句"见山远而人居寡也"。钟惺评后二句"末语流丽"。(明)陆时雍《唐诗镜》评"阴晴"句"苍然入雅"。(明)唐汝询《汇编唐诗十集》

评前二句"极言山之广"。(明)周敬、周珽《删补唐诗选脉笺释会通评林》周敬评前二句"直在鲛宫蜃市之间"。(明)邢昉《唐风定》评此诗"右丞(王维)不独幽闲,乃饶奇丽,但一出其口,自然清冷,非世中味耳"。(清)徐增《而庵说唐诗》评此诗"总是见终南山之深大莫测。是诗如在开辟之初,笔有鸿蒙之气,奇观大观也"。(清)王夫之《姜斋诗话》评后二句"山之辽阔荒远可知"。(清)王夫之《唐诗评选》评后二句"结语亦以形其阔大,妙在脱卸,勿但作诗中画观也,此正是画中有诗"。(清)黄生《唐诗评》朱之荆评后二句"结见山远人稀"。(清)张谦宜《茧斋诗谈》评此诗"于此看积健为雄之妙"。(清)沈德潜《唐诗别裁集》评此诗"'分野'二句言其大。四十字中,无所不包,手笔不在杜陵(杜甫)下";评后二句"或谓末二句与通体不配。今玩其语意,见山远而人寡也,非寻常写景可比"。(清)李因培《唐诗观澜集》评此诗"屈注天潢(天河),倒连沧海,而俯视一气,尽化烟云。一结(后二句)杳渺寥泬(清朗空旷),更有凭虚御风之态"。(清)吴瑞荣《唐诗笺要》评后二句"结语宛有画意"。(清)黄叔灿《唐诗笺注》评后二句"谓人迹罕绝,投宿无处,唯有樵夫隔水问之,见其迥非凡境耳"。(清)宋宗元《网师园唐诗笺》评前二句"得此形容,乃不同寻常登眺"。(清)顾安《唐律消夏录》评此诗"通首俱写终南山之大,全是白云、青霭,一中峰而分野已变,历众壑而阴晴复殊,游将竟日尚无宿处,其大何如"。(清)胡本渊《唐诗近体》评此诗"四十字中无所不包,手笔不在杜陵下"。(清)杨逢春《唐诗绎》评后二句"结言人烟稀少,亦是高远馀波"。(近)吴闿生《古今诗范》评"分野"句"接笔雄峻"。


# 南山郁初霁,
# 曲江湛不流。

山

终南山

若临瑶池前，
想望昆仑丘。

0353　高适《同薛司直诸公秋霁曲江俯
　　　见南山作》　全 0253

南山 > 指终南山。见 0176。
郁 > 草木积聚貌。
初霁 > 雨后初晴。
曲江 > 指曲江池。唐代著名园林胜地，位
　　　于今陕西西安市东南。《太平寰宇
　　　记》："曲江池，汉武帝所凿，名为宜
　　　春苑。其水曲折似广陵之江，故名
　　　之。"唐开元中更加疏凿，池中盛植荷
　　　花，为都人中和、上巳等节日的游赏
　　　胜地。
湛（zhàn）> 澄澈。
瑶池 > 相传为西王母所居。因曲江在帝都
　　　之旁，故以比拟。
想 > 若，似。"想望"与"若临"对举。
昆仑丘 > 传说中仙人所居之地。

终南山雨后草木葱茏，巍峨如昆仑起伏。

曲江澄澈宁静，碧绿如王母瑶池。

（明）周敬、周珽《删补唐诗选脉笺释会通评林》周珽评此诗"此通
以江山交互属对成篇，总状山水林岩之胜，即秋霁俯见之景也。'瑶
池''昆仑'二句，作譬喻接上妙"。（清）吴烶《唐诗选胜直解》评前
二句"山色秀而水不流，正秋霁之景"。（清）黄培芳《唐贤三昧集笺
注》评后二句"比拟工"。

秀色难为名，
苍翠日在眼。
有时白云起，

秀色 > 优美的景色。
难为名 > 难以名状，无法言说。

## 天际自舒卷。

自 > 同犹。

0354　李白《望终南山寄紫阁隐者》

终南山山间满目苍翠，景色之美，难以言说。

有时会飘起白云，在天际自由卷舒。

（宋）严羽《评点李太白诗集》评前二句"秀色可餐，不如此二句味不尽"。（明）唐汝询《唐诗解》评此诗"慕终南之胜而有栖隐之意焉"。（明）周敬、周珽《删补唐诗选脉笺释会通评林》周珽评此诗"山色秀越，举目怡然，白云舒卷，与心俱化"。周明辅评此诗"从题中'望'字发兴，语语清幽。心中与之然，妙处说不出"。（清）吴昌祺《删订唐诗解》评此诗"率其自然，颇近泉明（陶渊明）"。（清）王尧衢《唐诗合解笺注》评后二句"心既超脱，托兴每深"。（清）弘历《唐宋诗醇》评此诗"淡雅自然处，神似渊明。白云天际，无心舒卷，白诗妙有其意"。（清）宋宗元《网师园唐诗笺》评此诗"以山光云态兴起，所思情深致远"。

## 南山塞天地，<br>日月石上生。<br>高峰夜留景，<br>深谷昼未明。

南山 > 指终南山。见 0176。<br>景 > 日光。

0355　孟郊《游终南山》

山<br>终南山

终南山充塞天地之间，日月似乎就在终南山的石上生出。

由于山峰太高，夜幕降临，山尖还留有落日的馀晖；

由于山谷太深，朝阳升起，山谷中还是一片昏暗。

（宋）刘辰翁《评孟东野诗集》评"南山"句"未知其下云何？即此，其出有不容至"。（明）顾璘《唐音评注》评前二句"起语奇拔"。（明）杨慎《升庵诗话》评此四句"谢灵运诗：'晓闻夕飙急，晚见朝日暾'（《石门新营所住四面高山回溪石濑茂林修竹》）……（孟诗）皆自谢诗翻出"。（明）钟惺、谭元春《唐诗归》谭评前二句"凿空奇语，却不入魔"。（明）周敬、周珽《删补唐诗选脉笺释会通评林》唐汝询评此诗"奇语横出"。陈继儒评此诗"异想奇调，对之光华被体"。（清）黄周星《唐诗快》评此四句"终南在目矣"。（清）沈德潜《唐诗别裁集》评此诗"盘空出险语"。（清）陆次云《五朝诗善鸣集》评此诗"'横空盘硬语，妥帖力排奡（ào，刚劲有力）'，昌黎（韩愈）之赞东野（孟郊）也，于此诗见之"。（清）宋宗元《网师园唐诗笺》评前二句"险僻"。（清）洪亮吉《北江诗话》评前二句"可云善状终南山矣""昌黎南山诗，可云奇警极矣，而东野以二语敌之"。（清）潘德舆《养一斋诗话》评此四句"顿觉心境空阔，万缘退听，岂可以'寒俭'目之？"（清）王寿昌《小清华园诗谈》评前二句"奇峭"。（清）杨逢春《唐诗绎》评前二句"首点南山，作浑举之笔"。

秦分积多峰，
连巴势不穷。
半旬藏雨里，
此日到窗中。

分（fèn）＞地分，地域。
巴＞古国名。其地在今川东、鄂西一带。

0356　　　贾岛《晚晴见终南诸峰》

终南山的诸多山峰皆在秦地，颠连起伏，与四川的山峰相连。

一连几天下雨，它都隐藏在雨雾里；

今日天晴，终于在窗中看到终南山。

庐

山

中流见匡阜，
势压九江雄。
黯黪凝黛色，
峥嵘当曙空。

0357　　　孟浩然《彭蠡湖中望庐山》

匡阜＞指庐山。相传殷周之际有匡俗兄
　　　弟七人结庐于此，后仙化，空庐犹
　　　存，因名庐山。又称"匡山""匡庐"。
　　　阜，山。
压＞犹临，处。此极言庐山之高大雄伟。
　　　南朝宋·鲍照《登大雷岸与妹书》："西
　　　南望庐山，又特惊异。基压江潮，峰
　　　与辰汉相接。"
九江＞长江于江西九江分为九派，故称九
　　　江。《尚书·禹贡》："九江孔殷。"孔颖
　　　达疏："《传》以江是此水大名，九江
　　　谓大江分为九，犹大河分为九河，故
　　　言江于此州之界，分为九道。"
黯（àn）黪（dǎn）＞昏暗不明貌。
黛色＞青黑色。
峥嵘＞山势高峻貌。

在彭蠡湖中望庐山，气势巍峨雄伟，压据在九江之界。

山

庐山

天晴时可见山色青黑深暗，在拂晓的天空中高高耸立。

（清）潘德舆《养一斋诗话》："襄阳（孟浩然）诗如'中流见匡阜，势压九江雄……'精力浑健，俯视一切，正不可徒以清言目之。则谓襄阳诗都属悟到，不关学力，亦微误耳。"

挂席几千里，
名山都未逢。
泊舟浔阳郭，
始见香炉峰。

0358　孟浩然《晚泊浔阳望庐山》

挂席 > 犹挂帆。
浔阳 > 县名。唐属江南西道，为江州州治。即今江西九江市。
郭 > 外城。古代筑城，在内者曰城，在外者曰郭。《广韵》："郭，内城外郭。"后城郭往往混用。凡州郡如无外城，则自内言之曰城，自外言之曰郭。
香炉峰 > 庐山著名山峰。《太平寰宇记》："香炉峰在山西北，其峰尖圆，烟云聚散，如博山香炉之状。"

挂起船帆，舟行几千里，未见名山。

船停泊在浔阳城下，始见庐山香炉峰。

（宋）吕本中《童蒙诗训》评此四句"详看此等语，自然高远"。（宋）刘辰翁《评孟浩然诗集》评此诗"不经意造作"。（明）李沂《唐诗援》评此诗"只如说话，而当代词人为之敛手，良由风神超绝，非复尘凡所有"。（明）邢昉《唐风定》评此诗"淡极矣，隽味何多"。（清）王士禛《带经堂诗话》评此诗"诗至此，色相俱空，正如羚羊挂角，无迹可求（语出宋·严羽《沧浪诗话·诗辨》），画家所谓逸品是也"。何焯《唐三体诗评》评此四句"发端神来，所以虽晚而亟望也。眼中意中，前后两

层透出 '望' 字神味"。(清) 沈德潜《唐诗别裁集》评此诗 "所谓篇法之妙, 不见句法者"。(清) 沈德潜《说诗晬语》评此诗 "通体俱散……兴到成诗, 人力无与"。(清) 范大士《历代诗发》评此诗 "意匠浑沦, 不可寻枝摘叶"。(清) 黄叔灿《唐诗笺注》评此四句 "言挂席远来, 忽见庐山, 有喜之不胜意"。(清) 林昌彝《海天琴思录》评此诗 "极淡宕"。(清) 黄培芳《唐贤三昧集笺注》评前二句 "一起超脱"。(清) 施补华《岘佣说诗》评此诗 "清空一气, 不可以炼句炼字求者, 最为高格……所谓 '羚羊挂角, 无迹可求 '"。(清) 陈衍《石遗室诗话》: "如此人人眼中之景, 人人口中之言, 而必待孟山人发之者, 他人一腔俗虑, 挂席千里, 并不为看山计。自襄阳下汉水, 至于九江、黄州、赤壁、武昌, 皆卑不足道; 惟匡庐东南伟观, 久负大名。但俗人未逢名山, 不觉其郁郁; 逢名山, 亦不觉其欣欣耳。"

# 庐山秀出南斗旁，
# 屏风九叠云锦张，
# 影落明湖青黛光。

0359　李白《庐山谣寄卢侍御虚舟》

秀出 > 高出。

南斗 > 星名。即斗宿。有星六颗, 在北斗星以南, 形似斗, 故称。

屏风九叠 > 指庐山五老峰东北九叠云屏, 亦称屏风叠, 下临九叠谷。

明湖 > 指鄱阳湖。

青黛 > 青黑色。

庐山秀丽挺拔，高耸接近南斗星，

五老峰的屏风叠如锦绣云霞般展开，湖光山影相互映照。

(清) 吴昌祺《删订唐诗解》评此诗 "山本奇秀, 诗又足以发之"。(清) 弘历《唐宋诗醇》评此诗 "天马行空, 不可羁绁"。桂天祥评此诗 "襟

山
庐山

期（襟怀，志趣）雄旷，词旨慷慨，音节浏亮，无一不可"。

金阙前开二峰长，
银河倒挂三石梁。
香炉瀑布遥相望，
回崖沓嶂凌苍苍。

0360　李白《庐山谣寄卢侍御虚舟》
　　　全 0359

金阙＞庐山金阙岩，又名石门。慧远《庐
山记》："西南有石门山，其形似双阙，
壁立千仞，而瀑布流焉。"
银河句＞指庐山著名的三叠泉瀑布。《寻
阳记》王琦注："三叠泉在九叠屏之左，
水势三折而下，如银河之挂石梁，与
太白诗句正相吻合，非此外别有三石
梁也。"银河，喻指瀑布。石梁，如级
级桥梁状的山石。
香炉＞指南香炉峰，为庐山南麓秀峰诸
峰之一。李白所写"飞流直下三千尺，
疑是银河落九天"的名句，即咏秀峰
黄岩瀑布。
沓（tà）嶂＞重叠如屏的山峰。

庐山金阙岩双石高耸，状如石门，三叠泉瀑布从石门中流出，

三折而下，飞流近三百步，犹如银河倒挂。

三叠泉瀑布和南香炉峰瀑布遥遥相望，

峰峦重叠，峻崖环绕，上凌苍穹。

（明）高棅《唐诗品汇》评此诗"《庐山谣》等作，长篇短韵，驱驾气势，
殆与南山秋色争高可也"。

日初金光满，

景落黛色浓。
云外听猿鸟，
烟中见杉松。

景 > 日光。
黛色 > 青黑色。南朝宋·鲍照《登大雷岸
与妹书》："从岭而上，气尽金光，半
山以下，纯为黛色。"

0361　　吴筠《游庐山五老峰》

太阳升起，庐山上洒满金色的光辉；

夕阳西下，庐山就变成了青黑色。

隔着白云，可以听到鸟鸣猿啼；烟雾之中，隐约可见杉树和松树。

孤峰临万象，
秋气何高清。
天际南郡出，
林端西江明。

万象 > 宇宙间一切事物和景象。
南郡 > 指洪州豫章郡，在庐山南。
西江 > 唐人多称长江中下游为西江。

0362　　刘眘虚《登庐山峰顶寺》

站在庐山峰顶，整个世界都在脚下，秋气是那样高旷凄清。

遥望天际，似乎可见南昌；

而在树林的尽头，就是闪耀着日光的长江。

寒空五老雪，

山

庐山

斜月九江云。
钟声知何处，
苍苍树里闻。

0363　　徐凝《庐山独夜》*

五老 > 五老峰。庐山峰名。见0221。
斜月 > 斜照之月，谓月初出或将落。
九江 > 此指浔阳。在长江南岸，庐山脚下。因长江水系的九条江水在此东合为大江，故古名九江郡。

雪后的庐山五老峰天空寒冷，斜月照亮了九江之云。

不知何处钟声响起，回荡在苍苍古树之间。

咫尺愁风雨，
匡庐不可登。
只疑云雾窟，
犹有六朝僧。

0364　　钱珝《江行无题一百首·六十八》*

咫（zhǐ）尺 > 言距离很近。周制八寸为咫，十寸为尺。
匡庐 > 指庐山。见0357。
只疑 > 犹还疑。疑，疑心，猜度。
六朝僧 > 六朝指东吴、东晋、宋、齐、梁、陈。六朝时，佛教盛行，慧远曾在庐山讲道，庐山也因此成为佛教名胜之地。

与庐山相隔咫尺之间，竟然有风雨骤至，庐山之不可登，令人愁苦。

我猜想那云雾笼罩的岩洞中，还有六朝时的僧人也说不定。

（明）李攀龙《唐诗训解》评此诗"江行每以风雨为忧，是以匡庐虽近，而不可登。因疑此山云雾深杳，六朝之僧当有存者，亦苦世网而起方外（犹世外）之慕也"。（明）李攀龙《唐诗选》王稚登评后二句"思致入微"。(明)蒋一葵《唐诗选笺释》薛应旂评此诗"雅健"。(明)周敬、周珽《删补唐诗选脉笺释会通评林》周敬评此诗"苦于世网,而起方外之慕"。(清)宋长白《柳亭诗话》评此诗"含蓄有味"。(清)王尧衢《唐诗合解笺注》评此诗"经世乱而起方外之慕也"。(清)吴瑞荣《唐诗笺要》评此诗"浇灌枯肠,要自不浅"。(清)宋宗元《网师园唐诗笺》评后二句"悠然神往"。(清)杨逢春《唐诗绎》评后二句"因不得登,寄想望之情,名山高士之慕,都于言下传出,亦是前后呼应之格"。(近)邹弢《精选评注五朝诗学津梁》评后二句"有悠然不尽之思"。(近)俞陛云《诗境浅说续编》评此诗"匡庐秀出南斗,为江介(江东,江南)之名山。唐代去六朝未远,当有百岁高僧在云深林密中,物外僊然,长享灵山甲子。托想殊高"。

天姥山

海客谈瀛洲,
烟涛微茫信难求。
越人语天姥,
云霓明灭或可睹。

0365　李白《梦游天姥吟留别》

海客 > 谓航海者。
瀛洲 > 传说中东方大海上的仙山之一。《史记·秦始皇本纪》:"齐人徐市等上书,言海中有三神山,名曰蓬莱、方丈、瀛洲,仙人居之。"
信 > 确实,实在。
天姥(mǔ) > 山名。在今浙江嵊县与新昌之间。传说登山者闻天姥唱歌之声。

航海者谈起瀛洲,在大海的烟雾波涛之中,缥缈无凭,确实难以寻找。

而浙江人说起天姥山,在白云彩虹之间,却可以见到。

山
天姥山

（明）高棅《唐诗品汇》范梈评此四句"瀛洲难求而不必求，天姥可睹而实未睹，故欲因梦而睹之耳"。（明）许学夷《诗源辩体》评此诗"变幻恍惚，尽脱蹊径，实与屈子互相照映"。（清）延君寿《老生常谈》评此四句"一起淡淡引入"。（清）方东树《昭昧詹言》评此四句"陪起，令人迷"。

**天姥连天向天横，**
**势拔五岳掩赤城。**
**天台四万八千丈，**
**对此欲倒东南倾。**

拔＞超出。
掩＞压倒，超过。
赤城＞山名。在今浙江天台县北，为天台山南门。因山上赤石罗列如城，故名。
天台＞天台山。为甬江、曹娥江和灵江的分水岭。主峰华顶山，在浙江天台县东北。

0366　李白《梦游天姥吟留别》
　　　全 0365

　　天姥山颠连起伏，横向远天；山势高出五岳，压倒赤城山。

　　就连四万八千丈高的天台山，在天姥山面前也要倾倒在东南方。

　　（宋）严羽《评点李太白诗集》评"天姥"句"重（chóng）用'天'字，纵横如意"。（明）唐汝询《汇编唐诗十集》吴逸一评"天台"句"形容语，与'白发三千丈'句同意"；评"对此"句"形容天姥高意"。（清）李锳《诗法易简录》评"天姥"句"叠三'天'字，寓跌宕于横盘硬语中"。

　　**脚著谢公屐，**

身登青云梯。
半壁见海日，
空中闻天鸡。

0367　李白《梦游天姥吟留别》
　　　全 0365

谢公屐 > 谢灵运登山时所用的特制木屐。
《南史·谢灵运传》："登蹑常著木屐，
上山则去其前齿，下山去其后齿。"
青云梯 > 指高入云天的石阶山路。谢灵运
《登石门最高顶》："惜无同怀客，共
登青云梯。"
天鸡 > 传说中的神鸡。《述异记》载："东
南有桃都山，上有大树名桃都，枝相
去三千里，上有天鸡，日初出照此木，
天鸡则鸣，天下之鸡皆随之鸣。"

　　脚穿谢灵运曾穿过的木鞋，攀登天姥山的石梯。

　　看到海上刚刚升起的红日，听到天鸡的鸣唱。

（宋）严羽《评点李太白诗集》评此四句"不独境界超绝，语音亦复高
朗"。（明）唐汝询《汇编唐诗十集》评此四句"数语措辞下字俱出谢
诗"。（明）周敬、周珽《删补唐诗选脉笺释会通评林》周珽评此诗"出
以千丝铁网之思，运以百色流苏之局，忽而飞步凌顶，忽而烟云自舒。
想其拈笔时，神魂毛发尽脱于毫楮而不自知，其神耶！"

天
台
山

欲寻华顶去，
不惮恶溪名。
歇马凭云宿，

华顶 > 华顶峰。浙江天台山主峰之一，是
天台山第八重最高处。《名山记》：

山
天台山

## 扬帆截海行。

0368　　孟浩然《寻天台山》

"华顶峰，在天台县东北，绝顶东望沧海，俗称望海尖。"开元十八年夏，孟浩然自杭州赴天台山。

惮（dàn）> 怕，畏惧。

恶溪 > 在今浙江丽水市。《元和郡县图志·处州》："丽水本名恶溪，以其湍流阻险，九十里间五十六濑，名为大恶。"今称好溪。

凭云宿 > 依云而宿。言山之高峻。

截海 > 犹跨海，横渡江海。截，直渡，跨越。

想要寻觅天台山的华顶峰，不怕恶溪之名，仍然前往。

驻马高山，依云而宿；不惜扬帆，跨江海而行。

（宋）刘辰翁《评孟浩然诗集》李梦阳评此四句"'华顶''恶溪'极有照应，'扬帆截海行'更雄"。（明）周敬、周珽《删补唐诗选脉笺释会通评林》周珽评此诗"寄情赋景，俱有造微入妙处"。（清）卢麰、王溥《闻鹤轩初盛唐近体读本》评后二句"苍峭不凡……'凭'字、'截'字生，故佳"。（清）黄培芳《唐贤三昧集笺注》评后二句"孟诗亦有此种炼字健句，奈何以清微淡远概之"。（清）林昌彝《海天琴思录》评后二句"以奇逸见"。

## 天台邻四明，
## 华顶高百越。
## 门标赤城霞，
## 楼栖沧岛月。

天台 > 天台山。见 0366。

四明 > 四明山。在今浙江宁波市西南。《宁波府志》："四明山……上有方石，四面有穴如窗，通日月星辰之光，故

0369　　　　李白《天台晓望》

日四明山。"
华顶 > 华顶峰，天台山主峰之一。见0368。
百越 > 古代南方越人的总称。亦指百越居
　　　住的地方。此指浙江东部一带。
标 > 举。
赤城 > 赤城山，在天台县北六里。孔灵符
　　　《会稽记》："赤城山，石色皆赤，状
　　　似云霞。"
栖（qī）> 犹居，停。

　　天台山邻接四明山，华顶峰高耸于东南沿海的群山之上。

　　山寺之门楼，染赤城之霞，栖沧海之月，何其高也！

星河半落岩前寺，
云雾初开岭上关。
丹壑树多风浩浩，
碧溪苔浅水潺潺。

丹壑 > 犹林壑、岩壑。指山林涧谷。

0370　　　许浑《早发天台中岩寺度关岭
　　　　　　次天姥岑》

　　银河好像是要落在天台山的中岩佛寺前，

　　　　云雾中山岭上的关门打开。

　　　　山林涧谷多树，风吹浩荡；

　　　　小溪碧绿清浅，水声潺潺。

山
天台山

天台众峰外，
华顶当寒空。
有时半不见，
崔嵬在云中。

华顶 > 华顶峰，天台山主峰之一。见0368。
崔嵬 > 高耸貌。

0371　　灵澈《天姥岑望天台山》*

站在天姥山上遥望，天台山群峰巍峨，华顶峰高耸于寒空之中。

有时多半看不见，高高地矗立在云间。

（明）杨慎《升庵诗话》评此诗"真绝唱也"。（明）钟惺、谭元春《唐诗归》钟评此诗"极深、极广、极孤、极高。二十字中抵一篇大游记"。（清）黄生《唐诗评》评此诗"浑沦空旷，绝似太白（李白）笔兴"。

峨
眉
山

蜀国多仙山，
峨眉邈难匹。
周流试登览，
绝怪安可悉。

邈 > 超越，胜过。潘岳《射雉赋》："何调翰之乔桀，邈畴类而殊才。"
周流 > 犹周游。

0372　　李白《登峨眉山》

蜀地有很多仙山，但都无法与峨眉山相比。

试向峨眉山中去游览攀登，它的险怪奇胜之景，实在难以一一遍览。

峨眉烟翠新，
昨夜秋雨洗。
分明峰头树，
倒插秋江底。

烟翠 > 指苍翠的山色。
江 > 应指青衣江，即平羌江。李白《峨眉山月歌》："峨眉山月半轮秋，影入平羌江水流。"

0373　岑参《峨眉东脚临江听猿怀二室旧庐》

昨夜秋雨洗过，峨眉山山色苍翠。

峨眉峰上的树影映在平羌江水中，好像倒插在江底。

骊
山

渭水长桥今欲渡，
葱葱渐见新丰树。
远看骊岫入云霄，
预想汤池起烟雾。

渭水 > 又称渭河，黄河最大支流。源出甘肃省鸟鼠山，横贯陕西中部，流经长安北，至潼关入黄河。渭水长桥即东渭桥。开元十一年玄宗自河东归长安，

山
峨眉山
骊山

0374        李隆基《初入秦川路逢寒食》

渡过渭水。

葱葱 > 草木苍翠茂盛的样子。

新丰 > 指新丰县，治所在今陕西临潼区西北，临灞水。《西京杂记》："太上皇徙长安，居深宫，不乐……高祖乃作新丰，移诸故人实之，太上皇乃悦。"

骊岫 > 骊山。《长安志》："骊山在（陕西临潼）县东南二里，骊戎来居此山，故以名。"

汤池 > 指华清池。骊山麓有温泉，唐贞观十八年建汤泉宫，咸亨二年改名温泉宫，天宝六年扩建，改名华清宫，为唐玄宗、杨贵妃的游乐之地。

准备渡过渭水之桥，已经可以看到新丰邑郁郁葱葱的树木。

远望骊山，高入云霄；想象华清宫中的温泉池，水汽蒸腾如烟雾。

巫
山

电影江前落，
雷声峡外长。
朝云无处所，
台馆晓苍苍。

0375        王无竞《巫山》

电影 > 闪电，闪电之光。

峡 > 指巫峡。见 0085。

朝云 > 语出宋玉《高唐赋》："昔者楚襄王与宋玉游于云梦之台，望高唐之观，其上独有云气。……王问玉曰：此何气也？玉对曰：所谓朝云者也。王曰：何谓朝云？玉曰：昔者先王（楚怀王）尝游高唐，怠而昼寝，梦见一妇人曰：'妾，巫山之女也，为高唐之客。闻君游高唐，愿荐枕席。'王因幸

之。去而辞曰：'妾在巫山之阳，高丘
之阻；旦为朝云，暮为行雨。朝朝暮
暮，阳台之下。' 旦朝视之，如言，故
为立庙，号曰朝云。"

无处所 > 消失不见，湮没不存。

台馆 > 楼台馆阁。这里指巫山神女庙。

巫山上的闪电落在江前，雷声殷殷，传出峡外。

当年的神女朝云已消失不见，只有神女庙在曙光中苍茫可见。

(唐)范摅《云溪友议》白居易评此诗"古今之绝唱也"。(明)杨慎《升
庵诗话》评此诗"乐天（白居易）取此在佺期三子之上（按沈佺期、皇
甫冉、李端俱有巫山诗），信哉"。(明)许学夷《诗源辩体》评此诗"体
皆整栗，语皆伟丽，其气象风格乃大备矣"。(清)王夫之《唐诗评选》
评此诗"意直思永，乐天（白居易）收之不妄"。(清)卢龥、王溥《闻
鹤轩初盛唐近体读本》评前二句"写景并活，影落声长，说向空际，故
佳"。陈德公评此诗"气调爽畅，结处（后二句）氤氲不尽"。

青天若可扪，
银汉去安在。
望云知苍梧，
记水辨瀛海。

银汉 > 银河。

苍梧 > 苍梧山。在今湖南宁远县。见 0200。

瀛海 > 大海。王充《论衡》："九州之外，
更有瀛海。"

0376　李白《自巴东舟行经瞿唐峡登巫山
　　　最高峰晚还题壁》

山
巫山

站在巫山绝顶，举手可触摸青天，银河似在脚下向远方流去。

向白云生灭处望去，知道是苍梧山，而更远的天边则是浩瀚的大海。

（清）弘历《唐宋诗醇》评此诗"词意沉郁……豪迈不减"。

巫山十二峰，
皆在碧虚中。
回合云藏月，
霏微雨带风。

巫山 > 在今重庆巫山县东，与湖北交界一带，有连绵十二峰。
碧虚 > 碧空，青天。
回合 > 缭绕，环绕。
霏微 > 雨雪细小貌。
带 > 携带，夹带。

0377　　李端《巫山高》

巫山十二峰连绵叠翠，耸立在碧空青天之中。

云雾缭绕，遮住月亮，细雨蒙蒙，随风飘洒。

（唐）范摅《云溪友议》白居易评此诗"古今之绝唱也"。（明）胡应麟《诗薮》："沈佺期、皇甫冉、李端、王无竞题《巫山高》四五言律，皆才格相当，足可凌夸百代"；评前二句"唐五言律起句之妙者"。（明）周敬、周珽《删补唐诗选脉笺释会通评林》周敬评前二句"开口不凡，如天马行空"。周珽评此诗"写景模意，尽超离即"。（清）冯舒、冯班《二冯先生评阅才调集》冯舒评此诗"四十字累累如贯珠，泠泠如叩玉"。（清）王夫之《唐诗评选》评此诗"俱从'高'字著笔，凝合一片"。(清)黄生《唐诗矩》评前二句"起语浑成，亦复响亮"。(清)屈复《唐诗合解》评此四句"'碧虚'承上起下，云雨题中本事，以'回合''霏微'斡旋出之，又以'风''月'陪衬，则不呆板"。(清)乔亿《大历诗略》评此诗"品味弥清"。(清)纪昀《瀛奎律髓刊误》评后二句"点化'云雨'字无迹"；评此诗"一'稳'字尽此诗所长"。(清)黄叔灿《唐诗笺注》评后二句"'云藏月''雨带风'，借'云''雨'字翻新"。(今)李庆甲《瀛奎律髓汇评》方回评此诗"工而稳"。冯班评此诗"名篇"。何焯评后二句"点化'云''雨'两字，皆有'高'字意，所以佳"。

碧丛丛，高插天，
大江翻澜神曳烟。
楚魂寻梦风飔然，
晓风飞雨生苔钱。

0378　李贺《巫山高》**

神 > 指巫山神女峰。陆游《入蜀记》："（神女峰）峰峦上入霄汉，山脚插入江中……十二峰不可悉见，所见八九峰，唯神女峰最为纤丽奇峭。"
曳烟 > 即行云之意。
楚魂 > 指楚襄王之魂。宋玉《高唐赋》载，楚怀王曾游巫山，梦幸巫山神女，故此云"寻梦"。见0375。
飔（sī）> 凉风。
苔钱 > 苔点形圆如钱，故称。

巫山十二峰碧绿簇聚，高耸入云，

长江波涛翻滚，神女峰云烟缭绕。

楚王的幽魂似一缕凉风，前来寻找当年的温柔之梦。

晓风吹雨，山岩上生出点点如钱的青苔。

山
巫山

（宋）刘辰翁《评李长吉歌诗》评"楚魂"句"七字分明巫山"。（明）黄淳耀《评点李长吉集》黎简评此诗"发脉《九歌》。《巫山高》作者当以此为第一"。（明）许学夷《诗源辩体》评"大江""楚魂"二句"鬼仙之词也"。

瑶姬一去一千年，
丁香筇竹啼老猿。
古祠近月蟾桂寒，
椒花坠红湿云间。

0379　李贺《巫山高》　接上

瑶姬 > 指巫山神女。《高唐赋》李善注引《襄阳耆旧传》："赤帝女曰瑶姬，未行（嫁）而卒，葬于巫山之阳，故曰巫山之女。"
丁香 > 树名。一名鸡舌香，味芳香。蜀地盛产紫丁香。
筇竹 > 竹名。因高节实中，常用以为手杖。
古祠 > 指巫山神女祠。
蟾桂 > 月宫中的蟾蜍、桂树。代指月宫。

巫山神女已经离去千年，空山之中渺无踪迹，
只有老猿悲啼于丁香、竹林间。
神女祠高入霄汉，已能感到月宫中的寒气，
时有椒花从湿漉漉的云中飘落下来。

（明）许学夷《诗源辩体》评"椒花"句"佳句也"。（清）王琦等《三家评注李长吉歌诗》王琦评"椒花"句"'椒花坠红'，即无人花自落之意……长吉（李贺）生长中原，身未入蜀，蜀地之椒，目所未睹，出于想象之间故云耳"。

会
稽
山

东海横秦望，
西陵绕越台。
湖清霜镜晓，
涛白雪山来。

0380　李白《送友人寻越中山水》
　　　全 0234

秦望 > 秦望山，在会稽县东南四十里，为
　　众峰之最高者。《史记》载秦始皇曾
　　登之，祭大禹，望于南海。
西陵 > 西陵城，在萧山县西十二里。《水经
　　注》："昔范蠡筑城于浙江之滨，言可
　　以固守，谓之固陵，今之西陵也。"
越台 > 越王台，在浙江绍兴种山，相传为
　　越王勾践登眺之所。
湖清句 > 谓镜湖澄澈如镜。《太平御览》：
　　"王羲之云：每行山阴道上，如镜
　　中游。"
涛白句 > 会稽城北邻钱塘江，每年八月
　　十六至十八日，海水由杭州湾涌入钱
　　塘江口，形成高达 3 至 5 米的潮头，
　　即举世闻名的钱塘江大潮奇观。周密
　　《武林旧事》称江潮如"玉城雪岭，际
　　天而来"；苏轼《望海楼晚景》："海上
　　涛头一线来，楼前指顾雪成堆。"

会稽山东南横亘着秦望山，向西则有西陵城拱卫越王台。

镜湖之水澄澈如镜，钱塘江潮则奔如雪山。

（明）唐汝询《汇编唐诗十集》评后二句"有此一联，觉通篇生色"。
（明）周敬、周珽《删补唐诗选脉笺释会通评林》蒋一葵评此诗"李诗
常清旷，而此独刻画"。周敬评后二句"得'湖清'一联，通篇生色"。
（清）宋宗元《网师园唐诗笺》评后二句"写景清切"。（清）卢麰、王

溥《闻鹤轩初盛唐近体读本》评"涛白"句"'雪山来',眼前佳境,笔能道出"。陈德公评此诗"寻常语入其笔端,便飘飘然有凌云之气";评后二句"警丽名句,恰极自然"。(清)潘德舆《养一斋李杜诗话》:"按沈(佺期)、宋(之问)排律,人巧而已。右丞(王维)明秀,实超沈、宋之上,若气魄闳大,体势飞动,亦未可与太白(李白)抗行也。'湖清霜镜晓,涛白雪山来''地形连海尽,天影落江虚'(李白《秋日与张少府》)等句,右丞恐当避席。"

敬
亭
山

敬亭白云气,
秀色连苍梧。
下映双溪水,
如天落镜湖。

敬亭 > 指敬亭山。原名昭亭山,在今安徽宣城北十里,上有敬亭。东临宛溪、句溪,南俯城郭,烟市风帆,极目如画。
苍梧 > 苍梧山。亦名九嶷山。见 0200。
双溪 > 环绕安徽宣城的宛溪、句溪二水。

0381　　李白《赠宣州灵源寺仲浚公》

敬亭山飘浮的白云、清秀的山色,似与九嶷山相连。

山下宛溪、句溪流过,水色碧蓝,

像青天融化在如镜的湖中。

(宋)严羽《评点李太白诗集》评此四句"描写云天水色,作一合相,如此幻现"。

众鸟高飞尽，
孤云独去闲。
相看两不厌，
只有敬亭山。

敬亭山 > 见 0381。

0382　李白《独坐敬亭山》*

鸟儿高飞远去，不见踪迹，孤云悠然飘向天边。

人于山水，如好美色；山水于人，如惊知己；

彼此含情脉脉，相看不厌。

（宋）严羽《评点李太白诗集》评此诗"与寒山一片石语，惟山有耳；与敬亭山相看，惟山有目……古人胸怀眼界，直如此孤旷"。（明）李攀龙《唐诗训解》评此诗"描写独坐之景，非深知山水趣者不能道"。（明）蒋一葵《唐诗选笺释》评此诗"便是独坐境界"。（明）徐用吾《精选唐诗分类评释绳尺》评此诗"此所谓天然去雕琢者"。（明）钟惺、谭元春《唐诗归》谭评后二句"'只有'二字……惟'相看两不厌'之下，接以'只有敬亭山'，则此二字，竟是意象所结，岂许俗人浪识？"（明）钟惺《唐诗笺注》评此诗"胸中无事，眼中无人"。（明）唐汝询《汇编唐诗十集》评"相看"句"'不厌'，妙矣，'两不厌'尤妙"。（明）周敬、周珽《删补唐诗选脉笺释会通评林》周敬评此诗"孤行千古"。（清）徐增《而庵说唐诗》评此诗"白七言绝佳，而五言绝尤佳，此作于五言绝中尤其佳者也"。（清）黄生《唐诗评》朱之荆评此诗"鸟飞云远，言其'独坐'也。末句'独'字更醒"。（清）沈德潜《唐诗别裁集》评此诗"传'独坐'之神"。（清）范大士《历代诗发》评此诗"傲睨旷致"。

山

敬亭山

（清）李锳《诗法易简录》评此诗"首二句已绘出'独坐'神理，三、四句偏不从独处写，偏曰'相看两不厌'，从不独处写出'独'字，倍觉警妙异常"。（清）吴烶《唐诗选胜直解》评此诗"山间之所有者，鸟与云耳，今则飞尽矣，去闲矣。独坐之际，对之郁然而深秀者，则有此山。陶靖节诗'悠然见南山'（陶渊明《饮酒》五），即此意也，加'不厌'二字，方醒得独坐神理。言浅意深，人所不能道"。（清）吴瑞荣《唐诗笺要》评此诗"为'独坐'二字写生"。（清）弘历《唐宋诗醇》评此诗"宛然'独坐'神理"。（清）黄叔灿《唐诗笺注》评此诗"'尽'字、'闲'字，是'不厌'之魂，'相看'下着'两'字，与敬亭山对若宾主，共为领略妙"。（清）刘宏煦、李德举《唐诗真趣编》评此诗"鸟尽天空，孤云独去，青峰历历，兀坐怡然。写得敬亭山竟如好友当前，把臂（握持手臂，表示亲密）谈心，安有厌倦？且敬亭而外，又安有投契（意气相投）若此者？然此情写之不尽，妙以'两不厌'三字了之"。（清）杨逢春《唐诗绎》评后二句"'相'字、'两'字下得奇。如云我向山，山亦向我；我不厌山，山亦应不厌我也。写爱山之情，十分真挚乃尔（如此）"。（近）俞陛云《诗境浅说续编》评后二句"以山为喻，言世既与我相遗，惟敬亭山色，我不厌看，山亦爱我。夫青山漠漠无情，焉知憎爱，而言不厌我者，乃太白（李白）愤世之深，愿遗世独立，索知音于无情之物也"。（近）刘永济《唐人绝句精华》评此诗"首二句独坐所见，三四句独坐所感。曰'两不厌'，便觉山亦有情，而太白之风神，有非尘俗所得知者，知者其山灵乎？"

火山

火山今始见，
突兀蒲昌东。

赤焰烧虏云，
炎氛蒸塞空。

0383　　岑参《经火山》

火山 > 即火焰山。在新疆吐鲁番盆地北部，
　　向东至鄯善县一带，气候炎热，山为
　　红砂岩构成，呈红色，故称。天宝八
　　年岑参以监察御史充安西判官，赴高
　　仙芝幕，经此。
突兀（wù）> 高耸貌。
蒲昌 > 唐县名，故址在今新疆鄯善县。
赤焰 > 赤色的火焰。
虏 > 虏地，此指西北边地。

今天我第一次见到火焰山，它高耸在蒲昌县之东。

火山一带，像通红的火焰烧灼着云霞，热气蒸腾在空中。

火山突兀赤亭口，
火山五月火云厚。
火云满山凝未开，
飞鸟千里不敢来。

赤亭 > 地名。其地即今新疆鄯善县东北之
　　七克台。为赴安西必经之路。
火云 > 在火山的红色映照和热气炙烤下好
　　像燃烧起来的云层。

0384　　岑参《火山云歌送别》

火山耸立在赤亭口一带，到了五月山上的火云更厚。

火云笼罩火山，常年不散，千里之外的鸟儿都不敢飞近。

（清）毛先舒《诗辩坻》："嘉州（岑参）《轮台》诸作，奇姿杰出，而
风骨浑劲，琢句用意，俱极精思，殆非子美（杜甫）、达夫（高适）所
及。"（清）杨逢春《唐诗绎》评"飞鸟"句"'飞鸟'七字，尤反托得惊

山
火山

心动魄，若云鸟犹如此，人何以堪也"。

虎熊麋猪逮猴猿，
水龙鼍龟鱼与鼋，
鸦鸱雕鹰雉鹄鹍，
燖炰煨燜孰飞奔。

0385　韩愈《陆浑山火和皇甫湜用其韵》

麋 > 鹿属。角像鹿，尾像驴，蹄像牛，颈
　　像骆驼，俗称四不像。

鼍（tuó）> 即扬子鳄。俗称猪婆龙。陆玑
　　《诗疏》："鼍形似蜥蜴，四足，长丈
　　馀……其皮坚厚，可以冒鼓。"

鼋（yuán）> 大鳖。俗称癞头鼋。

鸱（chī）> 猫头鹰的一种。

雕 > 一种猛禽。

雉（zhì）> 俗称野鸡。雄者羽色美丽，有
　　长尾。

鹄（hú）> 天鹅。

鹍（kūn）> 一种像天鹅的大鸟。

燖（xún）> 燂。烤烂。

炰（páo）> 烧烤。

煨（wēi）> 把生的食物放在带火的灰里
　　使烧熟。

燜（āo）> 埋在灰火中煨熟。

孰（shú）> 同熟。把食物加热到可以食用
　　的程度。

陆浑山的山火熊熊燃烧，山上的老虎、熊、麋鹿、野猪和猿猴，
水中的龙、鳄、龟、鱼和鳖，空中的乌鸦、猫头鹰、鹰隼、野鸡、天鹅，
无论天上飞的地上跑的，统统都被烧熟烤烂。

（宋）员兴宗《九华集》评此诗"变体奇涩之尤者，千古之绝唱也"。

（清）黄周星《唐诗快》评此四句"此俗语所云'一锅熟'也"；评此诗"此一陆浑山火，不过寻常野烧之类耳，初非若项王之焚咸阳、周郎之麋赤壁也。却说得天翻地覆，海立山飞，鬼哭神号，鸟惊兽散，直似开辟以来，乾坤第一场变异，令观者心荵魂悚，五色无主。总是胸中万卷，笔底千军，无端作怪，特借此发泄一番，煞是今古奇观，至于句法字法之妙，更不足言"。（清）顾嗣立《昌黎先生诗集注》朱彝尊评此诗"凿空硬造语，法本《骚》，然止是竞奇，无甚风致"。（清）查慎行《初白庵诗评》评此诗"此种格调，只应让先生独步，后人不能学，亦不必学也"。（清）吴震方《放胆诗》评此诗"韩诗……以《南山》《陆浑》为破鬼胆、穿月胁（穿透险奥的意境）矣"。（清）方世举《兰丛诗话》评此诗"以诗而言，亦游戏已甚矣，但艺苑中亦不可少此一种瑰宝"。（清）弘历《唐宋诗醇》评此诗"只是咏野烧耳，写得如此天动地煅，凭空结撰，心花怒生"。（近）程学恂《韩诗臆说》评此诗"《青龙寺》诗是小奇观，《陆浑火山》诗是大奇观"。

其

他

## 我爱铜官乐，
## 千年未拟还。
## 要须回舞袖，
## 拂尽五松山。

0386　李白《铜官山醉后绝句》*

铜官 > 铜官山。在今安徽南部铜陵市。陆游《入蜀记》："隔荻港，即铜陵界，远山崭然临大江者，即铜官山。"

要须 > 必定，总会。

拂 > 掠过，轻轻擦过。

五松山 > 在今安徽铜陵市东南。李白曾筑室居此。

我喜爱游赏铜官山的乐趣，即使居此千年，也不想离开。

山
其他

我定会尽情歌舞，用舞袖拂遍五松山的每一座山峰。

天门中断楚江开，
碧水东流至此回。
两岸青山相对出，
孤帆一片日边来。

天门 > 天门山。安徽当涂县西南二十里，
　二山夹长江对峙，东日博望山，西日
　梁山，相对如门，故名。
楚江 > 安徽古属楚国，故称流经这里的长
　江称楚江。

0387　李白《望天门山》*

天门山中断，长江涌来；江水东流，至此折而向北，激成巨大的回旋。

两岸青山夹江对峙，一片孤帆似从日边漂来。

（宋）严羽《评点李太白诗集》评此诗"自然清遒"。（明）李攀龙《唐
诗训解》评此诗"指点景物如画"。（明）胡应麟《诗薮》评此诗"读之
真有挥斥八极，凌属九霄意。贺监（贺知章）谓之谪仙，良不虚也"。
（明）周敬、周珽《删补唐诗选脉笺释会通评林》周敬评此诗"一幅画
景"。李梦阳评此诗"不必深求刻画，只就眼前实景，自道得好"。周
珽评此诗"以山相对，照应'中断'；以水流回，承应'江开'，意调出
自天然"。（清）黄生《唐诗评》评此诗"语无深意，写景逼真"。（清）
张揔《唐风采》评此诗"雄逸之气，直与山水俱为飞动"。（清）吴瑞荣
《唐诗笺要》评此诗"太白（李白）七绝中最胜之作"。（清）黄叔灿《唐
诗笺注》评此诗"此天然图画境界，正难有此大手笔写成"。（清）弘历
《唐宋诗醇》评此诗"对结另是一体。词调高华，言尽意不尽，不得以

半律议之"。胡应麟评此诗"此及'朝辞白帝'等作,俱极自然,洵属神品,足以擅扬一代"。(清)宋宗元《网师园唐诗笺》评此诗"绝好一幅粉本"。(清)卢麰、王溥《闻鹤轩初盛唐近体读本》评此诗"如无笔墨,而神气交足,第一名篇"。(近)俞陛云《诗境浅说续编》:"大江自岷山来,东趋荆楚,至天门稍折而北,山势中分,江流益纵,遥见一白帆痕,远在夕阳明处。此诗赋天门,宛然楚江风景,《下江陵》诗,宛然蜀江风景,能手固无浅语也。"

松浮欲尽不尽云,
江动将崩未崩石。
那知根无鬼神会,
已觉气与嵩华敌。

江 > 指阆江。为嘉陵江之阆州段。
根 > 山根,山脚下。
气 > 气象。
嵩华(huà) > 指中岳嵩山和西岳华山。
敌 > 匹敌。

0388 　杜甫《阆山歌》

阆州周围的山上,松间飘浮着欲尽不尽的白云,山下的阆江水,

冲激着江岸将崩未崩的岩石。

因为山多仙圣游迹,怎么知道山脚下没有神鬼之会?

但肯定的是,阆山的气象足与中岳嵩山、西岳华山相媲美。

(明)许学夷《诗源辩体》评前二句"奇警者也"。(明)王嗣奭《杜臆》评前二句"写景不着色相"。(明)钟惺、谭元春《唐诗归》钟评前二句"绝妙危语,为蜀山传神"。(清)李长祥、杨大鲲《杜诗编年》评前二

山

其他

句"变调落'云''石'字又险，难得如此自然"。(清)何焯《义门读书记》评前二句"景色无穷，缩作二句，奇绝"；评"已觉"句"'气'字虚活，作'势'即死，亦不复与上句相应矣"。(清)浦起龙《读杜心解》评此四句"'松云'写得缥缈，'江石'写得玲珑。'那知'其'无'，正见其有"。(清)弘历《唐宋诗醇》评此诗"著语奇秀，觉空翠扑人，冲襟（旷淡的胸怀）相照"。(清)赵翼《瓯北诗话》评后二句"独创句法，为前人所无"。(清)杨伦《杜诗镜铨》邵长蘅评前二句"奇句"。

奇峰一见惊魂魄，
意想洪炉始开辟。
疑是九龙夭矫欲攀天，
忽逢霹雳一声化为石。

洪炉＞大火炉。喻指天地，
　　生成万物的本源。
疑＞猜度。
夭矫＞屈伸貌。

0389　　刘禹锡《九华山歌》

看到九华山的奇峰，使人惊心动魄，

想象造物以无比巨大的火炉熔铸成此山。

又猜想是九条龙屈伸腾跃，正要飞上天，忽然被一声霹雳击中，

化为此山之石。

(清)黄周星《唐诗快》评此诗"（九华山）自太白（李白）改'九子'为'九华'，更加梦得（刘禹锡）一诗，至今薄海内外，无不知有九华矣。然蚩蚩之群，岂知山之奇秀哉?"(清)吴震方《放胆诗》评此诗"与《华山歌》各极其妙"。

珠树玲珑隔翠微，
病来方外事多违。
仙山不属分符客，
一任凌空锡杖飞。

0390　柳宗元《浩初上人见贻绝句
欲登仙人山因以酬之》*

珠树 > 树的美称。

翠微 > 指青翠掩映的山腰幽深处。

方外 > 世外。指僧道的生活环境。

仙山 > 此指仙人山。在柳州。

分符 > 《后汉书·宦者传序》："苴茅分虎。"
唐李贤注："封诸侯各以其方土色，苴
以白茅，而分铜虎符也。"汉封诸侯，
以分持铜制虎符为信，一半留朝中，一
半赐诸侯。后因用"分虎""分符"作
为封侯或委任地方长官的典故。时诗
人为柳州刺史，故云分符客。

锡杖 > 梵文之意译，又译作鸣杖。杖高与
眉齐，头有锡环，原为僧人乞食时，
振环作声，以代扣门兼防牛犬之用。
后称僧人云游为"飞锡""移锡"。这
里说浩初和尚。上人，谓心不散乱之
人。《释氏要览》称"内有德智，外有
胜行，在人之上，名上人"。南朝宋以
后，多用作对和尚的尊称。

仙人山上树木葱茏美好，但我因为生病，与世外的环境隔离已久。

仙人山不属于我们这些仕宦中人，而是高僧们尽情登攀游览的地方。

（明）李攀龙《唐诗训解》评"一任"句"收句健"。（明）凌宏宪《唐诗
广选》评此诗"用事用意俱佳"。（明）唐汝询《汇编唐诗十集》评此诗
"语峻调雄，有盛唐声"。（明）周敬、周珽《删补唐诗选脉笺释会通评
林》李梦阳评此诗"意深词足"。周珽评此诗"方外之交，任其自由自
在，局于方之内者，不无忻羡之思"。（清）徐增《而庵说唐诗》评此
诗"最得体"。（清）刘宏煦、李德举《唐诗真趣编》评此诗"奇幻之极，
却是一团真挚"。

山
其他

江北重峦积翠浓，
绮霞遥映碧芙蓉。
不知末后沧溟上，
减却瀛州第几峰？

江北 > 罗浮山在今广东东江北岸。
末后 > 后来，最后。
沧溟 > 大海。
瀛洲 > 传说中的海上仙山。见 0365。相
　　传罗山之西有浮山，为蓬莱之一阜，
　　浮海而至，与罗山并体，故曰罗浮。

0391　　张又新《罗浮山》*

东江北岸重峦积翠，在彩霞的映照下，

罗浮山像碧绿挺拔的荷花苞。

不知浮山从大海上漂来之后，海上仙山少了哪一座呢？

九华如剑插云霄，
青霭连空望欲迷
北截吴门疑地尽，
南连楚界觉天低。

九华 > 九华山。在安徽青阳县西南，因有
　　九峰，形似莲花，故名。与峨眉、五
　　台、普陀等合称中国佛教四大名山。
青霭 > 青色的雾气。
北截吴门 > 九华山地处古吴国边地，故云。
吴门 > 古吴县城（今苏州市）的别称。
疑 > 似，好像。

0392　　柴篑《望九华山》**

九华山像剑一样直插云霄，空中只见青色的雾气，看不分明。

向北阻挡了通往吴地之路，好像大地到此而尽；

向南连通了楚国的地界，一望无际。

（清）胡以梅《唐诗贯珠》评此四句"是'望'，语亦雄壮"。

龙池水蘸中秋月，
石路人攀上汉梯。
惆怅旧游无复到，
会须登此出尘泥。

龙池 > 代指九华山上的湖泊。
汉 > 银河。
无复 > 不再，不会再次。
会须 > 一定要。
尘泥 > 犹"尘世"。

0393　柴夔《望九华山》 接上

九华山上的湖水映出中秋的月色，

九华山的山路简直就是攀上银河的天梯。

我担心将来不会再有此一游了，这回一定要登着山路出离尘世。

风波不动影沉沉，
翠色全微碧色深。
应是水仙梳洗处，
一螺青黛镜中心。

水仙 > 传说中的水中神仙。
一螺青黛 > 形如青螺的发髻。喻君山。刘
　　禹锡《望洞庭》："遥望洞庭山水翠，
　　白银盘里一青螺。"

0394　雍陶《题君山》*

洞庭湖风平浪静，映出君山的倒影；

山
其他

在青翠湖水的映衬下，山的碧绿色显得更加浓郁。

那应该是水仙梳洗之处，明镜中照见一绺青螺髻。

（五代）何光远《鉴诫录》："刘尚书（刘禹锡）有《望洞庭》之句，雍使君陶有咏《君山》之诗，其如作者之才，往往暗合。刘《望洞庭》诗曰：'湖光秋月两相和，潭面无风镜未磨。遥望洞庭山水翠，白银盘里一青螺。'雍咏《君山》诗曰：'烟波不动影沉沉……'"

曾游方外见麻姑，
说道君山此本无。
云是昆仑山顶石，
海风吹落洞庭湖。

0395　程贺《题君山》*

方外 > 世外，此指仙境。

麻姑 > 神话中仙女名。晋·葛洪《神仙传》载，东汉桓帝时，麻姑曾应仙人王远（字方平）召，降于蔡经家，为一美丽女子，年十八九岁，手纤长似鸟爪。蔡经见之，心想："背大痒时，得此爪以爬背，当佳。"方平知经心中所念，使人鞭之，曰："麻姑，神人也，汝何思谓爪可以爬背耶？"麻姑自云："接侍以来，已见东海三为桑田。"

君山 > 一名湘山，位于湖南岳阳市西南洞庭湖口。《水经注·湘水》："湖（洞庭湖）中有君山……湘君之所游处，故日君山矣。"

我曾在仙境见到麻姑，听她说远古并没有此君山。

它原本是昆仑山顶上的一块石头，

被海风吹落到洞庭湖中。

（五代）何光远《鉴诫录》："程贺员外因咏君山得名，时人呼为'程君山'。"（近）刘永济《唐人绝句精华》评此诗"与《题宝林寺禅者壁》写山均设奇想，惟其如此，所以不及初、盛唐，不及王（维）、孟（浩然）、李（白）、杜（甫）。盖诸公皆兴发情至，与山水景物融会而出，晚唐诗人则不免用思虑经营，有时似精工胜于初、盛唐，而不及初、盛唐亦正在此"。

山

其他

地理

贰

0396
—
0526

江河

岸边、洲渚、石滩　　4　3　9

江
河

陇山飞落叶，
陇雁度寒天。
愁见三秋水，
分为两地泉。

0396　　沈佺期《陇头水》

陇山 > 六盘山南段的别称，又名陇坻、陇坂。《通典》："天水郡有大阪，名曰陇坻，亦曰陇山，即汉陇关也。……陇头又名陇首。东起陕西陇县，西北跨甘肃清水县，山高而长，其顶九回。"《水经注》引郭仲产《秦州记》："陇山东西百八十里，登山岭东望秦川四五百里，极目萧然。山东人行役，升此而顾瞻者，莫不悲思……山下有陇关，即大震关，为秦雍喉隘。"
三秋 > 即深秋。秋季的第三个月，即九月。

　　陇山落叶飘飞，大雁掠过寒天。征客深秋，
　　愁见陇水呜咽分流，各向东西。

（明）许学夷《诗源辩体》评此诗"体就浑圆，语就活泼，乃渐入化境矣"。（清）范大士《历代诗发》评此诗"何等风格"。（清）胡本渊《唐诗近体》评此诗"篇法一气相生"。

群峰悬中流，
石壁如瑶琼。
鱼龙隐苍翠，

瑶琼 > 泛指美玉。
清泠（líng）> 此指清凉寒冷的曲江水。

江河
江河

鸟兽游清泠。

0397　　　储光羲《同诸公秋霁曲江俯
　　　　　见南山》

俯视曲江，终南山群峰似乎悬在江流上，山之石壁如同晶莹的美玉。

鱼儿好像隐藏在苍翠的树木中，

而山中鸟兽则像游走在清凉寒冷的水里。

（明）钟惺、谭元春《唐诗归》钟评"群峰"句"'悬'字之妙，亲历
始知"。


人道横江好，
侬道横江恶。
一风三日吹倒山，
白浪高于瓦官阁。

横江 > 指横江浦与南岸采石矶相对的一段
　　江面，长江水因受天门山阻遏，由东
　　西流向改为南北流向，故称。
侬 > 我。《资治通鉴》胡三省注："吴人率
　　自称曰侬。"
瓦官阁 > 即瓦官寺，又名升元阁，梁代所
　　建，故址在今南京西南，高二十四丈。

0398　　　李白《横江词六首·一》*

他人都说横江好，我却说横江不好。

风一刮就是三天，猛烈得几乎能吹倒山；

江中白浪滔天，高过瓦官寺阁。

（宋）严羽《评点李太白诗集》评后二句"凡形摹语，无妨过言（过分夸大），不必如语实语"。（明）陆时雍《唐诗镜》评此诗"真是无不可诗，种种入妙"。（清）赵翼《瓯北诗话》评后二句"奇警极矣，而以挥洒出之，全不见其锤炼之迹"。

海潮南去过浔阳，
牛渚由来险马当。
横江欲渡风波恶，
一水牵愁万里长。

牛渚 > 山名，在安徽当涂县西北。山北即采石矶，突入江中，水流湍急。微风辄浪作，不可行。
马当 > 山名，在江西彭泽县东北，山象马形，横枕大江，是江行险要处。

0399　　李白《横江词六首·二》*

海潮冲入长江，涌向西南的浔阳，

采石矶的风浪向来就比马当山更险恶。

欲横渡长江，却遇到风浪；

江水牵动旅人的愁思，像滔滔万里的长江一样长。

荡漾空沙际，
虚明入远天。
秋光照不极，

沙际 > 沙洲或沙滩边。
虚明 > 空明。形容夕阳下的水光。

江河
江河

# 鸟色去无边。

不极 > 没有边际。
鸟色 > 犹鸟影。

0400　　　张籍《水》

江水在广阔的沙岸荡漾，空明澄澈，融入远天之中。

秋天的阳光也照不到它的尽头，

鸟儿映在水中，飞向无边的天际。

（明）徐用吾《精选唐诗分类评释绳尺》评此诗"词意深浓，亦善咏物"。（清）李怀民《重订中晚唐诗主客图》评"秋光"句"写秋光正是写水"；评"鸟影"句"写鸟影正是写水"；评此诗"状'远'字入骨"。

# 陇头水，
# 千古不堪闻。
# 生归苏属国，
# 死别李将军。
# 细响风凋草，
# 清哀雁落云。

陇头水 > 即陇水。甘肃东部的一条大河。《水经注》："渭水又东与新阳崖水合，即陇水也。东北出陇山，其水西流。"《陇头歌》："陇头流水，鸣声呜咽。遥望秦川，心肝断绝。"

苏属国 > 指苏武。苏武于汉武帝天汉元年出使匈奴，被扣留十九年，在北海牧羊，坚决不降，昭帝始元六年还。以强壮出，及还，须发尽白。归汉后仅封典属国（管理少数民族事务的官员，秩二千石）。

李将军 > 指李广。李广战功卓著，然不得封侯，其部下及士卒亦有封侯者。后出征时迷失道路，按律当受杖刑，李广不肯受辱，自刎而死。

0401　　　鲍溶《陇头水》*

陇水奔流，鸣声呜咽，千百年来，人们不忍听闻。

那凄凉的声音，使人想起了在北海牧羊十九年的苏武，

想起了有功无赏、最后自刎而死的李广。

在陇水悲哀的响声中，秋风使草木凋枯，大雁从云中飞过。

（元）辛文房《唐才子传》："（鲍溶）过陇头古天山大阪，泉水呜咽，分流四下，赋诗曰：'陇头水，千古不堪闻……'其警绝大概如此。"（清）陆次云《五朝诗善鸣集》评此诗"好章法，好铺叙，好渲染"。

日夜朝宗来万里，
共怜江水引蕃心。
若论巴峡愁人处，
猿比滩声是好音。

朝宗 >《尚书·禹贡》："江汉朝宗于海。"
怜 > 哀怜。
引蕃心 > 原题下注："来自蕃界。"蕃，指吐蕃。
巴峡 > 指长江三峡，其间多险滩。

0402　熊孺登《蜀江水》*

蜀江水日夜奔流，

万里奔向大海，

可叹那江水的源头靠近吐蕃之地。

如果说起长江三峡的让人愁苦之处，

那就是三峡的滩声比猿声更让人恐惧。

江河

江河

湖州安吉县，
门与白云齐。
禹力不到处，
河声流向西。

安吉县 > 在浙江西北部、西苕溪流域、邻接安徽。

禹力句 > 大禹治水，疏导江河之水皆自西向东，流入大海。董岭水自东向西，故曰"禹力不到"。

0403　　周朴《董岭水》

湖州的安吉县，县衙的大门竟在白云之间。

董岭或是大禹疏凿百川偶尔未到之处，

所以天下众水皆东，

董岭水的波涛却向西流去。

（明）钟惺、谭元春《唐诗归》钟评"禹力"句"五字胆到"；评"河声"句"尤妙在'声'字"。谭评"河声"句"理外至理"。（清）黄周星《唐诗快》评后二句"划然异境，忽若天开"。（清）吴乔《围炉诗话》评后二句"诚苦心奇句"。（清）黄生《唐诗矩》评此四句"本欲写董岭水，却先从'湖州安吉县'写起，以见因地高之故。此水西流，是当时禹迹偶然不到，未经疏凿以与众水俱东耳。此一小水，因其西流之异，不肯使之埋没，特地写得冠冕大样，遂与此诗俱传"。（清）沈德潜《唐诗别裁集》评后二句"服其用笔之老"。（清）陆次云《五朝诗善鸣集》评"河声"句"只一'西'字，使人脍炙千古"。（清）冒春荣《葚原诗说》评后二句"句法贵匀称，承上陡峭而来，宜缓脉赴之"。（清）顾安《唐律消夏录》评后二句"佳句"。（近）俞陛云《诗境浅说》评前二句"格高而句新，较'禹力'句为佳"。

江

峡

伏湍煦潜石，
瀑水生轮风。
流水无昼夜，
喷薄龙门中。

伏湍 > 水面下的急流。
煦 > 同昫，吹。《汉书·中山靖王传》："众
　　煦漂山。"颜师古注引应劭曰："煦，吹
　　煦也。"此指冲击。
轮风 > 旋风。
喷薄 > 激荡，涌出。

0404　　沈佺期《过蜀龙门》

四川巴县大江中的龙门峡，

江水至此，飞流湍急，冲击江石，喷薄激荡。

不分昼夜，咆哮着冲过龙门滩。

(明) 钟惺、谭元春《唐诗归》钟评"伏湍"句"一'煦'字写尽山水幽
晦，入妙"。谭评后二句"只十字尽峡岩之妙"。

暗谷疑风雨，
阴崖若鬼神。
月明三峡曙，
潮满九江春。

疑 > 疑似。
阴崖 > 背阴的山崖。
三峡 > 长江上游三条峡谷的合称。见0040。
九江 > 长江水系的九条江水。见0357。

0405　　张循之《巫山高》

江河

江峡

巫山峡谷疑似多有风雨，阴暗的山崖好像有鬼神生出。

月亮升起，三峡明亮如昼，春汛到来时江潮汹涌。

（唐）范摅《云溪友议》白居易评此诗"古今之绝唱也"。（宋）魏庆之《诗人玉屑》评后二句"精绝"。（明）许学夷《诗源辩体》评此诗"体皆整栗，语皆伟丽，其气象风格乃大备矣"。（明）钟惺、谭元春《唐诗归》谭评前二句"读此，真如入暗谷幽崖中，惕人心骨"。（明）周敬、周珽《删补唐诗选脉笺释会通评林》唐汝询评后二句"峡间尝昏，故见月疑晓；江寒则涸，故因潮而知春。盛唐格力"。（清）徐增《而庵说唐诗》评前二句"'暗谷'，谷之隐处，未尝有风雨，而疑其有风雨；'阴崖'，崖之背面，何尝有鬼神，而若有鬼神凭之。风雨言其凄迷，鬼神言其不测"。（清）佚名《唐诗选评》评后二句"上下夹写，涉想奇妙"。（清）王尧衢《唐诗合解笺注》评此诗"以奇、新状巫山之胜"。（清）王闿运《手批唐诗选》评此四句"不意三峡有此明秀之句"。

岩悬青壁断，
地险碧流通。
古木生云际，
孤帆出雾中。

岩悬 > 形容山岩陡峭。范云《巫山高》："岩悬兽无迹。"
碧流 > 指白帝城下瞿塘峡中的长江水。
古木二句 > 从谢朓《之宣城郡出新林浦向板桥》"天际识归舟，云中辨江树"化出。

0406　　　陈子昂《白帝城怀古》

舟行瞿塘峡，两岸悬崖陡峭，汹涌的江水冲过高峡险滩。

古老的树木生于云间峭壁，孤帆从江上雾气中现出。

（明）胡应麟《诗薮》评后二句"子昂'古木生云际，归帆出雾中'，即玄晖'天际识归舟，云中辨江树'（南朝齐·谢朓《之宣城郡出新林浦向板桥》）也……极精工"（明）陆时雍《唐诗镜》评后二句"景色写入霏微"。（明）周敬、周珽《删补唐诗选脉笺释会通评林》吴国伦评此诗"通篇语意温厚沉着"。陆时雍评此诗"古色苍茫，淡淡写意，其趣已足"。钟惺评后二句"深秀"。周珽评此四句"模写的（dì，确实）是实境语，画亦不能尽其妙"。（清）宋宗元《网师园唐诗笺》评后二句"写景雅健"。（清）卢麰、王溥《闻鹤轩初盛唐近体读本》评后二句"着'云际''雾中'，遂觉'古木''孤帆'迷离杳霭，成为极隽之联"。（清）王寿昌《小清华园诗谈》评前二句"韵之自然与句凑者"；评后二句"此等句当与日星河岳同垂不朽"。（今）李庆甲《瀛奎律髓汇评》无名氏评此诗"气格浑融，而才锋溢出，真奇作也"。

江如晓天静，
石似暮云张。
征帆一流览，
宛若巫山阳。

流览 > 周流观览。
巫山阳 > 巫山的南坡。巫山见 0377。宋玉《高唐赋》巫山神女云："妾在巫山之阳，高丘之阻，旦为朝云，暮为行雨，朝朝暮暮，阳台之下。"

0407　朱使欣《道峡似巫山》

江水静穆，如拂晓的天空；乱石嶙峋，如黄昏的积云。

舟行道峡中，举目四望，宛如巫峡的景象。

霜清百丈水，

江河

江峡

风落万重林。
夕鸟联归翼，
秋猿断去心。

去心 > 指离乡之心。开元十四年秋，张九龄奉命祭南海之事毕，离家北返。

0408　　张九龄《赴使泷峡》

舟行乐昌泷水峡谷，见两岸百丈瀑布透着秋天的清冷，

秋风摇落万山重林。

夕鸟归栖，比翼齐飞；猿声哀凄，徒伤我的离乡之心。

（清）谭宗《近体秋阳》评后二句"'归翼'以鸟言，'去心'以人言，六字工巧天然，至令人不觉主客对待之累，'联'字更奇俊"。（清）黄叔灿《唐诗笺注》评前二句"极写其幽深"。

晴江一女浣，
朝日众鸡鸣。
水国舟中市，
山桥树杪行。

浣 > 洗涤。
水国 > 犹水乡。
市 > 交易。
树杪（miǎo）> 树梢。

0409　　王维《晓行巴峡》

巴峡晴日江女浣纱，黎明雄鸡高唱。

近水之地，交易多在舟中；山峰起伏，路桥常在树梢。

（宋）刘辰翁《评王摩诘诗集》评前二句"自然好"。顾璘评此诗"不为甚巧"。（明）吴逸一《唐诗选》评此诗"无句不工，而通体清绝，洵不易得"。（明）唐汝询《汇编唐诗十集》评后二句"摹写峡景，移动不得"；评此诗"排律中警策者"。吴逸一评前二句"如画"。（明）周敬、周珽《删补唐诗选脉笺释会通评林》周敬评此诗"秀拔匀称"。徐中行评此诗"其言尽入妙境，可思而不可解"。（清）吴瑞荣《唐诗笺要》评后二句"曲尽景物之妙"。（清）卢麰、王溥《闻鹤轩初盛唐近体读本》评此四句"皆写叙眼前景物，语语作致，声调高卓，是最能手"。

巫山夹青天，
巴水流若兹。
巴水忽可尽，
青天无到时。

巫山 > 山名。见0377。
巴水句 > 巴水谓流经三峡之长江水。《三巴记》："阆、白二水合流，自汉中至始宁城下入涪陵，曲折三回，有如'巴'字，故曰巴江。"

0410　李白《上三峡》

　　巫峡两岸连山，略无缺处，仅露一线青天；
长江之水流经三峡，回曲三折。巴水或可流尽，青天却高不可及。

　　（宋）严羽《评点李太白诗集》评"巫山"句"（夹青天）三字形容已尽，设有惊奇之意，必繁衍作数十语矣"；评"巴水"句"亦谓水如'巴'字耳。只言'若兹'，更指点虚妙"。（明）钟惺、谭元春《唐诗归》钟评"巫山"句"写尽"；评此诗"声响似峡中谣"。谭评"巫山"句"谢

江河
江峡

诗'昼夜蔽日月'（南朝宋·谢灵运《登庐山绝顶望诸峤》）……终不若此不露出日月为妙"。

玉露凋伤枫树林，
巫山巫峡气萧森。
江间波浪兼天涌，
塞上风云接地阴。

0411　　杜甫《秋兴八首·一》

玉露 > 即秋露。
凋伤 > 此指草木枯萎。
巫山、巫峡 > 巫山，见0377。巫峡，见0085。
兼天 > 连天。
塞上 > 指夔州。

秋露使沿江的枫林凋零叶落，巫山巫峡的景象萧瑟阴森。

江上波浪滔天，巫山上阴云低沉。

（明）张綖《杜诗通》评此四句"景中含情"。（明）胡应麟《诗薮》评后二句"壮而典硕者"。（明）郭正域《批点杜工部七言律》评此诗"极力撰句，却自浑雄，不露纤巧态"。（明）许学夷《诗源辩体》评后二句"句法奇警而沉雄者"。（明）王嗣奭《杜臆》评此四句"起来发兴数语，便影时事，见丧乱凋残景象"。（明）周敬、周珽《删补唐诗选脉笺释会通评林》周甸评后二句"江涛在地而曰'兼天'，风云在天而曰'接地'，见汹涌阴晦，触目天地间，无不可感兴也"。屠隆评后二句"托意深远，如'江间''塞上'二语，不大悲壮乎？"（清）钱谦益《杜工部集笺注》评后二句"江间塞上，状其悲壮……江间汹涌，则上接风云；塞上阴森，则下连波浪，此所谓悲壮也"。（清）金圣叹《杜诗解》

评前二句"'露凋伤''气萧森'六字，写秋意满纸"；评此四句"谓玉树斯零，枫林叶映，虽志士之所增悲，亦幽人之所寄抱。奈何流滞巫山巫峡，而举目江间，但涌兼天之波浪；凝眸塞上，惟阴接地之风云。真为可痛可悲，使人心尽气绝"。（清）李长祥、杨大鲲《杜诗编年》评"江间"句"'兼天涌'奇甚，寻常忽过"。（清）佚名《杜诗言志》评"玉露"句"看他开口一句，将造物神奇一笔写出。大凡描绘物理，刻画者必失之尖小，博大者又易含糊。似此既极镵削，又极浑沦……真以化工之笔妙，写化工之神理"；评此四句"写得'秋'字如许壮阔"。（清）浦起龙《读杜心解》评此四句"首句拈'秋'，次句拍'夔'。江间、塞上，紧顶'夔'；浪涌、云阴，紧顶'秋'"。（清）黄叔灿《唐诗笺注》评前二句"陡然笔落，气象横空，着眼在'气萧森'三字"；评此四句"精雄博大，悲壮二字不足以尽之"。（清）方东树《昭昧詹言》评"玉露"句"下字密重，不单侧佻薄，可法，是宋人对治之药"。评后二句"沉雄壮阔"。（清）卢坤《五家评本杜工部集》王慎中评此四句"壮警特甚"。（清）刘濬《杜诗集评》吴农祥评后二句"极力形容萧森'兼天''接地'，不以此处示奇也"。李因笃评此诗"时地在目，景情相涌，不旁借一语，清雄圆健，更为杰出"。（近）吴闿生《古今诗范》评前二句"句句矜炼"。

巫峡见巴东，
迢迢出半空。
云藏神女馆，
雨到楚王宫。

0412　皇甫冉《巫山峡》**

巫峡 > 长江三峡之一。见 0085。
巴东 > 此指古巴东郡，东汉置，治所在鱼复（今四川奉节县）。
迢迢 > 遥远。
神女馆 > 指巫山神女庙，在巫山县东。习凿齿《襄阳耆旧传》："楚怀王游于高

江河
江峡

巫峡位于巴东郡，遥远地出现在半空之中。

云中隐藏着神女之馆，疏雨飘洒在楚王之宫。

（唐）高仲武《中兴间气集》评此诗"终篇奇丽。自晋、宋、齐、梁、陈、隋以来，采撷者无数，而补阙（皇甫冉）独获骊珠，使前贤失步，后辈却立，自非天假，何以逮斯"。（唐）范摅《云溪友议》白居易评此诗"古今之绝唱也"。（明）胡应麟《诗薮》评此诗"中唐'巫峡见巴东'第一"。（清）谭宗《近体秋阳》评后二句"以虚撼实，用假说真，（馆、宫）二字，绝不雕琢，而皆新异绝色"。（清）黄生《唐诗矩》评后二句"虽曰云云，其实楚王何在？神女何在？唯见泉声树色与猿啼聒耳而已。吊古之士，即当因此起悟，所谓神女，元属楚王痴梦所结，后人若复作此地有神女想，便是梦中梦、痴里痴也"。（清）屈复《唐诗合解》评后二句"'云''雨'时有，而'神女''楚宫'不见"；评此诗"颇能稳称"。（清）乔亿《大历诗略》评此诗"平正浑逸，无锻琢痕"。（今）李庆甲《瀛奎律髓汇评》冯班评后二句"妙"。何焯评后二句"就云雨上点化，正见事在有无疑信间，用意超妙"。

朝暮泉声落，
寒暄树色同。
清猿不可听，

寒暄 > 犹冬夏。
清猿句 >《水经注·江水二》："每至晴初霜

偏在九秋中。

且，林寒涧肃，常有高猿长啸，属引
凄异，空谷传响，哀转久绝。故渔者
歌曰：'巴东三峡巫峡长，猿鸣三声泪
沾裳。'"
偏 > 同遍。
九秋 > 深秋。

0413　皇甫冉《巫山峡》 接上

巫峡从早到晚，响着飞泉瀑布的声响，一年四季都树木苍翠。

只有凄清的猿声让人听了受不了，回荡在深秋时节的峡谷之中。

（明）胡应麟《诗薮》评此诗"《巫山高》唐人旧选四篇，当以皇甫冉为
最"。（清）沈德潜《唐诗别裁集》评此诗"终篇稳称，可继沈云卿（沈
佺期）作"。（清）陆次云《五朝诗善鸣集》评此诗"都是题中习见话，
不令人厌闻，何故？"（清）乔亿《大历诗略》评此诗"平正浑逸，无锻
琢痕。此种题六朝人最擅场，大历以前仿佛近之，后人难再措手矣"。
（今）李庆甲《瀛奎律髓汇评》方回评此诗"与杜审言、陈子昂诗法相
似"。何焯评此诗"停匀包括"。纪昀评此诗"此亦名篇"。

怒水忽中裂，
千寻堕幽泉。
环回势益急，
仰见团团天。

怒水 > 此指瞿塘峡的长江水。
中裂 > 瞿塘峡口有滟滪堆，其状如马，长
　　　江水在此劈开，故云。
千寻 > 代指长江水。古以八尺（或七尺）
　　　为一寻，千寻形容极长。
幽泉（yuān）> 指幽深的峡谷。王元启
　　　《读韩记疑》注："泉，读作渊。"
团团 > 旋转貌。

0414　韩愈《送灵师》

长江流至瞿塘峡口，滟滪堆把江水劈开；

江河

江峡

江水冲出峡口，跌入深谷。

水流湍急，奔腾回旋；仰面看天，只见天空也在旋转。

（清）黄周星《唐诗快》评此诗"此僧行径甚奇，诗却能一一写出"。

（清）顾嗣立《昌黎先生诗集注》何焯评此四句"造句警奇"；评此诗"见不独有才调，且兼胆勇"。

瞿唐天下险，
夜上信难哉！
岸似双屏合，
天如匹帛开。

0415　白居易《夜入瞿唐峡》**

瞿唐 > 即瞿塘峡。长江三峡之一，在今四川巫山、奉节两县之间。两岸如削，岩壁高耸，江面最窄处不及50米，大江在悬崖绝壁中呼啸奔腾，以险而闻名天下。因瞿塘峡地当川东门户，故又别称夔门。

信 > 确实，实在。

三峡中瞿塘峡之险，天下闻名；夜上瞿塘峡，实在是太危险了。

江峡两岸的高山，像两扇屏风即将合拢；

头顶的天空只有一匹白绸那样宽。

（清）黄叔灿《唐诗笺注》评"天如"句"即《水经注》所谓'连山绝涧，自非亭午夜分，不见日月'也"。

逆风惊浪起，

拔篞暗船来。
欲识愁多少，
高于滟滪堆。

0416　白居易《夜入瞿唐峡》　接上

篞 (niàn) > 竹索，亦称百丈，用以牵船的篾缆。

暗船 > 据《水经注》载，瞿塘峡滩上有神庙，相传不能惊动，过往船只甚至用布裹住篙足，以免发出声响，惊动神祇。

滟 (yàn) 滪 (yù) 堆 > 长江三峡著名的险滩，在瞿塘峡口，其状如马。秋冬水枯显露江心，长约 30 米，宽约 20 米，高约 40 米，横截江流。冬季因水位低，极易触礁，故有"滟滪大如象，瞿塘不可上"之说。夏季洪水暴发，滟滪堆大部浸入水下，行船如箭，分厘之差，就会船毁人亡，故曰"滟滪大如马，瞿塘不可下"。今已不存。

逆风劲吹，长江中涌起惊涛骇浪；

纤夫拉起纤绳，舟船在夜间默默前行。

要想知道我的愁苦有多少，真是比滟滪堆还要高啊！

(宋) 王楙《野客丛书》："《后山诗话》载王平甫（王安国）子游，谓秦少游（秦观）'愁如海'之句，出于江南李后主'问君还有几多愁，恰似一江春水向东流'（李煜《虞美人》词）之意。仆谓李后主之意又有所自。乐天诗曰：'欲识愁多少，高于滟塘峡。'（白居易《夜入瞿塘峡》）刘禹锡诗曰：'蜀江春水拍山流，水流无限似侬愁。'（《竹枝词》）得非祖此乎？"

缨带流尘发半霜，

江河

江峡

独寻残月下沧浪。
一声溪鸟暗云散，
万片野花流水香。

0417　　许浑《沧浪峡》

缨 > 系冠的带子。缨带暗指仕宦。
下沧浪 > 沧浪，古水名。屈原《渔父》：屈原既放，游于江潭。渔父见而问之。"渔父曰：'……众人皆醉，何不餔其糟而歠其醨？何故深思高举，自令放为？'屈原曰：'吾闻之，新沐者必弹冠，新浴者必振衣，安能以身之察察，受物之汶汶者乎？宁赴湘流，葬于江鱼之腹中，安能以皓皓之白，而蒙世俗之尘埃乎？'渔父莞尔而笑，鼓枻而去，乃歌曰：'沧浪之水清兮，可以濯吾缨，沧浪之水浊兮，可以濯吾足。'遂去不复与言。"后以"沧浪"用作归隐江湖之典。
带 > 含有，带有。
流尘 > 飞扬的尘土。

帽子上满是尘土，头发已经半白；

在一弯残月的映照下，独自归向沧浪峡。

随着清晨一声溪鸟啼鸣，阴云消散；

片片野花飘落江中，使流水都变得芳香。

（清）金圣叹《批唐才子诗》评此四句"一，可谓本利已失；二，可谓赖复有此。若三四之一声溪鸟、万片花香，则譬如恶梦斗醒，揩眼叩齿，咒'乾，元亨利贞'时也。千古万古后，何人解官日，胸前眼前，无此妙诗"。（清）田雯《古欢堂集杂著》评后二句"拗字声律极自然可爱"。（清）陆次云《五朝诗善鸣集》评此诗"行云流水之言，何尝有意对偶"。（清）赵臣瑗《山满楼笺注唐诗七言律》评后二句"谓是写峡中晓景乎？却是写下峡之人对此不觉心旷而神怡也"。

江
上

天晴上初日，
春水送孤舟。
山远疑无树，
潮平似不流。

初日 > 刚升起的太阳。
疑 > 似。

0418　韦承庆《凌朝浮江旅思》

天气晴朗，旭日东升，一江春水伴送着孤舟。

青山遥远，似乎无树；春江潮平，如同不流。

（宋）魏庆之《诗人玉屑》评后二句"入画"。（明）凌宏宪《唐诗广选》评"潮平"句"老杜有'江平不肯流'本此，然此自胜"。（明）钟惺、谭元春《唐诗归》钟评后二句"空静秀整，初唐至此，另开一境"。（明）周敬、周珽《删补唐诗选脉笺释会通评林》蒋一梅评此诗"刻画"。周启琦评此诗"通篇神完气足，妙合处有不知所以然而然者"。程元初评后二句"摹写景象入画"。（清）谭宗《近体秋阳》评前二句"非由琢炼来，所不易得，虽谢灵运西堂梦返有此景兴，无此期度"。（清）沈德潜《唐诗别裁集》评后二句"眼前真景，可悟画理"。（清）范大士《历代诗发》评后二句"超逸"。（清）吴瑞荣《唐诗笺要》评"山远"句"中唐间亦能为之，无其淡永"。（清）黄叔灿《唐诗笺注》评后二句"眼前景，无人道得，真名句也"。（清）宋宗元《网师园唐诗笺》评后二句"画工，化工"。（清）梅成栋《精选五七言律耐吟集》评此诗"八句俱偶，而无板实之病，神致淡逸之故耳"。（清）俞陛云《诗境浅说》

评后二句"写江天之景。上句言在江干空阔处，临江丛树，远望仅一线绿痕，如浮天际，几等于无……下句言水皆顺流入海，惟海潮涨时，上游之水，为潮所敌，故凝然似不流也"。

山暝闻猿愁，
沧江急夜流。
风鸣两岸叶，
月照一孤舟。

沧江 > 暗绿色的江水。指桐庐江，浙江支流。

0419　　孟浩然《宿桐庐江寄广陵旧游》

暮色昏暗中听到猿声哀鸣，夜间听到沧江湍急奔流。

风吹两岸树叶作响，明月照亮一叶孤舟。

（宋）刘辰翁《评孟浩然诗集》评"月照"句"'一孤'自似病，天趣自得"。（明）顾璘《唐音评注》评后二句"不堪萧瑟"。（明）钟惺、谭元春《唐诗归》钟评后二句"偶尔佳语，中晚人受用不尽"。（明）陆时雍《唐诗镜》评后二句"意象逼削"。（清）沈德潜《唐诗别裁集》评此诗"孟公诗高于起调，故清而不寒"。（清）孙洙《唐诗三百首》评此四句"二十字可作十五六层，而一气贯注，无斧凿痕迹"。（清）黄叔灿《唐诗笺注》评此四句"写夜境幽淡，读之亦觉孤寂"。（清）杨逢春《唐诗绎》评前二句"写桐庐江将宿时之景，而全神已摄"。（清）朱庭珍《筱园诗话》评前二句"高格响调，起句之极有力、最得势者，可为后学法式"。（清）王寿昌《小清华园诗谈》评前二句"遒迈"。（近）王文濡

《唐诗评注读本》评此诗"孤舟夜泊，风景寂寥，因客愁艰难，而忆旧游，是于无聊中作情话也"。(近) 高步瀛《唐宋诗举要》评前二句"健举，工于发端"；评后二句"旅况寥落，情景如绘"。

林开扬子驿，
山出润州城。
海尽边阴静，
江寒朔吹生。

0420　丁仙芝《渡扬子江》

扬子驿 > 即扬子津，在今江苏仪征东南。当时为长江北岸重要渡口，与京口（镇江）隔江相对。
润州 > 今江苏镇江市。
边阴 > 此指海面上的雾气。
朔吹 > 指北风。

船行扬子江中流，北见树林之间的扬子驿，
南望青山之下的镇江城，都历历在目。
江流赴海，远望海上雾气沉沉；江上秋深，北风吹来，瑟瑟生寒。

(明) 叶羲昂《唐诗直解》钟惺评此诗"简净平雅"。(明) 周敬、周珽《删补唐诗选脉笺释会通评林》徐中行评此诗"平淡不流于浅俗"。蒋一梅评此诗"只叙景而情在其中"。(清) 屈复《唐诗合解》评此四句"两句远景，两句水景。中四暗含东西南北，读者不觉"。(清) 范大士《历代诗发》评此四句"京江形胜，宛如目覩 (dí，见)"。

际海蒹葭色，

江河
江上

终朝凫雁声。
近山犹仿佛，
远水忽微明。

际海 > 与海相接。
蒹 (jiān) 葭 (jiā) > 芦苇。见 0131。

0421　颜真卿《登平望桥下作》

从平望桥望去，直到海边，

都是芦苇的青碧之色，野鸭和大雁的叫声终日不绝于耳。

近处的山峦隐约可辨，远处的江水闪着微光。


澄江平少岸，
幽树晚多花。
细雨鱼儿出，
微风燕子斜。

澄江 > 江水澄澈。此指锦江。
少岸 > 江涨水阔，几与岸平，故曰"少岸"。

0422　杜甫《水槛遣心二首·一》

澄澈的锦江水涨时漫平了两岸，幽深的树木晚来繁花盛开。

细雨迷蒙中鱼儿在水面游动，微风中燕子轻捷地上下翻飞。


（宋）叶梦得《石林诗话》："诗语固忌用巧太过，然缘情体物，自有天然工妙，虽巧而不见刻削之痕。老杜'细雨鱼儿出，微风燕子斜'，此十字，殆无一字虚设。雨细着水面为沤，鱼常上浮而淰，若大雨则伏而不出矣。燕体轻弱,风猛则不能胜,惟微风乃受以为势,故又有'轻燕受风斜'(杜甫《春归》)之语。……然读之浑然,全似未尝用力,此所以不碍其气格超胜。"(元)赵汸《杜律五言注》评此诗"八句皆言景,每句中自有曲折"。(明)郝敬《批选杜工部诗》评前二句"风韵可人"。(清)金圣叹《杜诗解》评前二句"写出无町畦而有情致也";评后二句"细雨'出','出'字妙,所乐亦既无尽矣;微风'斜','斜'字妙,所苦亦复无多矣"。(清)顾宸《辟疆园杜诗注解》李瑢佩评前二句"少岸多花,亦属恒语,曰'平少岸',分明一望渺然,则澄江愈澄矣;曰'晚多花',如见夕阳掩映,则幽树愈幽矣。用字平易,只如不觉,若入晚唐,便添许多痕迹矣"。(清)张溍《杜诗注解》评后二句"'出'字从'细'字来,'斜'字从'微'字来。深悉物情,可谓化工之笔,又全不刻画"。(清)佚名《杜诗言志》评此四句"江平少岸,何宽广也!树晚多花,何幽秀也!鱼儿因细雨而出,燕子受微风而斜,悠然自得,无不可乐"。(清)张谦宜《茧斋诗谈》评此四句"此白描写生手"。(清)范廷谋《杜诗直解》评前二句"澄江以平而少岸,平则一望渺然,其澄愈见;幽树至晚而多花,花晚则夕阳掩映,其景更幽"。(清)范大士《历代诗发》评"微风"句"化工在手,如'轻燕受风斜'(杜甫《春归》)、'江泥轻燕斜'(杜甫《入乔口》),与此句为三绝矣"。(清)黄叔灿《唐诗笺注》评此四句"俱跟'眺望',然三联又从次联生出。细雨无波,鱼儿层出;微风轻拂,燕子飞斜。赋物既工,觉于澄江幽树中,更饶画趣"。(清)卢坤《五家评本杜工部集》王慎中评此四句"亦自可爱"。(清)刘濬《杜诗集评》李因笃评此诗"语语体勘入微,真无一字直写,然却自浑妙"。吴农祥评此诗"潇洒"。


# 正怜日破浪花出,
# 更复春从沙际归。

江河

江上

巴童荡桨欹侧过，
水鸡衔鱼来去飞。

怜 > 喜爱。
欹（qī）侧 > 倾斜。
水鸡 > 水鸟名。其状如雄鸡而尾短，好宿水田中，川人呼为水鸡公。

0423　　杜甫《阆水歌》

正喜红日从浪花中涌出，更爱春天从先绿的沙洲归来。

蜀中的孩子摇着桨从旁而过，水鸟衔鱼，在水面上来回飞翔。

（宋）刘辰翁《批点杜工部诗》评前二句"景少语长"。（明）王嗣奭《杜臆》评"正怜"句"江阔见日从江中起，故云'日破浪花出'"。（明）钟惺、谭元春《唐诗归》谭评此诗"选杜诗，最要存此等轻清淡泊之派，使人知老杜无所不有也"。（清）王夫之《唐诗评选》评此诗"恬雅。自不与夔州他作为类"。（清）浦起龙《读杜心解》评此四句"'日出''春归'，从生色处写。'巴童''水鸡'，又从点缀处写。都是烘染法"。（清）弘历《唐宋诗醇》评此诗"著语奇秀，觉空翠扑人，冲襟相照"。（清）杨伦《杜诗镜铨》邵长蘅评前二句"句秀"。刘辰翁评后二句"景少语长"。陈师道评此诗"词致峭丽，语脉新奇，句清而体好"。

江月去人只数尺，
风灯照夜欲三更。
沙头宿鹭联拳静，
船尾跳鱼拨剌鸣。

风灯 > 船桅上的挂灯，有罩能防风。
联拳 > 屈曲貌。
拨剌 > 鱼尾拨水声。

0424　　杜甫《漫成一绝》*

江月近人，似乎只有数尺；风灯照夜，已经快到三更。

沙滩上栖宿的鹭鸶蜷缩蹲立，十分安静；

船尾鱼儿跳起，拨水之声在夜间格外响亮。

（宋）罗大经《鹤林玉露》评"江月"句"孟浩然诗云：'江清月近人'（《宿建德江》），杜陵（杜甫）云：'江月去人只数尺'……浩然之句浑涵，子美（杜甫）之句精工"。（宋）魏庆之《诗人玉屑》评后二句"眼（第五字）用响字"。（明）钟惺、谭元春《唐诗归》钟评"江月"句"好景"。（清）施闰章《蠖斋诗话》评"江月"句"尤趣，不容更着一语"。（清）张溍《杜诗注解》评后二句"'联拳''泼剌'，各尽物态"。（清）仇兆鳌《杜诗详注》评此诗"四句皆舟中夜景，各就一远一近说"。（清）浦起龙《读杜心解》评此诗"夜泊之景，画不能到"；评前二句"月映江而觉近，故可尺量；灯飐风而渐昏，故知更次"。（清）卢坤《五家评本杜工部集》邵长蘅评此诗"写景自佳"。（清）刘浚《杜诗集评》李因笃评此诗"公本色语，却流丽动人"。

百丈牵江色，
孤舟泛日斜。
兴来犹杖屦，
目断更云沙。

百丈 > 指牵引舟船所用的缆。
杖屦（jù）> 手杖与鞋。此指拄杖行走。屦，用麻葛等物制成的鞋。

0425　　杜甫《祠南夕望》

湘江上百丈缆绳似乎牵来夕阳的红色，

江河

江上

一叶孤舟在夕阳映照下漂向天边。

心情好的时候还可以拄着拐杖行走，

放眼望去，只见到空中的白云和江边的沙岸迷茫。

（明）郝敬《批选杜工部诗》评"百丈"句"妙语"。（清）顾宸《辟疆园杜诗注解》评后二句"湘夫人古之伤心人也，神魂在烟水渺茫之间，自不禁极目迷离也"。（清）李长祥、杨大鲲《杜诗编年》评"百丈"句"'色'如何着得'牵'字？作诗偏在没道理处寻出道理，所以为妙"。（清）王夫之《唐诗评选》评"百丈"句"'牵江色'，一'色'字幻妙。然于理则幻，寓目则诚；苟无其诚，幻不足立也"。（清）纪容舒《杜律详解》评后二句"次联承次句，实写'望'字"。


楚江微雨里，
建业暮钟时。
漠漠帆来重，
冥冥鸟去迟。

0426　　韦应物《赋得暮雨送李胄》

楚江＞长江濡须口以上至三峡，古属楚地，故称"楚江"。
建业＞即今南京。战国时楚威王建金陵邑。秦曾改名秣陵。三国时吴迁都于此，改称建业。晋曾改称建康。南朝称金陵。为东吴、东晋、宋、齐、梁、陈六朝故都。
漠漠＞烟云弥漫貌。
冥冥＞指天空高远之处。

李胄前往的楚江方向笼罩在蒙蒙细雨里，

建业城中传来黄昏的钟声。

江上迷茫，湿帆沉重；天色昏暗，飞鸟徘徊。

（宋）曾季狸《艇斋诗话》评后二句"唐人诗用'迟'字皆得意……韦苏州（韦应物）《细雨》诗'漠漠帆来重，冥冥鸟去迟'亦佳句"。（宋）魏庆之《诗人玉屑》苏庠评后二句"余每读苏州'漠漠帆来重，冥冥鸟去迟'之语，未尝不茫然而思，喟然而叹。嗟乎，此余晚泊江西十年前梦耳"。（宋）刘辰翁《评韦苏州集》袁宏道评前二句"起甚佳"。（明）顾璘《唐音评注》评此诗"咏物更无如此篇"。（明）谢榛《四溟诗话》评后二句"梁简文曰：'湿花枝觉重，宿鸟羽飞迟。'（按萧纲《赋得入阶雨》原句为'渍花枝觉重，湿鸟羽飞迟'）韦苏州曰：'漠漠帆来重，冥冥鸟去迟。'……虽有所祖，然青愈于蓝矣"。（明）徐用吾《精选唐诗分类评释绳尺》评后二句"亦因时之所见以为言耳"。（明）周敬、周珽《删补唐诗选脉笺释会通评林》周珽评后二句"帆带雨觉重，鸟冒雨飞迟，雨中实景，用'漠漠''冥冥'四字，便见精神"。（清）李因培《唐诗观澜集》评此诗"冲淡夷犹（从容自得），读之令人神往"。（清）吴瑞荣《唐诗笺要》评此诗"通首无一语松放'暮雨'，此又以细切见精神者。苏州之不可方物（犹名状，形容描述）如此"。（清）宋宗元《网师园唐诗笺》评前二句"双起点题"。（清）杨逢春《唐诗绎》评后二句"句句写雨，句句含人，所谓言在彼而意在此者是也"。（近）俞陛云《诗境浅说》评后二句"言帆来鸟去，皆在雨中。以'重'字、'迟'字，状雨之沾湿。以'漠漠''冥冥'描写雨中虚神……所用叠字，精当不移"。（今）李庆甲《瀛奎律髓汇评》方回评后二句"绝妙，天下诵之"。查慎行评后二句"与老杜'湛湛长江去，冥冥细雨来'各极其妙"。纪昀评此诗"细净"。

古戍悬鱼网，
空林露鸟巢。

江河

江上

雪晴山脊见，
沙浅浪痕交。

古戍 > 古代的城堡、营垒。

0427　　章八元《新安江行》

船行新安江上，可见江边废弃的营垒中晾晒着渔网；

树叶落光，空荡荡的树林里露出鸟巢。

雪后天晴，山脊清晰；由于水浅，可见江底沙上交织的浪痕。

（唐）高仲武《中兴间气集》评后二句"此得江山之状貌极矣"。（明）胡震亨《唐音癸签》评后二句"得山水状貌"。（明）陆时雍《唐诗镜》评后二句"清出"。（清）谭宗《近体秋阳》评前二句"'悬'由'网'得，'露'从'空'来。'悬'字微而奇，'露'字显而老"。（清）姚鼐《五七言今体诗钞》评此四句"果为佳句"。

菱叶参差萍叶重，
新蒲半折夜来风。
江村水落平地出，
溪畔渔船青草中。

菱 > 一种水生草本植物。水上叶棱形，果实俗称菱角。
参差 > 不齐貌。
蒲 > 即香蒲。多年生草本植物。俗称蒲草，生长在水边或池沼内。
夜来 > 夜间。

0428　　王建《江陵道中》*

菱叶参差不齐，浮萍重重叠叠；

夜间吹起大风，新生的蒲草多半折断。

江水低落，露出江边的土地，江畔的渔船搁浅在青草丛中。

（近）刘永济《唐人绝句精华》评此诗"此两首（本诗与《雨过山村》）皆诗人就道路即目所见人物风俗，各以二十八字记之，遂觉千载犹新"。

泗水流急石纂纂，
鲤鱼上下红尾短。
春冰销散日华满，
行舟往来浮桥断。
城边鱼市人早行，
水烟漠漠多棹声。

泗水 > 古水名。源于今山东泗水县东，四源并发，故名。
纂（zuǎn）纂 > 集聚貌。
日华 > 太阳的光华，日光。
水烟 > 水面上的雾气。
漠漠 > 迷蒙貌。

0429　　张籍《泗水行》*

泗水流急，水中乱石攒聚；鲤鱼在水中跳跃，露出短短的红尾。

春天阳光普照，河冰消融；舟楫纷纷，浮桥被水冲断。

人们很早就来到城边的鱼市，河上雾气弥漫，只听到纷纷的桨橹之声。

（明）钟惺、谭元春《唐诗归》钟评此诗"静而淡"。谭评此诗"较他作调最古"。（清）王夫之《唐诗评选》评此诗"托胎歌谣，特以温茂（温和美善）自见"。

江河

江上

浩浩复汤汤，
滩声抑更扬。
奔流疑激电，
惊浪似浮霜。

复 > 同且。
汤（shāng）汤 > 水流盛大貌。《诗经·卫风·氓》："淇水汤汤，渐车帷裳。"
滩声 > 指龙宫滩的涛声。龙宫滩在广东阳山县阳溪上。
疑 > 似。
激电 > 闪电。

0430　韩愈《宿龙宫滩》

阳溪水浩浩荡荡，龙宫滩的涛声时起时伏。

溪水奔流，像闪电一样，涌起的浪涛像是堆堆霜雪。

（宋）蔡絛《西清诗话》黄庭坚评前二句"退之（韩愈）裁听水句尤工切，所谓'浩浩汤汤''抑更扬'者，非谪客里夜卧，饱闻此声，安能周旋妙处如此？"（明）周敬、周珽《删补唐诗选脉笺释会通评林》周珽评此四句"咏滩水之声势，摩拟极物态之尽"。（清）顾嗣立《昌黎先生诗集注》何焯评"滩声"句"佳在此句"。

芦苇晚风起，
秋江鳞甲生。
残霞忽变色，
游雁有馀声。

江 > 此指长江采石矶处的江面。采石矶在今安徽马鞍山市长江南岸，为牛渚山北部突入江中而成。陆游《入蜀记》："采石一名牛渚，与和州对岸，江面比瓜洲为狭，故隋韩擒虎平陈及本朝曹彬下南唐，皆自此渡。然微风辄浪作，不可行。"
馀 > 义同遗。

0431　刘禹锡《晚泊牛渚》

泊舟采石矶，晚风吹过长江边的芦苇，江面波纹犹如鳞甲之状。

天边的残霞改变了颜色，空中的大雁留下叫声飞远。

（元）方回《瀛奎律髓》评此诗"意尽晚景"。（今）李庆甲《瀛奎律髓汇评》纪昀评后二句"写晚景有神"。

江中绿雾起凉波，
天上叠巘红嵯峨。
水风浦云生老竹，
渚溟蒲帆如一幅。

0432　李贺《江南弄》

叠巘（yǎn）> 重叠的山峰。
嵯（cuó）峨 > 山高峻貌。
浦 >《广韵》:"《风土记》曰：大水有小口
　　别通曰浦。"水边，河岸。
渚 > 小洲，水中的小块陆地。
溟 > 幽深，迷茫。
蒲帆 > 用蒲草编织的帆。
一幅 >《国史补》:"舟船之盛，尽于江西，
　　编蒲为帆，大者或数十幅。"只见一幅，
　　言其小。

天色将晚，江上绿波升起雾气；

落日返照，空中红霞层层叠叠，有如山峰。

江上风云似从岸边竹林生出，

洲渚逐渐昏暗，远望船帆，星星点点，已不甚分明。

（明）黄淳耀《评点李长吉集》评"渚溟"句"因暝故如一幅"。黎简评此诗"极雕而佳"。（清）贺裳《载酒园诗话又编》评此四句"写景真是如画，何尝鬼语，亦何尝不佳？"

江河

江上

浩渺浸云根，
烟岚没远村。
鸟归沙有迹，
帆过浪无痕。

云根 > 山石。
烟岚 > 山林间蒸腾的雾气。

0433　　贾岛《登江亭晚望》

江面辽阔，茫无边际，

似乎要淹没山峦，

远处的村庄消失在蒸腾的雾气里。

鸟儿归林，沙岸上留下足迹；风帆驶过，江面上浪平无痕。

（元）方回《瀛奎律髓》评后二句"似熟套，在浪仙（贾岛）时初出，此句亦佳。后山（陈师道）仿之，则无味矣"。（清）李怀民《重订中晚唐诗主客图》评后二句"尤妙"。

云侵帆影尽，
风逼雁行斜。
返照开岚翠，
寒潮漾浦沙。

侵 > 侵袭，谓一物加一物上。此指遮盖、
　　挡住。
返照 > 夕照，傍晚的阳光。
岚翠 > 苍翠色的山间雾气。

0434　　马戴《江行留别》

帆船远去，云遮雾绕，渐渐吞没了帆影；秋风急劲，雁行斜飞。

夕阳的光辉驱散了山间的雾气，寒冷的江潮冲刷着岸边的沙滩。

(宋) 魏庆之《诗人玉屑》评后二句 "精绝"。(明) 陆时雍《唐诗镜》评此诗 "响句"。(清) 贺裳《载酒园诗话又编》评 "返照" 句 "(马戴) 诗唯写景为工，如 '反照开岚翠' ……皆佳句也"。(清) 黄叔灿《唐诗笺注》评此诗 "清绝。'侵' 字、'逼' 字、'开' 字、'漾' 字，皆刻意烹炼而出"。

万顷湖天碧，
一星飞鹭白。
此时放怀望，       浮客 > 水上漂泊的旅客。
不厌为浮客。

0435     皮日休《秋江晓望》*

万顷湖天，一片碧蓝；白鹭飞空，如流星划过。

此刻开怀远望，真甘愿永远做一个漂泊之人。

一望一苍然，
萧骚起暮天。

江河

江上

远山横落日，
归鸟度平川。

萧骚 > 形容风吹树木的声音。齐己《小松》："后夜萧骚动，空阶蟋蟀听。"

0436　　杜荀鹤《秋夜晚泊》

放眼望去，秋晚江畔的芦苇一片灰白色；

黄昏时分，风吹林响。远山横亘，残阳如血；宿鸟归飞，越过平川。

（今）李庆甲《瀛奎律髓汇评》方回评后二句"极宏阔，荀鹤诗所少也"。纪昀："较荀鹤他诗宏整。云'极宏阔'则太过。"查慎行评后二句"'横'字好，对少逊"。许印芳评此四句"颇有气格"。

轻帆数点千峰碧，
水接云山四望遥。
晴日海霞红蔼蔼，
晓天江树绿迢迢。

蔼蔼 > 云雾弥漫貌。
迢迢 > 遥远貌。

0437　　徐寅《回文诗二首·二》**

轻帆数点，千峰碧绿；水接云山，四望无际。

晴日海上红霞涌起，布满天空；

拂晓江边绿树如织，连接远天。

清波石眼泉当槛，

小径松门寺对桥。

明月钓舟渔浦远，

倾山雪浪暗随潮。

石眼 > 石上泉眼。

当 > 对。

槛（jiàn）> 栏杆。

松门 > 谓以松为门。

渔浦 > 垂钓或停靠渔舟的江岸水边。按：
　　　本诗属回文诗，倒读即可成另一首
　　　七律。

0438　　徐寅《回文诗二首·二》 接上

泉眼就在栏下，冒出汩汩清波；

佛寺前的小路以松为门，正对着溪桥。

明月下钓舟远离渔浦，如山的雪浪暗随潮水涌来。

长

江

才入维扬郡，

乡关此路遥。

林藏初过雨，

风退欲归潮。

才入 > 犹一入。才，开始。

维扬 > 扬州的别称。治所在江都（今江苏
　　　扬州）。

乡关 > 故乡。

0439　　祖咏《泊扬子津》

一进入扬州地界，离家乡从此就更远。

扬子津畔，林藏初过之骤雨，风送欲退之江潮。

江河

长江

（明）钟惺、谭元春《唐诗归》钟评后二句"'藏'字微矣，说'初过雨'尤妙"。谭评后二句"二句皆妙，出尤胜"。（明）周敬、周珽《删补唐诗选脉笺释会通评林》周珽评后二句"风生潮涨，潮落风微，势原递相鼓动，用'欲归'二字，多少神思"。（清）宋宗元《近体秋阳》评后二句"广陵真境"。（清）黄生《唐诗矩》评此四句"回顾乡关，真是日望日远，无限悲酸，俱在言外"。（清）何焯《唐三体诗评》评前二句"妙在发端'才入'字、'遥'字，便已见更不容于淹泊（滞留）也"。（清）贺贻孙《诗筏》评后二句"此等语置之摩诘（王维）、襄阳（孟浩然）集中，殆不能复辨"。（清）屈复《唐诗合解》评后二句"三妙在'藏'字，四妙在'欲'字；雨惟'初过'，林乃能藏，潮非'欲归'，风不能退"。（清）宋宗元《网师园唐诗笺》评后二句"语妙"。（清）王寿昌《小清华园诗谈》评后二句"诗之天然成韵者"。（近）邹弢《精选评注五朝诗学津梁》评后二句"'初霁'上用'藏'字，'欲归'上用'退'字，便觉句法一新"。（近）俞陛云《诗境浅说》评后二句"此类写景句，佳处在炼字。林中可藏雨，而初过之雨，馀湿尚留，则藏之可久。风力可退潮，而欲归之潮，涨势已衰，则退之尤易。非仅'藏''退'二字之确，且言之有故，作写景诗之炳烛也"。

登高壮观天地间，
大江茫茫去不还。
黄云万里动风色，
白波九道流雪山。

九道 > 长江至湖北、江西、九江一带有九条支流，因以九派称这一带的长江，也泛指长江。
雪山 > 喻指长江汹涌的浪涛。

登上庐山顶峰纵观天下，长江滚滚东流，一去不还。

黄云万里，风云变幻，长江的浪涛奔腾如雪山。

（清）黄周星《唐诗快》钟惺评此诗"读李白诗，当于雄快中察其静远精出处……如此等诗，则有雄快而无浅俗矣"。（清）孙洙《唐诗三百首辑评》桂天祥评此诗"开阖轶荡，冠绝古今。即使工部（杜甫）为之，未易及此"。

风急天高猿啸哀，
渚清沙白鸟飞回。
无边落木萧萧下，
不尽长江滚滚来。

猿啸哀 > 巫峡多猿，鸣声甚哀。见 0413。
渚 > 水中小洲。
回 > 旋转，回旋。
落木 > 落叶。
萧萧 > 象声词。风吹叶动之声。《楚辞·九歌·山鬼》："风飒飒兮木萧萧。"

0441　　杜甫《登高》

西风强劲，秋空高远，猿声哀切；

江中小洲凄清，江岸沙碛雪白，鸥鸟在江上盘旋飞翔。

无边无际的树林落叶随风飘下，奔流不息的长江波涛滚滚而来。

（宋）范温《潜溪诗眼》评后二句"言秋景悲壮"。（宋）杨万里《诚斋诗话》评后二句"亦以'萧萧''滚滚'唤起精神"。（宋）刘克庄《后村诗话》评后二句"不用故事，自然高妙"。（宋）魏庆之《诗人玉屑》评

江河

长江

后二句"首（第一字）用虚字"。（明）高棅《唐诗品汇》刘辰翁评后二句"句自雄畅"。（明）卢世淮《杜诗胥钞》佚名评后二句"可想其流水行云之妙"。（明）杨慎《升庵诗话》评后二句："诗中叠字最难下，唯少陵（杜甫）用之独工……有用之下腰者，如……'无边落木萧萧下，不尽长江滚滚来'……是也。声谐义合，句句带仙灵之气，真不可及矣。"（明）胡应麟《诗薮》评前二句"对起……实为妙绝"；评后二句"句中化境也"。（明）郝敬《批选杜工部诗》评此诗"壮浪磊落，老杜本色。或谓其起（前二句）、结太肥，节促响急，然其遣兴得意正在此，若以恬淡冲夷（淡泊平和）求之，则左矣。读子美（杜甫）诗，当令着眼"。（明）许学夷《诗源辩体》评后二句"声气自然而沉雄者"。（明）陆时雍《唐诗镜》评后二句"是愁绪语"。（明）周敬、周珽《删补唐诗选脉笺释会通评林》吴逸一评后二句"势若大海奔涛，四叠字振起之"。（清）钱谦益《杜工部集笺注》俞玚评此四句"一气直下，皆登高所见"。（清）顾宸《辟疆园杜诗注解》评后二句"'萧萧下''滚滚来'，其旨趣全在'无边''不尽'四字中。止言落木，犹易形容其下之声，曰'无边落木'，则非'萧萧下'不足以肖其声；止言长江，犹易摹其来之势，曰'不尽长江'，则非'滚滚来'不足以状其势"。（清）张溍《杜诗注解》评后二句"秋景之大者"。（清）张揔《唐风采》蒋一葵评前二句"虽起联而句中各自对"；评"无边"句"写声，应'风急天高'"；评"不尽"句"写势，应'渚清沙白'"。（清）王士祯《带经堂诗话》评后二句"七言律有以叠字益见悲壮者，如杜子美'无边落木……'是也"。（清）张谦宜《茧斋诗谈》评此诗"雄健严肃，七律第一格"。（清）查慎行《初白庵诗评》评此四句"写景何等魄力"。（清）弘历《唐宋诗醇》评此诗"气象高浑，有如巫峡千寻走云连风，诚为七律中稀有之作"。（清）沈德潜《唐诗别裁集》评此诗"八句皆对"；评前二句"对举之中仍复用韵，格奇而变"。（清）管世铭《读雪山房唐诗序例》评后二句"七言用叠字近凑，独工部（杜甫）'无边落木萧萧下，不尽长江滚滚来'……转就叠字生色"。（清）黄叔灿《唐诗笺注》评后二句"着

'无边''不尽'四字，悲壮中更极阔大"。（清）李锳《诗法易简录》评此四句"凭空写景，突然而起，层叠而下，势如黄河之水天上来，澎湃潆回，不可端倪"。（清）胡以梅《唐诗贯珠》评此诗"浑厚悲壮，大家数……江山境界，能助诗神"；评"风急"句"'风急天高'，极得登高之神情"。（清）宋宗元《网师园唐诗笺》评此诗"八句皆对，而一气贯串，全以神行"。（清）卢麰、王溥《闻鹤轩初盛唐近体读本》评后二句"'萧萧''滚滚'，写景已极生动，复着'无边''不尽'四字，更觉弥天塞地，满目苍凉，真是入神入化之笔"。（清）杨伦《杜诗镜铨》评此诗"高浑一气，古今独步，当为杜集七言律诗第一"。（清）卢坤《五家评本杜工部集》邵长蘅评此四句"高浑，妙在一气"；宋荦评此诗"正当好诗，千回讽之不厌"。（清）刘濬《杜诗集评》李因笃评后二句"用虚字，愈增其劲，真是笔力过人"；评此诗"高调古质，足冠正声"。（清）潘德舆《养一斋诗话》评此诗"（七言律）必取压卷，惟老杜'风急天高'一篇，气体浑雄，剪裁老到，此为弁冕（居首）无疑耳"。（清）黄培芳《香石诗话》评此四句"七律有三顿句法，又有加倍写法。三顿如老杜'风急天高猿啸哀'二句是也；倍写如'无边落木'一联是也。'落木''长江'，既以'萧萧''滚滚'形之矣，更加'无边''不尽'于上，非加倍写法乎？"（清）施补华《岘佣说诗》评后二句"有疏宕之气"。（近）吴闿生《古今诗范》评此诗"大气盘旋"。


三千三百西江水，
自古如今要路津。
月夜歌谣有渔父，
风天气色属商人。

西江 > 唐人多称长江中下游为西江。长庆四年，刘禹锡自夔州迁和州刺史，沿长江东下。乐府《懊侬歌》："江陵去扬州，三千三百里。"

要路津 > 交通要道。

0442　　刘禹锡《自江陵沿流道中》

江河

长江

自江陵沿江东下，西江有三千三百里，自古以来长江都是通航的要道。

月光下渔夫唱起渔歌，江山胜景，为往来江上的商人所览赏。

（元）范梈《诗学禁脔》评前二句"以古今言之，有感慨奋厉之意"；评此诗"全篇旨趣如行云流水"。（今）李庆甲《瀛奎律髓汇评》查慎行评"风天"句"'气色'两字下得壮健"。何焯评此诗"笔力千钧"。纪昀评前二句"入手陡健"；评后二句"言闲适自如则有渔父，迅利来往则有商人，言外寓不闲居又不得志之感"。许印芳："此评亦妙，全从言外悟出，与他人就诗论诗、死于句下者迥然不同。"

黄
河

回瞰黄河上，
惝恍屡飞魂。
鸿流遵积石，
惊浪下龙门。

0443　刘孝孙《早发成皋望河》

惝（tǎng）恍 > 心神不安貌。
飞魂 > 形容惊恐之状。
鸿 > 通洪。
遵 > 循，绕。
积石 > 山名。在甘肃临夏市北。《尚书·禹贡》："导河积石，至于龙门。"
龙门 > 亦名禹门，在陕西韩城市与山西河津市之间。传说为大禹开凿，是秦晋交通要道。黄河至此，两岸峭壁对峙，形如门阙。《尚书·禹贡》："导河积石，至于龙门。"

回看黄河，惊心动魄，神飞目眩。

黄河激流冲过积石山，惊涛骇浪便直扑龙门。

（明）周敬、周珽《删补唐诗选脉笺释会通评林》程元初评此诗"望河流而怀古，叹逝者之无穷……辞致多风雅纯正，一洗绮罗旧习矣"。

峰开华岳耸疑莲，
水激龙门急如箭。

0444　骆宾王《畴昔篇》　全 0282

华岳 > 华山。五岳之一，世称西岳。在陕西华阴市南。

耸疑莲 >《初学记》载，华山山顶有池，生千叶莲花，服之羽化，因名华山。又华山有莲花峰，峰顶翠云宫前有巨石状如莲花，故名。疑，似。

急如箭 >《慎子》:"河下龙门，流驶竹箭。"

西入长安，途中见华山巍峨，

莲峰高耸，黄河飞湍如箭，撞击龙门山。

泛舟大河里，
积水穷天涯。
天波忽开拆，
郡邑千万家。

0445　王维《渡河到清河作》

大河 > 指黄河。

积水 > 指江河、湖海等。这里指黄河之水。

天波 > 形容水势浩瀚的大河，此指黄河。

开拆 > 裂开。此指水面忽然开阔。

郡邑 > 陈铁民谓指博州治所聊城县。从作者任职的济州，渡河到贝州治所清河县，先抵聊城。

在黄河上行船，茫茫大水无边无际，涌向天边。

在水天开阔的地方，

忽然出现人烟稠密的郡邑。

江河

黄河

黄河西来决昆仑，
咆哮万里触龙门。

0446　李白《公无渡河》

昆仑 > 山名。在新疆、西藏之间，西接帕米尔高原，东延入青海境内，是黄河的发源地。《尔雅》："河出昆仑虚。"
龙门 > 亦名禹门。见 0443。

黄河冲决昆仑山，自西向东，咆哮万里，冲向龙门。

（宋）严羽《评点李太白诗集》评此二句"有声有势"。（明）胡震亨《李杜诗通》评此诗"词气太逸，自是太白（李白）语"。

西岳峥嵘何壮哉，
黄河如丝天际来。
黄河万里触山动，
盘涡毂转秦地雷。

0447　李白《西岳云台歌送丹丘子》

西岳 > 即华山。见 0337。
峥嵘 > 山势高峻貌。
黄河句 > 五岳中西岳华山最高，南峰高达 2154.9 米。在山顶的西岳庙下望，黄河仅如一线，故称"黄河如丝"。
盘涡毂（gǔ）转（zhuàn）> 郭璞《江赋》："盘涡毂转，凌涛山颓。"张铣注："盘旋作深涡，如毂之转。"毂，车轮中心可穿车轴之处。

华山高峻雄伟，下望黄河如一线，从天际而来。

咆哮万里，撞击山崖，激荡回旋，

在秦地发出如雷的轰鸣。

（清）弘历《唐宋诗醇》评此诗"健笔凌云，一扫靡靡之调"。

荣光休气纷五彩，
千年一清圣人在。
巨灵咆哮擘两山，
洪波喷箭射东海。

荣光休气 > 五彩祥光云气。
纷 > 纷乱，盛多。
千年句 > 古人认为黄河清则圣人出。《拾遗记》："丹丘千年一烧，黄河千年一清，皆至圣之君以为大瑞。"
巨灵 > 河神。

0448　李白《西岳云台歌送丹丘子》
　　　全 0447

黄河上升起五彩祥光瑞气，河水千年一清，应是圣人出现。

河神巨灵咆哮着，将河西的华山与河东的首阳山擘分为二，

黄河喷射如箭，直扑东海。

（清）方东树《昭昧詹言》评此诗"发想超旷，落笔天纵，章法承接变化无端，不可以寻常胸臆摸测"。

夹水苍山路向东，
东南山豁大河通。
寒树依微远天外，
夕阳明灭乱流中。

路向东 > 大历四年秋，韦应物自长安经巩洛舟行入黄河，赴扬州，故曰路向东。
大河 > 指黄河。
依微 > 谓隐约可见。

0449　韦应物《自巩洛舟行入黄河即事寄府县僚友》

江河

黄河

两岸青山，洛水东流，

舟行至巩县洛口，山野忽然开阔，船便进入黄河。

遥远的天边隐约可见树木，

夕阳的馀晖倒映在黄河的激流中，明灭闪烁。


（明）凌宏宪《唐诗广选》评后二句"饶有幽致"。（明）周敬、周珽《删补唐诗选脉笺释会通评林》蒋一葵评此诗"潇洒，不乏法度"；评后二句"饶有幽致"。唐汝询评前二句"起有盛唐格"；评后二句"写景洪阔，未落中唐"。（明）邢昉《唐风定》评此诗"韦诗别有一种至处，真色外色、味外味也"。（清）金圣叹《批唐才子诗》评此四句"读一、二（前二句）如读《水经注》相似，便将自洛入河一路心眼都写出来。又如读《庄子》外篇《秋水》相似，便将出于涯涘，乃知尔丑，向不至于子之门，实见笑于大方之家一段惭愧快活，都写出来也。三、四'寒树''远天''夕阳''乱流'，言山豁河通后，有如许眼界也"。（清）屈复《唐诗合解》评前二句"高亮"；评后二句"写景颇称"。（清）沈德潜《唐诗别裁集》评后二句"'寒树'句画本，'夕阳'句画亦难到……山水云霞，皆成图绘，指点顾盼，自然得之，才是古人佳处"。（清）赵臣瑗《山满楼笺注唐诗七言律》评此四句"一写自巩县之洛水，迤逦而来，不知几许道路，但俯而观水，水则绿也，仰而观山，山则苍也，及志其所向之路，路皆东也，一何潇洒乃尔（如此）！二忽然向南，忽然山豁，忽然河通，遂换出一极苍茫浩荡之境界来，只此二语已不是寻常笔墨。三四但见远天之外有景依微，非寒树乎？乱流之中有光明灭，非夕阳乎？此真乍出口时光景，固不得写向后边也"。（清）吴昌祺《删订唐诗解》评后二句"'寒树'句可画，'夕阳'句非画所传矣"。（清）范大士《历代诗发》评此诗"潇洒之中，范围自在"。（清）李锳《诗法易简录》评后二句"写远景如画。因山豁而所见远也，紧承次句来"。(清)宋宗元《网师园唐诗笺》评后二句"写景出以自然,此为天籁"。(清)方东树《昭昧詹言》评后二句"写景如画"。(清)潘德舆《养一斋诗话》评后二句"假使陶元亮(陶渊明)执笔为七律,又何以过此"。(清)余成教《石园诗话》评后二句"有合于刘须溪(刘辰翁)所谓'诵一二语,高处有山泉极品之味'也"。(清)王寿昌《小清华园诗谈》评此诗"清和纯粹,可诵可法者"。(今)李庆甲《瀛奎律髓汇评》纪昀评后二句"名句,归愚(沈德潜)所谓上句画句,下句画亦画不出也"。


烟深载酒入,
但觉暮川虚。
映水见山火,
鸣榔闻夜渔。

虚 > 空无所有。
鸣榔 > 敲击船舷使发声。用以惊鱼,使入网中。

0450　　阎防《与永乐诸公夜泛黄河作》


水面上雾气浓重,

船上载了酒,泛舟黄河,暮色中只见河面空阔。

水中映出对岸山上的灯火,

听到敲击船舷的声响,是渔民在夜间捕鱼。


(明)钟惺、谭元春《唐诗归》谭评"烟深"句"幽";评"但觉"句

江河

黄河

"‘虚’字真"。(清) 范大士《历代诗发》评此诗 "世人诗每苦骨俗难医，亟宜醉心此种"。(清) 黄培芳《唐贤三昧集笺注》评此诗 "清旷"。

莫把阿胶向此倾，
此中天意固难明。
解通银汉应须曲，
才出昆仑便不清。

0451　　罗隐《黄河》

阿胶 > 用驴皮加水熬成的胶。佳者带琥珀色。沈括《梦溪笔谈·辩证》："(阿胶) 用搅浊水则清。" 庾信《哀江南赋》："阿胶不能止黄河之浊。"

此中句 > 天祐三年，朱温杀宰相裴枢等七人，株连贬死者数百人。奸臣李振进谗道："此辈自谓清流，宜投于黄河，永为浊流。" 此诗 "天意难明" 云云，应与此有关，为悲愤语。

银汉 > 银河、天河。

应须曲 > 杨泉《物理论》："(黄河) 百里一小曲，千里一大曲，一直一曲，九曲以达于海。"

昆仑 > 黄河发源于青海的巴颜喀拉山的昆仑山脉。

不要把阿胶倒在黄河里吧，黄河水的浑浊实是天意，难以说明。

黄河直通天河，河道必然曲折；

刚离开发源的昆仑山，河水就已经不清。

(清) 胡以梅《唐诗贯珠》评此诗 "初读似觉题大言小，然详绎深有味，盖对黄河而比世之昏浊耳"；"妙在句句切黄河，句句意在黄河之外……内外意皆足"。(今) 李庆甲《瀛奎律髓汇评》方回评此诗 "譬人心不可测者"。何焯评 "莫把" 句 "起处非人所能"；评后二句 "好讽刺"。纪昀评后二句 "语亦太激，然托于咏物，较胜质言"。

淮
河

湖中海气白，
城上楚云早。
鳞鳞鱼浦帆，
漭漭芦洲草。

湖 > 指洪泽湖。临淮城南濒洪泽湖。
海气 > 海面上或江面上的雾气。
鳞鳞 > 鳞集貌。
漭漭 > 水广大貌。

0452　　陶翰《早过临淮》

洪泽湖上涌起白色的雾气；

临淮城头飘过楚地的烟云。

水上是捕鱼船的点点白帆，岸边是大片大片的芦苇。

淮水东南阔，
无风渡亦难。
孤烟生乍直，
远树望多圆。

亦 > 犹。
乍、多 > 恰，适，正。

0453　　白居易《渡淮》

淮河地处东南，水面辽阔；即使没有风浪，渡河也很困难。

孤烟升起，恰如笔直；眺望天边，树冠正圆。

（今）李庆甲《瀛奎律髓汇评》方回评后二句"尖新"。纪昀评后二句"第三句（'孤烟'句）本右丞（王维）'大漠孤烟直'句，犹是恒语；四句乃是刻意造出"。

钱塘江

照日秋空迥，
浮天渤澥宽。
惊涛来似雪，
一坐凛生寒。

迥（jiǒng）＞高远。
渤澥（xiè）＞即渤海。《文选》李善注引应劭曰："渤澥，海别支也。"这里以钱塘江潮水，比渤海之广阔。
凛（lǐn）＞寒冷。

0454　孟浩然《与颜钱塘登樟亭望潮作》

登樟亭而远望钱塘江潮，潮水涛光与日光相辉映，

际天而来，像大海一样广阔壮观。

白浪滔天，惊涛似雪，令一座凛然生寒。

（明）胡震亨《唐音癸签》引《吟谱》评此诗"冲淡中有壮逸之气"。（清）卢麰、王溥《闻鹤轩初盛唐近体读本》评前二句"得登望远景，故'浮天'句不觉为枵（xiāo，空虚）"；评后二句"结更警拔，足令全

体俱灵"。

海神来过恶风回，
浪打天门石壁开。
浙江八月何如此，
涛似连山喷雪来。

海神 > 东海神女。《博物志》载，周武王梦
　　见东海神女西归时对他说："我行必
　　有大风雨。"后果有疾风暴雨。
天门 > 天门山。见 0387。
浙江 > 钱塘江。钱塘江每月望日有海潮，
　　夏历八月十六至十八前后大潮，更
　　为盛大。

0455　　李白《横江词六首·四》*

海神来过，狂风吹回，天门山犹如被江水劈开，隔江而对峙。

每年八月，钱塘江江潮盛大，似乎连山喷雪而来。

（明）陆时雍《唐诗镜》评此诗"真是无不可诗，种种入妙"。

涛来势转雄，
猎猎驾长风。
雷震云霓里，
山飞霜雪中。

转 > 更加。
猎猎 > 象声词。这里形容风声。
云霓 > 指云和虹。

0456　　宋昱《樟亭观涛》

钱塘江潮的气势变得越来越雄壮，猎猎长风伴随着江涛。

江河
钱塘江

发出隆隆巨响，好像是云间雷鸣；白涛喷涌，似乎雪山在飞动。

（明）钟惺、谭元春《唐诗归》钟评"山飞"句"五字至幻至奇，却妙在至切"。


曾过灵隐江边寺，
独宿东楼看海门。
潮色银河铺碧落，
日光金柱出红盆。

0457　杨巨源《送章孝标校书归杭州因寄白舍人》

灵隐 > 灵隐寺。亦名"云林禅寺"，我国佛教禅宗十刹之一。在浙江杭州西湖西北灵隐山。
海门 > 海口。内河通海之处。周密《武林旧事·观潮》："浙江之潮，天下之伟观也……方其远出海门，仅如银线；既而渐近，则玉城雪岭际天而来……"
碧落 > 道教语。天空，青天。
金柱 > 指太阳的光柱。

我曾经到过钱塘江边的灵隐寺，独宿在东楼上看海门的钱塘江潮。

大潮的景象像银河铺在天空，

太阳射出万道金光，一轮红日从海上涌出。

（明）廖文炳《唐诗鼓吹注解》评此四句"言杭之胜"。（清）金圣叹《批唐才子诗》评此四句"送人诗，此为最奇。看他更不作旗亭握别套语，却奋快笔，斗然直写自己当时亲自曾过其地，亲眼曾看其景，其奇奇妙妙，非世恒睹，有不可以言语形容也者。而今日校书别我归去，则正归到其处。真是令我身虽在此送君，心已先君到杭也"。（清）钱谦益、何焯《唐诗鼓吹评注》评"日光"句"日出海中，海水尽赤。望日光如金柱捧出红盆耳，此最模写妙处"。(清) 朱三锡《东岩草堂评订唐诗鼓吹》评此四句"写送人，绝无一语握别套话。竟自直写自己昔日曾过其寺，曾宿其地，看海门之潮色，望海门之日光。极写杭州景致，遂令所送之人异样出色"。

八月涛声吼地来，
头高数丈触山回。
须臾却入海门去，
卷起沙堆似雪堆。

八月涛声 > 指每年八月十六至十八日前后的钱塘江大潮。
海门 > 此指钱塘江入海处。见 0457。

0458    刘禹锡《浪淘沙九首·七》*

钱塘江秋潮带着动地的轰鸣，从海上奔腾而来，

浪头高达数丈，扑到堤岸上，激起冲天浪花。

转眼之间，咆哮而来的潮水又折向老盐仓的堤坝，

形成回头潮，卷起沙堆如同雪堆。

楼有樟亭号，
涛来自古今。
势连沧海阔，

樟亭 > 古地名。在浙江杭州市。为观潮胜地。李白《送王屋山人魏万还王屋》："挥手杭越间，樟亭望潮还。"

江河
钱塘江

色比白云深。

0459　　　姚合《杭州观潮》

登上樟亭的楼阁，观望钱塘江潮；

潮水千年万载，从古至今。

潮水的气势广阔，如同大海；颜色雪白，胜过白云。


夜雪未知东岸绿，
春风犹放半江晴。
谢公吟处依稀在，
千古无人继盛名。

东岸＞此指钱塘江东岸，即钱塘江南。
谢公＞指谢灵运。谢灵运十五岁之前曾寄
居杭州。传说后曾在灵隐山翻译佛教
经典，至今有"客儿（谢灵运小名）
亭"（在灵隐山北坞）、"翻经台"（在
灵隐山南坞）等古迹。

0460　　　方干《叙钱塘异胜》


杭州夜雪，却不知钱塘江南已绿；

春风吹拂，江上多半已放晴。

当年谢灵运吟咏之处依稀尚在，

可叹千古之下，没有人再拥有他那样的盛名。

（清）毛张健《唐体馀编》评前二句"分承起句寒、暖二景（按此诗首
句为'暖景融融寒景清'），真为隐秀"。

汉

江

东流既弥弥，
南纪信滔滔。
水激沉碑岸，
波骇弄珠皋。

0461　李百药《渡汉江》

弥弥 > 水深满貌。

南纪 > 指汉江。《诗经·小雅·四月》："滔
　　滔江汉，南国之纪。"

沉碑 >《晋书·杜预传》："（杜）预好为后
　　世名，常言'高岸为谷，深谷为陵'，
　　刻石为二碑，纪其勋绩，一沉万山之
　　下，一立岘山之上，曰：'焉知此后不
　　为陵乎？'"

弄珠皋 > 即汉皋。一名万山，在今湖北襄
　　阳市西北。《文选》李善注引《韩诗
　　外传》："郑交甫将南适楚，遵彼汉皋
　　台下，乃遇二女佩两珠，大如荆鸡之
　　卵。"张衡《南都赋》："耕父扬光于清
　　泠之渊，游女弄珠于汉皋之曲。"

　　汉江东流，水势浩大，波浪滔滔。

　　江水拍打着杜预沉碑之岸，惊涛奔腾在神女弄珠之浦。

楚塞三湘接，
荆门九派通。
江流天地外，
山色有无中。

楚塞 > 指襄阳一带的汉水。因其在楚之北
　　境，故称"楚塞"。

三湘 > 湘水的总称。见 0099。

荆门 > 山名。在今湖北宜都市西北，长江
　　南岸，与北岸虎牙山相对，为大江险

0462　　王维《汉江临泛》**

要之地。

九派 > 长江至湖北、江西、九江一带有九条支流，因以九派称这一带的长江。

江流 > 此合汉水、长江、湘水而言。

有无中 > 有无之间。

汉水在荆门山与长江汇合，南与三湘连接。

江水浩荡，似乎流向天地之外，

两岸青山起伏，在水光动荡、水气弥漫中时隐时现，若有若无。

（明）顾璘《唐音评注》评后二句"此等处本浑成，但难拟作，恐近浅率"。（明）王世贞《弇州山人稿》评后二句"是诗家极俊语，却入画三昧"。（明）胡应麟《诗薮》评此诗"绮丽精工，沈（佺期）、宋（之问）合调者也"。（明）许学夷《诗源辩体》评此诗"甚雄浑"。（明）钟惺、谭元春《唐诗归》钟评"江流"句"真境，说不得"。（明）唐汝询《唐诗解》评"山色"句"对巧"。（明）周敬、周珽《删补唐诗选脉笺释会通评林》吴逸一评前二句"起有注《水经》笔意"。魏庆之评后二句"轻重对法，意高则不觉"。周珽评前二句"起口便开广远大"。（清）张谦宜《茧斋诗谈》评后二句"学其气象之大"。（清）吴昌祺《删订唐诗解》评后二句"'天地外'，言若出于天地之外……以'有无'对'天地'，甚奇"。（清）范大士《历代诗发》评"山色"句"正见汉江浩荡，波光动摇，非写山也"。（清）吴瑞荣《唐诗笺要》评"江流"句"若云'江流天地内'，便笨拙无味"；评后二句"强对，令人忘其虚实"。（清）胡本渊《唐诗近体》评后二句"水势浩荡，山色微茫……三句雄阔，四句缥缈，此换笔之妙"。（清）梅成栋《精选五七言律耐吟集》评后二句"气象无边"。（清）余成教《石园诗话》评后二句"语语天成"。（清）林昌彝《海天琴思录》评后二句"以精警见"。（近）吴闿生《古今诗范》评

前二句"一起阔大"；评后二句"雄警"。（今）李庆甲《瀛奎律髓汇评》
方回评后二句"尤壮，足敌孟（浩然）、杜（甫）《岳阳》之作"；冯舒
评："澄之使清矣，'壮'字不足以尽之。"纪昀评后二句"好"。


郡邑浮前浦，
波澜动远空。
襄阳好风日，
留醉与山翁。

郡邑 > 府县。此指襄阳城。
山翁 > 晋代名士山涛第五子山简，曾任征
南将军，都督荆、湘、交、广四州。期
间"优游卒岁，唯酒是耽"，常去豪族
习氏家园池酣饮，每饮必醉。这里代
指襄阳的地方官。开元二十八年王维
以殿中侍御史知南选，经过襄阳。

0463　王维《汉江临泛》接上

远远望去，襄阳城似乎在汉水上起浮，远方的天空也随着波澜而动荡。

　　襄阳风光明丽，一定要留下来与郡守一醉方休。


（明）唐汝询《唐诗解》评前二句"上句较胜"。（清）屈复《唐诗合解》
评"襄阳"句"前六雄浩阔大，其难收拾，却以'好风日'三字结之，
笔力千钧"。（近）吴闿生《古今诗范》评此诗"雄伟有气力，学者宜从
此等入手"。（今）李庆甲《瀛奎律髓汇评》无名氏评此诗"壮句仍冲雅
（淡雅），见右丞（王维）本色"。


江水带冰绿，
桃花随雨飞。

江河

汉江

九歌有深意，
捐佩乃言归。

0464　　　储光羲《汉阳即事》

带 > 携带，夹带。
捐佩 > 抛弃玉佩。屈原《九歌·湘君》："捐
　　　余玦兮江中，遗余佩兮醴浦。"这里
　　　指抛弃伪职，回归长安。
言 > 语助词，无义。

汉江水绿，尚有浮冰流动，桃花的花瓣随雨飘飞。

我想起屈原《九歌》将玉佩抛入江中，亦将弃伪职而归。

（明）顾璘《唐音评注》评前二句"冉冉有情"。（明）钟惺、谭元春
《唐诗归》钟评前二句"鲜寒"。（明）周敬、周珽《删补唐诗选脉笺释
会通评林》唐汝询评前二句"作对工"。（明）邢昉《唐风定》评此诗
"秾华自然，温（庭筠）、李（商隐）辈梦不到此"。（清）王夫之《唐诗
评选》评此诗"明媚深妍，不入于淫"。（清）黄生《唐诗矩》评前二句
"不对而对"。

溶溶漾漾白鸥飞，
绿净春深好染衣。
南去北来人自老，
夕阳长送钓船归。

0465　　　杜牧《汉江》*

溶溶漾漾 > 水广大而波光闪动貌。
绿净 > 江水碧绿而澄净。
自 > 已。

汉江宽广，波光动荡闪耀，白鸥在飞翔；

春天的江水深碧澄净，似可用来染衣。

我奔走仕途，多次在汉江上往来，一事无成，人已变老，

多希望过上夕阳西下时乘小船钓鱼归来的那种生活。

（宋）杨万里《诚斋诗话》评此诗"四句皆好"。（明）顾璘《唐音评注》评此诗"晚唐用字虽浓丽，不甚温厚，唯杜牧之（杜牧）似优柔，此作是也"。（明）周敬、周珽《删补唐诗选脉笺释会通评林》刘辰翁评前二句"来得慷慨"。徐充评"南来"句"'人自老'三字最为感切。钓船常在，而南去北来之人，为利为名，则无定踪，皆汩没于此，真可叹也"。

渭水

清渭无情极，

愁时独向东。

清渭 > 即渭水。由秦州而东流长安。
无情 > 乾元二年杜甫从华州西行至秦州，
　　　故以渭水东流为无情，叹己不得东向
　　　趋朝。

0466　杜甫《秦州杂诗二十首·二》

渭水不解人愁，是那么无情，

在我忧愁的时候抛下我，独自向东流去。

（元）方回《瀛奎律髓》评"清渭"句"天生此语"。（明）郝敬《批选杜工部诗》评此二句"无聊怨水，情境微妙"。（清）王夫之《唐诗评选》评此二句"有两转意而混成不觉，方可谓意句双收"。（清）何焯《义门

读书记》评此二句"言一身不能随渭水而东，故反怨其无情也"。（今）李庆甲《瀛奎律髓汇评》纪昀评此诗"晚唐人哪得此神骨"。

其他

**水送山迎入富春，**
**一川如画晚晴新。**
**云低远渡帆来重，**
**潮落寒沙鸟下频。**

富春 > 浙江在富阳、桐庐县境内的一段称富春江，江边即富春山，山下有滩称严陵濑，为东汉隐士严光游钓处。
云低二句 > 从韦应物《赋得暮雨送李胄》"漠漠帆来重，冥冥鸟去迟"脱出。

0467　吴融《富春》**

江水如送，青山似迎，来到富春江；向晚天色晴朗，江景秀丽如画。

远渡云低，似重压船帆，船来迟缓；沙滩潮落，水鸟频频飞下。

（清）金圣叹《批唐才子诗》评此四句"'入富春'上先写'水送山迎'，此非为连日纪程，正是衬出他'一川如画'，言前此水无此水，山无此山，况值晚晴，真为畅怀悦目也。三四承写'一川如画'，又用'云低'字再写晴，'潮落'字再写晓也。妙绝！"（清）胡以梅《唐诗贯珠》评后二句"有情致。三（'云低'句）更佳，言帆为云压之意，其实无中生有；四只一'频'字，全句活"。（清）杨逢春《唐诗绎》评此诗"得手处妙用托。起劈空以山水托，中展笔以人托……一点富春，便神注严光，与杜少陵（杜甫）《古迹》诗'群山万壑赴荆门'一样起法"。

未必柳间无谢客，
也应花里有秦人。
严光万古清风在，
不敢停桡更问津。

0468　吴融《富春》 接上

谢客 > 指谢灵运。谢幼名客儿，故称。这里代指文人墨客。

秦人 > 指躲避战乱或隐居的人。陶渊明《桃花源记》："自云先世避秦时乱，率妻子邑人来此绝境，不复出焉，遂与外人间隔。问今是何世，乃不知有汉，无论魏晋。"

严光 > 东汉人。字子陵，省称严陵。少曾与汉光武帝刘秀同学。刘秀即帝位后，严光变易姓名，隐于浙江富春山，垂钓于七里濑。后人名其钓处为严陵濑、子陵滩、严陵钓台等。

在富春山的红花绿柳之间，未必没有著名的诗人，

或许也有隐居的高士。

千载之下，严光遗世高蹈的清风犹在；

我奔走仕途，愧对前人，所以不敢在这里停船问路。

（清）金圣叹《批唐才子诗》评此四句"写富春人物，特伸仰止（仰慕，向往）。看他向柳间、花里安个谢客、秦人，已是胜怀莫敌，却又用'未必无''也应有'字，别更推尊子陵，乃至不敢停桡问津。呜呼！其胸中岂以利禄为事者哉？"（清）赵臣瑗《山满楼笺注唐诗七言律》评此四句"笔墨十分蕴藉，全在'未必无''也应有'六字，真是秀媚天成，着不得一些脂粉。清风万古，至于不敢问津，即其推重子陵如此，先生殆有超然物外之思乎？"（今）李庆甲《瀛奎律髓汇评》冯班评后二句"有感托"。

江河
其他

云峰苔壁绕溪斜，
江路香风夹岸花。
树密不言通鸟道，
鸡鸣始觉有人家。

不言 > 犹不料。
鸟道 > 形容高山险峻的山路。见 0292。

0469　　沈佺期《入少密溪》

少密溪边，是云遮雾绕的山峰，长满青苔的石壁；

溪边小路，香风吹来，两岸鲜花盛开。

高树密林，没想到有崎岖的小路可通；

沿溪寻觅，闻鸡始知前有人家。

（清）杨逢春《唐诗绎》评"鸡鸣"句"恰好拖出人家来"；评此诗"层次写出，曲曲如画"。

乘夕棹归舟，
缘源路转幽。
月明看岭树，

归舟 > 开元四年，张九龄辞官南归，途经耒阳溪。故云归舟。

风静听溪流。

缘源 > 沿着溪水上溯源头。

转 > 渐渐。

0470　　张九龄《耒阳溪夜行》

黄昏时划着船，溯耒阳溪而上，渐渐笼罩在夜色里。

月明可见岭树，风静但闻流水。

（明）徐用吾《精选唐诗分类评释绳尺》评此诗"赋景清幽"。

隐隐飞桥隔野烟，
石矶西畔问渔船。
桃花尽日随流水，
洞在清溪何处边。

野烟 > 野外的云烟。
石矶 > 水边突出的巨大岩石。
洞 > 指陶渊明《桃花源记》中的桃源洞。
何处边 > 即何处。边、处同义。

0471　　张旭《桃花溪》*

泛舟桃花溪，透过云烟，隐隐可见虹桥；

在溪边岩石旁，向渔船问路。

看着眼前的桃花流水，无限美景，不禁生出寻觅桃花源的心思，

可是桃花源又在哪里呢？

（明）钟惺、谭元春《唐诗归》钟评此诗"细润有致。乃知颠者（张旭世

江河

溪涧

称张颠）不是粗人，粗人颠不得"。（明）唐汝询《汇编唐诗十集》评此诗"闲雅有致，初不见浅"。（清）黄生《唐诗评》评此诗"长史（张旭）不以诗名，然三绝恬雅秀润，盛唐高手无以过也。高适赠张诗云：'世上谩相识，此翁殊不然'（《醉后赠张九旭》），又'白发老闲事，青云在目前'（同前），必高闲静退之士。今观数诗，其襟次可想矣"。（清）孙洙《唐诗三百首》评此诗"四句抵得一篇《桃花源记》"。（清）章燮《唐诗三百首注疏》评后二句"应'问'字口吻。只见桃花片片，随流漂出，尽日不止，其中应有桃源洞，但不知在于何处，故向渔翁而问之"。

水回青嶂合，
云度绿溪阴。
坐听闲猿啸，
弥清尘外心。

青嶂 > 犹青山。嶂，耸立如屏障的山峰。
合 > 环绕。
弥 > 更加。
尘外 > 尘俗之外，世外。

0472　　孟浩然《武陵泛舟》

武陵溪绿水回环，青山耸立；白云飘过，遮蔽溪水。

安坐静听声声猿啼，更生出尘之想，向往武陵的世外桃源。

（明）顾璘《唐音评注》评前二句"不深而深，不远而远"。（明）周敬、周珽《删补唐诗选脉笺释会通评林》唐汝询评"弥清"句"'弥'字好"。郭浚评此诗"浅淡中却深远"。陆时雍评此诗"语气清亮，诵之有泉流

石上，风来松下之音"。周珽评此四句"'水回''云度'二语，止顶
'幽''深'来。结（后二句）谓到此尘念已息，更闻猿啸，此心弥清。
总美武陵溪源妙异也。大抵孟诗遇景入韵，浓淡自如，景物满眼，兴
致却别"；评此诗"律法清老，意境孤秀"。

水接仙源近，
山藏鬼谷幽。
再来迷处所，
花下问渔舟。

0473　　孟浩然《梅道士水亭》

仙源 > 神仙所居之处。暗指桃花源武陵溪。
鬼谷 > 山谷名，传说中高士鬼谷子所居之
处。《元和郡县志·河南道》："鬼谷在
（告城）县北五里，即六国时鬼谷先生
所居也。"这里以鬼谷比喻梅道士居
处的清幽。
再来二句 > 陶渊明《桃花源记》："既出，
得其船，便扶向路，处处志之。及郡
下，诣太守，说如此。太守即遣人随
其往，寻向所志，遂迷，不复得路。"
此以桃花源典喻梅道士居处之幽深僻
远，人迹难至。

梅道士的居处，水如桃源，山似鬼谷；

清幽僻远，人迹难至。

再次往游，竟然迷路；岸花之下，询问渔舟。

（宋）刘辰翁《评孟浩然诗集》评此诗"好。事料不凡，得语故异"。
（明）钟惺、谭元春《唐诗归》评后二句"与右丞'欲投人处宿，隔水问
樵夫'（王维《终南山》）各自成渔樵画图"。（清）黄周星《唐诗快》评
此四句"居然以桃源待之"。（近）邹弢《精选评注五朝诗学津梁》评前
二句"工夫纯粹"。

江河

溪涧

声喧乱石中，
色静深松里。
漾漾泛菱荇，
澄澄映葭苇。

漾漾 > 闪耀貌。
菱荇 (xíng) > 菱，水生草本植物，果实即
菱角；荇，荇菜，水生植物，嫩时可
食用。
映 > 因光线照射而显出，反映。
葭苇 > 芦苇。

0474　　　王维《青溪》

青溪流过乱石，一片喧响；流经松林，色映深松。

流入平野，微波荡漾，菱叶荇菜碧绿，反映着两岸丛生的芦苇。

（明）钟惺、谭元春《唐诗归》谭评前二句"'喧''静'俱极深妙"。
（清）黄周星《唐诗快》评此诗"右丞（王维）诗大抵无烟火气，故当
于笔墨外求之"。（清）孙洙《唐诗三百首辑评》翁方纲评此诗"神超
象外"。

渔舟逐水爱山春，
两岸桃花夹去津。
坐看红树不知远，
行尽青溪不见人。

逐 > 随。
津 > 原指渡口，此指小河。
坐看 > 犹且看。
红树 > 此指桃花树。
不知 > 犹不管，不问。

0475　　　王维《桃源行》

春山秀丽，渔舟缘溪而行，两岸桃花夹溪盛开。

且看红花，不管路之远近，林尽水源，不见人迹。

（明）钟惺、谭元春《唐诗归》钟评"渔舟"句"'逐水''爱山'，佳景佳事"；评"坐看"句"'不知远'，远近俱说不得矣。写景幻甚"；评此诗"将幽事寂境，长篇大幅，滔滔写来，只如唐人作《帝京》《长安》富贵气象，彼安得有如此流便不羁?"（明）邢昉《唐风定》评此诗"质素天然，风流嫣秀，开千古无穷妙境"。（清）张谦宜《茧斋诗谈》评此诗"不得不爱其渲染之工"。（清）沈德潜《唐诗别裁集》评此诗"顺文叙事，不须自出意见，而夷犹（从容自得）容与（从容闲适），令人味之不尽"。（清）宋宗元《网师园唐诗笺》评此四句"初入景光，写来便妙"。

飒飒秋雨中，
浅浅石溜泻。
跳波自相溅，
白鹭惊复下。

0476　王维《辋川集·栾家濑》*

飒（sà）飒 > 象声词。形容雨声。见0080。
浅浅 > 水流急速貌。《楚辞·九歌·湘君》："石濑兮浅浅，飞龙兮翩翩。"王逸注："浅浅，流疾貌。"
石溜 > 岩石间的水流。谢朓《游山诗》："杳杳云窦深，渊渊石溜浅。"
自 > 同犹。
复 > 又，再。

秋雨飒飒，山间溪涧奔流湍急。

浪花溅起，白鹭惊飞，旋知虚惊，又安然落下。

（明）顾璘《唐音评注》评此诗"此景常有，人多不观，唯幽人识得"。

江河
溪涧

（明）顾可久《唐王右丞诗集注说》评此诗"闲景闲情，岂尘嚣者所能领会，只平平写，景自见"。（明）陆时雍《唐诗镜》评此诗"古趣"。（明）胡应麟《诗薮》："摩诘五言绝，穷幽极玄……神品也。"（清）卢麰、王溥《闻鹤轩初盛唐近体读本》评后二句"波自溅而鹭为之惊，结想故超。接'复下'二字，尤是写物写生"。（近）俞陛云《诗境浅说续编》评此诗"秋雨与石溜相杂而下，惊起濑边栖鹭，回翔少顷，旋复下集。惟临水静观者，能写出水禽之性也"。（近）刘永济《唐人绝句精华》评此诗"一时清景与诗人兴致相会合，故虽写景色，而诗人幽静恬淡之胸怀，亦缘而见。此文家所谓融景入情之作"。

清浅白石滩，
绿蒲向堪把。
家住水东西，
浣纱明月下。

蒲 > 即香蒲。见 0428。
向堪把 > 谓绿蒲已长高，差不多可以用手握住了。向，渐。
家住句 > 谓住宅东西两旁都有流水。

0477　　王维《辋川集·白石滩》*

在清浅的白石滩边，绿蒲已经高到可以用手握成把。

家住水边的女孩，明月下来到溪边洗衣。

（明）顾可久《唐王右丞诗集注说》评此诗"如此白石滩，安得不浣纱，有'清斯濯缨'（《孟子·离娄上》引孔子语）之意。曰'明月下'，景益清切"。

起坐鱼鸟间，
动摇山水影。
岩中响自答，
溪里言弥静。

响自答 > 即回声。
溪 > 指若耶溪。又名五云溪。出浙江绍兴
　　若耶山，北流入运河。相传西施曾于
　　此浣纱，故又名浣纱溪。
弥 > 更加。

0478　　崔颢《入若耶溪》

起、坐皆在鱼鸟之间，人影与山影倒映水中，轻轻动荡。

山中每有声响，便传来回声；

溪边人语，更显出山水的幽静。

（明）钟惺、谭元春《唐诗归》谭评"起坐"句"'鱼鸟间'妙矣，起坐其间尤妙"。（明）唐汝询《汇编唐诗十集》评此诗"幽细"。（清）王尧衢《唐诗合解笺注》评"起坐"句"句奇"。（近）王文濡《唐诗评注读本》评"起坐"句"奇"。

忽思剡溪去，
水石远清妙。
雪尽天地明，
风开湖山貌。

剡（shàn）溪 > 水名。曹娥江的上游，在
　　浙江嵊县南。因东晋戴逵曾居此，亦
　　名戴溪。风景极其优美。

0479　　李白《经乱后将避地剡中留赠
　　　　崔宣城》

江河

溪涧

忽然想要到剡溪去，那里的山水清秀美妙。

雪融化后，天地清朗；微风吹拂，湖山明媚。

（宋）严羽《评点李太白诗集》评后二句"一派空明，置身其中，可使形神俱化"。（明）许学夷《诗源辩体》："太白（李白）五言古长篇，如……'双鹅飞洛阳'（此诗首句）……等篇，兴趣所到，瞬息千里，沛然有馀。然与子美（杜甫）各自为胜，未可以优劣论也。或以此倾倒为嫌，而取其含蓄蕴藉者，非所以论太白也。"（明）周敬、周珽《删补唐诗选脉笺释会通评林》周珽评此四句"想剡中山水奇胜，足以娱老"。周启琦评此诗"古色复尔苍然"。（清）弘历《唐宋诗醇》评此诗"奇辞络绎，行以苍峭之气，直达所怀，绝无长语"。


何谢新安水，
千寻见底清。
白沙留月色，
绿竹助秋声。

何谢 > 犹何逊，何让。
新安 > 新安江，钱塘江支流，四源出皖南，于严州会流后合金华水入浙江。水至清，深浅皆见底。
寻 > 古代长度单位。八尺（或七尺）为一寻。

0480　　李白《题宛溪馆》


宛溪之水清，不逊于新安江；

水深千寻，清澈见底。

月色映照溪边的白沙，风吹绿竹，使秋声更加响亮。

（宋）胡仔《苕溪渔隐丛话》评后二句"磊落清壮，语简而尽"。（宋）魏庆之《诗人玉屑》评后二句"眼（第三字）用活字"。（清）冒春荣《葚原诗说》评后二句"诗句中有眼，须炼一实字，句便雅健……又须用一响字，如'白沙留月色，绿竹助秋声'……此皆第三字致力也"。

溪水碧于草，
潺潺花底流。
沙平堪濯足，
石浅不胜舟。

潺潺 > 水流貌。亦形容流水声。
濯足 > 洗脚。
胜 > 承受，经得住。

0481　　岑参《终南东溪中作》

终南山东溪的溪水比草色还要绿，在花下潺潺流淌。

溪边沙岸平坦，正可在此惬意地洗脚；

溪水多石而浅，舟行不能通过。

（今）李庆甲《瀛奎律髓汇评》方回评此诗"句句明白，不见其用力处"。纪昀评前二句"鲜秀可挹"。

苍苍落日时，
鸟声乱溪水。

江河

溪涧

缘溪路转深，
幽兴何时已。

苍苍 > 指天的深青色。
缘 > 沿着。
幽兴 > 清幽的兴致。
已 > 止。

0482　　　裴迪《木兰柴》*

天色苍青，红日已西沉；鸟声唧啾，伴着溪水的淙淙清响。

沿着溪岸，小路越走越深远，游山的兴致正勃勃不已。

（清）宋顾乐《唐人万首绝句选评》评前二句"十字画亦不到，如有清音到耳"。

濑声喧极浦，
沿涉向南津。
泛泛鸥凫渡，
时时欲近人。

濑（lài）> 指浅水在沙石上湍急地流淌。
　　　亦指浅水沙石滩。
极浦 > 遥远的水滨。屈原《九歌·湘君》：
　　　"望涔阳兮极浦，横大江兮扬灵。"
沿涉 > 顺流而行。
泛泛 > 漂浮貌，浮行貌。《楚辞·卜居》：
　　　"将泛泛若水中之凫，与波上下。"

0483　　　裴迪《栾家濑》*

栾家濑流急声喧，顺水而行，直向南面的渡口。

水上鸥鸟低飞，水中野鸭漂浮，

不时地好像要与人接近。

（清）王尧衢《唐诗合解笺注》评后二句"人无机心，则鸟凫来狎矣。时时，不一时也，濑上景色宛然"。

道由白云尽，
春与青溪长。
时有落花至，
远随流水香。

道 > 指山路。
由 > 因。
与 > 使。

0484　刘眘虚《阙题》

白云缭绕，山路被白云遮断；春天到来，山间的溪水欢畅地流。

时有落花飘洒，香气亦随流水远去。

（明）钟惺、谭元春《唐诗归》钟评此诗"骨似王（维）、孟（浩然），而气运隆厚或过之"。（明）周敬、周珽《删补唐诗选脉笺释会通评林》殷璠评此诗"情幽兴远，思苦语奇，忽有所得，便惊众听"。唐汝询评此诗"严整幽细，五言拗体之佳者"。周珽评此诗"清空朴古，全不见斧凿痕，趁笔随机，似浅似深，有意无意，从起至结，语语烟霞"。（清）谭宗《近体秋阳》评前二句"奇杰不可名"；评此诗"清宕傲逸，纯乎古作"。（清）黄周星《唐诗快》评此诗"诗有禅机道气，不独为读书人增慧"。（清）王士禛《带经堂诗话》评此诗"妙谛微言，与世尊拈花，迦叶微笑，等无差别"。（清）沈德潜《唐诗别裁集》评此诗"每事过求，则当前妙境，忽而不领。解此意，方见其自然之趣"。（清）宋宗元《网师园唐诗笺》评后二句"纯乎天籁"。（清）顾安《唐律消夏录》评此四句"水远、花香、山深、林密，书堂正当其处，何乐如之！看他'长'字、'时'字、'至'字、'远'字、'香'字，回环勾锁，一字不虚"。（清）梅成栋《精选五七言律耐吟集》评此四句"灵气满纸，字字如生，句句欲活"。（清）黄培芳《唐贤三昧集笺注》评此诗"中有元气，后人拟之，便浅薄无味"。（清）林昌彝《海天琴思录》评后二句

江河
溪涧

"有冲淡超逸之气"。(清)施补华《岘佣说诗》评此诗"清空一气,不可以炼句炼字求者,最为高格……所谓'羚羊挂角,无迹可求'"。(近)俞陛云《诗境浅说》评后二句"妙语天成,十字可作一句读,如明珠走盘,圆转中仍一丝萦曳也。三句('时有'句)之落花,承上之'春'字。四句之'流水',承上之'溪'字,可见诗律之细"。(近)高步瀛《唐宋诗举要》评后二句"王(维)、孟(浩然)胜境"。

独怜幽草涧边生,
上有黄鹂深树鸣。
春潮带雨晚来急,
野渡无人舟自横。

独 > 最,特别。
怜 > 喜爱。
幽草 > 深茂的草丛。见 0153。
野渡 > 荒野处的渡口。
自 > 同犹。

0485　韦应物《滁州西涧》*

我最爱西涧边寂寞的幽草,上有黄鹂在茂密的树叶间鸣叫。

到了傍晚,潮水加上春雨,水势湍急;

野外的渡口杳无人迹,只有小船还漂在水中。

(宋)谢枋得《谢注唐诗绝句》评"春潮"句"潮水本急,春潮带雨,其急可知"。(宋)刘辰翁《评韦苏州集》评此诗"此语自好,但韦公体出数字,神情又别……好诗必是拾得,此绝先得后半,起更难似,故知作者用心"。(宋)魏庆之《诗人玉屑》评后二句"入画"。(明)敖英《唐诗绝句类选》桂天祥评此诗"沉密中寓意闲雅,如独坐看山,淡然忘归"。(明)周敬、周珽《删补唐诗选脉笺释会通评林》周敬评此诗"一段天趣，分明写出画意"。(清)沈德潜《唐诗别裁集》评后二句"即景好句"。(清)吴昌祺《删订唐诗解》评后二句"有幽趣"。(清)李锳《诗法易简录》评此诗"神韵古淡"。(清)黄叔灿《唐诗笺注》评此诗"闲淡心胸，方能领略此野趣。然所难尤在此种笔墨，分明是一幅画图"。(近)王文濡《唐诗评注读本》评此诗"先以'涧边幽草''深树黄鹂'引起，写西涧之景，历历如绘"。

雨馀芳草净沙尘，
水绿滩平一带春。
唯有啼鹃似留客，
桃花深处更无人。

雨馀 > 雨后。
啼鹃 > 指杜鹃鸟。见 0107。

0486　羊士谔《泛舟入后溪·二》*

雨后芳草纷披，沙净无尘；

溪水碧绿，沙滩平阔，一片可人的春色。

杜鹃鸟的啼叫好像是在挽留客人，可是桃花深处杳无人迹。

(近)俞陛云《诗境浅说续编》评此诗"凡山水佳处，每在幽深之境，屐齿所不到，山容水态，弥觉静趣招人。此诗先言过雨之景，后言行至桃花深处，寂无人迹，啼鸟忘机，似解声声留客，勿辜负溪山，朱湾诗所谓'渐来深处渐无人'(按朱湾《寻隐者韦九山人于东溪草堂》原句为'寻得仙源访隐沦，渐来深处渐无尘')也"。(近)刘永济《唐人绝句精华》评此诗"一种极幽静之境为诗人所得，写来如见"。

江河
溪涧

春教风景驻仙霞，
水面鱼身总带花。
人世不思灵卉异，
竞将红缬染轻沙。

仙霞 > 原指仙霞岭。这里代指海棠溪所在的巴山。海棠溪，在今重庆市。《三巴记》："清水穴左为龙门……穴右为海棠溪，溪置花木，当夏涨时，挐舟深入，可数里而得幽胜矣。"
缬（xié）> 染有彩纹的丝织品。

0487　　薛涛《海棠溪》*

　　春天让美丽的风景来到海棠溪，海棠花飘落，

　　　　水面上，甚至鱼身上都带上花的图案。

　　世人不懂得这花的灵异，竞相将丝织品拿到水边来漂染。

　　（明）钟惺《名媛诗归》评此诗"鲜明的烁（dì shuò，光亮），以用意得之。而气仍奥衍（精深），绝不欲繁饰也"。（明）黄周星《唐诗快》评此诗"妍秀绝伦"。

春溪缭绕出无穷，
两岸桃花正好风。
恰是扁舟堪入处，
鸳鸯飞起碧流中。

春溪 > 指若耶溪。见 0478。
缭绕 > 曲折回旋。
扁（piān）舟 > 小船。
堪 > 将。

0488　　朱庆馀《过耶溪》*

　　春天的若耶溪曲折环绕，水流奔涌；春风浩荡，两岸桃花盛开。

恰是小舟将驶入之处，鸳鸯从碧流中双双飞起。

一派溪随箬下流，
春来无处不汀洲。
漪澜未碧蒲犹短，
不见鸳鸯正自由。

箬（ruò）＞箬竹。叶片巨大，似芦荻。
汀洲＞水中小洲。
漪（yī）澜＞水波。
蒲＞即香蒲。见 0428。

0489　　陆龟蒙《自遣诗·二十五》*

一条溪水在箬竹下流过，春天到来，春水漫涨，震泽到处都出现小洲。

水波尚未深绿，蒲草也还短，你看那鸳鸯正自由自在地游戏。

（清）宋育仁《三唐诗品》："《自遣》三十咏，雅怀深致，妙有遗音。"

（近）刘永济《唐人绝句精华》："《自遣诗》颇得隐居恬适之趣，当是退隐松江时所作者。"

大江西面小溪斜，
入竹穿松似若耶。
两岸严风吹玉树，
一滩明月晒银砂。

大江西面＞隋唐以前，习惯称长江下游北岸淮水以南地区为江西。
若耶＞若耶溪。见 0478。
严风＞凛冽的寒风。晋袁淑《效古诗》："四面各千里，纵横起严风。"
玉树＞白雪覆盖之树。

0490　　韦庄《夜雪泛舟游南溪》

长江北岸有一条小溪，穿越竹林松林，很像若耶溪。

两岸寒风吹着白雪覆盖之树，明月照在雪白的沙滩上。

（清）钱谦益、何焯《唐诗鼓吹评注》何评"入竹"句"宽得妙，本是胜境，况又雪夜也"；评后二句"顿觉凄神寒骨"。（清）金圣叹《批唐才子诗》评前二句"看他出手摇笔，居然写出'大江西面'四字，我骤读之，将谓下文何等风景，却不图其轻轻一落，便只接得'似若耶'三字。因思文章虽复小道，必有方法可观。如此一、二，下文若不为其'似若耶'，即上文便不必写大江作起；今既下文欲道其'似若耶'，便上文不写大江作起，又不好也。词家好手，只争衬字、换字，此又衬又换法也"。（清）胡以梅《唐诗贯珠》评此四句"清景如画，匀腻可喜。三四（后二句）更佳"。（清）宋宗元《网师园唐诗笺》评后二句"写景如镂冰切玉"。

津
渡

清洛浮桥南渡头，
天晶万里散华洲。
晴看石濑光无数，
晓入寒潭浸不流。

天晶 > 天空晴明。
石濑（lài）> 沙石上的流水。
浸（jìn）> 喻映照。

0491　　刘希夷《洛中晴月送殷四入关》

洛水浮桥南面的渡口，晴空万里，飞花散落洲头。

月照水面，波光万点；映入寒潭，风平浪静。

（明）钟惺、谭元春《唐诗归》谭评"晴看"句"比'白纷纷'尤透"；评"晓入"句"心细"。

愁因薄暮起，
兴自清秋发。
时见归村人，
平沙渡头歇。

薄暮＞傍晚。

0492　孟浩然《秋登万山寄张五》

渐近黄昏，心头涌起愁思；正是清秋，胸中兴致勃发。

时时看到江边平坦的沙岸上，有归村人在渡口歇息。

（明）钟惺、谭元春《唐诗归》钟评"愁因"句"无谓而深"；评后二句"画"。（明）周敬、周珽《删补唐诗选脉笺释会通评林》刘辰翁评前二句"朴而不厌"。程元初评前二句"忧中有乐，乐中有忧，乐天安于处境忧时，何限涵蓄。不得草草看过"。钟惺评"愁因"句"无谓而深"；评后二句"二语奇"。（清）杨逢春《唐诗绎》评后二句"非泛写薄暮之景，正于此时，写望远之愁心，景中含情"。

山寺钟鸣昼已昏，

渔梁渡头争渡喧。
人随沙路向江村，
余亦乘舟归鹿门。

0493　　孟浩然《夜归鹿门山歌》

渔梁 > 渔梁洲，在襄阳城东沔水中。《水
经注·沔水》："襄阳城东沔水中有渔
梁洲，庞德公所居。"
鹿门 > 鹿门山。在今湖北襄樊市东南。《襄
阳记》："鹿门山旧名苏岭山。建武中，
襄阳侯习郁立神祠于山，刻二石鹿，
夹神道口，俗因谓之鹿门庙，遂以庙
名山也。"

山寺传来晚钟，天色已经昏暗；在渔梁洲的渡口，争渡喧哗。

人们沿着水边沙滩上的路前往江村，我也乘舟回到鹿门山寺。

（明）李攀龙《唐诗训解》评此诗"意兴清旷，可是庞公后身（此诗后
有'忽到庞公栖隐处'句）"。（明）钟惺、谭元春《唐诗归》钟评"人
随"句"细"；评"余亦"句"幽细之调，得此一转有力"。（明）唐汝询
《唐诗解》评此诗"不加斧凿，字字超凡"。（清）吴烶《唐诗选胜直解》
评此诗"通篇写得真率雅淡，妙妙"。（清）宋宗元《网师园唐诗笺》评
此四句"入画"。（清）章燮《唐诗三百首注疏》评此四句"以人归引起
自归"。（清）施补华《岘佣说诗》评此诗"清幽绝妙"。

北固临京口，
夷山近海滨。
江风白浪起，
愁杀渡头人。

0494　　孟浩然《扬子津望京口》*

北固 > 北固山。在今江苏镇江市北长江边。
山北峰三面临江，山壁陡峭，形势险
固。对岸即为扬子津。
京口 > 古城名。在今江苏镇江。
夷山 > 焦山馀脉。《丹徒县志》："焦山在
（镇江）城东九里大江中。山之馀支
东出为二小峰，曰松山、寥山，唐时

称松寥、夷山。"廾元十七年秋，孟浩
然自洛阳南游吴越，抵扬子津。

北固山就在镇江之前，夷山矗立在大江之中。

风卷浪起，长江遂不可渡，愁杀扬子津的待渡之人。

横江馆前津吏迎，
向余东指海云生。
郎今欲渡缘何事，
如此风波不可行。

横江馆 > 又称采石驿，设在横江浦对岸的
采石矶。
津吏 > 掌管渡口船只事务的官吏。
海云生 > 海上云起，预示风浪将更加险恶。
郎 > 犹官人，古时对一般男子的尊称。
缘何事 > 为什么。

0495　　李白《横江词六首·五》*

采石驿前津吏相迎，说海上云起，风浪将更加险恶。

问渡江有什么急事，如此风大浪急，已无法行船。

（宋）严羽《评点李太白诗集》评此诗"四句一气。其意言内已尽，而
言外更无尽，是绝句第一流"。（明）杨慎《升庵诗话》："古乐府《乌
栖曲》'采菱渡头似黄河，郎今欲渡畏风波'。太白（李白）以一句衍作
二句，绝妙。"（明）陆时雍《唐诗镜》评此诗"真是无不可诗，种种入
妙"。（明）唐汝询《汇编唐诗十集》吴逸一评此诗"平地生出畏途，令
人惕然深省"。（清）王尧衢《唐诗合解笺注》评此诗："既讶他'欲渡'，
而又问云：因何急事要去也？又手指江曰'如此风波'，正与'向余东

指'句应。'不可行'，是固沮其行，而深戒之辞。"（清）李锳《诗法易简录》评此诗"横江之险，只从津吏口中叙出。'缘何事'三字，更有无穷含蓄。绝句中佳境，亦化境也"。（清）吴瑞荣《唐诗笺要》评此诗"乐府妙境。常言俗语，古意盎然。朱子所谓'如无法度，自从容于法度之中'者"。（清）弘历《唐宋诗醇》评此诗"梁简文（萧纲）《乌栖曲》云：'郎今欲渡畏风波'。白用其语，风致转胜，若其即景写心，则托兴远矣"。（清）黄叔灿《唐诗笺注》评此诗"质直如话，此等诗最难，如《山中答人》及《与幽人对酌》等，都是太白绝调"。（清）刘宏煦、李德举《唐诗真趣编》评此诗"险不可冒，在津吏只道其常，听者已惊心动魄"。

渡口欲黄昏，
归人争渡喧。
近钟清野寺，
远火点江村。

归人 > 此指向晚还家的人。

0496　　岑参《巴南舟中夜书事》

渡口暮色降临，回家的人争抢上船渡江，一片喧闹。
寺庙里响起晚钟，周围变得清旷；远处几点灯火，显示江村所在。

（宋）胡仔《苕溪渔隐丛话》评前二句"语简而意尽"。（明）钟惺、谭元春《唐诗归》谭评"近钟"句"'清'字妙"。（明）唐汝询《汇编唐诗十集》："盛唐所尚，不出二种，一则高华，一则清逸，岑二作兼之。"

（明）周敬、周珽《删补唐诗选脉笺释会通评林》徐充评后二句"'清'字、'点'字，应远近意，甚妙"。（清）谭宗《近体秋阳》评"远火"句"'远''点'二字相生有致，若断若续，是未昏将昏之时"。（清）何焯《唐三体诗评》评后二句"'清'字、'点'字，衬出远近，自觉生动"。（清）范大士《历代诗发》评此四句"如对舟中夜景"。（清）王寿昌《小清华园诗谈》评后二句"诗之天然成韵者"。（今）李庆甲《瀛奎律髓汇评》方回评此诗"句句分晓，无包含而自在"；评前二句"尤绝唱"。纪昀评前二句"暗合孟公（指孟浩然《夜归鹿门山歌》'山寺钟鸣昼已昏，渔梁渡头争渡喧'句）"。无名氏评"渡口"句"得力在首五字"；评"近钟"句"'清'字佳"。

空洲夕烟敛，
望月秋江里。
历历沙上人，
月中孤渡水。

历历 > 分明貌。

0497　　刘长卿《江中对月》*

　　空旷的沙洲晚间烟雾消散，月色正明，倒映在秋江里。

　　可以分明地看见沙岸上的人，在月下乘一只孤舟渡过水去。

　　（明）顾璘《唐音评注》评此诗"俗事清语，庶几古调"。（明）周敬、周珽《删补唐诗选脉笺释会通评林》唐汝询评此诗"幽寂，'孤渡水'三字冷"。周珽评此诗"情与景会，当有不胜凄清之感"。

江河
津渡

古渡大江滨，
西南距要津。
自当舟楫路，
应济往来人。

古渡 > 即诗题中所说的"三州渡"。
距 > 踞伏，踞坐。
要津 > 犹津要。水陆冲要之地。
自 > 已，既。
当 > 对着。
舟楫（jí）> 泛指船只。楫，桨。
济 > 渡。

0498　张众甫《送李观之宣州谒袁中丞
赋得三州渡》

大江边古老的三州渡口，面向西南，位于水陆要冲。

既然正对舟楫往来的道路，就应该帮助来往渡江之人。

（唐）高仲武《中兴间气集》评后二句"得讽兴之要"。（清）乔亿《大
历诗略》评此诗"送李谒袁，妙在离即之间"。

暝色赴春愁，
归人南渡头。
渚烟空翠合，
滩月碎光流。

赴 > 应和，顺应。
渚 > 水边。
空翠 > 指青色的雾气。
合 > 遍。

0499　皇甫冉《归渡洛水》

暮色与春愁一同涌起，归途中的我来到洛水南渡口。

水边青色的雾气弥漫，月映江滩，粼粼的波光在流动。

428
429

(宋)范晞文《对床夜语》王安石评"暝色"句"下得'赴'字大好，若下'见'字、'起'字，即小儿言语"。(元)杨载《诗法家数》评"暝色"句"非炼'赴'字，便是俗诗"。(清)沈德潜《唐诗别裁集》评此四句"写渡水晚景，自然入妙"。(清)陆次云《五朝诗善鸣集》评"滩月"句"'碎光'方是'滩月'"。(清)范大士《历代诗法》评"暝色"句"'赴'字苦吟得之"。(清)乔亿《大历诗略》评"暝色"句"'赴春愁'，言人已愁，又来'暝色'以助之，浩无津涯矣"。(清)黄叔灿《唐诗笺注》评"暝色"句"'赴'字独绝，毕竟非凡手所及，不特妙粘本句，通首俱于此一字点睛，可说不可说。若作'趁''起'字，有何意味？"(清)宋宗元《网师园唐诗笺》评前二句"起法俊逸"。(清)胡本渊《唐诗近体》评"滩月"句"写渡水晚景，天然入妙"。(清)朱庭珍《筱园诗话》评前二句"高格响调，起句之极有力、最得势者，可为后学法式"。(近)俞陛云《诗境浅说》评前二句"翩然自空而下，秀采动人"。评后二句"日空翠，日碎光，能写出虚处妙景"。(近)吴闿生《古今诗范》评"暝色"句"五字脍炙人口"。(今)李庆甲《瀛奎律髓汇评》方回评"暝色"句"第一句难得好……与'酒渴爱江清'(按韦庄《酒渴爱江清》起句为'酒渴何方疗，江波一掬清')、'四更山吐月'(杜甫《月》)并是起句便绝佳者"。冯班评"暝色"句"好起"。

山映南徐暮，
千帆入古津。
鱼惊出浦火，
月照渡江人。

0500　　卢纶《泊扬子江岸》

映 > 犹掩。隐藏。
南徐 > 州名。南朝宋改徐州置。治京口，即今江苏镇江市。唐为润州。
古津 > 指西津渡。形成于三国时期，在长江南岸，镇江城西，为长江南北交通要冲。或说指扬子津。按扬子津为长江北岸古渡口，唐开元以后长江泥沙

江河
津渡

淤积严重，扬子津已远离江岸，开元二十五年润州刺史齐澣开凿伊娄运河，自扬子津南达瓜洲渡口。这与诗中"千帆入古津"的描写不符。

出浦火 > 指夜间外出打渔船的渔火。

暮色降临，镇江城外的群山昏暗模糊，千百帆船驶入城西的西津渡口。

鱼儿被夜间渔船的渔火惊动，明月照亮了渡江之人。

（明）徐用吾《精选唐诗分类评释绳尺》评此诗（与祖咏《泊扬子津》）"二诗景象敌手，而卢意觉胜"。（明）周敬、周珽《删补唐诗选脉笺释会通评林》周珽评此诗"写景寓意，不徒以声响成律者"。

## 渡头轻雨洒寒梅，
## 云际溶溶雪水来。
## 梦渚草长迷楚望，
## 夷陵土黑有秦灰。

0501　　刘禹锡《松滋渡望峡中》**

渡头 > 渡口。此指松滋渡，在今湖北松滋河入长江处。

寒梅 > 指梅雨。《太平御览》引《风俗通》："五月有落梅风，江淮以为信风；又有霖沾，号为梅雨。"

溶溶 > 水流盛大貌。

梦渚 > 指云梦泽。见 0131。

楚望 > 楚地之山川。古人祭祀山川称"望"。

夷陵 > 战国楚邑。在今湖北宜昌市东南。楚顷襄王二十一年，秦将白起打败楚军，烧楚先王陵于此。《史记·白起列传》载，"其明年，（秦将白起）攻楚，拔郢，烧夷陵"。

松滋渡口，梅雨轻轻地飘洒；雪山融化，长江水似从云中奔涌而来。

云梦泽草木茂盛，遮蔽了楚地的山川；

夷陵的土地黑色，似留有秦兵烧过的馀灰。

（清）毛奇龄《唐七律选》评后二句"警句"。（清）屈复《唐诗合解》评'夷陵'句"'秦灰'，借《史记》白起烧夷陵，实暗用劫灰事言沧桑多变也"。（清）朱三锡《东岩草堂评订唐诗鼓吹》评前二句"轻雨洒梅，必是交春时候；雪消水来，必是腊尽春初时候。唐人写景，各有分寸，不轻下笔可知"。（清）陆次云《五朝诗善鸣集》评"夷陵"句"用到劫灰故典，诗意更觉苍深"。（清）黄叔灿《唐诗笺注》评此诗"通首写望峡中，语意凄楚"。（清）宋宗元《网师园唐诗笺》评后二句"警辟"。（清）杨逢春《唐诗绎》评此诗"劈头将'渡头'二字引起，一句一意，自近而远，俱写望峡之景，而不见堆垛之迹，有大气包举之也。俯仰古今，声情悲壮，固是雄杰之作"。

巴人泪应猿声落，
蜀客船从鸟道回。
十二碧峰何处所，
永安宫外是荒台。

鸟道 > 形容高山险峻的山路。见0292。这里指峡谷。

十二碧峰 > 指巫山十二峰。苏辙《巫山赋》："峰连属以十二，其九可见而三不知。"

0502　刘禹锡《松滋渡望峡中》　接上

永安宫 > 三国蜀先主刘备殁处。在今四川奉节县。

荒台 > 指阳台。宋玉《高唐赋》巫山神女云："妾……旦为朝云，暮为行雨。朝朝暮暮，阳台之下。"

巴人听到凄凉的猿啼，应声落泪；

蜀客的征帆从只通飞鸟的峡谷归来。

从松滋渡遥望三峡，巫山十二峰竟在何处？

比永安宫更远，大概就是传说中的阳台了吧。

（明）顾璘《唐音评注》评此诗"尚存中唐气调"。（明）许学夷《诗源辩体》评此诗"声气有类盛唐"。（明）唐汝询《汇编唐诗十集》评前二句"胜上联（前'梦渚草长……'二句)"。（明）周敬、周珽《删补唐诗选脉笺释会通评林》吴逸一评此诗"名家手笔"。（清）王夫之《唐诗评选》评此诗"自然感慨，尽从景得，斯为景中藏情"。（清）毛奇龄《唐七律选》评后二句"寄慨廓然（忧悼在心之貌)"。（清）何焯《唐三体诗评》评此诗"触目险艰，并不得如襄王、宋玉之遇，是其托寄所在也"。（清）朱三锡《东岩草堂评订唐诗鼓吹》评前二句"皆望中可想之事，有无限低徊意"；评后二句"'碧峰''永安'一结最为尽致。欲写无'碧峰'，偏写有'荒台'，令人悠然神远矣"。（清）沈德潜《唐诗别裁集》评前二句"正写望峡，警拔"。（清）胡以梅《唐诗贯珠》评此诗"通篇典丽工切，洵是名家之作"。（清）王尧衢《唐诗合解笺注》评此诗"通篇不离'望'字"。（清）宋宗元《网师园唐诗笺》评此诗"警辟"。（清）方东树《昭昧詹言》评此诗"一直说去，大气直喷"。（清）吴汝纶《桐城先生评点唐诗鼓吹》评后二句"求古人遇主之遗迹而不可得也"。（清）王寿昌《小清华园诗谈》评此诗"清和纯粹，可诵可法者"。（今）李庆甲《瀛奎律髓汇评》冯舒评此诗"秀便工致"。何焯评此诗"妙在浑然不露"。无名氏评此诗"自有华气"。


酒旗相望大堤头，
堤下连樯堤上楼。

日暮行人争渡急，
桨声幽轧满中流。

酒旗＞即酒帘。酒店的标帜。
连樯＞桅杆相连，谓船多。郭璞《江赋》：
　"舳舻相属，万里连樯。"
幽轧（yà）＞象声词，划桨声。

0503　　刘禹锡《堤上行三首·一》*

商旅繁华的朗州大堤下泊满船只，桅杆相连，

堤上酒楼林立，酒旗相望。

天色向晚，旅客匆忙争渡，江上响彻吱吱嘎嘎的船桨声。

（近）俞陛云《诗境浅说续编》评此诗"首二句言酒楼临水，帆影排樯，写堤上所见。后二句言薄晚渡头之景。孟浩然《鹿门》诗以'渡头争渡喧'五字状之，此则衍为绝句，赋其景并状其声，较'野渡无人舟自横'（韦应物《滁州西涧》）句，喧寂迥殊矣"。

万里茫茫天堑遥，
秦皇底事不安桥？
钱塘江口无钱过，
又阻西陵两信潮。

天堑（qiàn）＞天然濠沟，此指钱塘江。
秦皇句＞晋伏琛《三齐略记》载，秦始皇于海中造石桥，因负约触怒海神，以致造桥未成。此活用其事，借以感慨钱塘江上无桥。
西陵＞指西陵渡。在今浙江西兴。
信潮＞即潮。潮水定期而来，故云。

0504　　周匡物《应举题钱塘公馆》*

万里茫茫，进京应举，却被钱塘江阻隔；

江河
津渡

这么宽的江面，为什么不修一座桥呢？

在钱塘江口因为无钱租船，不得渡江，而在西陵渡又赶上两次潮水。


金陵津渡小山楼，
一宿行人自可愁。
潮落夜江斜月里，
两三星火是瓜洲。

金陵渡＞即西津渡。见0500。中晚唐人常
指间州亦日金陵。
自＞当然，必然。
瓜洲＞在长江北岸，和镇江西津渡隔长江
相对。

0505　　　张祜《题金陵渡》*


在西津渡口边，小山的驿楼上是如此凄清，

住宿的过客当然会感到愁苦。

斜月照着夜色茫茫的大江，江潮已落；

对岸零星灯火闪烁之处，便是瓜洲渡口了。


（清）章燮《唐诗三百首注疏》评此诗"一宿之中，思乡之愁，无处不
现也"。（清）潘德舆《养一斋诗话》评后二句"可以直跨元（稹）、白
（居易）之上"。（近）邹弢《精选评注五朝诗学津梁》评此诗"江中夜
景如画"。


重冈如抱岳如蹲，

# 屈曲秦川势自尊。
# 天地并功开帝宅，
# 山河相凑束龙门。

重冈 > 重叠的山冈。
岳 > 此指西岳华山。在潼关之西。
秦川 > 指渭水，至潼关入黄河。
帝宅 > 皇都，皇宫。
相凑 > 接近，会合。
龙门 > 亦名禹门。见 0443。

0506　　薛逢《潼关河亭》

站在潼关河亭四望，重重叠叠的山冈环抱，华山似蹲伏；

渭水蜿蜒，至潼关奔腾入河，气势雄浑。

天地并功，创建了帝都长安；

山河会聚，两岸峭壁对峙，形成了黄河上"咫尺风雷"的龙门。

（明）廖文炳《唐诗鼓吹注解》评此四句"山冈重迭，既如环抱，复如蹲踞，气象蹇近于秦州帝京，而形势亦自尊大。乃天地并功而开帝王之宅，山河相凑而束龙门之水也"。（清）屈复《唐诗合解》评此四句"写大山川既要不浮，又须雄壮相称，此首亦《广陵散》也"。（清）朱三锡《东岩草堂评订唐诗鼓吹》评后二句"承写'尊'字，语极雄壮"。纪昀评此四句"气脉雄阔"。（清）陆次云《五朝诗善鸣集》评此诗"黄钟大吕之音，晚唐中间有数之作"。（清）胡以梅《唐诗贯珠》评此四句"赋潼关形势，构语雄伟，三四（后二句）更佳"。（清）吴瑞荣《唐诗笺要》评后二句"长吉（李贺）囊中语"。（清）胡本渊《唐诗近体》评前二句"写潼关有气势"。

# 澹然空水对斜晖，

江河
津渡

曲岛苍茫接翠微。
波上马嘶看棹去，
柳边人歇待船归。

澹（dàn）然 > 水波动荡貌。
翠微 > 形容山光水色青翠缥缈。
柳边 > 犹柳下。

0507　　温庭筠《利州南渡》

嘉陵江空阔的水面上，映照着夕阳的斜晖；

江上洲渚岛屿迷茫，连接着翠绿的群山。

江面上大船载着马匹横渡，人们歇息在杨柳树下，等待渡船归来。

（清）金圣叹《批唐才子诗》评此四句"'水带斜晖'加'澹然'字，妙！分明画出落日帖水之时，不知其是水'澹然'，斜晖'澹然'也。再加'曲岛苍茫'字，妙！曲岛相去甚近，而其苍茫之色，遂与翠微不分，则一时之荒荒抵暮，真更不能顷刻也。三、四（后二句）'波上马嘶''柳边人歇'，妙，妙！写尽渡头劳人，情意迫促。自古至今，无日无处，无风无雨，而不如是，固不独利州南渡为然矣"。（清）赵臣瑗《山满楼笺注唐诗七言律》评此四句"'水带斜晖'以下十一字，只是写天色将暝，妙在'水'字上加一'空'字，而'空'字上又加'澹然'二字，以反挑下文之'棹去船归'，见得水本无机，一被有机之人纷纷扰乱，势必至于不能空、不能澹而后已，则甚矣机心之不可也"。（清）王尧衢《唐诗合解笺注》评后二句"野渡如画"。

绿杨如发雨如烟，
立马危桥独唤船。

山口断云迷旧路，
渡头芳草忆前年。

危桥 > 此指危险之桥。
断云 > 片云。

0508　　崔橹《过蛮溪渡》

杨柳茂密垂丝，细雨迷蒙如雾；独自停下马来，在危桥边呼唤渡船。

山口片云遮住了旧时的道路，渡口的芳草使人回忆起昔年的经历。

（明）廖文炳《唐诗鼓吹笺注》纪昀评前二句"起得有情有景"。（清）金圣叹《批唐才子诗》评此四句"此过蛮溪渡。是昔年从此渡过去，今日又从此渡过来。其日正值春雨，又无一人同行，于是寻旧路，认前年，仔细自思渡来渡去，依旧只是一人一马，真可为之一哭坠泪也"。（清）胡以梅《唐诗贯珠》评后二句"自然而有情"。

楚田人立带残晖，
驿迥村幽客路微。
两岸芦花正萧飒，
渚烟深处白牛归。

楚田 > 楚地的田野。
带 > 映照，笼盖。
迥（jiǒng）> 远。
萧飒 > 稀疏，凄凉。
渚（zhǔ）烟 > 笼罩在小洲上的烟雾。

0509　　司空图《渭阳渡》*

站在古楚国的原野上，笼罩着夕阳的馀晖；

驿站遥远，村落隐微，客路难以辨认。

江河

津渡

时已深秋，浐水两岸的芦花萧瑟凄凉，白牛从小洲的烟雾深处归来。

宿雨清秋霁景澄，
广亭高树向晨兴。
烟横博望乘槎水，
日上文王避雨陵。

0510　唐彦谦《蒲津河亭》

宿雨＞夜雨，经夜的雨水。
霁（jì）景＞雨后晴明的景色。
广亭＞指蒲津河亭。蒲津，古黄河津渡，
　　一名蒲坂津，以东岸在蒲坂（今山西
　　永济西蒲州）得名。时唐彦谦在河中
　　（蒲州）幕。
博望＞古县名。治所在今河南方城西南。
博望乘槎（chá）＞博望，指张骞。张骞曾
　　封博望侯。《博物志》载海客乘槎至
　　天河（见0575），汉武帝曾命张骞探
　　寻黄河之源，后人乃将海客乘槎的传
　　说附会于张骞。槎，船。
避雨陵＞指崤山北陵，即东崤山。山、陵
　　同义。见0073。

夜雨之后，秋空晴朗澄澈，清晨时蒲津河亭边绿树高耸。

向东遥望，便是张骞乘船而去、直通向大海的黄河水；

太阳照亮的，则是崤山的文王避雨陵。

（宋）洪刍《洪驹父诗话》评后二句"佳句"。（宋）范晞文《对床夜语》
评后二句"刘沧《咸阳》云：'渭水故都秦二世，咸阳秋草汉诸陵。'唐
彦谦《蒲津河亭》云：'烟横博望乘槎水，日上文王避雨陵。'论句法，
则刘不及唐"。（清）陆次云《五朝诗善鸣集》评后二句"用事精切"。
（清）胡以梅《唐诗贯珠》评"烟横"句"口气大，非一处也"。（清）吴
骞《拜经楼诗话》评后二句"世为名句"。（今）李庆甲《瀛奎律髓汇

评》冯班评此四句"略点'乘槎''避雨'两故事。'烟横''月上'二字，含却古之无限感慨。如此用事，千古不得一句也"。

岸　洲　石
边　渚　滩

长虹掩钓浦，
落雁下星洲。
草变黄山曲，
花飞清渭流。

掩 > 原有覆盖、遮蔽意，这里犹映照。
钓浦 > 水边钓鱼之处。
星洲 > 小沙洲。
黄山 > 指黄麓山。在今陕西兴平市北，渭水北岸。

0511　　卢照邻《晚渡渭桥寄示京邑游好》

长虹映照钓鱼的水边，大雁飞下江中之小洲。

黄麓山前，春草变绿；渭水岸边，落花飘飞。

明月沉珠浦，
秋风濯锦川。
楼台临绝岸，
洲渚亘长天。

沉珠浦 > 原指珠江。《读史方舆纪要》："珠江，一名沉珠浦。相传昔贾胡挟珠经此，珠忽跃入江中。"这里为江岸的美称，借指离别时的岸边。
濯锦川 > 洗濯织锦的江河，指锦江。
绝岸 > 陡峭的江岸。

0512　　王勃《重别薛华》

江河

岸边　洲渚
石滩

洲渚（zhǔ）> 水中的小块陆地。

亘 > 绵延。

锦江岸边，秋风明月，即将与薛曜离别。

楼台矗立在陡峭的江岸，洲渚延伸向遥远的长天。

（明）许学夷《诗源辩体》评后二句"语皆雄伟。唐人之气象风格，至此而见矣"。（明）徐用吾《精选唐诗分类评释绳尺》评此诗"平易实语，不须造作而自露丰姿"。（清）范大士《历代诗发》评此诗"秀整泓净，足为盛唐开山"。

渐至鹿门山，
山明翠微浅。
岩潭多屈曲，
舟楫屡回转。

鹿门山 > 在今湖北襄樊市东南。见 0493。

翠微 > 形容青翠的山色。见 0296。

岩潭 > 犹山水。

0513　　孟浩然《登鹿门山》

渐至鹿门山前，山色明媚，青翠缥缈。

山水崖岸多有曲折，舟楫屡屡掉转方向，迂曲前行。

（明）李梦阳《孟浩然集》评此诗"此首佳，思致郁密"。

登岸还入舟，

水禽惊笑语。
晚叶低众色，
湿云带残暑。

晚叶句 > 谓天色向晚，绿叶百花均渐暗淡。
　　　　众色，各种色彩。
湿云 > 湿度大的云。
带 > 携带，夹带。

0514　　李颀《宋少府东溪泛舟》

东溪泛舟，登岸游玩，然后还入舟中；笑语喧哗，惊起一滩鸥鹭。

天色向晚，花叶暗淡，潮湿的云气带走了残馀的暑气。

（明）唐汝询《汇编唐诗十集》吴逸一评"水禽"句"真"；评此诗"善修词"。

浅沙平有路，
流水漫无声。
浴鸟沿波聚，
潜鱼触钓惊。

浴鸟 > 指戏游于水中的禽鸟。

0515　　祖咏《陆浑水亭》

水亭外沙岸平坦有路，流水平缓无声。

水鸟沿波嬉游，游鱼触钩而惊。

（明）徐用吾《精选唐诗分类评释绳尺》评此诗"幽景幽兴，少许自足"。

江河

岸边 洲渚
石滩

（明）钟惺、谭元春《唐诗归》钟评此四句"静心细语"。（明）唐汝询《唐诗解》评此诗"真五律，真盛唐"。（明）周敬、周珽《删补唐诗选脉笺释会通评林》薛蕙评此诗"平易景，道人所不能道"。（清）范大士《历代诗发》评此诗"景趣活泼"。（清）胡本渊《唐诗近体》评前二句"浑雅，自在流出"。

鹦鹉来过吴江水，
江上洲传鹦鹉名。
鹦鹉西飞陇山去，
芳洲之树何青青。

0516　李白《鹦鹉洲》

鹦鹉二句 > 鹦鹉洲原为汉阳西南长江中一个沙洲，后因泥沙堆积，与汉阳陆地相连。相传东汉末江夏太守黄祖长子射在此大宴宾客，有人献鹦鹉，祢衡作《鹦鹉赋》，故名。祢衡后被黄祖杀掉，亦葬于此。吴江，指武昌一带的江水。

鹦鹉西飞 > 传说鹦鹉产自陇西，故写鹦鹉归去为"西飞"。

陇山 > 六盘山南段的别称。见0396。

芳洲 > 花草丛生的洲渚，这里指鹦鹉洲。崔颢《黄鹤楼》："晴川历历汉阳树，芳草萋萋鹦鹉洲。"

传说鹦鹉飞来武昌一带，长江边的沙洲遂命名为鹦鹉洲。

鹦鹉西飞，归去陇山，鹦鹉洲上只留下郁郁葱葱的树木。

（宋）严羽《评点李太白诗集》评此诗"极似《黄鹤》。'芳洲'句更拟'白云'，极骚雅"。（明）高棅《唐诗品汇》刘辰翁评此诗"犹是《凤凰台》馀韵，情景觉称，终觉意胜"。（明）李东阳《麓堂诗话》："古诗与律不同体，必备用其体乃为合格。然律犹可间出古意，古不可涉律……李太白'鹦鹉西飞陇山去，芳洲之树何青青'，崔颢'黄鹤一去不复返，白云千载空悠悠'（《黄鹤楼》），乃律间出古，要自不厌也。"（明）陆时雍《唐诗境》评此诗"气格高岸"。（清）王夫之《唐诗评选》评此诗"与《黄鹤楼》诗宗旨略同，乃颢诗如虎之威，此如凤之威，其德自别"。（清）金圣叹《批唐才子诗》评"芳洲"句"'芳洲之树何青青'，只得七个字，一何使人心杳目迷，更不审其起尽也"。（清）毛奇龄《唐七律选》评此诗"生趣勃然"。（清）张揔《唐风采》评此诗"与《凤凰台》同一机杼，而天锦灿然，亦一奇也"。（清）赵臣瑗《山满楼笺注唐诗七言律》评此四句"以《凤凰台》之二句展作三句，可见伸缩变化，皆随乎人，岂当为格律所拘耶？'芳洲之树何青青'，较'白云千载空悠悠'更具情趣"。（清）黄叔灿《唐诗笺注》评此诗"虽学崔颢，而飘然之思，自具仙才，真可匹敌千古"。（清）方东树《昭昧詹言》："崔颢《黄鹤楼》，千古擅名之作……太白《鹦鹉洲》，格律工力悉敌，风格逼肖，未尝有意学之而自似。"（今）李庆甲《瀛奎律髓汇评》陆贻典评此四句"虽与崔作一意，而体格自殊，崔作乃金针体，此作乃扇对格（隔句对）也"。何焯评此诗"画笔不到"。

跂石复临水，
弄波情未极。
日下川上寒，
浮云淡无色。

复 > 同且。
跂石 > 垂足坐于石上。庾信《咏画屏风诗》："下桥先劝君，跂石始调琴。"
情未极 > 没有尽兴。
川 > 指辋川。

0517　裴迪《白石滩》*

垂足坐在辋水边的白石上，嬉水的兴致正浓。

江河

岸边 洲渚
石滩

夕阳落山，水面渐渐寒冷，天上的浮云淡淡无色。

（清）吴昌祺《删定唐诗解》评此诗"下二句为难堪（难能，不易做到），然裴（迪）、王（维）总无苦寂之意"。（清）范大士《历代诗发》评此诗"亦堪撑拄（抵住，犹媲美）右丞（王维）"。（近）俞陛云《诗境浅说续编》评此诗"五言高格"。


倚杖看孤石，
倾壶就浅沙。
远鸥浮水静，
轻燕受风斜。

倚杖＞拄着拐杖。见 0182。
倾壶＞以酒壶注酒。借指饮酒。

0518　　杜甫《春归》

拄着拐杖来到江边，看着江岸的石头，在浣花溪的沙岸边倾壶饮酒。

远处的鸥鸟在江面上悠静漂浮，轻捷的燕子迎风斜着掠过。


（宋）范温《潜溪诗眼》评"轻燕"句"'受'字……入妙。老坡尤爱'轻燕受风斜'，以谓燕迎风低飞，乍前乍却，非'受'字不能形容也"。（宋）叶梦得《石林诗话》评"轻燕"句"诗语固忌用巧太过，然缘情体物，自有天然工妙，虽巧而不见刻削之痕……燕体轻弱，风猛则不能胜，唯微风乃受以为势，故又有'轻燕受风斜'之语"。（明）李攀龙《唐诗训解》评后二句"句中用'浮''受'字，皆声响有力"。（明）凌宏宪《唐诗广选》评"轻燕"句"有态"。范温评"轻燕"句"杜（甫）有喜用字，如'修竹不受暑'（《陪李北海宴历下亭》）、'吹面受和风'（《上巳日徐司录林园宴集》）及'轻燕'句，'受'字皆入妙。老坡尤爱'轻燕'句，以为燕迎风低飞，乍前乍却，非'受'字不能形容也"。（明）周敬、周珽《删补唐诗选脉笺释会通评林》唐汝询评此四句"趣甚"。陆时雍评此诗"应手处，觉其谈笑而成"。（清）张溍《杜诗注解》评此诗"五排之尤雅者"。（清）黄生《杜诗说》评后二句"'轻燕'句，宋人所极称。上句之工秀，人未见赏，鸥去人远，故久浮不动也"。（清）查慎行《初白庵诗评》评此诗"初归情景如绘"。（清）仇兆鳌《杜诗详注》评后二句"沙石之外，鸥燕悠然，是溪前远景。下一'静'字，使'远''浮'二字有神；下一'斜'字，使'轻''受'二字有致"。（清）贺裳《载酒园诗话又编》评后二句"目前之景，特人无此细心，亦无此秀笔耳"。（清）沈德潜《唐诗别裁集》评后二句"鸥燕性情形态，以'静'字、'斜'字传出"。（清）吴昌祺《删订唐诗解》评后二句"第七句妙在'静'，第八句妙在'受'"。（清）杨伦《杜诗镜铨》评后二句"写景入微"。

暝色延山径，
高斋次水门。
薄云岩际宿，
孤月浪中翻。

0519　杜甫《宿江边阁》

暝色 > 夜色。
延 > 扩展。
山径 > 犹山岭。杨伯峻《孟子译注》谓即山坡。
高斋 > 即杜甫所宿西阁。
次 > 停留。
水门 > 水闸。
薄云二句 > 何逊《入西塞示南府同僚》："薄云岩际出，初月波中上。"此化用之。

暮色渐渐笼罩了山间，住宿的西阁靠近水闸。

江河

岸边　洲渚
石滩

云过山头，似乎栖息在山岩间；月亮映在江面上，随着波浪在跃动。

（明）周敬、周珽《删补唐诗选脉笺释会通评林》刘辰翁评此诗"自是仙骨"。吴逸一评"孤月"句"'翻'字佳"。（清）仇兆鳌《杜诗详注》评后二句"'薄云岩际出，初月波中上'，何仲言诗（南朝梁·何逊《入西塞示南府同僚》），尚在实处摹景。此用前人成句，只换转一、二字间，便觉点睛欲飞"。（清）范大士《历代诗发》评后二句"宿云、翻月，夜色苍凉"。（清）浦起龙《读杜心解》评此四句"相承而下，亦于写景中含旅泊意"。（清）卢䡊、王溥《闻鹤轩初盛唐近体读本》评后二句"水部（何逊）亦自佳，但'出''上'二字，无甚分别。少陵（杜甫）易'出'以'宿'，易'上'以'翻'，一静一动，意象各殊。……且'宿'字切合夜景，而'翻'字尤写得月涌江流，涵光弄碧，上下不定，正从不眠中领略得来，故当让此公青出"。陈德公评前二句"'延''次'字法高老"。（清）刘濬《杜诗集评》李因笃评此诗"壮语倍难其雅，此存乎笔力之绝人也"。（清）王寿昌《小清华园诗谈》评后二句"一韵之响，遂能振起百倍精神"。

夜静江水白，
路回山月斜。
闲寻泊船处，
潮落见平沙。

平沙 > 平旷的沙岸。

　　张籍《宿江店》

深夜寂静，道路弯转，山月西斜。

闲来寻找泊船之处，见潮水已落，沙岸平阔。

（宋）曾季狸《艇斋诗话》评后二句"荆公绝句云：'有似钱塘江上见，晚潮初落见平沙。'（宋·王安石《望淮口》）两句皆有来历……张籍诗云：'闲寻泊船处，潮落见平沙。'此下句来历也"。（明）高棅《唐诗品汇》刘辰翁评前二句"自然，好"。（明）许学夷《诗源辩体》评前二句"清新峭拔，另为一种"。（明）周敬、周珽《删补唐诗选脉笺释会通评林》周珽评此四句"三联（前二句）咏店夜之景；结联写宿店之情兴……较《夜到渔家》更觉有闲心静境"。（明）邢昉《唐风定》评此诗"妙境渐从刻画而出，与浪仙（贾岛）相似"。（清）黄叔灿《唐诗笺注》评此诗"清绝之境，一片空明"。

滩头细草接疏林，
浪恶罾船半欲沉。
宿鹭眠洲非旧浦，
去年沙觜是江心。

罾（zēng）船 > 打渔船。罾，一种用竹竿做支架的方形渔网。

沙觜（zuǐ）> 犹沙洲。觜，鸟喙。泛指各种鸟喙形的东西。

0521　皇甫松《浪淘沙二首·一》*

江滩细草芊芊，远接疏林；江中风高浪大，渔船几乎沉没。

白鹭栖息的沙洲并非原有，去年这地方还是江心。

（明）汤显祖《评花间集》评此诗"桑田沧海，一语破尽，红颜变为白发，美少年化为鸡皮老翁，感慨系之"。（清）黄叔灿《唐诗笺注》评此诗"不庄不俗，别有风情"。（近）刘永济《唐人绝句精华》评此诗"亦人世迁移之情，而笔有画意”。

蛮歌豆蔻北人愁，
松雨蒲风野艇秋。
浪起䴔䴖眠不得，
寒沙细细入江流。

0522 皇甫松《浪淘沙二首·二》*

蛮歌 > 指南方少数民族的民歌。
豆蔻（kòu）> 多年生草本植物，产于南方。其花春末开放，色淡红，极鲜艳，含苞待放者称“含胎花”。亦喻指少女。
野艇 > 犹野船。指乡村小船。
䴔（jiāo）䴖（jīng）> 即池鹭。一种高脚长喙的水鸟。

唱起南方歌咏爱情的民歌，触动了北客的愁思；
松间蒲上，风雨潇潇，乡间小船随意漂流。
江水溅起浪花，䴔䴖也无法安眠；
细沙被江涛涌上沙岸，又随江水流回江中。

（清）黄叔灿《唐诗笺注》评此诗“风雨扁舟，浪惊沙鸟，煞是有情，景色亦妙”。

洪河一派清淮接，
堤草芦花万里秋。
烟树寂寥分楚泽，

洪河句 > 洪河指泗水。见 0429。泗水在江苏注入淮河，入淮之口名泗口，又名清口。

海云明灭满扬州。

楚泽 > 指云梦泽。见 0131。
海云句 >《尚书·禹贡》："淮海惟扬州。"
泗口在古扬州之地，故云。

0523　李绅《却入泗口》

滔滔泗水在泗口这里注入淮河，放眼望去，堤草芦花，万里秋色。

西南是烟树寂寥的云梦泽，东南则是海云明灭的扬州。

(清) 金圣叹《批唐才子诗》评此四句"看他一头'洪河'，一头'清淮'，忽然巨笔如杠，信手下一'接'字。只谓其指陈南北控带，发出何等议论，却不谓其双眼单单正看接处。要写'蔓草芦花'已'秋'，再加'万里'字者，言此处秋，即天下皆秋，固不止是大淮大河秋也。三、四承上'万里秋'，再言'烟树苍茫'，即楚泽亦秋；'海云明灭'，即扬州亦秋也"。

远泊与谁同，
来从古木中。
长江人钓月，
旷野火烧风。

泊 > 栖止，停留。

0524　贾岛《寄朱锡珪》

有谁和我一起远行，来到这古木参天的林中呢。

在倒映明月的长江边垂钓，似乎是在钓月；

江河

岸边　洲渚
石滩

干热的风吹过旷野，如同野火燃烧般炽热。

（明）陆时雍《唐诗镜》评后二句"语境俱佳"。（清）叶矫然《龙性堂诗话》评后二句"真堪铸佛礼拜"。


日落江路黑，
前村人语稀。　　　　　江路 > 江边的道路。
几家深树里，
一火夜渔归。

0525　　　项斯《江村夜泊》*


　　日落后江边的道路黑暗，前方村庄里人声已经稀少。
深树之中有几户人家，远处有灯火闪烁，是夜间捕鱼的船只归来。

（近）刘永济《唐人绝句精华》评此诗"光景如见"。


那堪流落逢摇落，
可得潸然是偶然。　　　摇落 > 指深秋树叶飘落、树木凋零，衰飒
万顷白波迷宿鹭，　　　凄凉的景象。《楚辞》宋玉《九辩》：
一林黄叶送残蝉。　　　　"悲哉秋之为气也，萧瑟兮草木摇落
　　　　　　　　　　　　而变衰。"
　　　　　　　　　　　潸（shān）然 > 流泪貌。

0526    郑谷《江际》

怎么受得了在漂泊之中，又遇到深秋树木凋零；

我泪流满面，也就不是偶然的事。

万顷白茫茫的波涛，看不见了栖息的白鹭；

一林黄叶飘飞，寒蝉的鸣叫声也逐渐衰弱。

（宋）葛立方《韵语阳秋》："杜荀鹤、郑谷诗，皆一句内好用二字相叠，然荀鹤多用于前后散句，而郑谷用于中间对联。……'那堪流落逢摇落，可得潸然是偶然'……皆用于对联也。"（清）胡以梅《唐诗贯珠》评"万顷"句"喻茫无居止，亦喻生意萧条，皆佳句"。

江河

岸边 洲渚
石滩

地理

貳

0527
－
0575

湖
海

| | | | |
|---|---|---|---|
| 洞庭湖 | 4 | 5 | 5 |
| 太湖 | 4 | 7 | 3 |
| 西湖 | 4 | 7 | 6 |
| 镜湖 | 4 | 8 | 1 |
| 其他 | 4 | 8 | 3 |
| 海 | 4 | 8 | 8 |

洞
庭
湖

暮宿南洲草，
晨行北岸林。
日悬沧海阔，
水隔洞庭深。

南洲 > 南岸沙洲。
沧海 > 大海。此指洞庭湖。古代大湖也可
　　称为海，如至今仍称的青海。宋程大
　　昌《北边备对·四海》："然要其实致则
　　众水钟为大泽如洞庭、彭蠡之类，故
　　借海以名之，非真海也。"

0527　　刘希夷《江南曲八首·一》

　　傍晚在南岸住宿，清晨到北林徜徉。

　　红日东升，洞庭湖浩瀚壮阔，大水茫茫。

（明）杨慎《升庵诗话》评此诗"柔情绮语，绝妙一时"。（明）钟惺《唐
诗笺注》评此诗"妙在情而不在景"。

地尽天水合，
朝及洞庭湖。
初日当中涌，
莫辨东西隅。

地尽 > 极言洞庭湖的广阔，似乎已达大地
　　的尽头。
初日 > 朝阳，初升的太阳。
隅 > 角落，此指方向。

0528　　宋之问《洞庭湖》

湖海
洞庭湖

清晨乘舟来到洞庭湖上，只见湖水浩瀚接天，似乎直到大地的尽头。

红日似从湖水中涌出，无法分辨哪边是东方，哪边是西方。

（明）钟惺、谭元春《唐诗归》谭评"地尽"句"舟中好眼"。钟评"地尽"句"与'汉广不分天'（宋之问《汉江宴别》句）同意，然'地尽'二字深于'汉广'矣。妙在不说出'广'字"。

八月湖水平，
涵虚混太清。
气蒸云梦泽，
波撼岳阳城。

0529　　孟浩然《望洞庭湖赠张丞相》

湖水平 > 谓八月秋汛，江水上涨，洞庭湖水满溢，与岸齐平。
涵虚句 > 谓天空如涵泳在湖水里。虚、太清，均指天空。见 0337。
云梦泽 > 湖泽名。见 0131。
撼 > 摇动。
岳阳城 > 今湖南岳阳市，在洞庭湖东岸。

八月洞庭湖湖水上涨，与岸齐平，湖水浩渺，水天相接，混而为一。

水气蒸腾，笼罩着云梦泽；波澜壮阔，拍打摇撼着岳阳城。

（唐）殷璠《河岳英灵集》评后二句"高唱"。（唐）皮日休《郧州孟亭记》："乐府美王融'日霁沙屿明，风动甘泉浊'（按齐·王融《齐明王歌辞七首》三原句为'日霁沙溆明，风泉动华烛'），先生则有'气蒸云梦泽，波撼岳阳城'……此与古人争胜于毫厘也。"（宋）曾季狸《艇斋诗话》评后二句"亦自雄壮"。（宋）蔡絛《西清诗话》评后二句"洞庭天下壮观，骚人墨客，题者众矣，终未若此诗颔联一语气象"。(宋) 魏庆之《诗人玉屑》评后二句"典重"。(宋) 刘辰翁《评孟浩然诗集》评后二句"'蒸''撼'偶然，不是下字而气概横绝，朴不可易"。(明) 顾璘《唐音评注》评前二句"人皆知次联之工，不知其起语之大，观者当具法眼"；评此诗"格高，语健，老手"。(明) 杨慎《升庵诗话》："五言律起句最难……孟浩然'八月湖水平，涵虚混太清'，虽律也，而含古意，皆起句之妙，可以为法。"(明) 胡应麟《诗薮》评前二句"唐五言律起句之妙者"。(明) 许学夷《诗源辩体》评此四句"甚雄壮"。(明) 钟惺、谭元春《唐诗归》钟评此诗"人知其雄大，不知其温厚"。谭评"涵虚"句"多少厚！"(明) 陆时雍《唐诗镜》评后二句"惬当，浑若天成"；评此诗"浑浑不落边际"。(明) 唐汝询《汇编唐诗十集》评后二句"气势在'蒸''撼'二字"。(明) 周敬、周珽《删补唐诗选脉笺释会通评林》周敬评后二句"典重，句法最为高唱"。(明) 邢昉《唐风定》评后二句"孟诗本自清淡，独此联气胜，与少陵 (杜甫) 敌，胸中几不可测"。(清) 谭宗《近体秋阳》评此四句"浑灏不测"。(清) 张揔《唐风采》评前二句"起得最高。当时皆惊'云梦'二语为名句，其气概故自横绝，不知'涵虚'句尤为雄浑，下二语皆从此生"。(清) 沈德潜《唐诗别裁集》评此四句"起法高深，三、四雄阔，足与题称"。(清) 王尧衢《唐诗合解笺注》评后二句"其气若蒸云梦之泽，其波若撼岳阳之城，言水势郁蒸，波光摇动也"。(清) 范大士《历代诗发》评此四句"气象遂敌洞庭"。(清) 黄叔灿《唐诗笺注》评后二句"昔人谓'气蒸云梦'二句，匹敌杜公'吴楚东南'一联，唐人过洞庭诗，其气象雄横，实未有逾于此者。信然"。(清) 卢麰、王溥《闻鹤轩初盛唐近体读本》评后二句"此诗脍炙止在三、四，未尝锤炼，自然雄警，故是不易名句"。(清) 宋宗元《网师园唐诗笺》评后二句"雄壮"。(清) 胡本渊《唐诗近体》评此四句"起高浑，三四雄阔"。(清) 林昌彝《海天琴思录》评后二句"以奇逸见"。(清) 朱庭珍《筱园诗话》评前二句"高格响调，起句之极有力、最得势者，可为后学法式"。(近) 吴闿生《古今诗范》评此四句"壮阔"。(今)李庆甲《瀛奎律髓汇评》陆贻典评此四句"只'涵虚混太清'一句，洞庭湖正面已完。三四不得不推借'云梦''岳阳'，以'气蒸''波动'四字形容之也"。冯班评后二句"次联毕竟妙，与寻常作壮语者不同"。

划却君山好，
平铺湘水流。
巴陵无限酒，
醉杀洞庭秋。

划（chǎn）却 > 削去，铲去。划，同"铲"。
君山 > 一名湘山，位于洞庭湖口。见0395。
湘水 > 洞庭湖主要由湘江潴成，这里湘水即指洞庭湖水。
巴陵 > 指岳州。南朝宋始置。治所巴陵（今湖南岳阳），在洞庭湖边。又山名，在岳阳西南，洞庭湖边。

0530　李白《陪侍郎叔游洞庭醉后三首·三》*

我愿意铲去君山，使湘水不受阻挡，浩荡地奔入洞庭湖。

洞庭湖水就像饮不完的美酒，

让我尽情醉倒在洞庭秋色中，忘记一切苦闷。

（宋）严羽《评点李太白诗集》评此诗"便露出碎黄鹤气质（李白《江夏赠韦南陵冰》有'我且为君槌碎黄鹤楼，君亦为吾倒却鹦鹉洲'句）"。（宋）罗大经《鹤林玉露》评前二句"自然流出，不假安排"。（明）瞿佑《归田诗话》评此诗"是甚胸次！"（明）吴逸一《唐诗选》评此诗"四句中用四地名，不觉烦重，较七绝《峨眉山月》更难"。（明）谢榛《四溟诗话》评此诗"格高气畅，自是盛唐家数……谓有含蓄，则凿矣"。

（清）黄生《唐诗评》评此诗"放言无理，在诗家转有奇趣"。朱之荆评"醉杀"句"真有不可名状之趣"。（清）吴昌祺《删订唐诗解》评"划却"句"起是奇语"。（清）冒春荣《葚原诗说》评此四句"诗思之痴……故风神洒落，兴象玲珑"。（清）吴烶《唐诗选胜直解》评此诗"言铲去君山而令湘水平铺，太白（李白）胸中放旷豪迈可见。中流畅饮，洞庭秋意尽收于醉中矣"。（清）黄叔灿《唐诗笺注》评此诗"诗豪语辟（精辟），正与少陵'斫去月中桂，清光应更多'（杜甫《一百五日夜对月》）匹敌。'巴陵'二句，极言其快心"。（清）卢麰、王溥《闻鹤轩初盛唐近体读本》评此诗"豪狂绝非粗劣，正见雅态"。（清）胡本渊《唐诗近体》评"划却"句"起是奇句"。（近）朱宝莹《诗式》评此诗"首句，若以君山在湖中，不免犹为芥蒂，不如铲除更好。二句，君山铲去，湘水平流，则眼界弥觉空阔。三句，先点'酒'字。四句，落到'醉'字。步骤一丝不乱"；评"醉杀"句"醉倒在洞庭秋色之中，有'一脚踢翻鹦鹉洲，一拳捶碎黄鹤楼'之概"。

洞庭西望楚江分，
水尽南天不见云。
日落长沙秋色远，
不知何处吊湘君。

0531　李白《陪族叔刑部侍郎晔及中书贾舍人至游洞庭五首·一》*

楚江分＞长江自西而来，至湖北石首县分两道南入洞庭湖：西南一道从华容县注滋口入湖，东北一道从岳阳县城陵矶入湖，故曰江分。楚江，指流经楚地的长江。

湘君＞湘水女神。《列女传》载，尧二女娥皇、女英嫁舜。舜死于苍梧，娥皇女英追之不及，相与恸哭，投湘水自尽，成为湘水之神。世称湘君、湘妃、湘夫人。屈原《九歌》中《湘君》《湘夫人》两章写湘水女神。吊湘妃实为吊屈原。时李晔、贾至皆被贬，"不知

湖海

洞庭湖

何处”有怨愤意。

从洞庭湖西望，长江分两道注入洞庭；洪波浩瀚，南天渺茫。

日落长沙，眼前一片茫茫秋色，正不知于何处凭吊湘君。

（明）高棅《唐诗品汇》刘辰翁评此诗“其所长在此，他人必不能及也”。
（明）杨慎《升庵诗话》评此诗“妙不待赞。前句云‘不见’，后句‘不
知’，读之不觉其复。此二‘不’字决不可易，大抵盛唐大家正宗作诗，
取其流畅，不似后人之拘拘耳”。（明）钟惺、谭元春《唐诗归》钟评
“不知”句“此句正形容‘秋色远’耳。俗人不知，恐误看作用湘君事”。
（明）周敬、周珽《删补唐诗选脉笺释会通评林》周敬评此诗“景中含
情，情中写意，不妨为七言绝压卷”。孙鑛评此诗“壮而浑”。（清）李
锳《诗法易简录》评此诗“妙在‘不知何处’四字，写得湘妃之神缥缈
无方，而迁谪之感令人于言外得之，含蓄最深”。（清）弘历《唐宋诗
醇》评此诗“即目伤怀，含情无限，二十八字，不减《九辩》之哀矣”。
敖英评此诗“缀景宏阔，有吞吐湖山之气”。（清）黄叔灿《唐诗笺注》
评“水尽”句“写得壮阔”。（清）卢麰、王溥《闻鹤轩初盛唐近体读本》
评此诗“神韵缥缈，以此胜人”。（近）俞陛云《诗境浅说续编》评此诗
“写景皆空灵之笔，吊湘君亦幽邈之思，可谓神行象外矣”。

南湖秋水夜无烟，
耐可乘流直上天。
且就洞庭赊月色，

南湖 > 指洞庭湖。因其在岳州（今湖南岳
　　　阳）西南，故称。
耐可 > 犹尽可。

将船买酒白云边。

赊月色 > 赊购月色。谓月色不必用钱买，可以任取。
将船 > 驾船。
白云边 > 犹白云间。与前"乘流直上天"呼应。

0532　李白《陪族叔刑部侍郎晔及中书贾舍人至游洞庭五首·二》*

月光映照下洞庭湖水深沉澄碧，我们尽可顺水漂流，直上碧空。

月色无边，可以任意获取，我们就尽情地泛舟赏月、开怀痛饮吧。

（明）钟惺、谭元春《唐诗归》钟评"南湖"句"水月静夜，身历乃知"；评此诗"写洞庭寥廓幻杳，俱在言外"。（明）唐汝询《唐诗解》评此诗"天不可乘流而上，聊沽酒以相乐耳"。（清）黄生《唐诗评》评此诗"言此夕之乐，虽升天不与易耳"。朱之荆评"且就"句"'赊月色'，有取之无禁意"。

帝子潇湘去不还，
空馀秋草洞庭间。
淡扫明湖开玉镜，
丹青画出是君山。

帝子 > 指舜之二妃娥皇、女英。见0531。
潇湘 > 指湘江。
间 > 犹边。
玉镜 > 镜子的美称，喻明净的湖水。
丹青 > 图画。
君山 > 一名湘山，位于洞庭湖口。见0395。

0533　李白《陪族叔刑部侍郎晔及中书贾舍人至游洞庭五首·五》*

娥皇、女英随湘水一去不返，洞庭湖畔徒然留下芳草萋萋。

洞庭湖的水面洁净得如同明镜，君山耸立洞庭湖上，像图画一样美。

湖海
洞庭湖

（明）杨慎《升庵诗话》："唐池南（唐锜）侍御云：'太白（李白）诗中"明湖"二字奇甚，无人拈出为别号及亭匾者。'"

清晨登巴陵，
周览无不极。
明湖映天光，
彻底见秋色。

巴陵＞此指巴陵山。在岳阳西南，洞庭湖边。《元和郡县图志》："昔羿屠巴蛇於洞庭，其骨若陵，故曰巴陵。"
周览＞遍览。

0534　李白《秋登巴陵望洞庭》

清晨登上巴陵山，洞庭湖的壮美景色尽收眼底。

看蓝天倒映在湖中，湖水清澈见底，涵容万里秋色。

（清）弘历《唐宋诗醇》评此诗"写望中景物，与题相称"；评后二句"即'空水共澄鲜'之意"。

山青灭远树，
水绿无寒烟。
来帆出江中，
去鸟向日边。

灭＞消失，隐没。

0535 　李白《秋登巴陵望洞庭》 全 0534

从巴陵山四望，远山青翠，树木融化在翠色里；

秋水碧绿，没有烟雾。江面上出现点点白帆，飞鸟向天边夕阳飞去。

（清）弘历《唐宋诗醇》评此四句"极阔，极切，细意熨帖，登览中佳制也"。

枫岸纷纷落叶多，
洞庭秋水晚来波。
乘兴轻舟无近远，
白云明月吊湘娥。

0536 　贾至《初至巴陵与李十二白裴九
同泛洞庭湖三首·二》*

枫岸二句 > 用屈原《九歌·湘夫人》："袅袅兮秋风。洞庭波兮木叶下"句意。
湘娥 > 即湘妃。指舜之二妃娥皇、女英。见 0531。屈原《九歌》中《湘君》《湘夫人》两章写湘水女神。吊湘妃实为吊屈原。作者时贬谪岳州司马，故亦为自悼。

长满枫树的江岸落叶飘飞，秋天的洞庭湖水波动荡。

兴致好的时候驾轻舟随意漂流，

想到屈原的不幸遭遇，对着白云明月来凭吊他。

（明）凌宏宪《唐诗广选》蒋一葵评"白云"句"末句翻李白案"。（明）钟惺、谭元春《唐诗归》钟评后二句"不是翻太白（李白）案，'白云明月'四字，正为'不知何处吊湘君'（李白《陪族叔刑部侍郎晔及中书贾舍人至游洞庭五首》）下一注脚"。（清）黄生《唐诗评》评"白云"句"以结句见奇……'吊湘娥'，语空无实事，诗人类以无为有，境象盖在虚实之间"。（清）沈德潜《唐诗别裁集》评"白云"句"前人谓末句翻太白案，试思'白云明月'，仍是'不知何处'矣，何尝翻案耶？"（清）李锳《诗法易简录》评"白云"句"太白云'不知何处吊湘君'，此翻其语而以'白云明月'想象之。然云'无近远'，则虽处处可吊，仍无定处可指也。与太白诗若相反而实不相悖"。（清）黄叔灿《唐诗笺注》评"白云"句"李白诗'不知何处吊湘君'，此云'白云明月吊湘娥'，各极其趣"。（清）卢麰、王溥《闻鹤轩初盛唐近体读本》评后二句"轻婉之笔，故多合调"。

**叠浪浮元气，**
**中流没太阳。**
**孤舟有归客，**
**早晚达潇湘。**

元气 > 泛指宇宙自然之气。
早晚 > 何日，几时。
潇湘 > 潇水和湘江的并称。借指洞庭湖以南地区。大历六年秋，刘长卿巡湘南诸州时作此诗。

0537　　刘长卿《岳阳馆中望洞庭湖》

　　洞庭湖涌起的层层波涛，

好像托浮着宇宙自然之气，太阳就沉没于湖水之中。

　　归客乘一叶孤舟，几时才能到达潇水、湘江呢？

　　（清）屈复《唐诗合解》评前二句"亦佳。因有襄阳（孟浩然）、少陵（杜甫）二作，遂压倒"。评后二句"正是叹湖之广大"。（清）叶矫然

《龙性堂诗话》评前二句"杜'星垂平野阔，月涌大江流'（杜甫《旅夜书怀》），又'野流行地日，江入度山云'（《江阁对雨有怀》），说得江山气魄与日月争光，罕有及者。刘随州（刘长卿）'叠浪浮元气，中流没太阳'……差足颉颃（xié háng，相抗衡）"。（清）沈德潜《唐诗别裁集》评前二句"犹有气焰"。（清）洪亮吉《北江诗话》评前二句"在孟襄阳'气蒸云梦泽，波撼岳阳城'（孟浩然《望洞庭湖赠张丞相》）二语之上，通首亦较孟诗遒劲"。（今）李庆甲《瀛奎律髓汇评》方回评前二句"尽佳。非'中流'果没日也，水远而日短，故所见者日落于中耳。水之外又水，地之外又地，而水与地目不可及者，日月常可得而见，非日之光有馀为之乎？"纪昀评此诗"虽不能肩随孟（浩然）、杜（甫），犹可望其后尘"。

轩然大波起，
宇宙隘而妨。
巍峨拔嵩华，
腾踔较健壮。

0538　韩愈《岳阳楼别窦司直》

轩然＞高涌貌。
大波＞犹洪波。
妨＞妨碍，阻碍。
嵩华（huà）＞指中岳嵩山和西岳华山。
腾踔＞跳起，凌空。
较＞犹颇。

当洞庭湖洪波涌起时，宇宙似乎也变得狭小，成为妨碍。

波浪腾空而起，高如嵩山和华山，气势颇为雄伟。

（明）陆时雍《唐诗镜》评此诗"不为雄壮之势却拥笔自来，才大者觉势有馀地"。（明）周敬、周珽《删补唐诗选脉笺释会通评林》周珽评此诗"力可撼山扛鼎，而出之以恬；思可镂尘劚空，而转之以粹"。（清）

湖海
洞庭湖

顾嗣立《昌黎先生诗集注》朱彝尊评此诗"宏阔跌宕，是大局面，大约以力量胜"。（清）沈德潜《唐诗别裁集》评此诗"笔力矫然"。（清）曾国藩《求阙斋读书录》评此四句"状其洪涛壮观"。（清）吴汝纶《十八家诗钞评点》俞玚评此四句"有千钧之力"。（清）施补华《岘佣说诗》评此诗"最雄放"。（近）吴闿生《古今诗范》评此诗"极意矜炼气体，故自岸伟"。（近）程学恂《韩诗臆说》评此诗"宇宙间既有此境，不可无此诗也"。

湖光秋月两相和，
潭面无风镜未磨。
遥望洞庭山水翠，
白银盘里一青螺。

青螺 > 喻洞庭湖中的君山。《大清一统志》："君山在巴陵县西南洞庭湖中，状如十二螺髻。"

0539　刘禹锡《望洞庭》*

湖光秋月上下辉映，一潭碧水，风平浪静，如同新镜。

遥望洞庭湖和湖中的君山，正如白银盘里的一只青螺。

（五代）何光远《鉴诫录》："刘（禹锡）尚书有《望洞庭》之句，雍使君陶有《咏君山》之诗，其如作者之才，往往暗合。刘《望洞庭》诗曰：'湖光秋月两相和……。'雍《咏君山》诗曰：'烟波不动影沉沉，碧色全无翠色深。疑是水仙梳洗处，一螺青黛镜中心。'"

洞庭明月一千里，

凉风雁啼天在水。
九节菖蒲石上死，
湘神弹琴迎帝子。

洞庭 > 洞庭湖。《山海经》："洞庭之山，帝之二女居之。"
九节菖蒲 > 古代传说中的仙草，食之可以长生。古诗："石上生菖蒲，一寸八九节。仙人劝我餐，令我好颜色。"
湘神 > 湘水女神。即舜之二妃娥皇、女英。见0531。
帝子 > 天帝之女。

0540　李贺《帝子歌》

明月照亮千里洞庭，秋风寒冷，大雁哀鸣，天空映在水中。

菖蒲仙草已死于石上，人们请湘水女神弹琴来迎接天帝之女。

（明）黄淳耀《评点李长吉集》黎简评"洞庭"句"起句何等兴会"。（明）许学夷《诗源辩体》评"凉风"句"佳句也"。（清）叶矫然《龙性堂诗话》评"凉风"句"宛然谪仙佳致"。（清）王琦等《三家评注李长吉歌诗》王琦评前二句"'一千里'，言其所治之地甚广。'凉风雁啼'，深秋之候。'天在水'，天光下映水中，风平浪静，佳景可想"；评"湘神"句"'湘神弹琴'，即《楚辞》使湘灵鼓瑟之意。盖帝子贵神也，下人不敢渎请，转祈湘神弹琴以迎，以冀望其神之来格"；评此诗"旨趣全仿《楚辞·九歌》，会其意者，绝无怪处可觅"。

三秋倚练飞金盏，
洞庭波定平如划。
天高云卷绿罗低，

三秋 > 深秋。见0396。
倚 > 傍，近。
练 > 白绢。喻指洞庭湖水。

湖海
洞庭湖

# 一点君山碍人眼。

0541　　　张碧《秋日登岳阳楼晴望》

金盏 > 酒杯的美称。
划（chǎn） > 同铲。
绿罗 > 指绿罗溪。在洞庭湖北。
君山 > 一名湘山，位于洞庭湖口。见0395。

深秋时节，面对洞庭湖，举杯畅饮，洞庭湖水平得如同铲过。

天高云卷，绿罗溪水流入洞庭湖，

而洞庭湖口的一点君山却挡住了人们的视线。

# 导岷既艰远，
# 距海无咫尺。
# 胡为不讫功，
# 馀水斯委积。

导岷 > 指开凿岷山，疏导长江。古以岷山
　　　为江源。《尚书·禹贡》："岷山导江。"
讫功 > 完工，竣工。
斯委积 > 在此积蓄。指洞庭湖和青草湖水。
　　　青草湖在湖南岳阳县西南，与洞庭湖
　　　相连。

0542　　　白居易《自蜀江至洞庭湖口
有感而作》

当年大禹开凿岷山，疏导长江，

工程那么艰巨，路途那么遥远；

到了洞庭湖、青草湖这儿，距离大海已是近在咫尺了。

为什么不把工程做完，

把水一直导向大海，而要留下一片水积蓄在这里呢？

（清）弘历《唐宋诗醇》评此诗"议论奇辟，笔力亦浑劲与题称。集中此种绝少，颇近昌黎（韩愈）"。

露气寒光集，
微阳下楚丘。
猿啼洞庭树，
人在木兰舟。

楚丘 > 楚地的山峦。时马戴任湖南龙阳县尉。
木兰舟 > 用香木木兰所制之舟。为舟之美称。

0543　马戴《楚江怀古三首·一》**

秋露闪着寒光，残阳从楚山落下。

猿猱在洞庭湖畔的树林中啼叫，人在湖上的木兰舟中。

（明）杨慎《升庵诗话》评后二句"虽柳恽（齐梁诗人）不是过也，晚唐有此，亦希声乎！严仪卿（严羽）称戴诗为晚唐第一，信非溢美"。（明）王世贞《艺苑卮言》评后二句"真不减柳吴兴（柳恽）《回乐峰》一章。何必王龙标（王昌龄）、李供奉（李白）"。（明）胡应麟《诗薮》评后二句"句格之近六朝者"。（明）钟惺、谭元春《唐诗归》谭评"露气"句"'光集'妙，承'气'字尤妙"。钟评后二句"二语以连读为情景"。（清）叶矫然《龙性堂诗话》："晚唐马虞臣（马戴）'猿啼洞庭树，人在木兰舟'，右丞（王维）之'雨中山果落，灯下草虫鸣'也……岂复有人代之隔哉？"（清）黄生《唐诗评》评后二句"真脍炙千古……以景事衬对，句中便含有悲秋意"。（清）屈复《唐诗合解》评后二句"王渔洋（王士禛）以为诗之极致"。（清）贺裳《载酒园诗话又编》评后二句"每读此语，便真若身游楚、蜀"。(清) 沈德潜《唐诗别裁集》评后二句"二语连读，乃见标格"。(清) 李怀民《重订中晚唐诗主客图》评后二句"意景较宽，声响较大，不知者认为初、盛"。(清) 周咏棠《唐贤小三昧续集》评后二句"十字令人揽结不尽，皇甫（浞）兄弟谓此为五言极则，洵具眼也"。(清) 潘德舆《养一斋诗话》评后二句"五言之上也……风力郁盘"。(清) 王寿昌《小清华园诗谈》评后二句"此等句当与日星河岳同垂不朽"。(近) 俞陛云《诗境浅说》评后二句"绝无雕琢，纯出自然，风致独绝，而伤秋怀远之思，自在言外"。(近) 高步瀛《唐宋诗举要》评后二句"风格高逸"。

广泽生明月，
苍山夹乱流。
云中君不降，
竟夕自悲秋。

广泽 > 广阔水面。此指洞庭湖。
云中君 > 传说中的神名。见《楚辞·九歌》及《汉书·郊祀志》。王逸、颜师古谓为云神，王闿运谓为楚泽女神。
竟夕 > 彻夜。

0544　马戴《楚江怀古二首·一》　接上

洞庭湖的茫茫湖面上明月升起，苍山之间溪涧乱流。

云中君始终没有降临，我只有彻夜地悲秋叹息。

(元) 辛文房《唐才子传》："戴诗壮丽，居晚唐诸公之上。优游不迫，沉着痛快，两不相伤，佳作也。"(清) 吴乔《围炉诗话》评此诗"不似晚唐人诗"。(清) 王夫之《唐诗评选》评此诗"神情光彩，何殊王子安

（王勃）?"评"云中"句"五字一直下语，而曲折已尽，可谓笔外有墨气，奇绝"。（清）黄生《唐诗评》评后二句"结见怀古之意"。（清）李怀民《重订中晚唐诗主客图》评前二句"何必是楚江？确是楚江"。（清）陆蓥《问花楼诗话》评此诗"柳吴兴（柳恽）无以过之。严羽推为晚唐之冠，信哉！"（近）俞陛云《诗境浅说》评此诗"以清微婉约出之，如仙人乘莲叶轻舟，凌波而下也"。

惊波常不定，
半日鬓堪斑。
四顾疑无地，
中流忽有山。

中流 > 水中。君山在湘江入洞庭湖之湖口。
堪 > 将。
疑 > 似乎，好像。

0545　　许棠《过洞庭湖》**

洞庭湖中常有惊涛骇浪，在湖上半日，头发都要发愁变白。

四望茫茫，到处都是大水，似乎没有陆地，在湖中忽然发现了君山。

（宋）计有功《唐诗纪事》评此诗"棠……有《洞庭》诗为工，时号'许洞庭'"；评后二句"人以题扇"。（宋）蔡絛《西清诗话》评后二句"见称于世"。（明）胡震亨《唐音癸签》评后二句"视老杜'乾坤日夜浮'愈切愈小"。（明）周敬、周珽《删补唐诗选脉笺释会通评林》周珽评"四顾"句"语大是幻绝"；评后二句"妙在'疑无''忽有'四字……以虚字摹出洞庭形势来"。（清）陆次云《五朝诗善鸣集》评"中流"句"写君山神到"。（清）李怀民《重订中晚唐诗主客图》评后二句"虽不是洞庭，然确是洞庭，非身到者不知也"。

鸟高恒畏坠，
帆远却如闲。
渔父闲相引，
时歌浩渺间。

引 > 引导，带领。

0546　许棠《过洞庭湖》 接上

由于波浪滔天，鸟儿总是畏惧高飞，天际的船帆却似悠闲自得。

渔夫从容自在地引船前行，时而在浩渺的湖面上放声高歌。

（五代）孙光宪《北梦琐言》："咸通中，许棠有《洞庭》诗尤工，时人谓之'许洞庭'。乃知诗之佳者自足压世。"（明）周敬、周珽《删补唐诗选脉笺释会通评林》周珽评此诗"极言湖之汪洋灏瀚险荡……浩然之后，此诗见称于世"；评前二句"妙在'恒''却'二字，俱以虚字摹出洞庭形势来"。（清）查慎行《初白庵诗评》评此诗"句句是过湖景象，余尝身历其境，故知此诗之工"。（清）宋宗元《网师园唐诗笺》评"帆远"句"无声画"。（清）李怀民《重订中晚唐诗主客图》评此诗"力求新奇，乃力求写生，故妙"。（清）潘德舆《养一斋诗话》评"帆远"句"五字佳"。

千里晚霞云梦北，

一洲霜橘洞庭南。
溪风送雨过秋寺，
涧石惊泷落夜潭。

云梦 > 湖泽名。见 0131。此指洞庭湖。
洲 > 指橘子洲。在今湖南长沙市西湘江中，
　　因产橘而得名。
泷（lóng） > 湍急的河流。

0547　　张泌《秋晚过洞庭》

　　洞庭湖上，千里晚霞；湘江之中，霜橘满洲。

　　溪风送雨，吹过秋寺；急流激溅，跌落夜潭。

（明）许学夷《诗源辩体》评此四句"亦晚唐俊调"。（清）谭宗《近体秋
阳》评前二句"三句（'千里'句）出'晚'，四句出'秋'"；评后二句
"五承'秋'，六承'晚'。'送''过''惊''落'，四皆炼字，'送''惊'
清异，'过''落'轻老，两俱妙境"；评此诗"壮往凄激，自是感深之
作"。（清）黄生《唐诗评》评此四句"应暮景"。（清）陆銮《问花楼诗
话》评后二句"佳句也"。

太
湖

青为洞庭山，
白是太湖水。
苍茫远郊树，
倏忽不相似。

洞庭山 > 山名。在江苏省太湖中。有东西
　　二山，东山古名莫厘山，西山古名包
　　山。
太湖 > 湖名。古称震泽，又称五湖、笠泽。
　　地跨江苏、浙江两省，为我国最大的

湖海
太湖

0548　　　包融《登翅头山题俨公石壁》　　　　湖泊之一。

倏（shū）忽＞顷刻。指极短的时间。

站在翅头山上望去，满眼青翠的，是太湖中的莫厘山和包山；

一片白茫茫的，是太湖之水。

朝阳升起，苍茫的远树，转瞬之间变得清晰。

（明）钟惺、谭元春《唐诗归》谭评前二句"口齿伶俐"；评后二句"看得心细"。钟评后二句"好画家心眼"。

月明移舟去，
夜静魂梦归。
暗觉海风度，　　　　　海风＞此指湖上的风。古大湖可称海。见
萧萧闻雁飞。　　　　　0527。

0549　　　王昌龄《太湖秋夕》

在明月下泛舟太湖，秋夜寂静，魂梦悠悠。

暗中感觉到湖风吹过，

听大雁南飞，鸣声凄凉。

（明）钟惺、谭元春《唐诗归》谭评"月明"句"游得真率自在"。钟评"萧萧"句"'雁飞'属'闻'上，便不熟"。

黄夹缬林寒有叶，
碧琉璃水净无风。
避旗飞鹭翩翩白，
惊鼓跳鱼拨剌红。

夹缬（xié）> 我国古代印花染色的方法。
　　此言寒叶之色黄。
琉璃 > 指玻璃。喻指澄澈碧透的湖水。
拨剌（là）> 鱼尾拨水声。

0550　白居易《泛太湖书事寄微之》

太湖边的树林色彩斑斓，黄叶飘飞；

湖上风平浪静，湖水澄澈，像碧绿的玻璃。

白鹭因躲避旌旗，翩翩翻飞；红鲤鱼被鼓声惊动，拨尾跳跃。

（明）杨慎《升庵诗话》评"黄夹"句"甚工。杜诗所谓'霜凋碧树作锦树'（杜甫《锦树行》），同意"。（清）王尧衢《唐诗合解笺注》评此四句"此时是秋，见寒林黄叶，如染彩而系者……秋水色如琉璃之碧，无风更觉明净可爱……鹭以飞而见白，鱼以跃而知红，波中幽事，举目而得之"。

闻有太湖名，
十年未曾识。
今朝得游泛，
大笑称平昔。

称（chèn）> 符合。

0551　皮日休《太湖诗·初入太湖》

湖海
太湖

早就听说太湖的名声，十年未曾亲眼目睹。

今天得以泛舟太湖，仰天大笑，满足了平生的心愿。


云轻似可染，
霞烂如堪摘。
渐暝无处泊，
挽帆从所适。

烂＞色彩绚丽。
堪＞可以。
挽＞卷起。

0552　皮日休《太湖诗·初入太湖》
全 0551

太湖上白云轻飘，似乎是用笔染成；晚霞灿烂，好像可以伸手摘取。

天色渐暗，水面辽阔，不知停泊何处；索性卷起风帆，任船漂流。


西
湖


万株松树青山上，
十里沙堤明月中。
楼角渐移当路影，
潮头欲过满江风。

万株松树＞西湖附近有万松岭。
十里沙堤＞西湖中有白沙堤，又称白堤。

0553　　　白居易《夜归》

西湖边的青山长满松树，明月映照着十里沙堤。

月亮西斜，楼阁映在地面上的影子渐渐移动；

钱塘江的潮头扑过，江风浩荡。

（清）毛奇龄《唐七律选》评此四句"景次之细，身历始解"。（清）弘历《唐宋诗醇》评前二句"已尽西湖之景"；评后二句"从空中摩拟而得。'潮头欲过满江风'，较许浑'山雨欲来风满楼'（《咸阳城东楼》）更为阔大"。（清）方东树《昭昧詹言》评后二句"警妙非常"；评此诗"只八句说去，往复一气中，层次情事，有如一幅画图，令人一一可按而见，固非小才能办"。

孤山寺北贾亭西，
水面初平云脚低。
几处早莺争暖树，
谁家新燕啄春泥。

孤山寺 > 杭州西湖孤山上的寺院。又名永福寺、广化寺，在杭州西湖里湖外湖间的孤山上。
贾亭 > 一名贾公亭。唐贞元间杭州刺史贾全所建。
水面初平 > 言春水初涨，水面与堤岸齐平。
云脚 > 低垂的云。

0554　　　白居易《钱塘湖春行》**

在孤山寺以北，贾亭之西，西湖春水与堤岸齐平，白云低飞。

几只初春的黄莺在争抢向阳的树枝，谁家归来的燕子在水边啄取春泥。

湖海

西湖

（清）金圣叹《批唐才子诗》评此四句"先写湖上。横间，则为寺北、亭西；竖展，则为低云、平水；浓点，则为早莺、新燕；轻烘，则为暖树、春泥。写湖上真如天开图画也"。（清）沈德潜《唐诗别裁集》评后二句"秀绝"。（清）赵臣瑗《山满楼笺注唐诗七言律》评此四句"何言乎上半首专写湖上？察他口气所重，只在'寺北''亭西''几处''谁家'，见其间佳丽不可胜纪，而初不在'水平''云低''早莺''新燕''暖树''春泥'之种种布景设色也"。（清）胡以梅《唐诗贯珠》评后二句"灵活之极，'争'字既佳，而'谁家'更有情。唐人用'谁家'处多，独此燕啄泥归巢用之，有下落"。（清）宋宗元《网师园唐诗笺》评后二句"娟秀无比"。

# 乱花渐欲迷人眼，
# 浅草才能没马蹄。
# 最爱湖东行不足，
# 绿杨阴里白沙堤。

最爱二句 > 时白居易为杭州刺史，春日屡与客游西湖。

白沙堤 > 一名断桥堤，东起"断桥残雪"，止于"平湖秋月"。筑于六朝时。今或误以为白居易所筑，其实白氏所筑堤在钱塘门外石涵桥一带，今已无迹可寻。

0555　　　白居易《钱塘湖春行》　接上

繁花盛开，简直使人们眼花缭乱；地面上春草初生，刚能遮没马蹄。

最爱的是湖东，绿柳成荫，覆盖着白沙长堤，让人游赏不够。

（清）金圣叹《批唐才子诗》评此四句"写春行。花迷、草没，如以戥子称量此日春光之浅深也。'绿杨阴里白沙堤'者，言于如是浅深春光中，幅巾单袷（夹衣），款段（马行迟缓）闲行，即此杭州太守白居士也"。(清)赵臣瑗《山满楼笺注唐诗七言律》评此四句"何言乎下半首专写春行？察他口气所重，只在'渐欲迷''才能没'，绿杨阴之一路行来，细细较量春光之浅深、春色之浓淡，而初不在'湖东''白沙堤'几个印板上之衬贴字也"；评此诗"轻重既已得宜，风情又复宕漾，最是中唐佳调，谁谓先生之诗近于俗哉？"（清）胡以梅《唐诗贯珠》评前二句"松秀"。（清）王尧衢《唐诗合解笺注》评此诗"诗内有山、水、寺、亭、莺、燕、花、杨、草、树、云、泥诸字，用之不觉其复，以其手法之灵动也"。（清）宋宗元《网师园唐诗笺》评此诗"娟秀无比"。（清）胡本渊《唐诗近体》评前二句"中有'行'字"；评"最爱"句"抽出湖东，点醒'行'字"。（清）方东树《昭昧詹言》评此诗"佳处在象中有兴，有人在，不比死句"。（清）杨逢春《唐诗绎》评后二句"以行不到之湖东结，遥望犹有馀情"。

湖上春来似画图，
乱峰围绕水平铺。
松排山面千重翠，
月点波心一颗珠。

乱峰围绕 > 西湖三面环山，有玉皇山、凤凰山、南高峰、北高峰等。
松排句 > 唐时杭州西湖多松，自行春桥西至灵隐寺，苍翠夹道，有"九里松"之称。排，排列，布满。

0556　　白居易《春题湖上》**

西湖到了春天就像一幅图画，绿峰围绕，碧水平铺。

满山苍翠的青松，层层叠叠；

明月倒映在湖心，宛若一颗明珠。

湖海

西湖

（清）胡以梅《唐诗贯珠》评此诗"风流华润"。（清）王尧衢《唐诗合解笺注》评后二句"此又笔所不能画者。'波心'对'山面'，工致。月用'点'字尤妙"。（清）李锳《诗法易简录》评此诗"次句（'乱峰'句）及中四句皆所谓'似画图'也"。（清）弘历《唐宋诗醇》评"湖上"句"'画图'二字是诗眼，下五句皆实写画图中景"。（清）黄叔灿《唐诗笺注》评此四句"'乱峰'句是'画图'中之大局，松翠月波，画之浓淡疏密也"。

碧毯线头抽早稻，
青罗裙带展新蒲。
未能抛得杭州去，
一半勾留是此湖。

新蒲 > 新生的蒲草。见 0428。
勾留 > 逗留，流连。

0557　　白居易《春题湖上》　接上

　　拔节的稻秧一片碧绿，像地毯上的毛线；

　　新生的蒲草随水波动荡，如同青罗裙带。

我未能抛下杭州离去，一半原因，就是因为舍不得西湖！

（清）毛奇龄《唐七律选》评前二句"物态新出"；评后二句"万千赞叹，尽此二句"。（清）弘历《唐宋诗醇》评后二句"以不舍意作结，而曰'一半勾留'，言外正有馀情"。（清）王尧衢《唐诗合解笺注》评后二句"'一半勾留'，湖未尝留人，而人自不能抛舍，兴之所适也。然亦只得'一半'，那一半当别有瞻恋君国去处，若说全被勾留，岂不是个游春郎君，不是白傅口中语矣"；评此诗"以'湖'字起结，奇极"。（清）

黄叔灿《唐诗笺注》评前二句"'青罗''碧毯',画之点染生动也";评此诗"读此诗,分明是一幅屏障,卧游其间,当是全神摄去"。

镜湖

离别家乡岁月多,
近来人事半销磨。
唯有门前镜湖水,
春风不改旧时波。

近来句 > 玄宗天宝三年,贺知章上书请为道士,回到故乡镜湖隐居。销磨,消耗,磨灭。
镜湖 > 亦名鉴湖。在浙江绍兴会稽山北麓,为东汉时太守马臻修建的农田水利工程,以水平如镜,故名。

0558    贺知章《回乡偶书二首·二》*

离开故乡多年,感叹近年岁月多半消耗在官场的人事往来上。

只有家乡门前的镜湖水,春风吹拂,不改旧时的模样。

(近)刘永济《唐人绝句精华》评此诗"写久别家乡,人事多变之感,用春风不改水波之无干情事点染,亦包含无穷"。

澄霁晚流阔,
微风吹绿蘋。
鳞鳞远峰见,

澄霁 > 谓雨后天气晴朗。
蘋(pín)> 植物名。也称四叶菜、田字草,生浅水中,夏秋开小白花。《诗经·召

湖海
镜湖

## 淡淡平湖春。

0559　李颀《寄镜湖朱处士》

南·采》："于以采蘋？南涧之滨。"

鳞鳞 > 原形容云彩层叠如鳞状，这里用来形容远山如云，层层叠叠。

淡淡 > 水流平满貌。宋玉《高唐赋》："潺湲湲其无声兮，溃淡淡而并入。"李善注："淡，以冉切，安流平满貌。"

雨后天空明净晴朗，湖面更显开阔，微风吹动水上的蘋草。

远山如云，层层叠叠；春天的镜湖，湖水平满如镜。

（明）钟惺、谭元春《唐诗归》钟评后二句"细得明净"。

## 我欲因之梦吴越，
## 一夜飞度镜湖月。
## 湖月照我影，
## 送我至剡溪。

0560　李白《梦游天姥吟留别》　全 0365

因之 > 因为这些（对天姥山的传说）。

吴越 > 今江浙一带。春秋时其地为吴越两国所在。

镜湖 > 亦名鉴湖。见 0558。

剡（shàn）溪 > 曹娥江的上游。见 0479。

我因天姥山的传说而引发好奇，

希望在梦中往游吴越，一夜飞度月光照耀下的镜湖。

湖中之月伴送我的身影，送我到风景如画的剡溪。

（明）高棅《唐诗品汇》范梈评前二句"'梦吴越'以下，梦之源也；次诸节，梦之波澜也"。(清) 乔亿《剑溪说诗》评"一夜"句"天仙语也。
太白 (李白) 诗境正如此"。

其
他

日衔高浪出，
天入四空无。
尺寸分洲岛，
纤毫指舳舻。

四空 > 四方的天空。
舳 (zhú) 舻 (lú) > 船尾曰舳，船头曰舻。
泛指船只。

0561　窦叔向《过担石湖》

担石湖上红日涌起，似乎衔浪而出，天水相接，四垂无际。

分辨远处的沙洲岛屿，只在尺寸之间；

指点远处的船只，更是微小得像毫发。

(清) 谭宗《近体秋阳》评前二句"高浩迥辟，在摹拟肖象句上尤所难
得"。(清) 叶矫然《龙性堂诗话》评前二句"杜 (甫)'星垂平野阔，月
涌大江流'(《旅夜书怀》)，又'野流行地日，江入度山云'(《江阁对
雨有怀》)，说得江山气魄与日月争光，罕有及者……窦叔向'日衔高
浪出，天入四空无'……差足颉颃 (xié háng，相抗衡)"。(清) 陆次
云《五朝诗善鸣集》评此诗"盛唐声调"。(清) 范大士《历代诗发》评
前二句"警句"。(清) 宋宗元《网师园唐诗笺》评前二句"常景写来出

湖海
其他

奇"。（近）邹弢《精选评注五朝诗学津梁》评"天入"句"用笔入化"；评后二句"写湖上情景贴切"。

菱歌罢唱鹢舟回，
雪鹭银鸥左右来。
霞散浦边云锦截，
月升湖面镜波开。

0562　　　李绅《忆东湖》

菱歌 > 采菱时唱的歌。《尔雅翼》："吴楚之风俗，当菱熟时，士女子相与采之，故有采菱之歌以相和。"
鹢（yì）舟 > 船头画着鹢鸟的彩船。鹢，像鹭鹚的水鸟，能高飞。
云锦 > 我国传统工艺丝织品，产于南京。锦纹瑰丽，有如云霞。
湖 > 指东湖。在古洪州（今南昌市）城内，随城环曲，直通章江。

东湖上唱罢菱歌，彩船归来，如银似雪的鸥鹭在左右翩翩飞翔。

湖边彩霞飞散，如同裁下的云锦；湖上明月升起，波平如镜。

丹橘村边独火微，
碧流明处雁初飞。
萧条落叶垂杨岸，
隔水寥寥闻捣衣。

0563　　　李绅《却望无锡芙蓉湖·二》*

碧流 > 指芙蓉湖水。芙蓉湖古称"上湖"，入无锡地称"无锡湖"，在江阴境内又称"三山湖"。北宋前是江南仅次于太湖的一片水域，因湖中荷花生长异常茂盛而得名。
寥寥 > 寂寞，孤单。

种满丹橘的村落边，一点渔火闪烁；

484
485 >

芙蓉湖水明亮之处，看见大雁飞起。

垂柳岸边，落叶萧疏；隔着芙蓉湖，隐隐听到捣衣之声。

（清）王闿运《手批唐诗选》评此诗"写得明艳"。

丞相鸣琴地，
何年闭玉徽。
偶因明月夕，
重敞故楼扉。

0564　李德裕《汉州月夕游房太尉西湖》

丞相 > 指房琯。房琯曾为玄宗朝宰相，后被肃宗先后贬为邠州、晋州、汉州刺史。宝应二年拜特进刑部尚书，在路遇疾，广德元年卒于阆州。汉州（今四川广汉市）西湖乃房琯任刺史时所开凿。

鸣琴 > 此处暗用孔子弟子宓子贱为单父宰，弹鸣琴，身不下堂而单父治之典。

玉徽 > 玉制的琴徽。亦为琴的美称。此句下作者自注："房公以好琴闻于四海。"

汉州是房琯任刺史之地，从什么时候起再也听不到他的琴声了呢？

我偶然在这样一个月明之夜，

重新来到汉州西湖边，推开了楼上的窗扉。

（明）周敬、周珽《删补唐诗选脉笺释会通评林》周敬评此诗"感慨语调，清丽便美（味美适口，便音 pián）"。

十顷平湖堤柳合，

湖海

其他

岸秋兰芷绿纤纤。
一声明月采莲女，
四面朱楼卷画帘。

合 > 环绕。
兰芷 > 兰草和白芷。皆为香草。

0565　　杜牧《怀钟陵旧游四首·三》

南昌城东的十顷平湖，堤柳环绕；

岸边长满兰草与白芷，秋天芳草芊芊。

明月下采莲女唱起采莲歌，湖边的红楼上都卷起了窗帘。

（清）黄叔灿《唐诗笺注》评此诗"赋湖上景色，宛成图画，风流俊逸，真是牧之（杜牧）本色"。

湖上微风入槛凉，
翻翻菱荇满回塘。
野船着岸偎春草，
水鸟带波飞夕阳。

槛（jiàn）> 上下四方加板的小船。左思《吴都赋》刘逵注："船上下四方施板者曰槛也。"
翻翻 > 茂密繁盛貌。
菱荇（xìng）> 皆水生植物。见 0474。
回塘 > 曲折回绕的池塘。
着（zhuó）岸 > 靠岸，近岸。
带 > 连，近。

0566　　温庭筠《南湖》

绍兴南湖上微风吹拂，吹入小船，颇感凉意，菱叶荇菜铺满池塘的水面。

乡村小船靠岸，隐入春草之中；惊起水鸟，贴着水面向夕阳飞去。

（清）金圣叹《批唐才子诗》评此四句"坐槛中，看湖上，初并无触，而微凉忽生，于是黯然心悲，此是湖上风入也。一时闲闲肆目，见他翻翻满塘，嗟乎，秋信遂至如此，我今身坐何处？便不自觉转出后一解之四句也。前解只写得'风'字、'凉'字，言因凉悟风，因风悟凉。'翻翻菱荇'，则极写风色也。三四'着岸偎''带波飞'，亦是再写风，然'春草'写为时曾几？'夕阳'写今又促。世传温（庭筠）、李（商隐）齐名，如此纤浓之笔，真为不忝（不愧于）义山（李商隐）也"。（清）何焯《批校温飞卿诗集》评后二句"鸟藏草中，船至决起，一气生动"。（清）陆次云《五朝诗善鸣集》评"野船"句"'偎'字用在船上，亦佳"。（清）赵臣瑗《山满楼笺注唐诗七言律》评此诗"笔态纤秾合度，无忝一时才名"。（清）毛张健《唐体肤诠》评此诗"通篇暗写微风，不露色相，使读者了然会心"。（清）胡以梅《唐诗贯珠》评此诗"通首清俊"。

半陂已南纯浸山，
动影袅窕冲融间。
船舷暝戛云际寺，
水面月出蓝田关。

0567　　杜甫《渼陂行》

陂（bēi）> 池塘，湖泊。见 0157。此指
　　渼陂。为唐代长安西南之著名风景区。
　　《长安志》："渼陂在（鄠）县西五里，
　　出终南山诸谷，合胡公泉为陂。"
山 > 指终南山。
袅（niǎo）窕（tiǎo）> 动摇不定貌。
冲融 > 水深广貌。
暝 > 日晚。

湖海

其他

戛（jiá）> 摩擦之声。

云际寺 > 指云际山大定寺，在鄠县东南。

蓝田关 > 即秦岭关，在渼陂东南。

终南山影倒映在渼陂湖南面的水中，湖水深广，山影晃动。

傍晚时船舷似乎与云际寺的倒影相摩擦，月出时水面更是映出蓝田关。

（宋）刘辰翁《批点杜工部诗》评后二句"写景入微，烟波远近，变态具足"。（明）钟惺、谭元春《唐诗归》钟评此四句"奇景，奇语，写得幽险怕人。四语中已有风雨鬼神矣"。（明）邢昉《唐风定》评此四句"气势雄伟，嘉州（岑参）一派，风神过之，气势不及"。（清）黄周星《唐诗快》评此诗"不过游渼陂耳，却说得天摇地动，云飞水立，悄然有山林窅冥、海水汩没景象，岂不令人移情"；评此四句"俱是画景"。（清）张溍《杜诗注解》评前二句"终南山在水南，故半陂山影倒浸，写来甚细"。（清）张谦宜《茧斋诗谈》评后二句"山与关影浸陂中，船行其上，故曰'暝戛'；关头之月，亦在波间，故曰'水面月出'，皆蒙上'纯浸山'而言。此险中取巧法。写影中诸山，如在镜面上浮动，亦是虚景实描法"。（清）佚名《杜诗言志》评此诗"开口言奇，而处处带言其险，以见履险而不形其险，斯以得探奇之乐"。（清）沈德潜《唐诗别裁集》评此四句"写山影动摇，水波微漾之状"。（清）刘濬《杜诗集评》查慎行评此四句"翕张开合，气象万千"。

海

拂潮云布色，

穿浪日舒光。

照岸花分彩，
迷云雁断行。

拂 > 掠过，轻轻擦过。
穿 > 指照彻。

0568　　李世民《春日望海》

阳光照彻海水，云影掠过海面。岸花灿烂盛开，大雁云中飞远。

羽山数点青，
海岸杂光碎。
离离树木少，
漭漭波潮大。

羽山 > 山名。舜杀鲧之处。在今江苏东海县西北九十里。《尚书·舜典》："殛鲧于羽山。"晋王嘉《拾遗记·夏禹》："海民於羽山之中，修立鲧庙。四时以致祭祀，常见玄鱼与蛟龙跳跃而出，观者惊而畏矣。"

0569　　崔国辅《石头滩作》

离离 > 隐约貌。
漭（mǎng）漭 > 水势浩大貌。

在石头滩远望，羽山仅数点青色，海上波光粼粼。

岸边隐约可见稀少的树木，大海的波涛辽阔无边。

（明）钟惺、谭元春《唐诗归》谭评前二句"妙"。（清）范大士《历代诗发》评此诗"登眺之诗，以此种为上驷（杰出者），为其写实事有虚神也"。（清）王闿运《手批唐诗选》评此四句"远跖（zhí，犹登）高瞩"。

侧闻阴山胡儿语，

湖海

海

西头热海水如煮。

海上众鸟不敢飞，

中有鲤鱼长且肥。

0570　　岑参《热海行送崔侍御还京》

侧闻 > 谦辞。从旁听到。

阴山 > 此指西北边地的群山，非指横贯内蒙古的阴山山脉。唐显庆二年破西突厥后，曾置阴山都护府，治阴山州（今新疆额敏县额敏镇叶密立古城），属关内道燕然都护府。

热海 > 即伊塞克湖，唐时属安西都护府辖。在今吉尔吉斯斯坦境东部。

水如煮 > 想象夸张之词。实不冻而已。

听阴山一带的胡人说，西方热海中的水热得如同煮沸一般。

湖上各种鸟儿都不敢飞过，湖中的鲤鱼却长得又大又肥。

（宋）许《彦周诗话》："岑参诗亦自成一家，盖尝从封常清军，其记西域异事甚多。如《优钵罗花歌》《热海行》，古今传记所不载者也。"

岸旁青草常不歇，

空中白雪遥旋灭。

蒸沙烁石然虏云，

沸浪炎波煎汉月。

0571　　岑参《热海行送崔侍御还京》
　　　　全 0570

常不歇 > 常年不凋枯。

旋灭 > 立即融化。

烁（shuò）> 熔。

然 > 同燃。

虏云 > 边地之云。

沸浪 > 沸腾之浪。

炎波 > 炎热之波。

热海岸边的青草常年不凋枯，空中飘下的白雪远远地就融化了。

炽热的湖水炙烤着岸边的砂石，燃烧着边地之云，

沸腾的波浪仿佛煎煮着天上的明月。


白日自中吐，
扶桑如可扪。
超遥蓬莱峰，
想象金台存。

0572　独孤及《观海》

扶桑 > 神话中的树名，传说为日出处。见
　　　0003。
扪（mén）> 抚摸。
超遥 > 高远，遥远。
蓬莱 > 蓬莱山。传说中与方丈、瀛洲合称
　　　海上三神山，相传仙府秘籍皆藏于此。
想象 > 犹仿佛。
金台 > 神话传说中神仙所居之处。刘义庆
　　　《幽明录》："海中有金台，出水百丈，
　　　结构巧丽，穷尽神功。"


一轮红日从大海中涌出，扶桑树也清晰可见，似乎伸手就可以摸到。

海上的蓬莱仙山十分遥远，仿佛那里有神仙居住。

（宋）刘克庄《后村诗话》评此诗"虽高雅未及陈拾遗（陈子昂），然气
魄雄浑，与岑参适相上下"。


地形失端倪，
天色潜滉漾。
东南际万里，

端倪 > 头绪，迹象。
滉漾 > 形容广阔无涯。
无象 > 没有形迹，没有具体形象。

湖海
海

极目远无象。

大地找不到边际，大海涵容天空，广阔无涯。

在东南方向与大地万里交会，放眼望去，一片汪洋，茫茫无所见。

苍茫空泛日，
四顾绝人烟。
半浸中华岸，
旁通异域船。

泛 > 向上冒出。

0574　周繇《望海》**

大海苍茫，白日涌出；向四面张望，绝无人烟。

大海的一侧是中国的海岸，通往异域的船只则驶向远方。

（明）周敬、周珽《删补唐诗选脉笺释会通评林》周珽评"半浸"句"亦称作手"。

岛间应有国，

波外恐无天。
欲作乘槎客，
翻愁去隔年。

0575　　周繇《望海》　接上

乘槎客 >《博物志》载，"旧说云天河与海通……人有奇志，立飞阁于槎上，多赍粮，乘槎而去。十馀日中犹观星月日辰，自后茫茫忽忽亦不觉昼夜。去十馀日，奄至一处，有城郭状，屋舍甚严。遥望宫中多织妇，觅一丈夫牵牛渚次饮之。牵牛人乃惊问曰：'何由至此？'此人具说来意，并问此是何处，答曰：'君还至蜀郡访严君平则知之。'竟不上岸，因还如期。后至蜀，问君平，曰：'某年月日有客星犯牵牛宿。'计年月，正是此人到天河时也。"
槎，亦写作查，船。

猜想海岛之上应有异国，而大海的波涛将无边无际。

想要乘船到大海上去，却害怕一去就是一年啊！

（明）周敬、周珽《删补唐诗选脉笺释会通评林》周珽评此诗"律体规模，整饬精深"。（清）沈德潜《唐诗别裁集》评前二句"余谓咏海何难万言，惟简而该（备）为贵也。读'岛间知有国，波外恐无天'，爽然自失也"。（清）宋宗元《网师园唐诗笺》评"波外"句"奇想"。（清）潘德舆《养一斋诗话》评前二句"五言之上也……风力郁盘"。

湖海
海

地理

貳

0576 泉
0586

山中有流水，
借问不知名。
映地为天色，
飞空作雨声。

借问 > 向别人打听，询问。

0576　　储光羲《咏山泉》

　　山中有泉水，向别人打听，都不知道它的名字。

　　泉水将地面映成天蓝的颜色，飞洒空中，像是下雨的声音。

　　（明）顾璘《唐音评注》评此诗"高处全在自然，咏物尤难"。（明）钟惺、谭元春《唐诗归》钟评"借问"句"'不知名'妙"。谭评"映地"句"（'为天色'）奇"；评此诗"寒气欲怯"。（明）周敬、周珽《删补唐诗选脉笺释会通评林》周弼评此诗"寓感兴远而为诗者易，验物切近而为诗者难。太远则疏，太近则陋，此诗和易宽缓中精切者也"。周珽评后二句"映色、飞声，分流转合，状尽流泉之态"。（清）屈复《唐诗合解》评此诗"有层次，有寄托，语亦清利（清楚明白）"。（清）吴瑞荣《唐诗笺要》评"映地"句"'地''天'字似嫩实辣"。（清）宋宗元《网师园唐诗笺》评此诗"是咏泉，非咏水"。（清）顾安《唐律消夏录》评"借问"句"以'不知名'三字说出流水，如此奇特，如此功用，如此孤洁，人乎？水乎？"（清）王闿运《手批唐诗选》评后二句"极力炼句"。

落池才有响，

泉

溅石未成痕。
独映孤松色，
殊分众鸟喧。

0577　　严维《一公新泉》

　　泉水落池，才听到声音；喷溅在石头上，还没有形成苔痕。

　　　　泉水碧绿，映照着孤松之色；

　　　　水声泠泠，似乎盖住了一些鸟的喧叫声。

细泉深处落，
夜久渐闻声。
独起出门听，
欲寻当涧行。

0578　　张籍《听夜泉》**

　　细细的泉水在幽深之处溅落，夜深后便能听到它的声响。

　　独自起身，出门聆听，想要寻找它，便向着山涧的方向走去。

　　（明）钟惺、谭元春《唐诗归》钟评"细泉"句"（'深处落'）三字便是
夜泉"。（清）李怀民《重订中晚唐诗主客图》评"夜久"句"安放得
妙"；评后二句"静细"。

还疑隔林远，
复畏有风生。
月下长来此，
无人亦到明。

复 > 又，再。
无人 > 谓无伴。

0579　　张籍《听夜泉》 接上

听不清夜泉的声音，便疑心因隔着树林，距离太远；

又怕有风声响起，泉声便更听不清。

月下常常来到这里，即使独自一人，

也会兴致勃勃地一直听到天明。

（明）钟惺、谭元春《唐诗归》谭评前二句"静思"。（清）黄周星《唐诗快》评此诗"只如一段高兴（高雅兴致），后人万万不能企及。其妙可与贾长江（贾岛）《玩月》古诗同看"。（清）李怀民《重订中晚唐诗主客图》评前二句"细极静极"。

居然鳞介不能容，
石眼环环水一钟。
闻说旱时求得雨，
只疑科斗是蛟龙。

鳞介 > 泛指有鳞和介甲的水生动物。这里指鱼。
环环 > 圆貌。
闻说句 > 《明一统志》："虾蟆泉在陕州城西门外，水自石眼流出，内生科斗，祷雨即应。"

0580　　韩愈《峡石西泉》*

只疑 > 犹还疑。疑，疑心，猜度。

泉

陕州城西的虾蟆泉竟然小到连鱼都容不下，

圆圆的泉眼，里面似乎只有一杯水。

听说天旱的时候可以在这里求得雨水，

于是猜测：这些蝌蚪就是蛟龙喽？

（清）方成珪《昌黎先生诗文年谱》评此诗"此诗语意，当有讽刺"。

泠色初澄一带烟，
幽声遥泻十丝弦。
长来枕上牵情思，
不使愁人半夜眠。

泠＞象声词，指泉水声。陆机《招隐诗》
二："山溜何泠泠，飞泉漱鸣玉。"
泻＞流泻。

0581　　薛涛《秋泉》*

寒冷的秋泉飞落作响，远望如一带烟云；

清幽泉水的流淌之声，就像是琴弦拨动。

这泉声常常来到枕边，牵动人的情思，使愁人夜半不能成眠。

（明）钟惺《名媛诗归》评"泠色"句"泠声用澄字妙矣！又用初澄，却
于何处分看？全在一带烟氲氲幽杳中见之"。（明）黄周星《唐诗快》
评后二句"自是愁人心中有秋泉耳，与耳畔嘈切何关"。（清）赵世杰

《古今女史》评此诗"泠然善也"。

天平山上白云泉，
云自无心水自闲。
何必奔冲山下去，
更添波浪向人间。

天平山 > 山名。在江苏苏州市西，位于灵岩山、支硎山之间。山高顶平，多林木泉石，有一线天、白云泉等名胜。
奔冲 > 奔驰，猛冲。
向 > 在。

0582　　白居易《白云泉》*

天平山上有一眼白云泉，云自悠悠，无牵无挂，泉亦悠悠，从容自在。

何必奔腾飞泻、流下山去，给本来就纷扰的人间更添波澜呢？

（清）胡本渊《唐诗近体》评后二句"四皓亦未免多事"。（近）邹弢《精选评注五朝诗学津梁》评此诗"小小题目，说得高超，唤醒热中人不少"。

静里层层石，
潺湲到鹤林。
流回出几洞，
源远历千岑。

潺（chán）湲（yuán）> 流水声。
鹤林 > 佛寺名。旧名竹林寺，在润州（今江苏镇江市）黄鹤山。
历 > 经过。
岑 > 山峰。

0583　　刘得仁《听夜泉》**

泉

寂静中泉水流过层层叠叠的山石，水声潺潺，来到鹤林寺。

回旋流淌，出于几洞？源头既远，经过千山。

（明）钟惺、谭元春《唐诗归》钟评"静里"句"'石'承'静里'说来，妙矣。看他'层层'二字，何等幽细"。谭评后二句"节奏"。（清）黄生《唐诗评》朱之荆评前二句"写夜泉，已有'听'字隐于其中"。（清）吴瑞荣《唐诗笺要》评"静里"句"是'听'字。冥心孤诣（宁静的心境，独到的修养）"。

寒助空山月，
清兼此夜心。
幽人听达曙，
相和藓床吟。

兼＞俱，同。
幽人＞幽居之人，隐士。见 0154。此为作者自指。
藓床＞长满苔藓的石床。

0584　　刘得仁《听夜泉》 接上

泉水寒冽，映得空山明月更加寒冷；泉水清澈，如同此夜我的心境。

我听着泉水的声响，一直到东方露出曙光；

坐在石床上，伴着泉声吟咏。

（明）钟惺、谭元春《唐诗归》钟评前二句"清微语，有一片真气在内"。（清）黄生《唐诗评》评此四句"月已寒矣，泉声益增其寒，故曰

'助'；泉声清矣，此心与之俱清，故曰'兼'。六句写夜泉，后二句缴'听'字，此以'倒卷'为章法也"。(清)李因培《唐诗观澜集》评前二句"静细"。(清)吴瑞荣《唐诗笺要》评前二句"上句易摹，下句却难状"。(清)李怀民《重订中晚唐诗主客图》评前二句"全用狠力结撰，'助'字奇，'兼'字更奇"。

泻月声不断，
坐来心益闲。
无人知落处，
万木冷空山。

泻月 > 言泉水如月光般流泻。方干《山中》："飞泉高泻月，独树迥含风。"
闲 > 安静，宁静。《庄子·大宗师》："其心闲而无事。"孙绰《游天台山赋》："于是游览既周，体静心闲。"

0585　曹松《商山夜闻泉》

泉水如月光般洒下，响声不断；坐看泉水，心情更加宁静。

没有人知道泉水落到什么地方，

听着那泉声，只觉得空山幽冷，万木森森。

(清)李怀民《重订中晚唐诗主客图》评后二句"此等空阔疏宕，正从极研炼中来，不可不知"。

更无人共听，

泉

只有月空明。

急想穿岩曲，

低应过石平。

想 > 想象。

0586　李咸用《闻泉》

　　深夜独自聆听泉声，空中只有一轮明月映照。

　　水流声急，大概是曲折地穿过山岩；

　　声音渐低，应该是平缓地从石上流过。

（清）沈德潜《唐诗别裁集》评后二句"传'闻'字之神"。（清）陆次云《五朝诗善鸣集》评后二句"枕流人有此佳句"。（清）宋宗元《网师园唐诗笺》评此四句"取题之神"。（清）李怀民《重订中晚唐诗主客图》评"低应"句"五字妙想"。

地理

贰

0587<sup>潭</sup>-0595

错落非一文，

空胧几千尺。

鱼鳞可怜紫，

鸭毛自然碧。

空胧 > 犹空明。谓潭水深而澄澈。
可怜 > 犹可爱。

0587　　刘希夷《秋日题汝阳潭壁》

　　秋天汝阳潭水澄澈千尺，水下金沙银砾自然成纹，错落有致。

　　鱼鳞红得如此可爱，鸭毛绿得那么自然。

（明）钟惺、谭元春《唐诗归》谭评后二句"'可怜''自然'字，安顿得妙"。（清）王士禛《带经堂诗话》评后二句"写物最工，然非初唐人语"。（清）范大士《历代诗发》评此诗"不无刻画之迹，而气味自古"。（清）王闿运《手批唐诗选》评后二句"小巧语入古诗，不嫌其纤"。

东旭早光芒，

渚禽已惊聒。

卧闻渔浦口，

桡声暗相拨。

聒 > 鸣声嘈杂。
渔浦口 > 渔浦潭口。渔浦潭在今浙江萧山西南。谢灵运《富春渚》："宵济渔浦潭，旦及富春渚。"
桡（ráo）> 船桨。

0588　　孟浩然《早发渔浦潭》

　　清晨旭日东升，光芒四射，洲渚的水鸟啼鸣惊飞。

潭

人还睡在船中，已听到渔浦潭口传来咿咿呀呀的船桨声。

（宋）刘辰翁《评孟浩然诗集》评此诗"别是一种清景可人"。（明）顾璘《唐音评注》评此四句"不惯舟行，哪知此景"。（明）钟惺、谭元春《唐诗归》谭评"桡声"句"真！真！"钟评"桡声"句"亦细极"；评此诗"浩然诗常为浅薄一路人藏拙，当于此等处着眼，看其气韵起止处"。（明）周敬、周珽《删补唐诗选脉笺释会通评林》唐汝询评此诗"人但知琢炼为佳，殊不知孟诗妙境却在浅淡中"。（清）潘德舆《养一斋诗话》评此四句"精力浑健，俯视一切，正不可徒以清言目之"。

垂钓绿湾春，
春深杏花乱。
潭清疑水浅，
荷动知鱼散。

疑＞似，好像。
荷动＞荷花突然摇动。谢朓《游东田》："鱼戏新荷动。"

0589　　储光羲《杂咏五首·钓鱼湾》

春日垂钓清潭，杏花缤纷，飘落水中。

潭水清澈，看上去像是水浅；荷花晃动，知道是被鱼触碰。

（明）顾璘《唐音评注》评此诗"天趣自别"。（明）唐汝询《唐诗解》评此诗"即景之幽，真乐自在"。（明）唐汝询《汇编唐诗十集》吴逸一评"潭清"句"幽人独知语"；评此诗"有逸兴"。（清）王夫之《唐诗评选》

评此诗"涟漪赴曲，晴色在眉"。

恬目缓舟趣，
霁心投鸟群。
春风又摇棹，
潭岛花纷纷。

恬目 > 犹悦目。谓举目观望，安逸舒适。
霁心 > 谓心情宁静明朗。

0590　常建《梦太白西峰》　全 0257

小舟缓缓行驶在潭水中，举目望去，太白山的山景令人陶醉；

心情宁静欢快，似乎要和鸟儿一起飞翔。

在春风中摇着船桨，岛上的落花纷纷飘入水中。

（明）钟惺、谭元春《唐诗归》钟评前二句"'恬目''霁心'四字，无此不可到山水间；'霁心'尤妙"。（明）周敬、周珽《删补唐诗选脉笺释会通评林》周珽评此诗"嶙峋崒嵂（zú lù，高峻），时有丹霞纷峙于心口间。方之太白（李白）《梦游天姥》，俱能空中造奇"。（清）范大士《历代诗发》评后二句"便有梦回之意"。

百尺明镜流，
千曲寒星飞。

潭

为君洗故物，
有色如新衣。

百尺明镜 > 孟郊贞元九年再下第，出游朔方，石淙当为朔方名胜。石淙，石上之水流。

0591 　　孟郊《石淙十首·六》

石淙百尺深流，水明如镜；激溅石壁，水星飞洒。

潭水是如此清澈，洗濯衣物，其色如新。

非铸复非熔，
泓澄忽此逢。
鱼虾不用避，
只是照蛟龙。

复 > 又，且。
泓澄 > 水深而清澈。

0592 　　韩愈《奉和虢州刘给事使君三堂
新题二十一咏·镜潭》*

这面镜子并非熔铸而成，而是一泓清澈的潭水。

鱼虾不用躲避这面镜子，它只是用来照蛟龙的。

（近）程学恂《韩诗臆说》评此诗"非公莫能为也"。

想象精灵欲见难，

通津一去水漫漫。
空馀昔日凌霜色，
长与澄潭生昼寒。

0593　欧阳詹《题延平剑潭》*

精灵 > 指剑之精灵。《晋书·张华传》载，张华见牛、斗二星间有紫气，使雷焕为丰城令，在丰城狱中掘地四丈馀，"得一石函，光气非常，中有双剑，并刻题，一曰龙泉，一曰太阿"。一与张华，一自佩。"华诛，失剑所在。焕卒，子华为州从事，持剑行经延平津，剑忽从腰间跃出堕水，使人没水取之，不见剑，但见两龙各长数丈，蟠萦有文章，没者惧而反。须臾光彩照水，波浪惊沸，于是失剑。"

通津 > 指延平津。古代津渡名。晋时属延平县（今福建南平市东南），故称。

可以想象延平津剑潭中的剑之精灵，

可是古剑已难见到，延平津徒见流水平缓。

宝剑空留下当年霜雪般的颜色，使得今天剑潭的潭水白天也那样寒冽。

（明）唐汝询《唐诗解》评此诗"剑已沦没，则精灵难见而霜色空寒。岂（欧阳）詹不为世用而自惜其才欤？"（明）周敬、周珽《删补唐诗选脉笺释会通评林》徐祯卿评此诗"赋事精确流利"。蒋一梅评此诗"精神烨烨（yè，灿烂，鲜明），吐霓冲斗"。周珽评此诗"精灵以沉水，终莫能见，空有凌霜之色与潭水争寒，何补于世！与怀才湮灭者何异"。

浅深皆洞彻，
可照脑与肝。
但爱清见底，

洞彻 > 清澈，透明。

潭

欲寻不知源。

0594　　　白居易《游悟真寺诗》　全 0081

潭水无论深处浅处，都清澈透明，清清楚楚地照出人影。

我喜爱它的清澈见底，想寻找它的源头，却找不到。

（清）弘历《唐宋诗醇》评此诗"洋洋洒洒，一气读去，几于千岩竞秀，万壑争流，目不给赏矣"。

楚岸有花花盖屋，

金塘柳色前溪曲。

悠溶杳若去无穷，

五色澄潭鸭头绿。

楚岸 > 楚地江河水边的陆地。

金塘 > 犹金堤。谓坚固的石塘。

前溪曲 > 前面溪流弯曲处。

悠溶 > 平静貌。

杳若 > 杳然。形容渺茫不见踪影。

鸭头绿 > 犹深绿、碧绿。李白《襄阳歌》："遥看汉水鸭头绿。"

0595　　　温庭筠《罩鱼歌》

前面溪流弯曲处，水边开满了山花，鲜花覆盖着小屋，潭边柳色依依。

鱼儿平静地游远，不见了踪迹，色彩斑斓的潭水重又变得一片深绿。

（明）陆时雍《唐诗镜》评"五色"句"翠色欲滴"。

地理

贰

0596

池塘

0620

船移分细浪，
风散动浮香。
游莺无定曲，
惊凫有乱行。

游莺 > 犹流莺。谓黄莺鸣声婉转。
凫 > 野鸭。

0596　　李世民《采芙蓉》

宫苑池塘中，游船推起细浪，清风送来香气。

黄莺鸣声婉转，野鸭惊游不定。

（明）王世贞《艺苑卮言》："唐文皇手定中原，笼盖一世……《帝京篇》可耳，馀者不免花草点缀。"

龙池跃龙龙已飞，
龙德先天天不违。
池开天汉分黄道，
龙向天门入紫微。

龙池 > 即兴庆池。因池水源于龙首渠，故又名龙池。在唐长安隆庆坊玄宗未即位时所居的旧邸旁。玄宗即位后于隆庆坊建兴庆宫，龙池被包容于内，为避讳改隆庆池为兴庆池。《长安志》："龙池在南薰殿北、跃龙门南。"
跃龙 > 《景龙文馆记》："（兴庆池）在隆庆坊……至景龙中，泳亘数顷，澄泓皎洁，有云气，或见黄龙出其中。"
龙已飞 > 指皇帝登位。《易经·乾卦》："九五，飞龙在天，利见大人。"此指玄宗即帝位。

0597　　沈佺期《龙池篇》

池塘

龙德 > 圣人之德，天子之德。
先天 > 谓先于天时而行事，有先见之明。
　　《易经·乾卦》："夫大人者……先天而
　　天弗违，後天而奉天时。"孔颖达疏：
　　"先天而天弗违者，若在天时之先行
　　事，天乃在后不违，是天合大人也。"
天汉 > 天河。
黄道 > 古人把太阳运行的路线叫做黄道。
　　故亦指皇帝经行的道路。
天门 > 天宫之门。《淮南子》高诱注："天
　　门，上帝所居紫微宫门也。"
紫微 > 即紫微垣。星官名。《晋书·天文
　　志》："大帝之座也，天子之常居也。"
　　见0183。

龙池中腾跃真龙，天子之德，先于天时而行，天乃在后而不违。

龙池即如天河，真龙天子（玄宗）的出现就像日月经天，

居于天宫，合于天命。

（明）李攀龙《唐诗训解》评此诗"律诗字重（chóng）者唯此为多，分
明故意，亦是一法"。（明）凌宏宪《唐诗广选》田艺衡评此诗"人但知
太白（李白）《凤凰台》出于《黄鹤楼》，不知崔颢又出于《龙池篇》；
若《鹦鹉洲》，又《凤凰台》馀意耳。四篇机抒一轴，天锦灿然，各用
叠字成章，尤为奇也"。（明）蒋一葵《唐诗选笺释》钟惺评"龙德"句
"用经语入律，奇老有手段"。（明）许学夷《诗源辩体》评此诗"体皆
整栗，语皆伟丽，其气象风格乃大备矣"。（明）钟惺《唐诗笺注》评此
四句"五'龙'、四'天'、两'池'，律诗下字重者，唯此为多"。（明）
陆时雍《唐诗镜》评此四句"法度恣纵"；评此诗"当是唐人律诗第一"。
（明）唐汝询《汇编唐诗十集》评此诗"以律为颂，典雅有法，第不免
少年失笑耳"。（清）金圣叹《批唐才子诗》评此诗"看他一解四句中，

凡下五'龙'字,奇绝矣。分外又下四'天'字,岂不更奇绝耶?后来只说李白《凤凰台》乃出崔颢《黄鹤楼》,我乌知《黄鹤楼》之不先出此耶?"(清)徐增《而庵说唐诗》评此四句"以'龙池'二字播弄,层见层出,直是作大文手笔,律中巨观也"。(清)沈德潜《唐诗别裁集》评此诗"经语入诗,体格亦复超拔"。(清)沈德潜《说诗晬语》评此诗"意得象先,纵笔所到,遂擅古今之奇。所谓章法之妙,不见句法;句法之妙,不见字法者也"。(清)胡以梅《唐诗贯珠》评此四句"起既阔大,出落又煊赫,若承接不称,何以成章?三四妙在无中生有,皆取用大材以副之,而作法另立奇局也"。(清)吴昌祺《删订唐诗解》评此四句"起句超拔,次联(后二句)于今为俗,于昔为新"。(清)李因培《唐诗观澜集》评此诗"夭矫变化,亦有龙跳天门之势,崔灏《黄鹤楼》作脱胎于此,犹觉逊其雄浑也"。(清)李锳《诗法易简录》评此四句"首句龙已飞,指明皇即位后言也。次句推本龙德,原其所以能飞之故。三四句分顶'龙池'二字,写足'飞'字,一气相生,体格超拔"。(清)乔亿《剑溪说诗》:"七言律诗有古意更难。气格之古,无过沈云卿(沈佺期)之《龙池篇》、崔颢之《黄鹤楼》……诸篇。"

碧水澄潭映远空,
紫云香驾御微风。
汉家城阙疑天上,
秦地山川似镜中。

0598    沈佺期《兴庆池侍宴应制》

潭 > 指兴庆池,即兴庆宫中之龙池。见0597。

紫云 > 紫色云。古以为祥瑞之兆。

香驾 > 指帝王的车驾。

御风 > 乘风而行。

疑 > 似。

镜中 > 指越中。《水经注·浙江水》:"(越中)川土明秀,亦为胜地。故王逸少云:'从山阴道上,犹如镜中行也。'"

池塘

兴庆池的碧水倒映远空，紫色祥云缭绕，中宗的车驾来到兴庆宫。

长安城阙似乎是在天上；秦地山川如同明秀的越中。

（明）许学夷《诗源辩体》评此诗"体皆整栗，语皆伟丽，其气象风格乃大备矣"。（明）陆时雍《唐诗镜》评后二句"意象绝佳"。（明）周敬、周珽《删补唐诗选脉笺释会通评林》周敬评后二句"意象绝佳，便尽兴庆池之景矣"。王世贞评此诗"风格矫然"。蒋一梅评此诗"饶有藻思"。吴逸一评后二句"'天上''镜中'，影出'池'字，妙！妙！"（清）金圣叹《批唐才子诗》评此四句"其一写池也，妙于'映远空'，便只写得池中碧水湛然。其三、四重又写池也，妙于'汉家城阙''秦地山川'字，便直写兴庆无数台殿高低俱于此池碧水湛然中空明影现。此为避实笔，取虚笔，非俗儒之所能与矣"。（清）张揔《唐风采》评后二句"指点生云烟，故知妙笔自挟灵隽之气"。（清）毛张健《唐体馀编》评此二句"非徒写景韶丽，当玩其细腻入微处"。（清）李因培《唐诗观澜集》评后二句"写景空阔，妙在池上收纳而入"。（清）黄叔灿《唐诗笺注》评后二句"以下三字烘染上四字，不犯实，意致亦妙"。（清）宋宗元《网师园唐诗笺》评后二句"卓立开张"。（清）方东树《昭昧詹言》评此诗"气象高华浑罩，与右丞（王维）同工"。（清）王寿昌《小清华园诗谈》评后二句"诗之天然成韵者"。

春池深且广，
会待轻舟回。
靡靡绿萍合，
垂杨扫复开。

会＞应，当。
复＞又，再。
靡靡＞犹言迟迟。

0599    王维《皇甫岳云溪杂题·萍池》*

春池深广，轻舟去后，绿萍慢慢合拢；

唯春风吹拂杨柳，柳条又将水面的浮萍扫开，似待轻舟返回。

（宋）刘辰翁《评王摩诘诗集》评此诗"每每静意，言之偶然"。顾璘评此诗"近事浅语，发于天然"。（近）俞陛云《诗境浅说续编》评此诗"水面绿萍，平铺密合，偶为风中杨柳低拂而开，开而复合，深得临水静观之趣。此恒有之景，惟右丞（王维）能道出"。

秋空自明迥，
况复远人间。
畅以沙际鹤，
兼之云外山。

自 > 已，既。
迥（jiǒng）> 高远。
况复 > 何况。复，副词词尾。
兼 > 谓同时具有几方面。

0600    王维《泛前陂》

泛舟池塘，看秋空已是明净高远，更何况远离尘世。

再加上水边沙洲鹤舞，云外青山隐现，心胸豁然欢畅。

（明）杨慎《升庵诗话》评后二句"王右丞诗：'畅以沙际鹤，兼之云外山。'孟浩然云：'重以观鱼乐，因之鼓枻歌。'虽用助语辞，而无头巾气"。

池塘

舞换临津树，

歌饶向迥风。

夕阳连积水，

边色满秋空。

饶 > 娇艳，美好。

迥（jiǒng）> 远。

积水 > 指湖泊、池沼。此指武威郡治姑臧

（今甘肃武威市）南的灵云池。

0601　　　　高适《陪窦侍御泛灵云池》


　　　　　泛舟灵云池，游船移动，

　歌舞中渡口的树木闪过，动听的歌声亦随风飘远。

　　夕阳连接浩荡的池水，天空映出塞外的秋色。


（明）李攀龙《唐诗训解》评前二句"造语奇崛，思入风云"。（明）唐
汝询《汇编唐诗十集》评此诗（与《送柴司户充刘卿判官之岭外》）"常
侍（高适）五言律……堪与右丞（王维）竞爽者，独此两排律耳"。
（清）张摠《唐风采》蒋一葵评前二句"奇"。（清）吴瑞荣《唐诗笺要》
评前二句"（高适）排律，或谓堪与右丞敌，正恐'舞换临津树'，右
丞亦未逮也"。（清）王寿昌《小清华园诗谈》评后二句"诗之天然成
韵者"。


隔窗栖白鹤，

似与镜湖邻。

月照何年树，

镜湖 > 在绍兴。见 0558。兴善寺在长安，

此言兴善寺后池"似与镜湖邻"，是可

以相媲美之意。

花逢几度人。

0602　　　卢纶《题兴善寺后池》

窗外栖息着白鹤，兴善寺后池的池水是那么平静，似可与镜湖相媲美。

月照不知何年之古树，花逢几度来游的客人。

（明）周敬、周珽《删补唐诗选脉笺释会通评林》周珽评后二句"设问得妙，见此胜从来久远"；评此诗"赋景语带感情"。（清）乔亿《大历诗略》评后二句"意境好"。

菖蒲翻叶柳交枝，
暗上莲舟鸟不知。
更到无花最深处，
玉楼金殿影参差。

0603　　　卢纶《曲江春望·一》*

菖（chāng）蒲 > 一种多年水生草本植物，花穗似棍棒，叶狭长，有香气。古代风俗，端午节在门上插艾与菖蒲，以去不祥。初夏开淡黄色花，因花不易开，故开花人以为祥。南朝乐府清商曲辞《西曲歌·乌夜啼》："菖蒲花可怜，闻名不曾识。"
知 > 察觉。

曲江池畔的菖蒲条叶舒展，杨柳交枝低垂；

莲舟静静漂来，水鸟不曾惊动。

花木尽头则是禁苑，玉楼金殿，倒影水中，荡漾参差。

（近）俞陛云《诗境浅说续编》评此诗"首句言曲江春望。低处所见者，

池塘

菖蒲翻叶；高处所见者，杨柳交枝。次句言禁地清肃，游人不到，兰桡不轻放，而水鸟不知。后二句言深处为紫宸所在，严净无尘，惟见波涵明镜，玉楼金殿，皆倒影水中，参差荡漾。此诗虽无深意，而当时曲江风景，可想其大概"。


太白山高三百里，
负雪崔嵬插花里。
玉山前却不复来，
曲江汀滢水平杯。

太白山 > 山名，在今陕西眉县南。见 0136。
《水经注·渭水》："俗云：武功太白，去天三百。"
崔嵬 > 高耸貌。
玉山 > 指蓝田山。
前却 > 进退。
汀滢（yíng）> 形容水清莹澄澈。

0604　　韩愈《奉酬卢给事云夫四兄曲江荷花行见寄并呈上钱七兄阁老张十八助教》

太白山有三百里高，覆盖积雪的高耸山峰，倒映在曲江苑的荷花池中。

蓝田山若隐若现，似近似远；

曲江池清莹澄澈，好像一只盛满水的杯子。

（清）顾嗣立《昌黎先生诗集注》朱彝尊评"玉山"句"'前却'奇"。（清）何焯《义门读书记》评此诗"风韵佳"。（清）弘历《唐宋诗醇》评此诗"红云明镜中，特有雪山倒影，便写得异样精彩"。（清）翁方纲《古诗选批》评前二句"作水景，偏说山。作夏景，偏说雪。此大手笔，古今寡二"。

老翁真个似童儿，
汲水埋盆作小池。
一夜青蛙鸣到晓，
恰如方口钓鱼时。

方口 > 亦作枋口。即石门。此指太行山南盘谷水上的石门，韩愈曾与李愿游此。

0605　韩愈《盆池五首·一》*

老翁我突发童趣，像个小孩子；

汲来井水，埋下一只盆子，做成一个小池。

一夜间青蛙叫个不停，直到天亮，恰似当年在盘谷石门钓鱼时的情景。

（宋）刘攽《中山诗话》评前二句"直谐戏语耳"。（清）顾嗣立《昌黎先生诗集注》朱彝尊评此诗"俚语俚调，直写胸臆，颇似少陵（杜甫）《漫兴》《寻花》诸绝"。（清）汪师韩《诗学纂闻》评此诗"昌黎（韩愈）之佳作，莫若'老翁真个似童儿'"。（清）刘宏煦、李德举《唐诗真趣编》评此诗"起句便神来，忆'钓'是过去境界，宛然移到目前"。

池光天影共青青，
拍岸才添水数瓶。
且待夜深明月去，
试看涵泳几多星。

涵泳 > 沉浸，涵容。

0606　韩愈《盆池五首·五》*

池塘

埋盆做成的小池与青青的天色相映，池水溢满，

也不过是几瓶水而已。

等到夜深明月落下后，试看这小小的池中能倒映出多少星星！

（清）黄钺《昌黎诗增注证讹》评后二句"小中见大，有于人何所不容景象"。（清）刘宏煦、李德举《唐诗真趣编》评此诗"满池水不过数瓶，亦自清清，光连天影，观玩之下，觉贮月虽或不足，涵星自当有馀。但月朗则星稀，未能历历然也，故待月去再看之。此就现在境界，从灵心慧悟中搜进一层"。（清）方世举《韩昌黎诗集编年笺注》评此诗及上诗"拗峭中见姿制，亦避熟取生之趣也"。（近）程学恂《韩诗臆说》评后二句"乃好句也"。（近）刘永济《唐人绝句精华》评此诗"此题极小，诗人于小中见大，故说来不觉其小"。

雨后来更好，
绕池遍青青。
柳花闲度竹，
菱叶故穿萍。

度 > 过。

0607　　韩愈《闲游二首·一》

雨后来到池边，景色更美，池塘的四周已是草色青青。

柳絮悠扬地飘过竹林，菱角的叶子从浮萍中钻出。

（元）方回《瀛奎律髓》评此诗"一唱三叹，有馀味"；评"雨后"句"第一句已极佳"。（清）顾嗣立《昌黎先生诗集注》朱彝尊评前二句"突然起，奇。'青青'定是草，不点出更妙"；评后二句"柳度竹，菱穿萍，新"；评此诗"风致最胜"。（清）黄叔灿《唐诗笺注》评此诗"幽情幽意"。（今）李庆甲《瀛奎律髓汇评》冯班评后二句"次联句佳"。

宿云散洲渚，
晓日明村坞。
高树临清池，
风惊夜来雨。
予心适无事，
偶此成宾主。

宿云 > 昨夜雨后的残云。
洲渚 >《尔雅·释水》："水中可居者曰洲，小者曰渚。"
村坞（wù） > 村庄，多指山村。
清池 > 指愚溪北池。在永州愚溪之北约六十步。
夜来 > 夜间。
偶 > 遇合。

0608　　柳宗元《雨后晓行独至愚溪北池》*

昨夜雨后的残云在洲渚上空飘散，清晨太阳照亮了山村。

北池边有许多高大的树木，晨风吹来，雨滴便纷纷惊落。

我今天正好心情舒畅，遇上这美丽景色，彼此投合，如同宾主相得。

（宋）吴可《藏海诗话》评"风惊"句"'惊'字甚奇"。（明）顾璘《唐音评注》评中二句"雅意自足"。（明）唐汝询《汇编唐诗十集》吴逸一评此诗"境清心寂"。（明）周敬、周珽《删补唐诗选脉笺释会通评林》郭浚评此诗"闲适之兴，寂悟之言"。陆时雍评中二句"高韵卓出"。（清）贺裳《载酒园诗话又编》评中二句"不意王（维）、孟（浩然）之外，复有此奇"。（清）王尧衢《唐诗合解笺注》评中二句"夜雨初晴……有高树下临北池，树中尚有馀雨，因风一触，而散落若惊之者"。（清）吴瑞荣《唐诗笺要》评中二句"《初秋》篇'稍稍雨侵竹，翻翻鹊惊丛'，《与崔策登西山》'驰景泛颓波，遥风递寒篠'，与此首'高树'等句，皆落新巧，近沈（约）、谢（朓）一派"。（清）方东树《昭昧詹言》评此诗"奇逸"。（清）余成教《石园诗话》评前二句"天趣流露"。（清）杨逢春《唐诗绎》评"风惊"句"妙用逆笔点情'雨'字"；评后二句"言予心闲无事，偶临池对影，而成宾主也。'独'，转说不独，独字翻弄得妙"。（近）高步瀛《唐宋诗举要》评此诗（与《南涧中题》《溪居》《秋晓行南谷经荒村》）"皆神情高远，词旨幽隽，可与永州山水诸记并传"。

# 黄帝旌旗去不回，
# 空馀片石碧崔嵬。
# 有时风卷鼎湖浪，
# 散作晴天雨点来。

0609　　徐凝《题缙云山鼎池二首·一》*

黄帝 > 古帝名。传说是中原各族的共同祖先。号轩辕氏，以土德王，土色黄，故曰黄帝。

片石 > 指缙云山，在浙江缙云县。有怪石异洞，为道家二十九洞天。

碧崔嵬 > 碧绿高耸。

鼎湖 > 在缙云山山顶，传为黄帝铸鼎炼丹之处，故称鼎湖。

黄帝的旌旗仪仗已经一去不回，空留下缙云山碧绿高耸。

有时大风会卷起山顶鼎湖的波涛，化作晴空雨点飞洒下来。

（宋）计有功《唐诗纪事》引《郡阁雅谈》评此诗"凝……题处州缙云山黄帝上升之所鼎湖……自后无敢题者"。

清浅可狎弄，
昏烦聊漱涤。
最爱晓暝时，
一片秋天碧。

狎（xiá）弄＞亲近戏弄。
昏烦＞昏沉烦闷。
漱涤＞洗涤。

0610　白居易《官舍内新凿小池》

　　官舍内的小池水浅清澈，可以戏水玩耍；

　　因为公事昏沉烦闷的时候，还可用来洗涤清醒。

　　最喜欢一早一晚，看着水池中映出的一片秋日蓝天。

（清）王尧衢《唐诗合解笺注》评此四句"水清且浅，吾可狎而弄；吾昏且烦，水可漱而涤，水之为用如此。且尤爱天晓及暝之时，俯而视之，一片秋天之碧在水中。见之不知是水之碧，天之碧，足以清心醒目，智者之乐也"；评此诗"泠然清响，韵致甚逸"。

结构池西廊，
疏理池东树。

池塘

此意人不知，
欲为待月处。

结构 > 连结构架，以成屋舍等。
疏理 > 修整。
知 > 晓得，了解。

0611　　　白居易《池畔二首·一》*

构建水池西的廊架，修剪水池东的树枝。

我的用意外人不了解，是为了在池中看到更多映入的月光。

（清）徐增《而庵说唐诗》评此诗"乐天（白居易）作是诗，即用造廊法，最为窈窕。起云'结构池西廊'，承云'疏理池东树'……二句平列看去，一边是池西，一边是池东；一边是廊，一边是树；一边去结构，一边去疏理。人初看去，不知是为了树结构那廊，还是为了廊疏理那树……转云'此意人不知'，若不说出，真个人不知其故，又要待第四句道破……乃曰'欲为待月处'，方知疏理树，不是为廊，是为月；连结构廊，立在闲空里，盖为待月设也。譬如说笑话，好笑处必要留在末一句"。

持刀间密竹，
竹少风来多。
此意人不会，
欲令池有波。

间（jiàn）> 拔去或锄去多馀的。

0612　　　白居易《池畔二首·二》*

手持刀斧，砍去太密的竹子；竹子少了，风就可以吹进来。

我的用意外人不易领会，我是为了让池中漾起水波涟漪。

（明）陆时雍《唐诗镜》评此诗"好格致"。


爱君新小池，
池色无人知。
见底月明夜，
无波风定时。
忽看不似水，
一泊稀琉璃。

君 > 指崔十八，即崔玄亮。德宗贞元十九年崔与白居易同以书判拔萃科登第，历任监察御史，密州、湖州刺史，谏议大夫等。
琉璃 > 指玻璃。喻指澄澈碧透的池水。

0613　　白居易《崔十八新池》*


喜爱你新开凿的小池，小池之美尚无人知晓。

月明之夜，池水清澈见底；风定之后，小池波平如镜。

看着看着，忽然觉得这不是水，而是一汪液体的玻璃。


定将禅不别，

池塘

明与诚相似。
清能律贪夫，
淡可交君子。

0614　　白居易《玩止水》

将 > 与。李白《月下独酌》："月既不解饮，影徒随我身。暂伴月将影，行乐须及春。"
禅 > 佛教语。原指静坐默念。
诚 > 心志专一。《礼记·中庸》："自诚明，谓之性。自明诚，谓之教。诚则明矣，明则诚矣。"
律 > 约束。
淡可句 >《庄子·山木》："君子之交淡若水，小人之交甘若醴。"

静止的水，它的定，与佛家心不散乱的坐禅没有区别；

它的明，与人专一的心志相似。

它的清，能够约束人的贪得无厌；

它的淡，正像君子之交，淡淡而已。

（清）弘历《唐宋诗醇》评此诗"见理透，体物精。晋人无此分寸，宋人无此洒脱"。

朱门深锁春池满，
岸落蔷薇水浸莎。
毕竟林塘谁是主？
主人来少客来多。

0615　　白居易《题王侍御池亭》*

莎（suō）> 莎草。多年生草本植物。多生于潮湿之地、河边沙地，茎三棱形，叶细长，夏季开穗状小花，块茎称"香附子"。
主人 > 指王起，元和间为殿中侍御史。

王起的庄园红漆大门紧闭，

春天的池塘水满，池水浸湿莎草，蔷薇花落在岸边。

很难说这园林池塘谁是主人，因为主人王起到这里来得很少，

反而是游赏的客人来的多。

（清）黄叔灿《唐诗笺注》评此诗"眼前语，唤醒世人何限！'人人尽道
休官好，林下何曾见一人'（按灵澈《东林寺酬韦丹刺史》原句为'相
逢尽道休官好，林下何曾见一人'），于此同声一慨"。

菱透浮萍绿锦池，
夏莺千啭弄蔷薇。
尽日无人看微雨，
鸳鸯相对浴红衣。

啭（zhuàn）> 鸟婉转鸣叫。
红衣 > 指鸳鸯色彩斑斓的羽毛。

0616　　杜牧《齐安郡后池绝句》*

黄州郡衙后的池塘，水面漂满绿锦般的浮萍，透露出菱叶；

夏日的黄莺在蔷薇花间千鸣百啭。

池塘整天寂静无人，微雨中一对鸳鸯在池中嬉戏，洗浴着美丽的羽毛。

皎镜方塘菡萏秋，

池塘

此来重见采莲舟。
谁能不逐当年乐？
还恐添成异日愁。

皎镜 > 犹明镜。喻水面。
方塘 > 池塘。
菡（hàn）萏（dàn）> 荷花的别称。
当年 > 犹少年，壮年。
逐 > 寻求，找回。

0617　　　温庭筠《题崔公池亭旧游》**

水平如镜的池塘，秋天荷花开放；今日旧地重游，见到当年的采莲舟。

谁不想寻回年轻时荡舟的快乐呢？

只是怕当年之乐，会添成异日的愁苦。

（清）金圣叹《批唐才子诗》评此四句"欲写昔日莲舟，反写今日莲舟，欲写今日感慨，反写后日感慨。不知其未措笔先如何设想？又不知其既设想后如何措笔？真为空行绝迹之作也"。（清）赵臣瑗《山满楼笺注唐诗七言律》评"此来"句"亦不过是找足上文，妙在轻轻点得'重见'二字，而旧游之神理无不毕出"；评后二句"言目前已不如昔，后来安得如今？此盖从右军《兰亭记》中撮其筋节也"。（清）毛张健《唐体肤诠》评后二句"承'重见'，以伤旧游，笔意既曲，情味无限"。

红艳影多风袅袅，
碧空云断水悠悠。
檐前依旧青山色，
尽日无人独上楼。

红艳 > 红得鲜艳。指荷花。
袅袅 > 微风吹拂貌。

0618　　　温庭筠《题崔公池亭旧游》　接上

秋风吹拂，荷花红影摇曳；秋水悠悠，碧空天高云淡。

池亭檐前，青山之色依旧；可是尽日无人，只有我独上此楼。

(清) 金圣叹《批唐才子诗》评此四句 "'红艳' 七字写今日池亭也，'碧空' 七字写昔日池亭也；'红艳' 七字写不是昔日池亭也，'碧空' 七字写不是今日池亭也。'依旧青山色'，妙！犹言不依旧者多矣。'无人独倚楼'，妙！犹言虽复喧喧若干游人，岂有一人是昔人者！"(清) 赵臣瑗《山满楼笺注唐诗七言律》评后二句 "无限感慨。'依旧青山色'，是青山而外，更无有 '依旧' 者矣；至 '尽日无人'，则崔公亦且不在，此来之客独倚楼而已矣。当年之乐，岂可得而逐；而异日之愁，又宁待异日而始添也耶？"

侵晓乘凉偶独来，
不因鱼跃见萍开。
卷荷忽被微风触，
泻下清香露一杯。

侵晓 > 拂晓。侵，接近。

0619　韩偓《野塘》*

拂晓时趁着凉爽，偶尔独自来到池塘边；

并非因为鱼跃，而是风吹萍开。

舒卷的荷叶忽然被微风吹动，露珠滚下，如同泻下一杯清香的甘露。

池塘

（清）盛传敏、王谦《碛砂唐诗》王评此诗"比兴之意居多"。

世乱他乡见落梅，
野塘晴暖独徘徊。
船冲水鸟飞还住，
袖拂杨花去却来。

世乱 > 疑指昭宗天复四年春，朱全忠逼唐
　　昭宗由长安迁都洛阳事。时诗人流寓
　　湖南。
冲 > 谓直朝某一方向而去。
拂 > 拂拭，用手掸除。
却 > 还，仍。

0620　　韩偓《乱后春日途经野塘》

遭逢世乱，流落他乡，看到梅花飘落；

春日晴暖，在野外的池塘边独自徘徊。

船驶向水鸟，水鸟飞散又聚落；杨花柳絮沾惹衣袖，拂去又飞回。

（清）金圣叹《批唐才子诗》评此四句"'见落梅'，言又开春也。'独徘徊'，言一无所依，一无所事也。'飞还止''去又来'，虽写水鸟、杨花，然皆自比徘徊野塘无聊无赖也。看他一二'乱世'下又接'他乡'字，'他乡'上又加'乱世'字，'乱世他乡'下又对'野塘晴日'字，使读者心头眼头，一片荒荒凉凉，直是试想不得"。（清）黄叔灿《唐诗笺注》评后二句"'飞还住''去却来'，见花鸟自如，人所不及"。（今）李庆甲《瀛奎律髓汇评》何焯评后二句"反接'徘徊'，透出'经'字，斯须（片刻）不可止泊矣"。纪昀评此诗"致尧（韩偓）难得此沉实之作"。

地理

贰

# 0621
-
0634

瀑布

洒流湿行云，
溅沫惊飞鸟。
雷吼何喷薄，
箭驰入窈窕。

喷薄 > 汹涌激荡。沈佺期《过蜀龙门》诗：
　　"流水无昼夜，喷薄龙门中。"
窈窕 > 幽深，深邃貌。

0621　　张九龄《入庐山仰望瀑布水》

庐山瀑布从空中飞昂激下，打湿行云，惊动飞鸟。

响声如雷，汹涌激荡，奔流似箭，射向深深的谷底。

（明）钟惺、谭元春《唐诗归》谭评此诗"清景相逼，心目恍惚，不知其
故，自然有参合玄冥（观察体验深远奥秘之'道'）之妙"。（清）王夫
之《唐诗评选》评此诗"瀑布诗刻画极易入俗，夫安得此良善！"（清）
吴瑞荣《唐诗笺要》评此诗"形容瀑布，绘水有声"。

万丈洪泉落，
迢迢半紫氛。
奔飞流杂树，
洒落出重云。

洪泉 > 大的渊泉。此指庐山瀑布。
半 > 犹全，俱。
紫氛 > 犹言青天。
重云 > 重叠的云层。

0622　　张九龄《湖口望庐山瀑布泉》**

庐山的万丈瀑布凌空飞落，远远望去，半在青天之中。

瀑布

瀑布从树梢飞奔而下，冲破云层，从空中洒落。

（明）凌宏宪《唐诗广选》评后二句"直欲逼真"。（清）佚名《唐诗选评》评前二句"起笔直下，力有千钧"。（清）卢籨、王溥《闻鹤轩初盛唐近体读本》评后二句"'奔飞''洒落'，亦乃排纵"。（清）胡本渊《唐诗近体》评"万丈"句"瀑布起切'望'字"。

日照虹霓似，
天清风雨闻。
灵山多秀色，
空水共氤氲。

0623　张九龄《湖口望庐山瀑布泉》接上

虹霓似 > 瀑布远望如高悬天际的霓虹，故瀑布也称虹泉。
氤（yīn）氲（yūn）> 烟云弥漫貌。

在日光映照下，幻出一道彩虹，晴空下的瀑布像风雨骤至般喧响。

神奇的庐山尤多秀丽之姿，

水气如烟似雾，天空与瀑布融成一片。

（明）钟惺、谭元春《唐诗归》钟评前二句"'似'字幻甚、真甚"；"唯望（远观）瀑布，故'闻'字用得妙。若观（近看）瀑，则境近矣，又何必说'闻'字"。谭评前二句"瀑布诗，此是绝唱矣。进此一想，则有可知不可言之妙"。（明）周敬、周珽《删补唐诗选脉笺释会通评林》

周珽评"空水"句"'空水'二字更奇,令人另豁眼缝"。(清)张揔《唐风采》评前二句"庐山瀑布,泠然入耳"。(清)吴景旭《历代诗话》评前二句"是上句色,下句声,瀑布水也"。(清)屈复《唐诗合解》评此诗"句句是远望,不是近看";评"天清"句"雄浑";评"空水"句"'共氤氲'三字传神"。(清)沈德潜《唐诗别裁集》评此诗"任华爱太白瀑布诗,系'海风吹不断,江月照还空'(李白《望庐山瀑布水二首》一)二语,此诗正足相敌"。(清)顾安《唐律消夏录》评此诗"句句是望(远观),不是看(近看)"。(清)黄叔灿《唐诗笺注》评此诗"匡庐瀑布,天下奇观。此诗写状自好。中四句极刻画,第三联(前二句)尤妙"。(清)卢麰、王溥《闻鹤轩初盛唐近体读本》评前二句"'似''闻'二字俱峭"。陈德公评此诗"通首生动有气势"。(清)胡本渊《唐诗近体》评此诗"清思健笔,足与太白相敌"。(清)陈衍《石遗室诗话》评"天清"句"夫'天清'本不应有'风雨',而'闻'风雨,自是瀑布。有何不可言之妙?"(近)俞陛云《诗境浅说》评前二句"咏庐山瀑布,以健笔写奇景,有声有色,如在云屏九叠之前,与太白之'海风吹不断,江月照还空'(李白《望庐山瀑布水二首》一)同极工妙。张诗在日中观瀑,故言日光与水气相射发,五色宣明,如长虹之悬空际;李诗在月下观之,故言皓月与银练之光,浑成一白,荡入空明。二诗皆用"风"字,张诗状瀑声之壮,虽当晴霁,若风雨破空而来;李诗状瀑势之劲,虽浩浩长风,仍凌虚直泻"。

## 香炉初上日,
## 瀑布喷成虹。

香炉 > 庐山南香炉峰。见 0360。

0624　孟浩然《彭蠡湖中望庐山》
全 0357

瀑布

庐山南的香炉峰，红日开始升起；瀑布喷射，在阳光下映出彩虹。

（宋）刘辰翁《评孟浩然诗集》评此二句"十字一意"。（清）潘德舆《养一斋诗话》评此二句"精力浑健，俯视一切，正不可徒以清言目之"。（近）高步瀛《唐宋诗举要》评此诗"兴象华妙"。

仰观势转雄，
壮哉造化功。
海风吹不断，
江月照还空。

转 > 更加。
造化功 > 大自然的创造化育之功。

0625　　李白《望庐山瀑布水二首·一》

仰观庐山瀑布，气势更加雄浑，大自然创育万物之功何等壮伟！

瀑布从香炉峰飞昂而下，海风吹它不断，

在江月的照映下显得一片空濛。

（宋）胡仔《苕溪渔隐丛话》："太白（李白）《望庐山瀑布》绝句云：'日暮香炉生紫烟，遥看瀑布挂长川。飞流直下三千尺，疑是银河落九天。'东坡美之，有诗云：'帝遣银河一派垂，古今惟有谪仙词。'然余谓太白前篇古诗云：'海风吹不断，江月照还空。'磊落清壮，语简而意尽，优于绝句矣。"（明）唐汝询《汇编唐诗十集》吴逸一评此诗"流利清朗"。（清）弘历《唐宋诗醇》评后二句"至'海风吹不断，江月照还空', 可吟赏不置矣"。

日照香炉生紫烟，
遥看瀑布挂前川。
飞流直下三千尺，
疑是银河落九天。

香炉 > 指庐山南香炉峰。见 0360。
紫烟 > 指山岚被红日映照，似有紫色的烟气升腾。亦从"香炉"字面生发出来。
疑 > 似乎，好像。

0626　李白《望庐山瀑布水二首·二》*

太阳照射在庐山山峰上，

似有紫色的烟气升腾而起，遥看瀑布挂于山川之间。

激溅喷射，从极高的空中落下的空中落下，就像是银河从天而降。

（宋）严羽《评点李太白诗集》评后二句"亦是眼前喻法"。（宋）葛立方《韵语阳秋》："徐凝《瀑布》诗云：'千古犹疑白练飞，一条界破青山色。'或谓乐天（白居易）有赛不得之语，独未见李白诗耳。李白《望庐山瀑布》诗云：'飞流直下三千尺，疑是银河落九天。'故东坡云：'帝遣银河一派垂，古来惟有谪仙词。'"（明）高棅《唐诗品汇》刘辰翁评此诗"奇敻不复可道"。（明）周敬、周珽《删补唐诗选脉笺释会通评林》徐充评此诗"气概雄伟，直为瀑布争胜"。唐汝询评此诗"泉自峰顶而出，故以香炉发端；从天际而下，故以银河取譬"。周珽评此诗"曰'遥看''疑是'，总从'望'中摹写瀑泉之胜"。（清）宋宗元《网师园唐诗笺》评此诗"非身历其境者不能道"。（近）刘永济《唐人

瀑布

绝句精华》。

崖口悬瀑流，
半空白皑皑。
喷壁四时雨，　　　瀑流＞瀑布。
傍村终日雷。　　　皑皑＞洁白貌。

0627　　岑参《终南云际精舍寻法澄上人
不遇归高冠东潭石淙望秦岭微雨
作贻友人》

终南山悬崖上的瀑布从半空飞下，洁白如雪。

瀑布喷射石壁，

形成四时不断的雨，附近村庄听到终日不绝的隆隆雷声。

（清）黄培芳《唐贤三昧集笺注》评此诗"结响高，真力满，然已是唐
人五言，至少陵（杜甫）则大放厥词矣"。

泉流掩映在木杪，
有若白鸟飞林间。

往往随风作雾雨，
湿人巾履满庭前。

掩映 > 谓或遮或露。
木杪（miǎo）> 树梢。
庭 > 指泷水县令唐节修筑在丹崖的庭院。
元结《丹崖翁宅铭》："零陵泷下三十里，得丹崖翁宅。有唐节者，曾为泷水令，去官家于崖下，自称丹崖翁。"

0628　　元结《宿丹崖翁宅》

飞泉在树梢间闪闪隐现，好像一些白鸟在林间飞翔。

风来往往会化作一阵雨雾，打湿人的头巾鞋子，

落在丹崖翁唐节的庭前。

（明）钟惺、谭元春《唐诗归》谭评此四句"泉诗多清冽者，数语独为畅快"。（清）沈德潜《唐诗别裁集》评前二句"接竹引水，写来如画"。

是时新晴天井溢，
谁把长剑倚太行？
冲风吹破落天外，
飞雨白日洒洛阳。

天井 > 指天井泉。陕西晋城南太行山顶有天水关，关南有三眼泉水，名天井泉，关即因此得名。
冲风 > 犹高风，劲风。

0629　　韩愈《卢郎中云夫寄示送盘谷子诗
　　　　两章歌以和之》

我曾到太行山盘谷去探访李愿，当时天气初晴，天井关的泉水喷涌，

从山上激泻而下，好像一把长剑斜倚太行山间。

瀑布

劲风吹破激流，瀑水飘洒天外，化作晴空飞雨，洒向洛阳城中。

（宋）何汶《竹庄诗话》苏轼评此诗"独不减子美（杜甫）"。（清）顾嗣立《昌黎先生诗集注》朱彝尊评后二句"写景工"。何焯评此四句"奇伟"。（清）查慎行《初白庵诗评》评后二句"诗境亦复开张"。（清）弘历《唐宋诗醇》评此诗"'字向纸上皆轩昂'，正是此篇评语。高咏数番，令人增长意气"。（清）曾国藩《求阙斋读书录》评此四句"天井关之水，被风吹洒洛阳，语则诞而情则奇"。（近）程学恂《韩诗臆说》评此诗"东坡独取此诗，以为学杜之最似者"。

笙簧潭际起，
鹳鹤云间舞。
古苔凝青枝，
阴草湿翠羽。

笙簧 > 指笙发出的声响。簧，笙中之簧片。
　　这里用以喻瀑布落潭时的声响。
鹳鹤 > 均为白色的大鸟。
翠羽 > 比喻绿色的草叶。

0630　柳宗元《再至界围岩水帘
　　　　遂宿岩下》

界围岩的瀑布落入潭中，声音清美如音乐；
白色的瀑布水在空中飘洒，如同鹳鹤在云间翱翔。
瀑布水濡湿的树枝裹上了苍青的古苔，
背阴处的草被沾湿，翠如鸟羽。

虚空落泉千仞直，
雷奔入江不暂息。
今古长如白练飞，
一条界破青山色。

虚空 > 天空，空中。
仞 > 古代长度单位。七尺为一仞，一说八尺为一仞。
白练 > 白绢。
界破 > 划破。

0631　徐凝《庐山瀑布》*

庐山瀑布水从空中直泻而下，千仞笔直，

带着雷鸣般的轰响奔流入长江，没有片刻停歇。

古往今来，永远像一条飞动的白绢，

于青青的山色划出一条白色的界线。

（清）袁枚《随园诗话》评后二句"的（dí，确实）是佳语"。（清）翁方纲《石洲诗话》评后二句"白公所称，而苏公以为恶诗……白公称之，则所见又自不同，盖白公不于骨格间相马，唯以奔腾之势论之耳"。（清）黄叔灿《唐诗笺注》评此诗"与太白（李白）'疑是银河落九天'同一刻画"。

秋河溢长空，
天洒万丈布。
深雷隐云壑，
孤电挂岩树。

河 > 指银河。
云壑 > 云气遮覆的山谷。
岩树 > 山岩上的树木。

瀑布

瀑布像是秋空中的银河冲决了堤岸，像是从天上垂下万丈白绫。

像是隐隐的雷声响在云山雾谷，像是一道闪电挂在岩树之间。

千岩万壑不辞劳，
远看方知出处高。　　　千岩万壑＞犹千山万壑。壑，山谷。
溪涧岂能留得住，　　　归＞汇聚。
终归大海作波涛。

0633　　李忱、香严闲禅师《瀑布联句》*

瀑布之水流经千山万壑，汇聚无数山泉，不辞劳苦；

只有从远处望去，才知道它来自云雾缭绕的高峰。

它的水不是小溪小涧能够留得住，最终要流向大海，汇作浩瀚的波涛。

高秋初雨后，
半夜乱山中。　　　仞＞古代长度单位。七尺为一仞，一说
只有照壁月，　　　八尺。
　　　　　　　　　高秋＞深秋

更无吹叶风。

0634    齐己《听泉》

深秋季节，新雨之后，在半夜乱山中倾听山泉。

只看见泉水从山崖上泻下，就像是明月照在石壁上；

只听见哗哗地声响，却并无吹动树叶的风。

（宋）范晞文《对床夜语》评后二句"足以见其清苦之致"。（明）钟惺、谭元春《唐诗归》钟评后二句"妙在不是说月与风，却是说泉，孤深在目"。（明）周敬、周珽《删补唐诗选脉笺释会通评林》周珽评后二句"结思沉细，即'寒助空山月'（刘得仁《听夜泉》），'复畏有风生'（张籍《听夜泉》），皆借神风月有味，犹不及此二语，一片真气在内"。（清）谭宗《近体秋阳》评后二句"写描'听'字，虚而最切，切而最高"。（清）黄周星《唐诗快》评前二句"此方是真听泉"。（清）黄生《唐诗评》评前二句"已将本题尽情说透，以后只从题外层出"；评后二句"三言其声初不因雨，用四衬说"。（清）陆次云《五朝诗善鸣集》评此诗"神骨俱清"。

瀑布

地理

貳

0635 原野
-
0642

寂寂江山晚，
苍苍原野暮。
秋气怀易悲，
长波淼难溯。

苍苍 > 深青或深绿色。
秋气句 > 宋玉《九辩》："悲哉秋之为气也，
　　　　萧瑟兮草木摇落而变衰。"
淼 > 水广大无际貌。
溯 > 逆水而上。这里指渡过。

0635　　　李百药《晚渡江津》

江山寂寥，天色向晚，深青的原野暮色苍茫。

秋天到来，人总是容易伤感，

江流浩淼，难以渡过。

（清）王闿运《手批唐诗选》评此四句"有远势"。

步出城东门，
试骋千里目。
青山横苍林，
赤日团平陆。

骋千里目 > 谓纵目极望。
团 > 圆。
平陆 > 平原。

0636　　　王维《冬日游览》

冬日走出城东门，极目眺望。

只见青山下苍林平远，一轮红日在原野上垂落。

原野

（宋）刘辰翁《评王摩诘诗集》评此诗"平实悲壮，古意雅词，乐府所少"，又"更似不须语言"；评后二句"下字佳"。（明）周敬、周珽《删补唐诗选脉笺释会通评林》吴逸一评后二句"景语旷"。

远水兼天净，
孤城隐雾深。
叶稀风更落，
山迥日初沉。

兼天＞犹连天。
落＞止息，停止。
迥（jiǒng）＞高。

0637　　杜甫《野望》

在秋野上极目远望，远水接天，一片空阔，城隐雾中，所见迷茫。傍晚风停，树叶已经稀少，遥远的山间，红日开始西沉。

（宋）刘辰翁《批点杜工部诗》评"远水"句"此画可以百里"。（元）赵汸《杜律五言注》评前二句"先远后近"；评后二句"先近后远"。（明）卢世㴶《杜诗胥钞》佚名评此诗"无一字不稳秀"。（明）唐汝询《汇编唐诗十集》评前二句"老杜下字，善于用虚……'兼''净''隐''深'，俱沉细可想"。（明）唐汝询《唐诗解》评此诗"此赋野望之景以成篇，无他托意而兴味自佳"。（清）王夫之《唐诗评选》评此诗"气骨自高"。（清）张溍《杜诗注解》评后二句"句内自藏曲折"。（清）黄生《唐诗评》评此四句"字法俱精。秋风自上而下，故曰'落'；'风更落'，则叶愈稀矣。'迥'犹远也，山远则落照亦远，故曰'日初沉'"。（清）佚名《唐诗选评》评后二句"匠心工妙，而理极透，味极长"。（清）范大士《历代诗发》评此四句"写秋望，明切如画"。（清）仇兆鳌《杜诗详注》评此四句"水空天净，一望清旷；城隐雾中，再望迷离；枝枯叶脱，三望萧疏；山高日落，四望沉冥……诗以迢递层阴作眼，中四皆层阴中所望者。顾注作一明一晦说，甚确"。（清）何焯《义门读书记》评此四句"叶已稀而风更劲，则望中弥旷；日沉而山势加长，则层层阴晦。中四句皆承发端二句，而又次第相生，自远而近也"。（清）施补华《岘佣说诗》评前二句"五律须讲炼字法……此炼实字"。（清）王寿昌《小清华园诗谈》评此诗"清和纯粹，可诵可法者"；评前二句"诗之天然成韵者"。

野绿簇草树，
眼界吞秦原。
渭水细不见，
汉陵小于拳。

秦原 > 犹秦中。也称关中。今陕西中部平原地区，因春秋、战国时属秦地，故称。

汉陵 > 汉代帝王的陵墓。汉帝王陵多于平原上堆土为陵，异于唐代的依山为陵。因为是远望，故云"小于拳"。

0638　白居易《游悟真寺诗》　全 0081

从山顶向下望去，绿色的原野上树木一簇一簇的，
整个秦中平原尽收眼底。
渭水细到几乎看不见，汉代的陵墓比拳头还要小。

（清）钱良择《唐音审体》评此诗"平铺直叙，不用意，不用力，不用章法。画工化工，天造地设"。（清）弘历《唐宋诗醇》评此诗"韩愈《南山》诗以奇肆胜，此以秀折胜，可谓匹敌"。

原野

鸟从井口出，
人自岳阳过。
倚杖聊闲望，
田家未翦禾。

井口 > 即井陉口，要隘名，唐属河北道恒
　　州，在今河北井陉县。
岳阳 > 唐县名，属河东道晋州，治岳阳城
　　（今山西古县岳阳镇城关村）。
倚杖 > 拄着拐杖。见 0182。

0639　　　贾岛《原上秋居》


（从函谷关西）向东望去，平原辽阔无际，

只见鸟从井陉口方向飞至，人自岳阳县到来。

闲来拄着手杖眺望，见农家尚未收割。


（宋）黄彻《碧溪诗话》："旧说贾岛诗如'鸟从井口出，人自岳阳来'，
贯休'此夜一轮满，清光何处无'（《月》），皆经年方得偶句，以见其
词涩思苦。"（今）李庆甲《瀛奎律髓汇评》方回评前二句"谓经年乃下
得句，学者当细味之"。冯舒评"鸟从"句"亦过于矜庄作态"。冯班评
此诗"长江（贾岛）诗虽清僻，然句有馀韵，所以高也"。纪昀评前二
句"亦自然"。


登原见城阙，
策蹇思炎天。
日午路中客，
槐花风处蝉。

策蹇（jiǎn）> 骑着跛足的驴。

0640    贾岛《京北原作》

来到城北的平原，回望京城巍峨；

骑着瘸驴，行走缓慢，感到天气已经炎热。

中午头顶烈日，行在客路上；槐花飘落，热风吹来，蝉声聒噪。

（清）李怀民《重订中晚唐诗主客图》评后二句"千古一情"。（今）李庆甲《瀛奎律髓汇评》方回评后二句"'日午路中客'一句似粗疏，'槐花风处蝉'句却细密，亦变体也"。纪昀评后二句"以对照见意。人苦热，蝉自凉耳。此烘托之法，诗家常格，非变体"。许印芳评后二句"是烘托法"。

秋尽郊原情自哀，
菊花寂寞晚仍开。
高风疏叶带霜落，　　　　高风 > 指秋风。
一雁寒声背水来。

0641    刘沧《晚秋野望》

郊外的原野秋色已尽，情绪自然会有些伤感；

向晚时分，寂寞菊花仍然开放。

秋风中稀疏的树叶带霜而落，一只大雁凄凉地叫着，从水边飞来。

原野

（清）余成教《石园诗话》评后二句"音节悠扬"。

野外登临望，
苍苍烟景昏。
暖风医病草，
甘雨洗荒村。

烟景 > 春天的美景。
病草 > 萎黄了的草。
甘雨 > 适时的好雨。

0642　李中《春日野望怀故人》

在野外登高四望，春天的景色迷茫无际。
煦暖的春风使衰草变绿，好雨洗过荒凉的村庄。

（元）辛文房《唐才子传》评后二句"惊人泣鬼之语也"。（明）陆时雍《唐诗镜》评后二句"句虽琢，雅趣似少"。（今）李庆甲《瀛奎律髓汇评》方回评后二句"第三句新异，第四句淡而有味"。纪昀评此诗"情景俱佳，格亦不俗"。

附录

评语部分主要参考书目

唐　殷璠《河岳英灵集》，
　　傅璇琮《唐人选唐诗新编》，
　　陕西人民教育出版社 1996 版
唐　高仲武《中兴间气集》，
　　傅璇琮《唐人选唐诗新编》，
　　陕西人民教育出版社 1996 版
唐　皎然《诗式》，
　　何文焕《历代诗话》，
　　中华书局 1981 版
唐　孟棨《本事诗》，
　　丁福保《历代诗话续编》，
　　中华书局 1983 版
唐　范摅《云溪友议》，
　　上海古典文学出版社 1957 版
五代　孙光宪《北梦琐言》，
　　林艾园点校本，
　　上海古籍出版社 1981 版
五代　何光远《鉴诫录》，
　　《鉴戒录校注》本，
　　巴蜀书社 2011 版
五代　孟宾于《碧云集序》，
　　陈伯海《历代唐诗论评选》，
　　河北大学出版社 2003 版
宋　梅尧臣《续金针诗格》，
　　胡氏文会堂格致丛书本
宋　欧阳修《六一诗话》，
　　《历代诗话》本
宋　司马光《温公续诗话》，
　　《历代诗话》本
宋　刘攽《中山诗话》，
　　《历代诗话》本
宋　佚名《漫叟诗话》，
　　《宋诗话辑佚》，
　　中华书局 1980 版

宋　张唐英《蜀梼杌》，
　　中华书局 1985 版
宋　沈括《梦溪笔谈》，
　　辽宁教育出版社 1997 版
宋　苏轼《东坡题跋》，
　　孔凡礼点校《苏轼文集》，
　　中华书局 1986 版
宋　苏轼《仇池笔记》，
　　孔凡礼点校《苏轼文集》，
　　中华书局 1986 版
宋　陈师道《后山诗话》，
　　《历代诗话》本
宋　王直方《王直方诗话》，
　　《宋诗话辑佚》本
宋　李颀《古今诗话》，
　　《宋诗话辑佚》本
宋　蔡启《蔡宽夫诗话》，
　　《宋诗话辑佚》本
宋　洪刍《洪驹父诗话》，
　　《宋诗话辑佚》本
宋　惠洪《冷斋夜话》，
　　李保民校点本，
　　上海古籍出版社 2012 版
宋　惠洪《天厨禁脔》，
　　四库全书存目丛书影印明活字本
宋　唐庚《唐子西文录》，
　　《历代诗话》本
宋　范温《潜溪诗眼》，
　　《宋诗话辑佚》本
宋　周紫芝《竹坡诗话》，
　　《历代诗话》本
宋　吕本中《紫微诗话》，
　　《历代诗话》本
宋　吕本中《童蒙特训》，
　　《宋诗话辑佚》本
宋　朱弁《风月堂诗话》，
　　中华书局 1991 版
宋　朱翌《猗觉寮杂记》，
　　何焯校本
宋　吴可《藏海诗话》，

《历代诗话续编》本

宋　叶梦得《石林诗话》，
　　《历代诗话》本

宋　潘淳《潘子真诗话》，
　　《宋诗话辑佚》本

宋　黄彻《碧溪诗话》，
　　《历代诗话续编》本

宋　魏泰《临汉隐居诗话》，
　　《历代诗话》本

宋　吴开《优古堂诗话》，
　　《历代诗话续编》本

宋　许觊《彦周诗话》，
　　《历代诗话》本

宋　严有翼《艺苑雌黄》，
　　《宋诗话辑佚》本

宋　张戒《岁寒堂诗话》，
　　《历代诗话续编》本

宋　阮阅《诗话总龟》，
　　人民文学出版社 1987 版

宋　张表臣《珊瑚钩诗话》，
　　《历代诗话》本

宋　计有功《唐诗纪事》，
　　上海古籍出版社 1987 版

宋　曾季狸《艇斋诗话》，
　　《历代诗话续编》本

宋　何汶《竹庄诗话》，
　　常振国点校本，
　　中华书局 1984 版

宋　胡仔《苕溪渔隐丛话》，
　　廖德明点校本，
　　人民文学出版社 1962 版

宋　蔡絛《西清诗话》，
　　清抄本

宋　严羽《沧浪诗话》，
　　郭绍虞校释本，
　　人民文学出版社 1983 版

宋　严羽《评点李太白诗集》，
　　陈定玉辑校《严羽集》，
　　中州古籍出版社 1997 版

宋　吴沆《环溪诗话》，

丁丙跋本

宋　葛立方《韵语阳秋》，
　　上海古籍出版社影印宋刻本 1984 版

宋　洪迈《容斋诗话》，
　　中华书局 1985 版

宋　陈知柔《休斋诗话》，
　　《宋诗话辑佚》本

宋　杨万里《诚斋诗话》，
　　《历代诗话续编》本

宋　尤袤《全唐诗话》，
　　《历代诗话》本

宋　陈善《扪虱新话》，
　　上海书店 1990 版

宋　陈岩肖《庚溪诗话》，
　　《历代诗话续编》本

宋　吴聿《观林诗话》，
　　《历代诗话续编》本

宋　吴曾《能改斋漫录》，
　　上海古籍出版社 1960 版

宋　王楙《野客丛书》，
　　丁丙跋本

宋　蔡梦弼《杜工部草堂诗笺》，
　　清抄本

宋　刘克庄《后村诗话》，
　　王秀梅点校本，
　　中华书局 1983 版

宋　罗大经《鹤林玉露》，
　　王瑞来点校本，
　　中华书局 1983 版

宋　方岳《深雪偶谈》，
　　中华书局 1985 版

宋　魏庆之《诗人玉屑》，
　　上海古籍出版社 1978 版

宋　黄震《黄氏日钞》，
　　北京图书馆出版社 2005 版

宋　谢枋得《谢注唐诗绝句》，
　　黄屏点校本，
　　浙江古籍出版社 1988 版

宋　刘辰翁《评王摩诘诗集》，
　　顾璘参评，

明凌濛初刻本

宋　刘辰翁《评孟浩然诗集》，
李梦阳参评，
明凌濛初刻本

宋　刘辰翁《批点杜工部诗》，
明云根书屋刻本

宋　刘辰翁《评李长吉歌诗》，
明凌濛初刻本

宋　刘辰翁《评孟东野诗集》，
宋国材参评，
明凌濛初刻本

宋　刘辰翁《评韦苏州集》，
袁宏道参评，
明凌濛初刻本

宋　刘辰翁等《评韦苏州集》，
高棅、顾璘、杨慎、钟惺、谭元春参评，
明刻本

宋　蔡正孙《诗林广记》，
中华书局 1982 版

宋　范晞文《对床夜语》，
《历代诗话续编》本

元　方回《瀛奎律髓》，
上海古籍出版社 1993 影印本

元　萧士赟《分类补注李太白诗》，
元勤有堂刻本明修本

元　杨载《诗法家数》，
《历代诗话》本

元　范梈《木天禁语》，
《历代诗话》本

元　范梈《诗学禁脔》，
《历代诗话》本

元　赵汸《杜律五言注》，
清怀德堂刻本

明　瞿佑《归田诗话》，
《历代诗话续编》本

明　廖文炳《唐诗鼓吹注解》，
清顺治十六年刻本

明　廖文炳《唐诗鼓吹笺注》，
赵执信、纪昀批校，
清乾隆十一年怀德堂刻本

明　高棅《唐诗品汇》，
明嘉靖十八年牛斗刻本

明　李东阳《麓堂诗话》，
《历代诗话续编》本

明　王鏊《震泽长语》，
明末刻本

明　顾璘《唐音评注》，
陶文鹏等点校本，
河北大学出版社 2010 版

明　卢世㴶《读杜私言》，
明崇祯毛氏汲古阁本

明　卢世㴶《杜诗胥钞》，
佚名评点，
明崇祯七年卢氏尊水园刻本

明　黄淳耀《评点李长吉集》，
黎简参评，
民国六年上海扫叶山房石印本

明　顾可久《唐王右丞诗集注说》，
明万历十八年漱玉斋刻本

明　杨慎《升庵诗话》，
《历代诗话续编》本

明　吴逸一《唐诗选》，
清刻本

明　谢榛《四溟诗话》，
《历代诗话续编》本

明　张綖《杜诗通》，
四库全书存目丛书影印明隆庆六年张守
中刻本

明　徐献忠《唐诗品》，
明嘉靖十九年刻本

明　敖英《唐诗绝句类选》，
明刻本

明　李攀龙《新刻李袁二先生
精选唐诗训解》，
日本书林田原勘兵卫刻本

明　李攀龙《唐诗选》，
王稚登评，
续修四库全书影印明闵氏刻本

明　王世贞《艺苑卮言》，
《历代诗话续编》本

明　王世懋《艺圃撷余》，
《历代诗话》本

明　黄克缵、卫一凤《全唐风雅》，
明万历四十六年刻本

明　黄家鼎《刻庵重订李于鳞唐诗选》，
明崇祯元年刻本

明　胡应麟《诗薮》，
上海古籍出版社 1979 版

明　郭正域《批点杜工部七言律》，
明万历刻本

明　郝敬《批选杜工部诗》，
《山草堂集》明万历刻本

明　许学夷《诗源辩体》，
人民文学出版社 1987 版

明　王嗣奭《杜臆》，
上海古籍出版社 1983 版

明　胡震亨《唐音癸签》，
上海古籍出版社 1981 版

明　胡震亨《杜诗通》，清刻本

明　胡震亨《唐诗谈丛》，
涵芬楼影印清道光晁氏刻本

明　江盈科《雪涛诗评》，
蔡镇楚《中国诗话珍本丛书》

明　江盈科《闺秀诗评》，
蔡镇楚《中国诗话珍本丛书》

明　凌宏宪《唐诗广选》，
四库全书存目丛书补编影印明刻本

明　蒋一葵《唐诗选笺释》，
明刻本

明　徐㷅力《笔精》，
沈文倬校注本，
福建人民出版社 1997 版

明　叶羲昂《唐诗直解》，
叶羲昂解，
钟惺评，
清乾隆文光堂刻本

明　徐用吾《精选唐诗分类评释绳尺》，
明万历二十五年刻本

明　钟惺《唐诗笺注》，
清刻本

明　钟惺、谭元春《唐诗归》，
明万历四十五年刻本

明　钟惺《名媛诗归》，
明刻本

明　李沂《唐诗援》，
明末刻本

明　杨肇祉《唐诗艳逸品》，
明天启元年刻本

明　陆时雍《唐诗镜》，
文渊阁四库全书影印本

明　陆时雍《诗镜总论》，
《历代诗话续编》本

明　唐汝询《唐诗解》，
明万历刻本

明　唐汝询《汇编唐诗十集》，
清刻本

明　周敬、周珽
《删补唐诗选脉笺释会通评林》，
明崇祯刻本

明　邢昉《唐风定》，
民国二十七年思适斋刻本

清　钱谦益何焯《唐诗鼓吹评注》，
韩成武等点校本，
河北大学出版社 2000 版

清　钱谦益《杜工部集笺注》，
俞炀批校本

清　钱谦益《杜工部集笺注》，
何焯评点，
清宣统二年铅印本

清　冯舒、冯班《二冯先生评阅才调集》，
清康熙四十三年垂云堂刻本

清　谭宗《近体秋阳》，
清刻本

清　宋微璧《抱真堂诗话》，
《清诗话续编》本，
上海古籍出版社 1983 版

清　顾宸《辟疆园杜诗注解》，
清康熙二年刻本

清　金圣叹《批唐才子诗》，
中华书局 2010 版

清　金圣叹《杜诗解》，
　　中华书局 2010 版

清　李长祥、杨大鲲《杜诗编年》，
　　清初刻本

清　黄周星《唐诗快》，
　　清康熙二十六年书带草堂刻本

清　吴乔《答万季野诗问》，
　　《清诗话》本，
　　上海古籍出版社 1978 版

清　吴乔《围炉诗话》，
　　《清诗话续编》本

清　徐增《而庵说唐诗》，
　　清乾隆三年文茂堂刻本

清　叶矫然《龙性堂诗话》，
　　《清诗话续编》本

清　贺贻孙《诗筏》，
　　《清诗话续编》本

清　王夫之《唐诗评选》，
　　王学太校点本，
　　文化艺术出版社 1997 版

清　王夫之《唐诗评选》，
　　陈书良校点本，
　　上海古籍出版社 2011 版

清　王夫之《姜斋诗话》，
　　《清诗话》本

清　施闰章《蠖斋诗话》，
　　《清诗话》本

清　毛先舒《诗辩坻》，
　　《清诗话续编》本

清　张溍《杜诗注解》，
　　清康熙三十六年读书堂刻本

清　黄生《唐诗评》，
　　朱之荆增订，
　　《唐诗评三种》本，
　　黄山书社 1995 版

清　黄生《唐诗矩》，
　　民国二十五年师古堂刻本

清　黄生《杜诗说》
　　清康熙一木堂刻本

清　毛奇龄《唐七律选》

清　清康熙学正堂刻本

清　张揔《唐风采》，
　　清嘉庆元年雨花草堂刻本

清　叶燮《原诗》，
　　《清诗话》本

清　吴任臣《十国春秋》，
　　中华书局 1983 版

清　王士祯《唐贤三昧集》，
　　清抄本

清　王士祯《渔洋诗话》，
　　《清诗话》本

清　王士祯《带经堂诗话》，
　　夏闳校点本，
　　人民文学出版社 1963 版

清　王士祯《五代诗话》，
　　李珍华点校本，
　　书目文献出版社 1989 版

清　吴景旭《历代诗话》，
　　陈卫平、徐杰点校本，
　　京华出版社 1998 版

清　田雯《古欢堂集杂著》，
　　《清诗话续编》本

清　宋长白《柳亭诗话》，
　　齐鲁书社 1997 版

清　佚名《杜诗言志》，
　　江苏人民出版社 1983 版

清　仇兆鳌《杜诗详注》，
　　中华书局 1979 版

清　郑方坤《五代诗话补》，
　　李珍华点校本，
　　书目文献出版社 1989 版

清　佚名《唐诗选评》，
　　清抄本

清　张谦宜《茧斋诗谈》，
　　《清诗话续编》本

清　查慎行《初白庵诗评》，
　　清乾隆四十二年观乐堂刻本

清　吴瞻泰《杜诗提要》，
　　清刻本

清　何焯《唐三体诗评》，

清　　清光绪十二年沪州盐局刻本

清　　何焯《义门读书记》，
　　　清乾隆三十四年蒋维钧刻本

清　　何焯《批校温飞卿诗集》，
　　　清康熙三十六年顾氏秀野草堂刻本

清　　薛雪《一瓢诗话》，
　　　《清诗话》本

清　　顾嗣立《昌黎先生诗集注》，
　　　清康熙三十八年顾氏秀野草堂刻本

清　　屈复《玉溪生诗意》，
　　　清乾隆四年刻本

清　　屈复《唐诗合解》，
　　　清嘉庆九年积秀堂刻本

清　　岳端《寒瘦集》，
　　　康熙三十八年红兰室刻本

清　　盛传敏、王谦《碛砂唐诗》，
　　　清康熙三径堂刻本

清　　朱三锡《东岩草堂评订唐诗鼓吹》，
　　　赵执信、纪昀批点，
　　　清康熙古讲堂刻本

清　　钱良择《唐音审体》，
　　　清康熙昭质堂刻本

清　　贺裳《载酒园诗话》，
　　　《清诗话续编》本

清　　吴震方《放胆诗》，
　　　清康熙四十四年刻本

清　　杜诏、杜庭珠《中晚唐诗叩弹集》，
　　　清康熙宝仁堂刻本

清　　沈德潜《唐诗别裁集》，
　　　中华书局 1975 缩印乾隆二十八年教忠
　　　堂本

清　　沈德潜《说诗晬语》，
　　　《清诗话》本

清　　沈德潜《杜诗偶评》，
　　　汪琬、吴农祥、俞玚等批点，
　　　清乾隆十二年潘承松赋闲草堂刻本

清　　方世举《兰丛诗话》，
　　　《清诗话续编》本

清　　方世举《韩昌黎诗集编年笺注》，
　　　中华书局 2012 版

清　　陆次云《五朝诗善鸣集》，
　　　清康熙怀古堂刻本

清　　赵臣瑗《山满楼笺注唐诗七言律》，
　　　清刻本

清　　毛张健《唐体肤诠》，
　　　清康熙刻本

清　　毛张健《唐体余编》，
　　　清抄本

清　　胡以梅《唐诗贯珠》，
　　　清康熙五十四年苏州胡氏素心堂刻本

清　　吴昌祺《删订唐诗解》，
　　　续修四库全书影印清康熙四十年刻本

清　　程梦星《重订李义山诗集笺注》，
　　　方世举批校，
　　　清乾隆八年今有堂刻本

清　　浦起龙《读杜心解》，
　　　中华书局 1961 版

清　　方贞观《辍锻录》，
　　　《清诗话续编》本

清　　范大士《历代诗发》，
　　　清康熙三十六年虚白山房刻本

清　　范廷谋《杜诗直解》，
　　　清雍正范氏稼石堂刻本

清　　赵殿成《王右丞集笺注》，
　　　上海古籍出版社 1961 版

清　　纪容舒《杜律详解》，
　　　四库全书存目丛书影印清抄本

清　　黄子云《野鸿诗的》，
　　　《清诗话》本

清　　姚培谦《李义山诗集笺注》，
　　　清乾隆姚氏松桂读书堂刻本

清　　王琦《李太白全集》，
　　　中华书局 1977 版

清　　王琦等《三家评注李长吉歌诗》，
　　　王琦、姚文燮、方世举评注，
　　　上海古籍出版社 1998 版

清　　夏力恕《杜诗增注》，
　　　清乾隆刻本

清　　冒春荣《葚原诗说》，
　　　《清诗话续编》本

清　佚名《静居绪言》，
《清诗话续编》本

清　王尧衢《唐诗合解笺注》，
单小青等点校本，
河北大学出版社 2000 版

清　汪师韩《诗学纂闻》，
《清诗话》本

清　王元启《读韩记疑》，
清嘉庆五年王尚珏刻本

清　袁枚《随园诗话》，
顾学颉校点本，
人民文学出版社 1982 版

清　李因培《唐诗观澜集》，
清乾隆二十四年刻本

清　李锳《诗法易简录》，
民国六年味经书屋铅印本

清　马位《秋窗随笔》，
《清诗话》本

清　乔亿《大历诗略》，
清乾隆三十七年刻本

清　乔亿《剑溪说诗》，
《清诗话续编》本

清　宋邦绥《才调集补注》，
清乾隆五十八年刻本

清　吴烶《唐诗选胜直解》，
清乾隆大盛堂刻本

清　吴瑞荣《唐诗笺要》，
清乾隆六十年刻本

清　孙洙《唐诗三百首》，
民国商务印书馆铅印本

清　孙洙《唐诗三百首辑评》，
清光绪二十年大泉山房刻本

清　弘历《唐宋诗醇》，
清乾隆十五年刻本

清　顾安《唐律消夏录》，
清乾隆刻本

清　纪昀《瀛奎律髓刊误》，
清侯官李氏刻本

清　纪昀《删正二冯评阅才调集》，
清镜烟堂刻本

清　纪昀《玉溪生诗说》，
清光绪朱记荣校本

清　纪昀《唐人试律说》，
清太和堂刻本

清　冯浩《玉溪生诗集笺注》，
上海古籍出版社 1979 版

清　陆昆曾《李义山诗解》，
上海书店 1985 影印雍正四年刻本

清　赵翼《瓯北诗话》，
《清诗话续编》本

清　姚鼐《五七言今体诗钞》，
清嘉庆三年刻本

清　翁方纲《石洲诗话》，
《清诗话续编》本

清　李调元《雨村诗话》，
《清诗话续编》本

清　吴骞《拜经楼诗话》，
《清诗话》本

清　桂馥《札朴》，
商务印书馆 1958 版

清　姜炳璋《选玉溪生诗补说》，
南开大学出版社 1985 版

清　管世铭《读雪山房唐诗序例》，
《清诗话续编》本

清　陈本礼《协律钩玄》，
续修四库全书影印清嘉庆
陈氏裛露轩刻本

清　何文焕《历代诗话考索》，
民国影印清乾隆三十五年刻本

清　黄叔灿《唐诗笺注》，
清乾隆松筠书屋刻本

清　宋宗元《网师园唐诗笺》，
清乾隆刻本

清　卢姝、王溥《闻鹤轩初盛唐近体读本》，
清乾隆三十五年钱塘卢氏刻本

清　李怀民《重订中晚唐诗主客图》，
清咸丰刻本

清　洪亮吉《北江诗话》，
中华书局 1985 版

清　杨伦《杜诗镜铨》，

　　上海古籍出版社 1962 版

清　刘凤诰《杜工部诗话》，
　　民国七年铅印本

清　胡本渊《唐诗近体》，
　　清光绪二年南京李光明庄刻本

清　延君寿《老生常谈》，
　　《清诗话续编》本

清　方东树《昭昧詹言》，
　　人民文学出版社 1961 版

清　卢坤《五家评本杜工部集》，
　　清道光十四年刻本

清　刘浚《杜诗集评》，
　　清嘉庆九年黎照堂刻本

清　梅成栋《精选五七言律耐吟集》，
　　清道光十八年刻本

清　章燮《唐诗三百首注疏》，
　　吴绍烈等校点本，
　　安徽人民出版社 1983 版

清　陈沆《诗比兴笺》，
　　上海古籍出版社 1981 版

清　潘德舆《养一斋诗话》，
　　《清诗话续编》本

清　潘德舆《养一斋李杜诗话》，
　　《清诗话续编》本

清　余成教《石园诗话》，
　　《清诗话续编》本

清　黄培芳《唐贤三昧集笺注》，
　　清光绪九年翰墨园刻本

清　黄培芳《香石诗话》，
　　上海书店 1985 影印清嘉庆十五年
　　岭海楼黄氏本

清　石闾居士《藏云山房杜律详解》，
　　清刻本

清　林昌彝《射鹰楼诗话》，
　　王镇远等标点本，
　　上海古籍出版社 1988 版

清　林昌彝《海天琴思录》，
　　王镇远等标点本，
　　上海古籍出版社 1988 版

清　曾国藩《求阙斋读书录》，

清光绪刻本

清　施鸿保《读杜诗说》，
　　张慧剑校本，
　　上海古籍出版社 1983 版

清　赵彦传《唐绝诗钞注略》，
　　清同治十二年补读斋刻本

清　许印芳《律髓辑要》，
　　中华书局云南丛书本

清　王闿运《手批唐诗选》，
　　上海古籍出版社 1989 版

清　施补华《岘佣说诗》，
　　《清诗话》本

清　于庆元《唐诗三百首续选》，
　　蔡义江、卢好校点本，
　　浙江古籍出版社 1988 版

清　杨逢春《唐诗绎》，
　　清乾隆三十九年纫香书屋刻本

清　吴汝纶《桐城先生评点唐诗鼓吹》，
　　国家图书馆出版社 2002 版

清　吴汝纶《十八家诗钞评点》，
　　民国三年国群铸一社铅印本

清　陆鎣《问花楼诗话》，
　　《清诗话续编》本

清　朱庭珍《筱园诗话》，
　　《清诗话续编》本

清　刘宏煦、李德举《唐诗真趣编》，
　　清三有堂刻本

清　郭曾炘《读杜札记》，
　　上海古籍出版社 1984 版

清　陈衍《石遗室诗话》，
　　辽宁教育出版社 1998 版

清　王寿昌《小清华园诗谈》，
　　《清诗话续编》本

清　沈厚塽《李义山诗集辑评》，
　　清同治九年刻本

近　邹弢《精选评注五朝诗学津梁》，
　　民国十年石印本

近　王文濡《唐诗评注读本》，
　　民国五年文明书局本

近　俞陛云《诗境浅说》，

　　　　上海书店 1984 版

近　俞陛云《诗境浅说续编》，
　　　　上海书店 1984 版

近　高步瀛《唐宋诗举要》，
　　　　上海古籍出版社 1959 版

近　张采田《玉溪生年谱会笺》
　　　　附《李义山诗辨正》，
　　　　中华书局 1963 版

近　夏敬观《唐诗说》，
　　　　台北河洛出版社 1975 版

近　吴闿生《古今诗范》，
　　　　民国萃升书院刻本

近　刘永济《唐人绝句精华》，
　　　　人民文学出版社 1981 版

近　陈寅恪《元白诗笺证稿》，
　　　　上海古籍出版社 1978

近　顾随《顾随诗词讲记》，
　　　　人民大学出版社 2006 版

近　闻一多《唐诗杂论》，
　　　　山西古籍出版社 2001 版

近　朱宝莹《诗式》，
　　　　民国十年文听阁影印上海中华书局本

近　程学恂《韩诗臆说》，
　　　　商务印书馆出版社 1934 版

今　李庆甲《瀛奎律髓汇评》，
　　　　上海古籍出版社 1986 版

注释部分主要参考书目

《全唐诗》
　　中华书局 1960 版
《旧唐书》
　　中华书局 1975 版
《新唐书》
　　中华书局 1975 版
《唐五代文学编年史》
　　傅璇琮、陶敏　辽海出版社 1998 版
《汉语大词典》
　　汉语大词典出版社 1990 版
《词源》
　　商务印书馆 1979 版
《诗词曲语辞汇释》
　　张相　中华书局 1979 版
《诗词曲语辞例释》
　　王锳　中华书局 1986 版
《唐诗语言研究》
　　蒋绍愚　中州古籍出版社 1990 版
《全唐诗典故词典》
　　范之麟等　湖北辞书出版社 1989 版
《汉语典故大辞典》
　　赵应铎　上海辞书出版社 2007 版
《全唐诗人名考》
　　吴汝煜、胡可先
　　江苏教育出版社 1990 版
《全唐诗人名汇考》
　　陶敏　辽海出版社 2006 版
《全唐诗重出误收考》
　　佟培基　陕西人民教育出版社 1996 版
《唐才子传校笺》
　　傅璇琮　中华书局 1987 版
《佛学大词典》
　　丁福保　中国书店 2011 版
《佛教大辞典》
　　吴汝钧　商务印书馆（国际） 1992 版
《佛学辞典》
　　宽忍　中国国际广播出版社 1993 版
《佛教大辞典》

　　任继愈　江苏古籍出版社 2002 版
《实用佛学辞典》
　　佛学书局　上海古籍出版社 2013 版
《佛经释词》
　　李维琦　岳麓书社 1993 版
《增订注释全唐诗》
　　陈贻焮　文化艺术出版社 2001 版
《虞世南诗集校笺》
　　陈耀东　大众文艺出版社 2009 版
《王绩诗注》
　　王国安　上海古籍出版社 1981 版
《王梵志诗校注》
　　项楚　中华书局 2019 版
《沈佺期宋之问集校注》
　　陶敏、易淑琼　中华书局 2001 版
《卢照邻集笺注》
　　祝尚书　上海古籍出版社 1994 版
《卢照邻集校注》
　　李云逸　中华书局 1998 版
《骆宾王诗评注》
　　骆祥发　北京出版社 1989 版
《杜审言诗注》
　　徐定祥　上海古籍出版社 1982 版
《杜审言集 张继集 戎昱集 皮日休集》
　　徐定祥、周义敢、臧维熙、萧涤非、郑
　　庆笃　长江文艺出版社 2018 版
《李峤诗注苏味道诗注》
　　徐定祥　上海古籍出版社 1995 版
《寒山诗百首》
　　茅奉天、梁立新　香港中国国际文化出
版社 2008 版
《寒山诗校注》
　　钱学烈　广东高等教育出版社 1991 版
《王勃诗解》
　　聂文郁　青海人民出版社 1980 版
《杨炯诗解》
　　聂文郁　青海人民出版社 2000 版
《初唐四杰诗选》
　　倪木兴　人民文学出版社 2001 版
《初唐四杰诗选》

任国绪　陕西人民出版社 1992 版

《刘希夷诗注》

陈文华　上海古籍出版社 1997 版

《沈佺期宋之问集校注》

陶敏等　中华书局 2001 版

《陈子昂诗注》

彭庆生　四川人民出版社 1981 版

《张说集校注》

熊飞　中华书局 2013 版

《张九龄诗文选》

罗韬　广东人民出版社 1994 版

《张九龄集校注》

熊飞　中华书局 2008 版

《贺知章、包融、张旭、张若虚诗注》

王启兴、张虹　上海古籍出版社
1986 版

《孟浩然诗集笺注》

佟培基　上海古籍出版社 2019 版

《孟浩然集校注》

李景白　巴蜀书社 1988 版

《孟浩然、韦应物诗选》

李小松　广东人民出版社 1985 版

《常建诗歌校注》

王锡九　中华书局 2017 版

《李颀诗评注》

刘宝和　山西教育出版社 1990 版

《李颀集校注》

隋秀玲　河南人民出版社 2007 版

《王昌龄集编年校注》

胡问涛　巴蜀书社 2000 版

《王昌龄诗注》

李云逸　上海古籍出版社 1984 版

《王维集校注》

陈铁民　中华书局 1997 版

《高适集校注》

孙钦善　上海古籍出版社 1984 版

《高适诗集编年笺注》

刘开扬　中华书局 1981 版

《崔颢诗注 崔国辅诗注》

万竞君　上海古籍出版社 1981 版

《李白诗选注》

刘开扬等　上海古籍出版社 1989 版

《李白全集校注汇释集评》

詹锳　百花文艺出版社 1996 版

《李白集校注》

瞿蜕园、朱金城　上海古籍 2018 版

《岑参诗集编年笺注》

刘开扬　巴蜀书社 1995 版

《岑参集校注》

侯忠义、陈铁民　崇文书局 2016 版

《张谓诗注》

陈文华　上海古籍出版社 1997 版

《杜诗详注》

仇兆鳌　中华书局 1979 版

《杜甫选集》

聂石樵　上海古籍出版社 1983 版

《杜甫全集校注》

萧涤非　人民文学出版社 2014 版

《刘长卿诗编年笺注》

储仲君　中华书局出版社 1996 版

《钱起诗校注》

王定璋　浙江古籍出版社 1992 版

《钱起集校注》

阮廷瑜　台北新文丰出版社 1996 版

《司空曙诗集校注》

文航生　人民文学出版社 2011 版

《大历十才子诗选》

焦文彬　陕西人民出版社 1988 版

《元结诗解》

聂文郁　陕西人民出版社 1984 版

《张继诗注》

周义敢　上海古籍出版社 1987 版

《顾况诗注》

王启兴、张虹　上海古籍出版社
1994 版

《戴叔伦诗集校注》

蒋寅　上海古籍出版社 2010 版

《戴叔伦诗文集笺注》

戴文进　南京师大出版社 2013 版

《韦应物诗集系年校笺》

孙望　中华书局 2002 版
《李益诗注》
范之麟　上海古籍出版社 1984 版
《李益集注》
王亦军、裴豫敏
甘肃人民出版社 1989 版
《卢纶诗集校注》
刘初棠　上海古籍出版社 1989 版
《王建诗集校注》
王宗堂　中州古籍出版社 2006 版
《王建诗集校注》
尹占华　上海古籍出版社 2020 版
《孟郊诗集校注》
华忱之　人民文学出版社 1995 版
《孟郊集校注》
韩泉欣　浙江古籍出版社 2012 版
《张籍集注》
李冬生　黄山书社 1989 版
《张籍集系年校注》
徐礼节、余恕诚　中华书局 2016 版
《韩昌黎诗系年集释》
钱仲联　上海古籍出版社 1984 版
《韩愈全集校注》
屈守元、常思春
四川大学出版社 1996 版
《薛涛诗笺》
张篷舟　人民文学出版社 2012 版
《刘禹锡全集编年校注》
陶敏　岳麓书社 2003 版
《柳宗元诗笺释》
王国安　上海古籍出版社 1993 版
《李贺诗歌集注》
王琦　上海古籍出版社 1977 版
《李贺诗歌选注》
流沙　百花文艺出版社 1982 版
《李贺诗集》
叶葱奇　人民文学出版社 1958 版
《李长吉歌诗编年笺注》
吴企明　中华书局 2012 版
《茶仙卢全诗作赏析》

史颂光　河南人民出版社 2016 版
《白居易选集》
王汝弼　上海古籍出版社 1980 版
《白居易集笺校》
朱金城　上海古籍出版社 1988 版
《白居易诗集校注》
谢思炜　中华书局 2017 版
《李绅诗注》
王旋伯　上海古籍出版社 1985 版
《元稹集编年笺注》
杨军　三秦出版社 2002 版
《元稹集校注》
周相录　上海古籍 2011 版
《元稹诗全集》
谢永芳　崇文书局 2016 版
《姚合诗集校注》
吴河清　上海古籍出版社 2012 版
《李德裕文集校笺》
傅璇琮　河北教育出版社 2000 版
《张祜诗集校注》
尹占华　巴蜀书社 2007 版
《雍陶诗注》
周啸天　上海古籍出版社 1988 版
《贾岛诗集笺证》
黄鹏　巴蜀书社 2002 版
《杜牧集系年校注》
吴在庆　中华书局 2008 版
《杜牧诗选》
周锡馥　香港三联书店 1983 版
《丁卯集笺证》
罗时进　中华书局 2012 版
《李商隐诗歌集解》
刘学锴、余恕诚　中华书局 1988 版
《李商隐诗集疏注》
叶葱奇　人民文学出版社 1985 版
《李商隐诗选》
刘学锴　人民文学出版社 1986 版
《李商隐诗选注》
陈伯海　上海古籍出版社 1982 版
《李商隐诗选译》

许祖性　青海人民出版社 1984 版

《李商隐选集》

周振甫　上海古籍出版社 1986 版

《赵嘏诗注》

谭优学　上海古籍出版社 1985 版

《马戴诗注》

杨军、戈春源

上海古籍出版社 1987 版

《温庭筠全集校注》

刘学锴　中华书局 2007 版

《曹邺诗注》

梁超然、毛水清

上海古籍出版社 1982 版

《李群玉诗集》

羊春秋　岳麓书社 1987 版

《方干诗选》

胡才甫　浙江古籍出版社 1987 版

《贯休歌诗系年笺注》

胡大浚　中华书局 2011 版

《罗隐集校注》

潘慧惠　浙江古籍出版社 1995 版

《罗隐诗选》

蒋祖怡　浙江古籍出版社 1987 版

《罗邺诗注》

何庆善、杨应芹

上海古籍出版社 1990 版

《皮日休诗文选注》

申宝昆　上海古籍出版社 1991 版

《陆龟蒙全集校注》

何锡光　凤凰出版社 2015 版

《聂夷中诗注析》

任三杰　山西人民出版社 1987 版

《韦庄集校注》

李谊　四川社科出版社 1986 版

《韦庄集笺注》

聂安福　上海古籍出版社 2002 版

《韦庄诗词笺注》

齐涛　山东教育出版社 2002 版

《司空表圣诗文集笺校》

祖宝泉、陶礼天

安徽大学出版社 2002 版

《曹唐诗注》

陈继明　上海古籍出版社 1996 版

《唐代女诗人鱼玄机诗编年译注》

彭志宪　新疆大学出版社 1994 版

《韩偓诗集笺注》

齐涛　山东教育出版社 2000 版

《韩偓集系年校注》

吴在庆　中华书局 2015 版

《杜荀鹤诗选》

叶森槐　黄山书社出版社 1988 版

《秦韬玉诗注李远诗注》

李之亮　上海古籍出版社 1989 版

《郑谷诗集笺注》

严寿澂等　上海古籍出版社 2009 版

《郑谷诗集编年校注》

傅义　华东师大出版社 1993 版

《齐己诗集校注》

王秀林　中国社会科学出版社 2011 版

图书在版编目（CIP）数据

唐诗名句类选笺释辑评 . 天文、地理卷 / 张福庆编著 .
-- 北京：北京燕山出版社 , 2022.10
ISBN 978-7-5402-6610-3

Ⅰ . ①唐 Ⅱ . ①张 Ⅲ . ①唐诗 - 名句 - 诗歌评论
Ⅳ . ① I207.227.42

中国版本图书馆 CIP 数据核字 (2022) 第 136188 号

## 唐诗名句类选笺释辑评·天文、地理 卷

| | |
|---|---|
| 作者 | 张福庆 |
| 责任编辑 | 战文婧 |
| 执行编辑 | 邓京 温天丽 |
| 书籍设计 | XXL Studio 刘晓翔 + 郑坤 |
| 出版发行 | 北京燕山出版社有限公司 |
| 社址 | 北京市丰台区东铁匠营苇子坑 138 号 |
| 邮编 | 100079 |
| 电话传真 | 86-10-65240430（总编室） |
| 印刷 | 北京富诚彩色印刷有限公司 |
| 成品尺寸 | 143mm×229mm |
| 印张 | 37.5 |
| 字数 | 538 千字 |
| 版次 | 2022 年 10 月第 1 版 |
| 印次 | 2022 年 10 月第 1 次印刷 |
| 定价 | 168.00 元 |